shanghai studio

人生における偶然は、必然である——。

ドミノin上海・登場人物より一言

北条和美(33)
関東生命八重洲支社事務職員。
みんなに頼られる中堅社員。

「最近は膝よりも
腰のほうが
気になるなあ」

田上優子(27)
関東生命八重洲支社事務職員。
柔道黒帯。大の甘党。

「コンビニのお菓子が
どんどん美味しくなって、
どれを買うか迷っちゃうのが悩み」

市橋えり子(28)
寿司デリバリー会社
「寿司喰寧」副社長。

「上海一美味しい
デリバリー寿司を
目指します」

市橋健児(29)
寿司デリバリー会社
「寿司喰寧」社長。

「上海一速い
寿司の配達を
目指します」

森川安雄(28)
ゲームアプリ会社「アップアップ」
上海支部長。

「僕の黒歴史は
東京に置いてきました。
今の僕が本当の僕です」

宮越信一郎(54)
ジャーナリスト。

「ううむ、この歳での
中国語の習得はなかなか
難しいものがあるなあ」

毛沢山（72）

彫刻家、現代美術家。

「畜生、あそこでやめておけば……」

落合美江（35）

画廊勤務。

「アートは難しくありません。ぜひ日常生活にアートを」

マックス・チャン（33）

ゴールド・ドラゴン・ギャラリー社長。

「アートは難しくありません。ぜひ資産形成にアートを」

蔡強運（31）

現代美術家。

「東京都現代美術館か金沢21世紀美術館に僕の作品買ってほしいな」

安倍久美子（32）

映画配給会社勤務。関西方面の某神社の神官の娘。

「疲れたら神社参り。神社のある場所はたいがい『気』のいいところなので」

小角正（31）

映画配給会社勤務。先祖は山伏。

「疲れた時のリフレッシュは、山登り」

蘆蒼星（55）

先祖代々風水師。

「最近、都会では自分の周りの『気』の流れに鈍感な奴が多すぎる」

フィリップ・クレイヴン（42）
ホラー映画監督。

「やっぱり今も
尊敬する映画監督は
アルフレッド・ヒッチコック、
ジョン・カーペンター、
ダリオ・アルジェント」

ダリオ（?）
フィリップの
ペット。

「……」

ジョン・シルヴァー（41）
助監督。

「尊敬する映画監督は
ビリー・ワイルダー、
スティーヴン・スピルバーグ、
ロバート・アルトマン」

ティム・ポランスキー（48）
映画プロデューサー。

「尊敬する映画監督は
サム・ペキンパー、
マーティン・スコセッシ、
クリント・イーストウッド」

魏英徳（52）
上海動物公園パンダ舎の
主任飼育員。

「パンダは国の宝。
危険なので
近寄らないようにしてね」

葉菜果（23）
上海動物公園パンダ舎の
新人飼育員。

「パンダは国の宝。
みんなで温かく
見守ってね」

燦燦（3）
上海動物公園で
捜索犬として活躍する
ミニチュアダックスフント。

「見つけたぞ」

厳厳（?）
上海動物公園からの
脱出を熱望する
アウトローパンダ。

「パンダ舎の
人口密度の高さに
強く抗議する」

高清潔（35）
上海警察署長。
「好きな映画は
『ミッション：
インポッシブル』」

林忠輪（25）
上海警察署員。
「好きな映画は
『スピード』」

劉華蓮（26）
上海警察署員。
「好きな映画は
『インファナル・
アフェア』」

王湯元（36）
青龍飯店メインレストラン
料理長。
「道具を
大事にしない奴は
プロじゃない」

董衛員（72）
骨董品店店主。
「好きな料理は
ツバメの巣やフカヒレなど、
稀少な材料を使ったもの」

董衛春（25）
骨董品店店員。
「好きな料理は
肉と野菜を
辛く炒めたもの」

マギー・リー・ロバートソン（29）
香港警察刑事。
「豫園商城のモビデ、
忙しすぎ」

イラストレーション―若林 夏　ブックデザイン―鈴木成一デザイン室

−5

空はどこまでも雲ひとつなく晴れ上がっていた。

が、抜けるような青さというわけではなく、どこかうっすらと紗《しゃ》の掛かったような、ざらざらした印象を与える空である。

見渡す限り、遮るもののない大平原だ。遠く地平線が見え、ホコリっぽい砂を含んだ風が地面を渡ってくる。

振り返ると、高層建築の影が蜃気楼のように浮かんでいる。だだっぴろいところではあるが、どこかの都市の郊外という感じだ。

しかし、そこには無数の影があった。

数百名のカーキ色の軍服を着た青年たちが、一糸乱れず整然と並んでいるのだ。

吹き抜ける風が、彼らの軍服の裾をわずかにはためかせる。

そして、彼らの前に、彼らの上官と見られるいかめしい顔をした軍服姿の東洋人の男と、ずんぐりした中年男、髪をしっかり七三に分けた若いスーツ姿の男性、苦虫を噛みつぶしたような仏頂面の白人の大男と、同じく当惑した顔の白人の小太りの男、無表情に佇む色白の東洋人女性と中肉中背の東洋人男性が立っている。

七人の視線の先には、顔を覆って地面につっぷしている金髪の白人男性がいた。

ぐしゅぐしゅという鼻をすする音がする。どうやら、泣いているらしい。

何やら、呟く声もする。

「ううっ、ダリオ――かわいそうに、ダリオ――許しておくれ、ううう」

そして、彼の前には小さな十字架の墓標があった。

どうやら、そこに埋められているのが、彼が先ほどから名前を呼んでいるダリオのようである。

ずんぐりした中年男が早口で何かをまくしたてた。

若いスーツ姿の男が、綺麗な英語で通訳する。

「中国政府及び上海《シャンハイ》共産党幹部を代表して、お悔やみを申し上げます」

「それはどうも」

白人の大男は、ますます苦虫を噛みつぶしたような顔になった。

いかめしい軍服姿の男も何か言った。

再び、澄まし顔の若い男が通訳する。

「人民解放軍第二三七師団を代表して、哀悼の意を表します」

「それは、どうも」

やはり神妙に会釈を返していた白人の大男は、ずっと何かをこらえていたが、わなっと肩を震わすと、次の瞬間、切れた。

「××××！」

と、字幕には出せない四文字を天に向かって叫ぶ。

他の六人は、その言葉を聞いていないふりをした。

ただでさえ二メートル近い大男なだけに、真っ赤になって怒っているさまはド迫力だ。

「まったく、今回はいったいどうやって持ち込んだんだ？　ああん？　ジョン、おまえ、本当に気付かなかったのか？　今後ニッポンで入国許可が下りない可能性もあったんだぞ。近づきたくもないセンセイ方のコネまで使わされて、下げたくもない頭を下げたんだ。今回だけはよせと言ったのに。ここをどこだと思ってる？　えっ？　この大馬鹿野郎があのクソ忌々しいケダモノを持ち込んだばっかりに、これで三日間スケジュールがパアだ。一日遅れるごとに一〇万ドルがパアになるんだぞ！」

「『輸入』したんですよ」

小太りの男は、疲れたような口調で呟いた。

「なんだと？」

「SARS騒ぎの時はハクビシンが原因かと言われていったん途絶えましたが、なにしろ四本足は机以外ぜんぶ喰うと言われてる国ですからね。ありとあらゆる手段を使って、世界中から『食材』が集まります。フィルはそこんところに目をつけて、『食材』として輸入扱いにしたらしいです」

「ふん。それで本当に調理されちまったんだから、ヤツも本望だろう」

「しっ。刺激しないでください、彼も参ってるんですから」

小太りの男は慌てて人差し指を口に当て、金髪男を見たが、相変わらず、彼は小さな墓標を涙で濡らしていた。

「――大丈夫かな、フィルは。あんなに嘆き悲しむなんて」

その隣で、中肉中背の東洋人男性が、隣の女性にこっそり話しかけていた。

「映画撮影がダリオの供養になると言い聞かせるしかないですね」

女性は前を見たまま低く返事する。

「しかしなあ。やっぱり、目の前であんなもの見せられちゃなあ――トラウマになるだろうなあ」

男性は、ぶるっと全身を震わせた。


それは、三日前の晩、日中米の三ヶ国合作であるホラーアクション映画、『霊幻城《れいげんじょう》の死闘・キョンシーvs.ゾンビ』の撮影クルーの宿となった青龍飯店《せいりゅうはんてん》で起きた。

夕食の六時間ほど前。

青龍飯店の料理長である王湯元《ワントウゲン》（36）は、新進気鋭の料理人であった。母方の曾祖父《そうそふ》は紫禁城《しきんじょう》の料理人を務めていた家柄ということもあり、非常に研究熱心で、新たな食材とメニューの開発にも余念がない。彼の努力もあり、青龍飯店は、近年、食事がおいしいということで評判もウナギ上り。国内のみならず、海外からも王の料理目当てにお客がやってくるようになった。

優秀な料理人の常として、彼が早くから厳しく素材のチェックをしていると、ふと、視界の隅を横切るものがある。

鶏でも逃げだしたのかと思ったら、なんと、見たことのない、大きなトカゲに似た動物が厨房の床をうろうろしていたのだ。黄褐色の肌はつやつやしており、その身のこなしは優美ですらあった。

それは、映画監督であるフィリップ・クレイヴン（42）のペットで、イグアナのダリオであった。フィリップ・クレイヴンは普段からペットを溺愛しているが、特に撮影のあいだは孤独になるせいか余計にペットと離れることができず、アメリカ国内だろうが海外であろうが、現場に連れていくという悪癖がある。今回も姑息な手段で中国内に持ち込んだものの、こんな時、移動時間が長いせいもあり、ダリオはいつも出先で逃げ出してしまう。今回、彼は運悪く、いい匂いにもつられてか、王の厨房へと迷い込んだのであった。

はて、この食材はなんだろう、と王は首をかしげた。

最近、農家からの売り込みも激しく、新しい食材を次々と持ち込んでくるから、そのひとつかもしれない。

王はじっくりとこの生き物を観察した。この肌の美しさ、動きの機敏さ、病気持ちではないだろう。彼は、二年ほど前に料理人仲間と世界の食材を味わう旅に出た。その訪問先のひとつ、オーストラリアでワニを食べたことがある。硬い皮革に包まれた肉は意外に淡白で上品な味だったことを覚えていた。

今夜、遠来の客も大勢来ていることだし、この珍しい食材を試してみるのもよかろう。高温で蒸したらいいスープが出そうだ。いや、たっぷり時間をかけて素揚げにし、香辛料を利かせた甘酢をからめてみるというのは？

王はむくむくと職業意欲が湧いてくるのを感じた。

おいしそうなスープの匂いに気を取られていたダリオは、その時、殺気を感じた。

ふと、振り向くと、目を輝かせた男と目が合い、その手に握られた四角い庖丁《ほうちょう》に自分の姿が鈍く映っているのに気付いた。

ダリオが、飼い主の作るホラー映画の登場人物のごとく、悲鳴を上げたかどうかは不明である。

かくて、夕食の宴、ダリオの姿が見えないことに気を揉んでいたフィリップ・クレイヴン監督の目の前に、料理長からのスペシャリテが巨大な銀の皿に載せられて、しずしずと運ばれてきたのであった——

「うっうっうっ」

フィリップは泣き続けている。

「感じる」

日本の映画配給会社に勤める安倍久美子《あべくみこ》（32）は目を閉じ、呟いた。

「は？」

隣の日本側プロデューサー、小角正《おづぬただし》（31）が聞き返す。

「ダリオの霊が、彼の周りを飛び回っているわ――彼を慰めようとしているのね」

「え？　え？」

正は目を白黒させながら、フィリップと久美子を交互に見た。

上海郊外の広い撮影用地。整然と佇むエキストラの人民解放軍第二三七師団のあいだを、乾いた春の風が渺々《びょうびょう》と吹き抜けていく。

－4

もごもごと白い毛で覆われた口が、咀嚼《そしゃく》を繰り返している。

くわっと口が開き、尖った歯と灰色がかった舌が見えた。

バリバリと音を立てて、青い竹が、その口の中に吸い込まれていく。

白い、といってもやや薄汚れた白い毛が再び上下に動いて、口の中で竹が噛《か》み砕かれる。

その口の上に、黒い空豆形をした部分に囲まれた一対の目。

倦怠と虚無を滲ませつつも、時折どこか不穏な光がその瞳の奥に灯るのは隠し切れない。

「キャー、パンダだー」

「三匹もいるーっ」

「かわいー」

「竹食べてるー」

「上野みたいに混んでないねー」


突然、嬌声《きょうせい》が聞こえてきて、その無機質な瞳がちろっと動いた。

ガラスの向こうで、小動物のような娘たちが飛び跳ね、手にした携帯電話をしきりにこちらに向けている。

隣では、嬌声に応えようと、若い者《の》二匹が必死に竹を食べていた。一匹は最近やや神経過敏状態になっており、いささか過食症気味である。何を考えたのか、いきなり仰向けになって、バリバリと竹を食べ始めた。環境に適応しようとするあまり、ついお客にサービスしすぎて自分を見失う若い者をこれまでに何匹も見てきた。年季が浅いと、なかなかここでは自然体で時間をやり過ごせないのである。

独り、檻の奥の壁に背を付け、黙々と竹を食べるのはここでの牢名主、もとい、最年長のパンダ、厳厳《ガンガン》（年齢不詳）であった。

じき、あいつも具合悪くなるな。

厳厳はフッと溜息をつく。

そりゃあそうだ、年柄年中あんな連中にカメラを向けられ、視線に晒されているのだから。そもそも、野生動物とは、人目に晒されることに慣れていない。自然界では身を隠していないと生きていけないのだし、身を隠している状態のほうが通常である。視線とは、いわば戦いの前兆。衆人環視は大変なストレスなのだ。

ああ、不毛だ。

厳厳は遠い目をした。

どいつもこいつも、やることたぁ同じだ。今の、目ン玉ひんむいてぽかんと口開けてる、てめえらの顔を見たほうが、よっぽど面白いだろうによ。

厳厳は笹の茎を爪楊枝《つまようじ》にして、歯の掃除にかかった。

山を渡る風の音を聞きながら、独りになりたい。俺のようなロートルに、この都会は似合わねえ。

ふと、視線を感じる。

そっと振り向くと、鉄の扉の小さな窓からこちらを見ている、ベテラン飼育係、魏《ギ》と目が合った。

厳厳は、さりげなく目を逸らした。

ちっ。あいつ、警戒してやがるな。

厳厳は、魏の疑り深い視線に内心舌打ちした。

魏英徳《エイトク》（52）は、さっきの厳厳の様子が気にいらなかった。

またやる気じゃないだろうな。

庭に出る通路を水で洗いながら、さっきの不敵な横顔について考える。

赤ちゃん時代から動物園で育った他のパンダとは違い、ある程度歳がいってから、ほとんど偶然で捕獲されたせいかもしれない。元々放浪癖があり、一匹狼的な野性味溢れる（すなわち、やや凶暴な）厳厳は、その名の通り、アウトローなパンダであったのだ。

なにしろ、手先が器用で頭も回る。しかも、元来熊の前肢《まえあし》の力は相当なものである上、彼は山の中で鍛えているし、密かに檻の中で体力が落ちないよう、前肢のトレーニングをしている節もある。

過去二回のいずれも飼育員の不注意や不意を狙い、まんまと檻から逃げ出した。

特に二回目は、鍵を増やしもうひとつ柵を増やしたあとだっただけに飼育員に衝撃が走ったものである。おまけに、旧正月の花火の音に紛れて檻を破るという芸の細かさだった。

どちらもまだ広大な動物園内に潜んでいるうちに見つかったからいいようなものの、もし外に逃げていたらと思うとゾッとする。

英徳が見たところ、厳厳が脱走を考えている時は、いつもより静かになるのである。

前回の脱走から、既に二ヶ月近く経っている。

もしかすると、またやるかも。

英徳はそう確信し、いつもより念入りに戸締りを点検することにした。

―3

なんだかなあ。

落合美江《おちあいみえ》（35）は、やたらと広く派手な会場を歩きまわっているうちに疲労を覚えた。

どうも、こういうのはあたしの趣味じゃないのよねえ。

思わずスーツの肩を揉む。

最近、何貼っても効かないわあ。

上海の最もにぎやかな中心部からはやや外れているが、それがかえって高級感を醸し出すことに成功している、四つ星クラスの、最近料理が美味いと評判の中規模ホテル、青龍飯店。

ここは最上階の、大きな宴会場である。

眩《まばゆ》いシャンデリア、目の覚めるようなエメラルドグリーンの絨毯、錦糸を織り込んだ華やかな壁紙にずらりと並んだ絵。

そこに、着飾った多くの紳士淑女、いかにもカネが唸《うな》っていそうな派手な面々が集っている。

ボーイは高級シャンパンのグラスを手に飛びまわっているし、中華をモダンにアレンジした一口サイズのおつまみも豪華だ。

そこを、すらりとした、美人でスタイル抜群の日本人女性が、上品なキャメルのスーツ姿でゆっくりと歩きまわっていた。

これでも銀座のギャラリーの三代目。だが、どちらかといえばデッサン画やエッチングを好む彼女には、趣味が合わない。

絵を飾るのに、こんなに明るいシャンデリアってのもなあ。壁紙もうるさいし。

美江は場内の明るさに、思わず目をしばたたいた。

このところのアジアの現代アートの高騰は凄まじい。

中国の若手アーティストの一億円プレイヤーが続出し、今も値段は上がり続けており、それをまたこぞって、一気に購買力をつけた国内の富裕層と、今ならまだ新しいコレクションのスタートに間に合い、お値打ちだと考える海外の富裕層が買うのである。

東京や上海、香港やシンガポールなどの大都市で、高級ホテルのフロアを借り切り、限定した顧客相手にそういった若手アーティストの作品の展示即売会を開く、というのがこのところの流行りである。美江も、馴染みの顧客の依頼を受けて、彼らの趣味に合う作品を探しにやってきたのであった。

しかし、やっぱ大陸風というか、全然日本とスケール感が違うわねえ。

美江は会場内を回りながら圧倒される。

とにかく絵の号級がでかい。少なくとも、日本の家庭に飾るサイズの絵ではない。

しかも、どれも強烈な色彩、くっきりとした輪郭、限りなくシュールな具象画である。

壁一面を埋める巨大なキャンバスに、歯を剝き出しにして笑っている男がみっちり並んでいる絵が目に入った時は、「この絵を見ながらご飯を食べるのは、あたしには無理ね」と呟いた。

だが、絵とは需要と供給。欲しい人がいれば、商売は成立する。自分の趣味は、ここでは二の次だ。

うちのお客さんの趣味じゃないけど、歯磨き粉を作ってる会社に売るっていうのはどうかしら。家王《かおう》とかライアンとか、あるいは、日本歯科医師会館のロビーに飾るとかならなんとか――

「美江さん！」

そこに、短い髪に黒いメタリックな四角い緑の眼鏡を掛けた、やたらと輪郭の濃い男がにょきっと彼女の前に顔を出したので、美江は思わず「わっ」と跳びのいてしまった。

「ごめんごめん、驚いた？　でも、美江さんが熱心に僕の絵観てくれたから、嬉しかったよ」

ニコニコと手を振っているのは、確かにこの「嗤《わら》う男」シリーズで一億円プレイヤーにのし上がり、今アジア現代アート界でブイブイ言わせている蔡強運《サイキョウウン》（31）である。

元々何不自由ない金持ちの息子で、東京にもニューヨークにも留学経験があり、大柄でお洒落《しゃれ》でハンサムと来ている、まさに名前通り「最強運」な男なのだった。

「美江さんのところで買ってくれるなら、交渉権、優先するよ」

「そう言ってくれるのは嬉しいけど、そんなこと無理でしょう。あなたの窓口はゴールド・ドラゴン・ギャラリーでしょ？　うちの予算じゃ、門前払いだわ」

美江はそっと顧客を自分の周りに集めている中国人系アメリカ人、マックス・チャン（33）に目をやった。これまた蔡に負けず劣らず大柄でスマートな物腰であるが、目は鋭く抜け目ない。

彼が、今評判のアジアの一億円プレイヤーを何人も抱え、中国アートの値段を吊り上げた張本人と言われている新興画商、ゴールド・ドラゴン・ギャラリーの経営者である。今回のアートフェアの主催者でもある。

「マックスは、商売人ね。僕ら、持ちつ持たれつ」

蔡はちらっとマックスを見ると肩をすくめた。

「彼、勝手にスイスの美術館と話つけてきたよ。これと同じ大きさの新作、二億円で買うって言ってるね」

「二億円？」

美江は思わず叫んだ。ずいぶんとまた、価格上昇が激しい。

蔡は首を左右に振る。

「僕、じらすつもりね。言われるままに描いてどうするね。高額商品の過剰供給、よくないよ。適度な飢餓感ないと、ダメ」

「それはそうね」

日本の現代アートも、今やたらと青田買いが流行り、サブカルとナイーブアートとの境界線が目新しがられ、まだ作風も技術もままならぬひよっこのようなアーティストに、どんどん高額の注文が入ったりしている。彼らがアートで食べていけるのは確かに素晴らしいことではあるが、単に投機の対象として買うコレクターしかつかないと、アーティストが育つ前に濫作で潰れたり、すぐに飽きられて市場に放出され、作品がだぶついて価格が下落し、あっというまに消えていってしまったりするのだ。

「それにしても、あそこのいちばんいいスペースが、なんで空いているのかしら？」

美江はさっきから気になっていた、蔡の作品の隣のだだっぴろい壁に目をやった。

「うふふ」

蔡は意味ありげに笑った。

「あそこに、これから、この展示会の目玉作品がお目見えするね」

「ええ？　あなたの作品なの？」

美江が目を見開いて蔡の顔を見ると、彼は悪戯っぽくウィンクをしてみせた。

「さあね。それは、見てのお楽しみね」

―2

上海の目抜き通りから数本入った裏通りの一角に、赤いケースを備え付けた改造バイクが数台並んでいる。

小さい店構えではあるが、まだ新しい店の看板には「寿司《スシ》喰寧《クィネエ》」のポップな四文字が躍っていた。

揃いの赤いキャップ帽をかぶった青年たちの動きもきびきびして活気がある。

店の奥では、ひっきりなしに電話が鳴っていた。

注文を受け付ける女の子の、勢いのある中国語が賑やかに飛び交っている。

巨大な冷凍庫から、真空パックになったにぎりのセットが次々と運び出され、専用のレンジで解凍され、特注の紙パックに入れられ、クーラーボックスになったバイクのケースにどんどん積まれ、元気に街角に滑りだしていく。

店の隅でレジの前に座り、会計をさばいているのは、やはり赤いキャップ帽をかぶった市橋健児《いちはしけんじ》（29）である。

日本の千葉方面で経営していたピザの出前チェーン店を畳み、上海に出てきたのは約二年前である。少子化が進み、健康志向の進む日本の住宅街でピザ専門店の出前をやっていくのに限界を感じたのだ。

上海にやってきたのは、人口が多いのと、人々には自宅で料理する習慣があまりなく、ほとんどが外食中心だと聞いたからである。しかも、都市部では食品の安全性に対する関心が高く、安心できるものであればかなり割高でもおカネを払うし、高級品志向でなおかつ健康にも関心があるとくれば、日本から直輸入した寿司のデリバリーは商売になると踏んだのだった。

健児は、ここで商売をする前に、日本で最新の冷凍技術について学んだ。

今、日本の冷凍技術は長足の進歩を遂げており、生のにぎり寿司でも造りたての風味を逃さず、冷凍保存することが可能だ。だからこそ、解凍の技術が大事で、そのための初期投資は掛かるが、日本で冷凍したものを直に持ってきて正しい方法で解凍するのだから、味の良さと安全性をアピールできれば、じゅうぶんセールスポイントになる。解凍の技術とその専用機械は、日本の会社とライセンス契約をするため、中国にもその機械を扱う会社を作り、改めて中国で商品登録した。

プレオープンで少しずつ営業をしてみたところ、健児は手ごたえを感じた。仕入れの経路が明快なので安心だしおいしい、とじわじわ評判になり、企業からも一般家庭からも注文が増えつつある。

何より、健児が燃えたのは、上海の、ある意味獰猛《どうもう》とも言える、活気みなぎる交通事情であった。

飛ばす。争う。罵る。

それは、忘れていた血湧き肉躍る感覚であった。

健児も、週に一度は自分で配達に出る。上海に着いたばかりの頃、彼は夜な夜な街を走り、外灘《バンド》を無軌道に飛ばす若者たちの中から、自ら従業員をスカウトしてきた。彼の走りっぷりは、上海の気の荒いすれた若者たちにも感銘を与えたらしく、従業員たちのあいだに、徐々に一体感が出来上がりつつある。

もちろん、ここ上海でも配達時間は厳守である。彼は、上海一配達の早い寿司屋を目指す。

しかし、彼の活躍ぶりが、ここ上海の影に蠢《うごめ》く特殊な世界に、あらぬ刺激を与えていることまでは、まだ気付いていないようであった。

−1

上海浦東《プードン》国際空港の到着ロビー。

中国屈指の都市人口を誇る、一八〇〇万人都市への、海外からの窓口である。

だだっぴろい空港の中で、行き交う人々がそれぞれの悲喜こもごもを演じている。

名前を書いたボードを手に、せわしなく動き回る人々のあいだで、革のコートを着て、茶色のサングラスを掛けた、ロングヘアの女がじっと巨大な電光掲示板を見上げている。

次々と表示が入れ替わっていく中、彼女は成田からの全日空便が「到着済」になったところに目を留めた。思わず、にっこりと笑みを浮かべる。

周りで待っている人々のあいだにも、じりじりと期待が込み上げるのを感じた。

やがて、どっと到着客がロビーに溢れ出してきた。

そここで歓声が上がり、喜びと緊張の表情が交錯する。

彼女はじっと人々の流れに目を凝らした。

やがて、見覚えのある影がふたつ、通路の奥からやってくる。

見間違えようのない、懐かしい姿だ。何年も同じ職場、同じチームで働いてきた二人なのだから。

人の印象というのは、歩き方とか、たたずまいで残っているものだな、と彼女は思った。

今にも走り出しそうに、きびきびとしたスピード感ある歩き方でやってくる小柄な女性は熱血柔道少女で大の甘党、田上優子《たがみゆうこ》（27）。ショートカットでパーマという髪型は変わらない。いや、もう少女という歳でもないか。少しは大人っぽくなったかな。

隣をゆったりと歩いてくるのは、みんなが頼りにしていた永遠の先輩、北条和美《ほうじょうかずみ》（33）だ。

いつも冷静で度胸があって、ほんとに世話になったっけ。三十を超えたが、まだ結婚していないようだ。

その二人が何か話し合いながら、こちらに向かってやってくる。あの様子、ちっとも変わらない。きっとこんな感じだろう。

「えー、パイナップルケーキ、嫌いですか、北条さん」

「嫌いじゃないけど、あたし、果物は果物で食べたいんだよね」

「そうですかあ、果物が入ったお菓子って、お菓子だし果物だし、違う種類の甘さをいっぺんに味わえて最高じゃないですか」

「あんた、ルックチョコレート、好きだったでしょ、四種類入ってたやつ」

「大好きでしたあ。部活の帰り、毎日一箱ずつ食べてましたもん。今日も持ってますよ。食べます？」

「遠慮しとくわ。あのね、教えたげる。三十過ぎるとね、チョコレート食べすぎると嫌なニキビができるんだよ」

想像して、内心くすくす笑っていると、田上優子がパッとこちらを向き、一目で彼女のことを見つけたらしく、顔を輝かせ、大きく手を振った。

隣の北条和美も、優子の視線の先に気付き、笑って手を上げる。

「うわー、加藤《かとう》さん、お久しぶりでーすっ」

優子がすごいスピードで駆けてきた。そのまま一本背負いでもしかねない勢いが懐かしくもおかしい。

「あっ、そうか、もう加藤さんじゃないんですね」

優子が遅れて着いた和美を振り返る。

「えり子、久し振り。呼んでくれてありがと。元気そうね。なんか、すっかりマダームな雰囲気じゃん」

和美がにたっと笑った。

「こちらこそ、よく来てくださいました」

旧姓、加藤えり子（28）はサングラスを外すと畳み、にっこりと元同僚の二人を見た。

「どうですか、会社の皆さん、お元気ですか」

「相変わらず、毎月すったもんだしてるわ」

「貴重なリフレッシュ休暇に、お越しいただき恐縮です」

「ちょうどよかったわ」

「あたしはカバン持ちですっ」

田上優子がなぜか背筋を伸ばす。

「中心部から少し外れるけど、なかなかいいホテルとっておきましたよ。四つ星クラスですけど、最近、料理がおいしいと評判のホテルなんです」

えり子は和美のスーツケースを手に取ると、並んで歩きだした。

「すっかりお任せしちゃって、ありがとね」

「なんてホテルなんですか」

「青龍飯店っていうんです。結構人気でね、中心部の五つ星より予約が取りにくいって噂ですよ」

「いいなあ、中華大好き」

異国での再会を喜び、旅に期待を膨らませる女たち。三人は空港を出ると、屈託のない様子で早春の上海の街へと向かっていく。

この場面が、新たなドミノの一ピースであり、既に幾つもの列が倒され始めているのだとは、まだ知らずに。

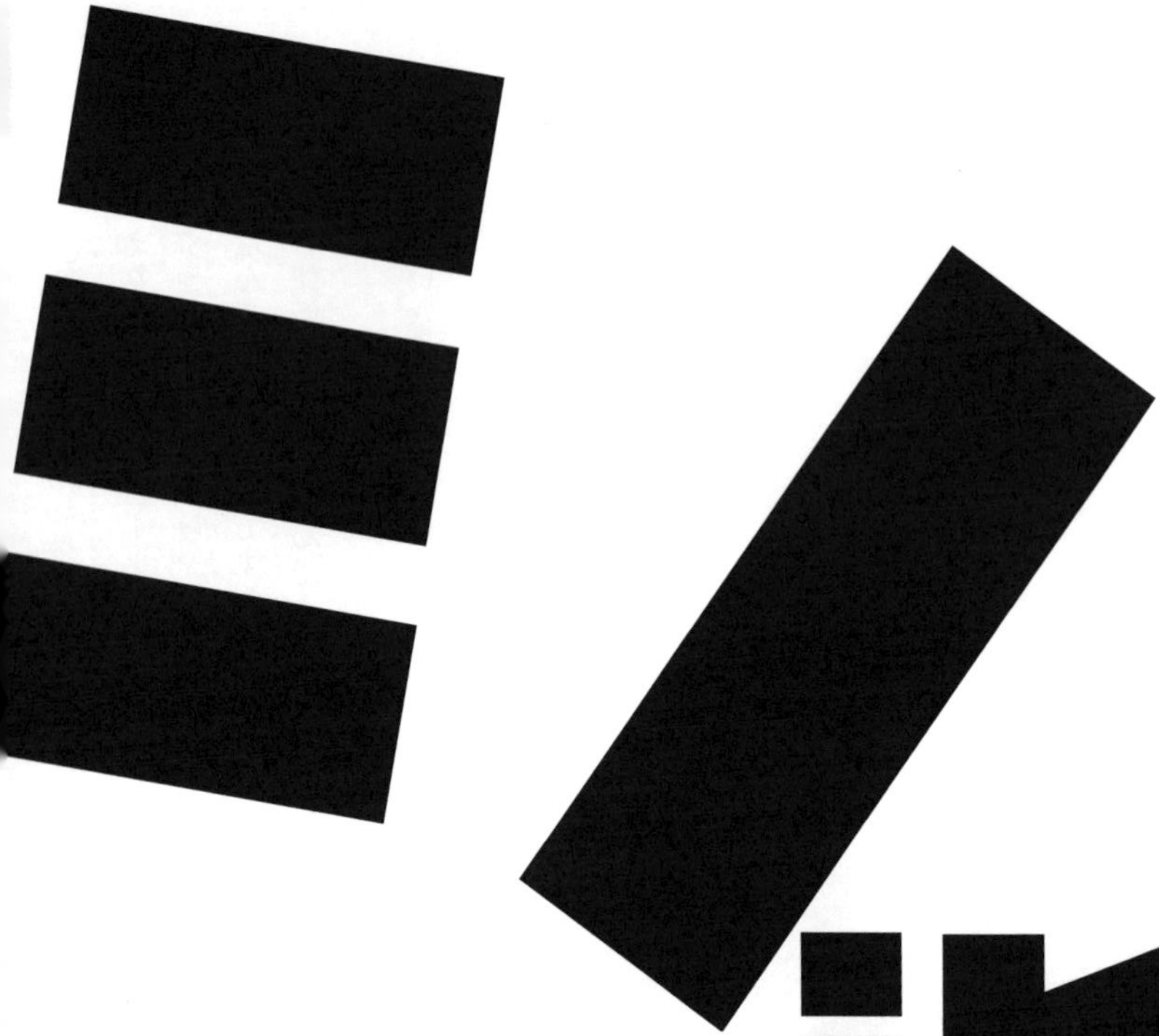

in 上海

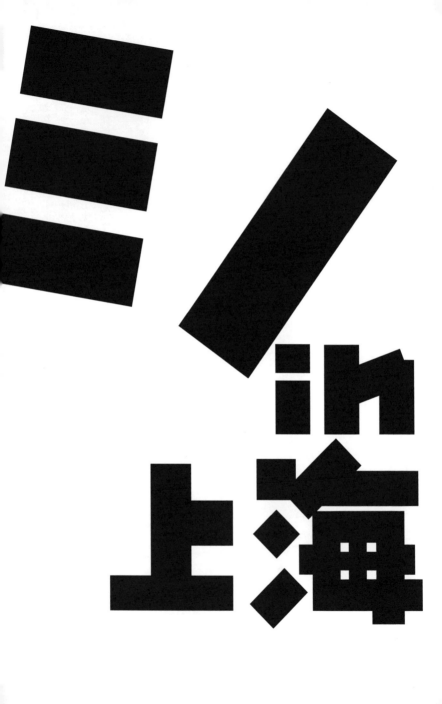

恩田陸

角川書店

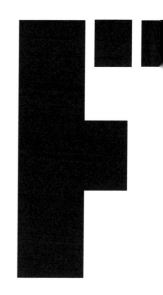

1

薄暗い通路の奥の、古い紫檀《したん》のテーブルに載ったFAX兼用の電話機が鈍い呼び出し音を放った。

ひと呼吸置いて、電話機がブルッと震え、青白い紙が少しずつ吐き出されてくる。

テーブルの脇で野菜炒《いた》めとご飯の昼食を摂《と》っていた若い男が顔を上げ、FAXに書かれたそっけない文字を見つめた。

敬老会のお知らせ。知らない人が見たらただのイベント案内にしか見えない。

ガチッというFAX用紙の切れる音を聞いてから、箸《はし》を置いて紙を取り上げる。

董衛春《トウエイシュン》(25)は携帯電話を手に取り、ボタンを押す。相手はすぐに出た。

「『蝙蝠《こうもり》』が上海に入ったと楊《ヤン》から連絡が」

「すぐ戻る」

衛春は残りの野菜炒めを急いで掻《か》き込み、皿と茶碗《ちゃわん》を隅の流しに放り込んだ。

鰻《うなぎ》の寝床のような細長い店の玄関のほうから、カウベルの音がした。近くにいたらしい。

仏像や象の置き物、鏡やランタンといった雑多な骨董品《こっとうひん》がところ狭しと置かれた通路を、小柄で痩《や》せた老人が足早に歩いてきた。かなりの高齢と思われるが、動きはきびきびしていて眼鏡の奥の眼光は鋭い。

衛春はFAX用紙を老人に渡した。老人はじっと文面を見つめている。無表情だが、頭の中ではあらゆる手順を検討しているに違いない。

「どうする」

「豫園《ユィユアン》のモビーディック・コーヒーに行ってこい。もう最初の入札は終わってるはずだ」

老人はそう言いながら、FAX用紙をシュレッダーに掛けた。

衛春は無言で立ち上がり、革ジャンに腕を通した。祖父がそう言うのなら、入札は済んでいる。あとは、どこの誰が幾らで落としたかを聞くだけだ。

「おじいちゃんは」

「回収に行く」

事も無げにそう言う老人に、衛春はかすかに不安げな表情になる。

「大丈夫なの」

「心配するな」

老人はゴム引きのコートを羽織り、マフラーを首に巻き帽子をかぶった。早春の上海はまだひどく冷える。

先に老人が店を出て、続いて戸締りをしてから衛春も店を出た。入口に鍵《かぎ》を掛け、「外出中」

の札を下げる。その間ほんの数秒なのに、顔を上げた時には、祖父の姿はもうどこにも見えなかった。我が祖父ながら、こんな時はいつも、家族にも見せたことのない顔があることを強く感じる。

祖父が始めた骨董品店は、上海の中でも一、二を争う観光客が集まる中国式大庭園、豫園《よえん》の東にある。豫園までは歩いて五分と掛からない、土産物屋の並ぶ繁華街だ。今日も世界中からやってきた観光客で通りはごった返している。

豫園を囲む、建造物の意匠が統一された豫園商城《しょうじょう》の一角に、アメリカ資本のコーヒーショップチェーン、モビーディック・コーヒーがある。ここも周りの建造物に合わせた造り。自国のチェーン店で気安く感じるのか、アメリカ人の客がひときわ多い。だからここが入札場所のひとつに選ばれているのだろう。

衛春はコーヒーを注文する列にさりげなく並んだ。すぐに順番が来る。

「你好《ニィハオ》。ご注文は？」

すらっとした細身の若い女が声を掛ける。素早く両耳の翡翠《ひすい》のピアスを確かめた。紛れもなく上質の翡翠。コーヒーショップの店員が一〇万ドルの翡翠のピアスを着けているのを見抜けるのは、限られた者だけだ。むろん、それを着けていること自体がサインであるのは言うまでもない。

「ええと、カプチーノを。『蝙蝠』の入札はどうなった？」

「カプチーノ、サイズはどうなさいますか」

女は涼しい顔でカウンターの上のメニューに目を落とし、低く囁《ささや》いた。

「一回目の入札は不成立。ボストンの『親』も含め、オランダとシンガポールの『客』の提示額も似たり寄ったりで、最低落札価格を少ししか上回ってない。『声』は、『客』どうしが密《ひそ》かに談合しているのではないかと疑っている」

衛春は耳を疑った。

「談合？　『客』どうしが？　トールサイズで頼む」

「『声』は今裏を取っている。二回目の入札は六時間後。『声』は今夜中には決着をつけるつもり。カプチーノ、トールサイズひとつ。謝々《シエシエ》」

娘は顔を上げ、カウンター内のバリスタに向かって声を張り上げた。

衛春はカプチーノが出てくるのを待ちながら、漠然とした不安が込み上げてくるのを感じた。『客』どうしが談合するなんて、俄《にわ》かには信じがたい話だ。しかし、『声』は最近値段を吊《つ》り上げ過ぎている。むろん、『声』が相当に危ない橋を渡っているがゆえの値段だろうが、『客』たちが自衛策を考え始めても不思議ではない。最近はＦＢＩも本腰を入れて捜査を強化しているし、中国政府がどこまで把握しているのかも不気味だ。そろそろこのやり方も限界なのではないだろうか。

ぼんやり考え込んでいると、カプチーノを受け取って振り向いた瞬間、後ろにのっそり立っていたアメリカ人らしきぽっちゃりした男がぶつかってきた。

「ソーリー」

そう言いつつもアメリカ人は上の空で、目が充血し憔悴《しょうすい》している。観光客ではないようだ。商談に失敗したのか、失恋か。悩み多き男は自分だけではないらしい。

「ネバマイン」

そう答えてカプチーノを手に通りに出た衛春は、祖父の携帯電話の番号に掛けた。

留守電になっている。

「おじいちゃん、今回は試験、駄目だったよ。追試受けるよ。また掛けるね」

留守電にメッセージを吹き込む時は、当たり障りのない符丁で話すよう祖父に厳命されている。「試験」は今回の入札、「追試」は次の入札を指す。そんなに用心深くしなくたって、と時々思うのだが、一度そのままの内容を留守電に吹き込んだ時の祖父があまりにも恐ろしかったので、従うことにしているのだ。

いったん店に戻って情報収集するか。

衛春は祖父と同じく足早に来た道を引き返した。


「今の、凄《すご》く綺麗《きれい》な男の子だったわね」

「ぶつかられてネバマインとは、中国も変わったもんだなあ」

小角正と安倍久美子は、すらっとした革ジャン姿の青年を見送りつつ、キャラメルマキアートを手に溜息《ためいき》をつくジョン・シルヴァー（41）と一緒に席に着いた。

「ジョン、あなたはよくやってるわ。あなたがフィリップの映画と世界中のフィリップの映画ファンを支えているのよ」

「ティムはすぐ爆発するけど、口ほどには怒ってないからさ」

　フィリップ・クレイヴンのペット、イグアナのダリオが非業の死を遂げてからというもの、日米中合作映画『霊幻城の死闘・キョンシーvs.ゾンビ』の撮影はストップしたまま。一日毎《ごと》に一〇万ドルがパアになると筆頭プロデューサーのティム・ポランスキー（48）はそれこそ頭に湯気を立てて激怒しているが、なにしろ監督のフィリップが喪に服したままなのだからどうしようもない。幼馴染《おさななじみ》で大学も一緒、自主制作映画時代から長年彼を支えてきたジョンも、フィリップに「ダリオの代わりを」と泣きつかれ、ほとほと困ってしまった。

　元々ダリオはイグアナ三兄弟の末っ子であるが、長男は客死、次男は病気療養中なのだ。

「中国でイグアナが手に入るかなあ。購入できたとしても、アメリカに連れて帰れるかどうか。犬とか猫じゃ駄目なの？」

　正はパソコンを開き「上海　ペット　イグアナ」で検索を始めた。

　ジョンは力なく首を振る。

「フィルは動物の毛のアレルギーでね。子供の頃、六匹の猫を飼っていたボーイスカウト団長の家のリビングで、呼吸困難になって死にかけたことがある」

「じゃあパンダも駄目だな」

「そもそもパンダ、買えないし」

「フィリップが撮影を再開してくれないことには、ダリオの霊も成仏できないわ。ダリオもすごく困ってる」

正とジョンがまじまじと久美子の顔を見る。久美子は大真面目である。

ジョンが恐る恐る言った。

「クミコ、本気で言ってる？」

久美子は平然と頷《うなず》き、じっとジョンの顔を見据えた。

「撮影所ではフィリップの近くにいたけど、今はあたしたちのところに付いてきてるわ。ジョンの頭上のところに。フィリップをなんとか慰めてほしいみたい」

ジョンはギョッとしたように自分の真上を見て、反射的に振り払う仕草をした。

「あら、邪険にしないで。ダリオもフィリップを心配してるのよ」

ジョンは固まったように動きを止めたが、やがてまじまじと大きく目を見開き、「それだ」と呟《つぶや》いた。

「霊媒師に、ダリオの霊を呼んでもらうんだ。ダリオの霊にフィルを説得してもらうんだ」

正が咳払《せきばら》いをする。

「ジョン、マジで言ってるのか？　ずっと寝てないから具合が悪くなったんじゃない？」

ジョンは充血した目で正を睨《にら》みつけた。

「インチキでもなんでもいい。フィルを説得できて、彼が納得することが大事だ。それらしく語ってくれれば誰でもいい。クミコは霊媒師、できないの？」

久美子は重々しく首を左右に振った。

「見えるのと呼び寄せるのとでは全く異なります。あたしには無理」

「その手の知り合いは上海にいないのか」

「神道は日本で独自に発達したもので、中国にはちょっと」

「そうだ、中国には風水師という魔法使いがいるんじゃなかったっけ」

「風水は土地とか地形とかを観るもので、霊魂関係は違うんじゃないかなあ」

正が遠慮がちに口を挟む。しかし、ジョンは自分の思いつきに夢中になっていた。

「キョンシーとゾンビを撮ってるんだ。歴史考証のアドバイザーに連絡を取ろう。きっとそういう知り合いがいるに違いない」

ジョンは取り憑《つ》かれたように携帯電話のアドレスを調べ始めた。

正と久美子はそっと顔を見合わせる。

ジョンはブツブツと口の中で呟いている。

「風水だ。風水師を探せ！」

2

TVの画面の中から、コートの襟を立てた初老の男がこちらを睨みつけている。

背後にあるのは、すっかりお馴染みの景色となった、上海の宇宙的な高層ビル群である。どうやら外灘のほとりに立っているようだ。

「巨龍《きよりゆう》はもはや完全に覚醒《かくせい》しました」

マイクを手に、重々しく呟く。

「疾走する上海。いったん走り出した巨大都市は、もうその歩みを止めることはありません。いや、止めることができないと言ったほうが正しいでしょう。中国はどこへ行くのか。二十一世紀の世界をどう変えるのか。そして、我々日本人はこの隣人とどうつきあっていくのか。今はそのスピードに振り落とされないよう、共に走りながら考えていくしかありません」

「あれー、宮越信一郎《みやこししんいちろう》だ。これ、録画？」

TVのリモコンを操作していた田上優子が大声を上げた。

「ううん、ライブみたい」

荷解《にほど》きをしながら、北条和美が画面の隅の「LIVE」の文字を指さした。

「じゃあ、今彼もこっちに来てるんだわね」

「もうテレビ朝田《あさだ》やめて、フリーなんですよね？」

「うん。これ、NHKでしょ」

優子はTVを消した。

青龍飯店の一室。濃いグリーンを基調とした部屋の中はシックで落ち着いた雰囲気である。天井も高く、家具やリネン類にも高級感がある。

優子はぐるりと部屋を見回し、お茶を淹《い》れているえり子を見た。

「いいお部屋ですねえ。まだ新しくて気持ちいい。いいホテル取ってくださってありがとうございます。加藤さん——じゃなくて、ええと」

「市橋さん、でしょ?」

和美が笑いかけるとえり子も笑い返した。

「社長夫人だもんねえ」

「やめてくださいよ。加藤さんでいいです。こっちは結婚しても姓変わらないし」

えり子は苦笑して手を振り、香り高い烏龍《ウーロン》茶の入った茶碗を差し出す。

「ありがと」と言って、和美は熱い茶をすすった。

「どうなの、旦那の商売は? 高級寿司《ずし》のデリバリーだっけ?」

「出足は好調のようです。店舗を増やさないかという話がいっぱい来てるみたいで」

えり子は肩をすくめた。

「だけど、すぐに似たようなことを始めるところが出るだろうし、大手の流通系とか日本の商社とかが入ってきたら太刀打ちできるかどうか。大資本が来たら、コスト競争で負けちゃいますからね。日本企業が次から次へと進出してきますけど、成功するのはほんの一握り。むしろ、死屍《しし》累々ですよ」

「ふうん。大変なんだねえ」

「でも、加藤さん、幸せそうですよ。なんか、イキイキしてます。いいなあ」

優子が素直に羨《うらや》ましそうな顔をしたので、えり子はくすっと笑った。主張が激しくプライドの高い人々の中で暮らしていると、こういう裏表のない一本気な性格が懐かしい。

えり子は時計を見た。

「今日はどうします？　夜はホテルのレストラン予約してありますから、お腹空《す》かせておいたほうがいいでしょう。豫園で点心食べるのはもったいないし、ちょっと半端な時間ですね」

「パンダ見たいですっ」

優子が勢いこんで言った。

えり子は大きく頷く。

「ああ、それはいいかもしれません。上海動物公園は中心部からちょっと離れてるから、行って帰ってきたらちょうど夕飯の時間になるし」

「えり子、つきあってくれるの？　時間大丈夫？」

和美が気を遣う。こういう気配りも懐かしい。

「大丈夫、あたしも二人が来てくれるの、楽しみにしてたんですから。実は、あたしもまだ上海動物公園、行ったことがないんです」

優子は目を丸くする。

「ええ、そうなんですかあ。もう二年近くになるんですよね、こっちに来て」

「そうなんだけどね。それどころじゃなくて、観光する暇もなかったから」

えり子は頭を掻いた。和美がぽんぽんとえり子の肩を叩《たた》く。

「やっぱり商売立ち上げるのは大変だよね。しかも異国でさ。よし、パンダ見に行こう」

「やったあ」

三人は上着を羽織り、連れ立って部屋を出た。スピードの遅いエレベーターに乗り、一階に下りる。

と、廊下を作業着の男たちが大きな荷物を次々と運んでいくところに出くわす。

梱包《こんぽう》された大きな板のようなものや、やはり梱包された人に似た形のもの。どれも重そうだ。

「なんだろう」

「絵じゃないですか。そういえば、今日、上の階でアートフェアがあるって下に看板が出てた気が」

「ふうん、美術品かあ。じゃ、あれは彫刻かしらん」

高さ二メートルはある縦長の包みを幾つも台車に載せて押していくところを、優子はデジカメで撮影した。

「あんなでっかいの、飾れる家があるなんて羨ましい」

「こっちの富裕層はハンパじゃないですからね。日本の感覚でいう富裕層がこっちの中間層、くらいでしょうか」

「じゃあ、生命保険の金額もきっと凄いですねー」

ふと、優子はおのれの業界のことを思い出したようである。

「中国の保険金課って、大変だろうなあ」

和美は見知らぬ同業者に同情した。

「広いから調査に行くのも面倒ですよねえ」

「内陸部で交通事故なんか起こしたら、どうやって査定するんだろう。内モンゴル自治区とかさ」

「ほとんど探検隊の遠征ですねー。専門の部署があったりして」

「体育会系でないと入れないとか、山岳部出身に限るとか」

「採用する時に体力テストがあって」

「あんたなら入れるんじゃない？」

「えー、あたし、持久力ありませんよ。空気薄いところも苦手です」

えり子は二人の会話を聞いてくすくす笑っている。他愛のない話をしながら、三人はホテルを出た。

3

高い天井からは沢山の大きな電球が吊るされ、殺気に近いような喧噪《けんそう》がウワンと辺りを包んでいる。行き交う人、人、人。次々と台車が狭い通路に無理矢理入ってくる。

入口付近はびっしりと自転車が並んでいて、ひっきりなしに人が出入りしている。

豫園から東に数キロ離れたところにある生鮮食料品市場である。元は映画館だったところを改装したという建物の内部は迷路のようで、びっしりと商品の山が続いている。

ぎっしりと並ぶ野菜。ザルから零《こぼ》れ落ちそうに積み上げられた果物。色鮮やかな野菜が、飽くなき市民の胃袋へ消えていくのを待っている。

別の一角には鮮魚が並び、水槽が並ぶ。潮臭い水の匂い。足元をちょろちょろと走る、ホースから流れ出た水。客が水槽から選んだ魚を、店員が床に打ち付けて気絶させている。

ゴム引きのコート姿の小柄な老人が、熱気に満ちた市場の中を、すいすいと縫うように歩いていく。市場の誰もが、彼がそこにいることに気付きもしない。

ここは市民の台所で、観光客はほとんどいない。誰もが仕入れに集中していて、目立たぬ年寄りになど目も留めない。

通路を奥に進むと、いつしか獣の匂いが立ち込めてくる。

ジャングルの中にでもいるような、金属的な鋭い鳴き声が地面を伝わってきて、獣たちの気配が濃厚に満ちみちてくるのだ。

精肉売り場の一角に入ると、ブロック肉や空中に吊るされた肉がずらりと並ぶ。鮮やかな色を保った肉がどこまでも続くさまは圧巻である。

更に奥に進むと、整然と積み上げられた籠《かご》や檻《おり》が見えてくる。それらの中には、鶏や鶉《うずら》など、生きたままの小動物たちが落ち着きなく動き回っているのが見て取れる。

灰色のジャンパーを着た、料理人と思《おぼ》しき男がしゃがんで籠の中の鶏を値踏みしている。そこここで、電卓を手に、声高に料金を交渉している男たち。

よく見ると、辺りには禽類《きんるい》の羽根の一部がふわふわと漂っている。もしここにフィリップ・クレイヴンがいたら、ボーイスカウト団長の家どころではない。ほんの数歩歩いただけで、たちまち呼吸困難に陥ることであろう。

老人の足取りがゆっくりになった。籠の中をひとつひとつ見入っている。

ただ彼が籠の前に立つだけなのに、たちまちどの籠の中もピタリと静かになるか、あるいは神経質に暴れ回るかのどちらかになる。

老人の目は何ひとつ見逃すまいと、舐《な》めるように籠の中を見ている。

籠の列は、見ても見ても終わらない。うんざりするような量であるが、彼はゆっくりと端折《はしょ》ることなくすべての中身を確認している。

が、やがて彼の目に怪訝《けげん》そうな色が浮かんだ。

ほんの少し足早になり、籠を覗《のぞ》き込むペースが速まる。

更に少し経つと、かすかだが明らかな焦りの色が見え、これまでに見た籠のあいだを行ったり来たりし始めた。

ちょうどその時、絶妙なタイミングで、黒い野球帽とゴム手袋にエプロンという、少し前まで肉を解体していたと思しきがっしりした男がすうっと老人に近付いてきた。エプロンには赤黒いシミが付いている。

さりげなく隣に立つと、煙草に火を点《つ》けた。

「おいおい、あんたらしくもない。そんなにバタバタしないで欲しいな。目立つだろうが」

耳元で囁くと、一服して煙を吐き出した。

老人はピタリと動くのを止め、籠に目をやったまま低く呟いた。

「例の積荷は？」

返事はない。

老人は恐ろしく冷たい声で続けた。

「ない。どこにもない。楊は上海に入ったと言ったぞ」

「実は、問題が起こった」

男は全く動じる様子もなくポリポリと耳元を掻いた。

「なんだ」

「どうやら、向こうの関係者がチクったらしい。しばしば禽類の胃袋に何か素敵なものを詰め込んで運んでるらしい、ってなことを」

男の声はとても優しく、愛を囁いているのかと思うほど柔らかい。つまり、彼は非常に腹を立てているということだ。近い将来、「向こうの関係者」はとことん調べ上げられて、彼の愛情に満ちた囁きをたっぷり聞くことになるだろう。

「それで？」

「荷物を積み込む時に手入れに遭って、とっさにいつもと違う胃袋に入れてしまった、というんだ」

「いつもと違う胃袋？　何に入れたんだ？」

老人は不機嫌な声を出した。

「あとで見分けがつくように、たまたま近くの檻に珍しい動物がいたから、そいつの胃袋に押し込んだと」

「美味《うま》い動物だといいな」

「美味いかどうか分からんが、大きなトカゲだったということだ」

「トカゲだと？」

老人は顔をしかめた。

「ワニは食べたことがあるが、トカゲはどうだろう」

男はくくっ、と小さく笑い、すぐに笑みを消した。

「しかも、もう四日前にその積荷は着いている」

「四日前？　そんなに前に？　今どこにあるんだ？」

老人は今度こそ声を荒らげ隣の男を振り返った。

しかし、隣の男は相変わらずじっと前を見たままだった。

「ここまで調べるのに丸二日間掛かっちまった」

ふうっと煙を吐き出す。

「で、ようやくさっき調べがついた。送り主はアメリカ人の男で、自分の滞在先のホテルに送ったらしい」

「トカゲをホテルに？　何に使うんだ」

「分からん。そいつは映画監督で、現在上海でロケ中だ。もしかすると、撮影に使うのかもな。ともあれ、まだしばらく上海に滞在してるようだから、トカゲもホテルか撮影場所にいるはずだ」

「トカゲの映画？　上海で？」

老人は面喰《めんく》らった様子である。

「あいつらの作る映画の節操のなさにはついていけん。このあいだはパンダがカンフーをしていたぞ」

「今度はトカゲがカンフーするのかもな」

「で、どこだ、そのホテルは」

老人が鋭い目で一瞥《いちべつ》する。

「青龍飯店だ」

男はゆっくりと煙を吐き出した。

「もう手は打ってある」

4

「動物園というよりも、公園みたいですねえ。広いなあ」

「確かに」

「あの辺りなんか、まるごと林が入ってますよ」

上海の中心部からやや離れた郊外に、広大な上海動物公園はある。ゆったりした空間を、家族連れが思い思いに楽しんでいる様子は、世界共通の動物園の風景だ。

「思ったよりも空いてますね。ゆっくり見られていいですね。平日だからかな」

えり子は周囲を見回した。

優子が、よちよち歩きの男の子が祖父母に手を引かれているのを見て立ち止まった。

「いいなあ、おじいちゃん、おばあちゃんと動物園に来られて」

「あんた、おじいちゃん子だったもんね」

和美は、優子がおじいちゃんに「強い子になれ」と言われて柔道の黒帯を取ったのを知っている。

「はい。あたしも昔、一緒に行きましたよ。あたしはよく覚えてないんだけど、大きくなってから、あんたは熊の檻に入って大変だったって言われました」

「熊の檻？」

「ええ。絵本で、金太郎が熊と相撲の稽古《けいこ》をするシーンがあるじゃないですか。どうやら、それにすっごく憧《あこが》れてたらしくって、ユウコも熊さんとお相撲とるって言って、ほんとに熊の檻に入っちゃったことがあったんですって。まだ小さかったから、柵《さく》のあいだからするっと。おじいちゃんもおばあちゃんも、飼育員の人も真っ青で、大騒ぎになったって」

「そりゃそうだ。おっそろしいけど、あんたらしいわ」

和美が苦笑した。

「あっちがパンダ舎みたいです」

えり子が園内の地図を見て指差した。

「実は、パンダも野生動物だから、結構危ないんですってね。力が強いから、前肢《まえあし》なんかで殴られたら一発でお陀仏《だぶつ》だとか。だから、パンダの飼育員も絶対に檻の中でパンダと二人きりにならなないんだそうです」

「へえー」

えり子の説明に二人は驚きの声を上げる。

「でも、パンダは肉食メインじゃないですよねえ。それでも人間襲うんですか？」

「なわばり意識なんじゃないの」

優子の疑問に、和美があっさりと答える。

「パンダと相撲取ったら負けるかなあ」

優子は真剣な表情で考え込む。和美がこづいた。

「だから、動物と相撲取るのはよしなさいって。向こうの体重、どんだけあると思ってんのよ」

「そこは柔よく剛を制すで。相手の体重を利用して、自分より大きい人に技を掛けるのが日本柔道の真骨頂ですから。ホント、ポイント制の今の国際柔道ってせこくって嫌なんですよねー」

パンダの絵が描かれたひときわ大きなコンクリート造りの建物に近付くと、若い女の子たちが携帯電話のカメラをかざして歓声を上げていた。日本語が聞こえるところをみると、中に日本人の女の子たちもいるようだ。

「わあ、いるいる！」

優子たちも歓声を上げて、ガラス張りになったパンダ舎に駆け寄った。

建物の中はかなり広い。部屋の真ん中に、大量の竹が積み上げてあって、そこにごろんと横になったパンダが二頭、黙々と竹を食べていた。

「本物だー、大きいなあ。何歳くらいかしら」

「何度見ても不思議だよねえ。なんでこんな模様なんだろ」

「生まれたばっかりの時は白っぽくて、黒い部分が全然ないんですよね」

「毎日こんな食っちゃ寝、食っちゃ寝じゃ太るよねー。パンダが座ってるところ見ると、あたしお正月のお供え餅《もち》を連想するんだよなあ」

手前で竹を食べている二頭のパンダは若いようだ。ガラスの近くまで来て、愛嬌《あいきょう》を振りまいている。みんながパシャパシャと写真を撮っているので、優子もデジカメを構えた。

うん？

その時、部屋の奥のやや薄暗いところに、もう一頭パンダがいるのに気付いた。竹の山の向こう側で、まるで、暗がりに潜むように静かにしているので気付かなかったのだ。

優子はじっとそのパンダを見つめた。

目立たぬようにしているが、かなり大きなパンダである。結構歳もいっているような気がする。

優子は写真を撮るのをやめ、ガラスに両手を当てて、じいっと奥のパンダを観察した。

と、暗がりでパンダが、ゆらり、と動いた。

優子が見ているのに気付いたのか、こちらを一瞥したのだ。

次の瞬間、目が合った。

鋭いまなざし。ほんの短い時間であるが、確かに、ばちっと視線がぶつかりあったのである。

むむ、できる（って、何ができるのかよく分からないけど）。

優子はそう直感した。

あのパンダ、相当、できるに違いない。

パンダはゆっくりと立ち上がり、のそのそと部屋の反対側まで歩いていった。

あの隙のない立ち居振舞い。ゆったりと余裕を見せつつも、こちらを用心深く窺《うかが》っている感じ。やはり只者《ただもの》ではない。

優子は移動していくパンダを目で追った。知らん振りをしているが、こちらが目で追っているのも承知している。古武士のような、あの広い背中がそう感じさせるのだ。

「優子、何見てるの、ガラスに張り付いて」

和美に声を掛けられてハッとする。

「あの、ほら、奥にもう一頭いるじゃないですか。あのパンダが気になって」

「ああ、本当だ。なんだか引きこもりっぽいパンダね」

「なんとなくやさぐれてますね」

「ちょっと目つき悪くない？」

和美とえり子の感想は、あんまりな言いようである。

「名前なんていうんだろ？」

壁に貼ってある説明書きを見る。

厳厳　GUWANGUWAN

「何て読むのかな、これ」

「ガンガン、じゃないですか」

「凄い名前だなあ。ぴったりな気もするけど」

「年齢不明、だって。大体でいいのに」

「野生動物の年齢って、正確に測るのむつかしいらしいですよ」

厳厳かあ。優子は口の中で繰り返してみた。

強そうな名前でいいなあ。どことなく、巌流島《がんりゆうじま》を連想させるし。ますます古武士っぽいよ。

「優子、行くよー」

なぜか気になる。

優子はなんとなく後ろ髪を引かれつつも、パンダ舎を後にした。


厳厳のほうでも、優子のことが気にかかっていた。

普段、ガラスの向こうできゃあきゃあ言っている連中は、対象のことを必ずしもよく見ていない。ガラスの向こう側に、動物園のその場所に「いた」ということが重要なのであって、厳厳たちパンダの内面や存在意義なぞに興味はないのだ。動物園に行った、パンダを見た、というその事実のみが大切で、その事実を証拠に残すこと――写真を撮ったり、パンダ饅頭《まんじゅう》を買ったりする――に熱心で、ここにいるのが俺であろうが誰であろうが、もしかしたらパンダの着ぐるみを着た態であっても構わないのだ。

しかも、彼らの視線は脆弱《ぜいじゃく》で散漫だ。俺が奥で気配を消していれば、ちっとも気付かない。主体性のない視線なので、こちらまで届かないのだ。

だが、あの女――

厳厳は、ガラスに両手を当てて、身動《みじろ》ぎもせずにこちらを注視していた女の顔を思い浮かべていた。

あいつは、こちらを見ていた。

久々に殺気を感じて、思わず振り向いてしまったのだ。しかも、こんな薄暗い場所にいたのに、確かにしっかりと目が合った。

あの女、できる（って、何ができるのかよく分からないけど）。

久しぶりに、本能のどこかが覚醒したような心地がする。

厳厳は落ち着かず、部屋の中をうろうろと歩き回った。

なんとなく、塒《ねぐら》に戻る通路のほうに行ってみる。

と、飼育員の魏の声が聞こえた。

「ダメ！　ダメですよ、こっちに入っちゃ。キケンだから！」

そっと覗き込むと、どこが開いていたのか、飼育員の作業スペースによちよち歩きの男の子が入ってきていた。慌てていたためか、魏が束にして手に持っていた掃除用具が落ちて、厳厳たちのいる展示スペースのほうまで転がってきている。

厳厳のすぐ近く、扉の下の手の届くところに。

どきどきしてきた。

すぐそこに、道具が。

「栄栄《エイエイ》！」

魏が子供を抱き抱えて表に連れ出したところに、おろおろした年寄りが二人、駆け寄ってきた。

「すみません、ちょっと目を離した隙にいなくなってしまって」

「気をつけてくださいね」

二人はぺこぺこと頭を下げる。子供はきょとんとして大人たちを見上げている。

厳厳はそっと前肢を伸ばし、小さい柄付きブラシを中に引き入れた。さりげなく後退《あとずさ》りしながら、ブラシを竹の山の下に押しやる。

これなら、竹に紛れて分からないだろう。

「魏先輩、すみません」

そこに、一番下っぱの飼育員が戻ってきた。

「あー、びっくりした。どんな時でも開けっぱなしにしといちゃダメじゃないか」

魏はカンカンになって怒っている。下っぱは平謝りだ。

「すみません、すみません。すぐに戻るつもりで」

厳厳は扉の近くまで戻り、じっと飼育員たちの様子を窺っていた。

「ああ、ほんとにびっくりした。寿命が縮んだよ」

魏は溜息をつき、床に落ちていた他の掃除用具を拾い集め、バケツを持ち上げて奥に歩いていく。

よし。

厳厳は胸を撫《な》でおろした。魏が他にも何本か柄付きブラシを持っていたので、もしやと思ってこのチャンスに賭《か》けたのだ。

やっぱり、奴は一本足りないのに気付いていない。

厳厳は、ゆっくりと竹の山のほうに向かって歩いていくと、ごろんと横になった。

さて、どうする。

厳厳は、竹のあいだに見える柄付きブラシをじっと見つめながら考え込んだ。まだ動悸《どうき》が収まらない。

ちっ、俺もヤワになったもんだぜ。落ち着け。まだ塒に帰るまでには時間がある。考えるんだ。

ガラスの向こう側には、また新しい集団が来て、判で押したように携帯電話で写真を撮りまくっている。その無邪気な様子を見ているうちに、厳厳は平静さを取り戻していた。

こいつは千載一遇のチャンスだ。今度脱走を試みるのはもう少し先を考えていたが、こうして向こうからチャンスが転がりこんできたからには、使わない手はない。

竹を一本取って、ゆっくりと噛《か》んでみる。

今は奴もブラシが足りないことに気付いていないが、いつ気付くか分かったものではない。それに、こうして竹の下に置いておいたら、明日掃除をして食事の支度をする時には見つかってしまうだろう。俺がここに隠したこともすぐにバレるだろうし、魏を警戒させるのはまずい。

今夜、かな。

厳厳は、じっと薄暗がりの壁の一点を見つめながら、静かにその決心を固めていた。

5

「むーん」

細い目がほんの少し見開かれ、ジロリと辺りを見回した。

少し離れたところに立っている男が二人、心配そうにこちらを見ている。

真新しいオフィスビルの最上階である。

問題だ。

蘆蒼星《ロソウセイ》(55)は、けばけばしく飾り立てられたエントランスと受付をじっくりと眺めた。小柄だががっしりとして、髪は黒々としている。地味な背広姿だが、なぜか異様な存在感があって、目が引き寄せられてしまう。男は、エレベーターホールからゆっくりと歩いてきて、フロアの入口で立ち止まったところである。

天井にはやたらとカッティングが複雑でキラキラ光るシャンデリア。

いささか育ち過ぎ、天井まで伸びた観葉植物。

デザイナーにたんまりカネを払ったであろう、毒々しい社名のロゴ。

問題だ。

受付の奥には、創業者と思しき大きな石膏《せっこう》の胸像がでんと置かれていた。このエントランスに足を踏み入れたとたん、その胸像と対面する位置である。

つまり、あの男か。

蒼星はちらっと離れたところに立っている男を見た。

恰幅《かっぷく》のよい、真新しい背広に身を包んだ男だ。ぎらぎらしたところに、創業者らしきパワーを感じさせるが、たるみも見え、老いの入口にさしかかっている。しかし、胸像のほうはかなり若く、相当美化してあるようだ。

受付の中には、まぶたを真っ青に塗りたてた化粧の濃い若い女が二人座っていて、どちらも無表情で自分の爪を見ている。

問題だ。

蒼星は、微妙に椅子を動かして、互いが視界に入らないように背中合わせに近い状態で座っている二人を見据えた。

この二人は二人とも社長の愛人だ。しかも、互いにそのことを知らない。

床を見下ろす。派手な絨毯《じゅうたん》が敷き詰められている。渦巻のような紫色の模様で、見ているとぐらぐらして吸い込まれるのではないかと思うほどだ。

「どうでしょうか、蘆先生」

秘書らしき、社長の隣に立っていた背の高い男が不安そうに尋ねる。

蒼星はそれには答えず、すたすたと歩き出した。

「オフィスを拝見」

「あ、どうぞ、こちらです」

慌てて秘書が先に立って歩き出す。社長もついてきた。

通路を入って、広いオフィスに足を踏み入れようとして、蒼星は反射的に歩みを止めた。

ひっきりなしに電話が鳴り、大声で話す社員の声がフロアじゅうに響き渡っている。そういう点では非常に活気がある、と言っていいはずなのだが、声の縁が微妙に殺伐として、見えないところで何かが腐り始めているように感じる。なんともいえないどんよりした気が、全体を覆っているのである。

その気は、そこここに置かれた、やたらと茂り過ぎ、手入れが為《な》されていない観葉植物や、ごてごてした龍やら獅子《しし》やらの置き物からも滲《にじ》み出ていた。そのタッチからいって、受付にあった社長の胸像と同じ作者のように思われる。

ここ五年で急成長したマンション開発会社とのことだったが、既に停滞が始まっているようである。

蒼星は窓の外に目をやった。

道路を挟んだ向かい側に、奇抜な形のビルが建っている。

なんという形だろう。涙形というのか、しずくを横にしたような形をしている。そのしずくの先端が、まっすぐこちらを向いている。まるで、こちらに切っ先を向けているかのようなビルである。

大問題だ。

蒼星が窓の外を見ているのに気付くと、急に社長がいきまいた。

「あそこには、俺の幼馴染がいるんだ。いや、違う、今は商売敵だ。よりによってあいつも俺と同じマンション開発に参入しやがった。ずっとしがない雑貨屋の主人だったくせに、俺の羽振りのいいのを見て、俺のやり方を真似したんだ。俺の名前を使って、俺の大口の客まで持っていこうとしやがって。あいつがあそこのビルの二十八階にオフィスを構えたんで、俺は絶対あいつよりも高いところにオフィスを置いてやると決心した。それで、あいつを見下ろせるこのビルの三十四階にここを構えたんだ。一年前のことだ」

向かいのビルのそのフロアと思しき場所を、激しく指を突き出して示している。

「それがどうだ、ここに移転してからトラブル続き。俺のオフクロは具合が悪くなるし、社員旅行で食中毒にやられたり、現場で事故が起きたり。さんざんだ。大枚はたいてここに引っ越してきたっていうのに。なぜだ。一等地のオフィスだぞ」

社長は手を広げて天を仰いだ。

「蘆先生の評判を聞いたのはそんな時です」

秘書が媚《こ》びるように口を挟んだ。媚びているのは、社長になのか蒼星になのかは不明だが。もしかすると、両方かもしれない。

「蘆先生のアドバイスでオフィスを改造し、業績が伸び悩んでいた会社が蘇《よみがえ》ったという話をあちこちでお聞きして、是非わが社にもと」

「で、どうなんだ、先生？　どこがいけないんだ？」

二人が蒼星に詰め寄る。

蒼星は浅黒い顔に埋もれた無表情な目で交互に二人を見た。

初めて蒼星の顔を見た人は、一様に、不思議そうな顔をする。そして、どうして不思議な印象を受けるのか、考え込む表情になるのである。もっとも、すぐにそんなことは忘れてしまうのだが、その理由に気付く者はめったにいない。

実は、蒼星の顔は、ほぼ左右対称なのである。

人の顔は、微妙に歪《ゆが》みがあるものだ。女優が顔写真を右から撮るか左から撮るかにこだわるように、人の顔は左右対称ではない。しかし、蒼星の顔写真を正面から撮って、中心線から半分に折ったらほとんどぴったり重なるだろう。それが、一瞬、奇妙な印象を与えるのだ。

バランスと調和。代々風水師の家系に生まれた蘆蒼星は、それをそのまま体現しているといってもいい。

蒼星は口を開いた。

「このオフィス、誰が設計しました？　沢山置いてある植物は誰が持ち込んだんです？」

社長が一瞬、ひるんだような顔になった。

「あれは、女房の弟がオフィスの緑をレンタルする会社を始めて。ウチの関連会社で、需要があって、今すごく伸びてるんだ」

すごく伸びてる。確かに、メンテナンスが為されておらず、どれも伸び放題だ。

「受付の石膏像は？　オフィスにも置き物がありますね」

「あれは、女房の父親の作品で、オフィス移転記念に造ってくれたんだ。女房の父親は芸術家なんだ」

社長は早口になった。何か疚《やま》しいことがある証拠である。その疚しさは、たぶん受付に座っている、女房に対する裏切りの象徴である二人の女に起因するのであろう。

ふと、社長の後ろに、社長を見ている男女の姿が見えた。

遠いようで――すぐ近くにいる。

あそこか。

蒼星は窓の外にちらっと目をやった。

その二人は、窓の外、向かい側に見える涙形のビルの二十八階のフロアからこちらを見上げ、含み笑いをしている。共犯者めいた目つきでひそひそと囁き合う様子からも、男女の仲であることは明らかだ。

なるほど、そういうことか。

蒼星は納得した。

社長の妻は、二人の愛人の存在を承知しており、その二人を受付に置いていることも知っている。妻は、夫に復讐《ふくしゅう》したがっていて、夫の幼馴染であり商売敵である男と通じているのだ。そして、二人は別の風水師を雇い、こちらのオフィスに「呪い」を掛けているのだ。このオフィスに入るように仕向けたのも彼らだろう。このオフィスビルに切り込むように建っているあのビルそのものが、こちらにダメージを与える風水の位置にあることも計算の上だ。これみよがしに放置された植物や、あちこちの運気を遮るように置かれた置き物も、向こうの風水師の入れ知恵に違いない。

「では、私からのアドバイスです」

蒼星は口を開いた。

「植物はすべて撤去してください。あれが運気を妨げているだけでなく、弱っていく時に一緒に気も逃がしている。置き物も同様。置くなら、ここと、ここと、ここ。他の場所はいけません」

蒼星は迷うことなくその場所を指差した。

「え？　でも、あれは女房の弟と父が」

「いちばん大事なのは入口です」

社長が抗議するのを無視して、エントランスに戻る。

蒼星は天井を見、床を見た。

「あの照明は大目に見ましょう。だけど、この絨毯は駄目。すぐに取り替えてください。色は赤か黄。こんな眩暈《めまい》のしそうな模様じゃなくて、伝統的な吉祥紋《きっしょうもん》にすること」

秘書が慌ててメモを取っている。

蒼星は左右対称の顔でじっと社長を見据えた。

「でもね、社長、あなたも分かっているでしょう。会社の運気を左右するのはあなた自身。愛人二人を受付に並べておくなんぞもってのほか。入口にこの二人の相克があるから、外から運気が全く入ってこない。それどころか、お客も幸運も遠ざけている。悪いことは言わない、替えなさい」

蒼星がズバリ言うと、社長は真っ赤になり、次に真っ青になった。

それは、受付の二人も同じで、背筋を伸ばしてハッとし、次の瞬間、互いに顔を見合わせた。見る見るうちに両者の顔が紅潮していく。やはり、互いに同じ立場だとは知らなかったのだろう。驚愕《きょうがく》と嫉妬《しっと》、そして屈辱プラス激しい怒りが同時に顔に浮かび、二人は世にも恐ろしい顔で社長を睨みつけた。青いシャドウのせいで、顔の色がほとんど信号機である。

社長は「いや、その、まさか、冗談だよ」とうろたえたが、女二人の形相にびびってしまい、どこか逃げ腰だ。

蒼星は平然と続けた。

「それから、あの胸像は即刻撤去」

受付の後ろに置かれた石膏像を指差す。

二人の女が、振り向いてその石膏像を見つめている。

みんなの視線が、本人よりかなり若く相当美化されたそれに集まった。

「あのあなたの像目掛けて、向かいのビルから悪い気が送り込まれてきています。それを、あなたの像がすべて吸い込んでいる。ここ一年の不幸は、それが最大の原因。あの像はどかして、鏡を置きなさい。向こうからの悪い気は相当強いもの。こちらもそのつもりで撥《は》ね返さなければやられます。どっしりした、風格のある八卦鏡《はっけきょう》がいいでしょう。では、次の約束があるので私はこれで」

その時、蒼星の携帯電話が待っていたかのように鳴り出した。

「あ、先生、蘆先生」

秘書が呼び止めるのも無視して、蒼星は歩き出した。

視界の隅に、恐らく生まれて初めて協力しあったのであろう、二人の女が同時に石膏像に手を掛けて、床に叩き落とすのがチラリと見えた。

石膏が割れる音、悲鳴と金切り声。何事かと、社員が奥から出てくる気配。大騒ぎになっているエントランスから出て、蒼星はエレベーターホールで電話に出た。

「兄貴？　今どこ？　なんだか、やけに騒がしいところだな」

香港《ホンコン》にいる弟、蒼見《ソウケン》からだった。

「なんでもない。運気を呼び込むのに客が協力してくれたところだ」

振り返ると、社長に殴る蹴《け》るの暴行を加えている女二人のあいだに秘書や男性社員が割って入り、大乱闘になっている。

「ならいいけど。上海にいるんだよね？」

「ああ、あと二日は上海にいる」

エレベーターに乗り込んだ。

「兄貴、頼みがあるんだ」

蒼見が猫撫で声を出したので、蒼星は警戒した。

弟は、早くに香港に渡ってオフィス向け風水アドバイザーとして財を成した。蒼星が大陸にとどまり、文革に耐えて細々《ほそぼそ》と家庭向けに風水を観てきたのとは対照的だ。そもそも、風水というのは国家の政を行うために祝福された土地を探し、都のグランドデザインを設計するのが仕事なのであって、開運グッズを売るのが本業ではない、という考え方の蒼星と、風水師の技術をとことん商売に使う蒼見とは、どうしても嚙み合わないところがある。このところ大陸でも風水が徐々に復活してきて、需要の増加と共に蒼星の評判が高まってきている。今がチャンスと弟も大陸に向けてビジネスを拡大するのに兄を頼りたいのだが、今ひとつ兄が乗り気でないのが不満らしい。

「俺の知り合いの映画プロデューサーから、俺のところにSOSが入ったんだ。ジャッキー・チェンとも長いつきあいの、有名なプロデューサーだよ。香港じゃセレブなんだよ」

「有名かどうかはどうでもいい。どこを観てほしいんだ？」

蒼星は苦笑した。弟は、有名人や芸能人にとても弱く、二言目には「セレブなんだよ」と口にする。

「青龍飯店というホテルに今アメリカの映画監督が滞在してて、上海で映画を撮ってる。その映画撮影が、トラブル続きでストップしてるんだってさ。監督はノイローゼになってて、何か呪われているんじゃないか、風水上何かが悪いんじゃないかと気にしてるんだって。だから、中国でも有名な風水マスターに、ホテルと撮影現場の風水を観てほしいんだって」

「なんて監督だ？」

「ええと、フィリップ、なんとか。待って」

ぼそぼそと話し声がした。

その隙に、タクシーをつかまえる。乗り込んで行き先を指示したところで弟の声が戻ってきた。

「ああ、これだ。フィリップ・クレイヴンだ」

「知らないな」

「若者向けの映画を撮ってて、アメリカじゃとても人気があるらしいよ。ハリウッドのセレブなんだよ」

「急ぐのか」

「急ぐんだよ。なんでも、撮影がストップしてもう五日になるんだって。一日休むと一〇万ドルが吹っ飛ぶんだよ。セレブの時間は高いよ。頼むよ、兄貴、今日中に行ってもらえないかな？このあとの予定、どうなってる？」

「あと二件、約束がある。それからでよければ」
一、二時間もあれば終わるだろう。

弟が、安堵《あんど》の声を出した。

「助かるよ、兄貴。無理言ってすまない」

なんのかんの言いつつ、自分は弟に甘いな、と蒼星は苦笑する。

それに、正直言って、映画の撮影現場というのを見てみたいと思ったのもある。そういう場所で風水を観るのは初めてだ。

「じゃあ、現地のスタッフから兄貴に電話させるから、よろしく頼むね」

「分かった」

電話を切ったか切らないかの瞬間に、すぐに電話が掛かってきた。

「サンキュウ、サンキュウ、ソーマッチ。謝々」

泣き出さんばかりの男の声が耳に飛び込む。相当に切迫した状況らしいのは確かである。最近は海外から戻ってきた二世、三世の経営する企業の依頼も多く、英語でのやりとりも慣れてきた。

ホテルの場所を説明する声を聞きながら、蒼星は密かに嘆息した。

あいつ、また安請け合いしたな。たった今も、電話している奴の隣にその「セレブのプロデューサー」がいたに違いない。

6

青龍飯店の、レストランフロアの奥まった一室。

落ち着いた雰囲気の部屋である。書斎という印象を受けるのは、壁一面が書棚になっているのと、スチール製のキャビネットが並べられているせいだろう。

書き物机と椅子の他に、一度に十数人が席に着ける長方形のテーブルもある。書き物机の上には白いノート型パソコンが置いてあり、画面が開いたままになっている。ロック画面の壁紙は、なぜか正面から見た羊の写真である。

パソコンの脇には小さな盆があり、茶碗と急須《きゅうす》、白磁の皿が載っている。半分茶の残った茶碗と、少しだけ齧《かじ》った、食べかけの細長い菓子。どうやら、机の主はこれを食べている途中で中座したらしい。

背後の書棚には、文献がぎっしり並べられているが、書名から見ると、料理や文化に関するものがほとんどのようだ。

無人の部屋の扉のノブがぐるりと回り、ほんの少しだけ開いた。

細い隙間から、用心深く部屋の様子を窺う目が覗く。

誰もいないことを確かめると、静かに扉が開かれ、白い調理服を着た細身の若い男がするりと中に入り込む。

男は部屋の中をざっと見回すと、一直線に書き物机の前に向かい、机の上を一瞥してから、手早く引き出しを開け始めた。慣れた様子で、次々と引き出しを開け、中を探って元に戻す、という行為を繰り返していく。

が、探し物は見つからないようだった。男は顔をしかめ、再び部屋の中をゆっくり見回した。

少し考えてから、スチールキャビネットに向かう。こちらも引き出してみたが、中には整然とファイルが並べられているだけで、男は一瞥してすぐに閉めた。一列だけ、鍵の掛かったキャビネットがあり、むろんこちらは引き出そうとしても開かない。

チッ、と小さく舌打ちをし、男は胸元からピンのようなものを取り出した。身体をかがめ、鍵穴の正面に顔を向け、何やらピンで細工をしようとし始めた瞬間、ふと手を止めて耳を澄ます。男の耳にはイヤホンのようなものが入っている。

それからの動きは、迅速だった。男は迷うことなくその場を立ち去り、来た時と同じく音もなく扉を開けて素早く部屋から出ていった。むろん、男がいたと分かるような痕跡《こんせき》は何もない。

ほどなく、ガチャリと扉が開いて、釈然としない表情の男が入ってきた。

青龍飯店の新進気鋭のレストラン料理長、王湯元である。

「何だったんだ」

首をかしげつつ、書き物机に戻った。

王にじきじきにお客が来ている、とホテルのスタッフから呼ばれていったのだが、そのお客が姿を消してしまったのだ。

人違いじゃないのか、と王が尋ねたが、スタッフは、いえ、たった今までそこにいたのに、変だな、と客を捜し回る始末。結局、王への客と名乗った男は、どこを捜しても見つからなかったのである。

いつもの戦場のようなランチタイムが終わって、夕方また次の戦場が始まるまでの短いひとときを、王はこのオフィスで新たなレシピを考えたり、書き物をしたりする一人の時間に充てていた。その貴重な時間を中断されたので、少々気分を害している。

全く、この時間はアポを入れるなと言ってあるのに。

王はフン、と鼻を鳴らすと、ホテルの土産として売り出す予定の試作品である月餅をもう一口齧った。匂いを嗅《か》いだり、見た目をチェックしたりして、気付いたことをメモする。

うん？

王は、ふと違和感を覚えた。

なんだろう、この違和感。

王は月餅を皿に置き、ゆっくりと立ち上がった。

さっき俺が部屋を出た時と何かが違う。

探るような鋭い視線で、辺りを見回した。

王は、幼い頃から記憶力がずば抜けていた。子供の頃に祖父や父が作ってくれたものの味をすべて覚えていてそれらを再現することができたし、自分が料理人になってからも、これまでの顧客がいつ来店して何を食べたか、どういったものが好みなのかをすべて記憶しているのが、青龍飯店の王の店は顧客名簿がいらないといわれる所以《ゆえん》である。

王はじっと部屋の中を見つめ、やがて違和感の原因に気がついた。

スチールキャビネットの引き出しが、ほんの二ミリほど飛び出している。

これだ。

王はキャビネットに近付いた。このキャビネットは、閉めてからいったん持ち上げるようにしないと、引き出しが反動で飛び出すのである。スタッフはそのことを知っているので、この引き出しを閉める時はそうする。王が、すべてが整然と片付いていないと嫌がるからだ。

王は扉を振り向いた。

誰かが、俺がいないあいだにこのキャビネットを開けたな。さては、さっき俺を呼び出した客も、ここに来た奴とグルだったか。

王は首をひねった。

レシピが目的だろうか。同業者との競争は激しいし、うちの料理のレシピを欲しがっている奴がいるのは分かるが、わざわざ盗み出したりするだろうか。

キャビネットを調べてみたが、何かが持ち出された様子はない。写真でも撮ったのかもしれないが、中座したのは大した時間ではなかったし、そんな時間はほとんどあるまい。

パソコンか？

王はパソコンを見てみたが、ロックしたままになっているし、いじられた形跡はない。

だとすると、ひょっとして——あれか？

王は、鍵の掛かったキャビネットに目をやった。

あれかもしれない。

不意に、そんな確信が湧いてきた。王は足早に鍵の掛かったキャビネットに向かい、ポケットからキーホルダーを取り出すと急いで鍵を開けた。

あった。

中を覗き込み、王は安堵した。

そっと、隅に入れておいた小さな革の袋を取り上げる。

王は書き物机に戻ると、中身を取り出した。

高さ六センチほどの、石の印章である。

やはり、どう見てもこれは「玉《ぎょく》」だ。

王はそっと印章を手に取り、しげしげと眺めた。

マーブル状になった、青と緑のグラデーションがとても美しい石である。安い石にあるようなぼんやりした緑ではなく、発色がはっきりしていて、小さいけれども内側から光を放っているように見えるほどだ。

しかも、細工が素晴らしい。縁起のいい蝙蝠《こうもり》が印章全体にエッシャーの絵のような連続した精緻《せいち》な模様に彫られていて、職人の技術の高さが窺える。

印章の文字は特殊な字体でなんという字なのかは読めないが、相当に古いもののように思える。

王は、曾祖父《そうそふ》が紫禁城で時の皇帝から賜ったという玉の写真を見たことがあった。淡い紫色をしたもので、仙人の像が彫ってあった。戦後の混乱に乗じて親戚《しんせき》の誰かが持ち出して売ってしまったらしく、今はもうない。

中国で古くから珍重されてきた「玉」は、色のついた石の総称である。軟玉と硬玉の二種類があり、稀少な硬玉のほうが高級とされている。中でも、内陸部の新疆《しんきょう》ウイグル自治区にある都市、ホータン産のものが最高級と言われている。

王は、ふと恐ろしくなった。

これは、素人目にも、あの時祖父に見せられた写真の玉よりも数段高級だ。もしかすると、かなり由緒ある品なのではないだろうか。

そもそも、あんなところに入っていたのも気になる。

数日前、王は厨房《ちゅうぼう》にいたイグアナを調理する際、胃袋と腸を掃除していて、小さな革袋が胃袋の中に入っているのを見つけた。

魚や動物はいろいろなものを飲み込んでいるものなので、そのこと自体には驚かなかったが、中に印章らしきものが入っていたので、なんだろう、あとでゆっくり見てみよう、と思って取り分けておいたのだ。

これは、あのイグアナが飲み込んだものだと思っていたが、ひょっとして飲み込まされたものなのではないだろうか。

王は、革袋に印章をしまった。

あの飼い主が飲み込ませたのだろうか？

食卓に載ったスペシャリテを見て、この世の終わりのような悲鳴を上げた白人男の顔を思い浮かべる。

あとでホテルの支配人が泡を喰って飛んできて、王があの客のペットを調理してしまったのだと聞かされた時は驚いた。

気の毒なことをしたと思わないでもなかったが、基本的に、王は彼の厨房にいるものはすべて彼のものだと考えているので、悪いことをしたとは思っていない。ペットが厨房に入り込めるよう放置していた飼い主が悪い。

それよりも、客が食べないのであれば、王はぜひとも新しい食材でこしらえたあの料理をスタッフとみんなでゆっくり味わってみたかったのだが、埋葬すると言ってあの客のスタッフが持ち帰ってしまったのがかえすがえすも残念だった。

しかし、あの男の嘆きようは本物だった。あれだけペットを大事にしていた飼い主が、ペットに異物を飲み込ませることを承知するはずがない。それに、あの料理（いや、ペットか）を持ち帰ったのだから、もしあの男が胃袋の中身を知っていたのなら、今はもうそこにないことに気付いて問い合わせてきているだろう。

誰かあの男以外の人物が印章を飲み込ませた、と考えるのが自然だ。その人物が、あの料理（いや、ペットか）を調理した俺が胃袋の中身の行方を知っていると思い、ここに忍び込んだのだ。

さて、どうしよう。

王は部屋の中を見回した。

今後、この部屋に置いておくのは危険だな。

王は、皿の上の月餅を手に取って、ぱくりと残りを頬張った。

ふと、このスティック形の月餅のサンプルを入れるために作った布袋に目をやる。

ちょうどいいサイズだ。これに移しておこう。

王は革袋から印章を出し、布袋に入れると胸ポケットに押し込んだ。

7

「凄腕の風水師が、あと一時間くらいで到着するそうです」

携帯電話を切ったジョンは、ホッと安堵の溜息をつき、檻の中の熊のようにホテルの部屋の中をうろうろと歩き回っているティムに頷いてみせた。

「なんでもいいからとっとと済ませて、あいつを仕事に掛からせろ」

ティムはぶすっとした表情のまま、歩き回るのを止めない。

青龍飯店の上階、スイートルームのリビングである。部屋のあちこちに置かれたキャンドルの炎がかすかに揺れていた。

マントルピースの上には在りし日のダリオの写真が載っていて、月餅と菊の花が供えられている。ホテルの従業員が気を利かせたのか、線香まで添えてあった。

フィリップは隣の寝室で喪に服したまま出てこない。「故人の霊を偲《しの》びたいので、明かりは点けないでくれ」とのことで、この部屋もキャンドルしか灯《とも》されていないのだ。昼間だとはいえ、部屋が広いのでカーテンを閉めるとかなり薄暗い。

「これ、煙感知器に引っかからないかしら」

安倍久美子が小角正に囁いた。

「たぶん大丈夫だと思うけどね」

正も囁き返す。

「ティム」

ジョンが、気が進まない様子で切り出した。

「実は、もうひとつ問題が」

ティムはピタリと足を止め、噛み付きそうな顔でジョンを見る。揺れるキャンドルライトに下から照らされて、迫力満点である。

「今度はなんだ」

ジョンはあきらめたような顔で呟いた。

「フィルがホテルを訴えると言ってます」

「ほう、面白い」

ティムはゆっくりと顎《あご》を上げ、充血した目を見開いた。ジョンは、その様子を見てなぜか子供の頃に妹が持っていた人形を思い出した。身体を傾けるとまぶたを閉じ、起こすと目を開いて

「マミー」と叫ぶ人形だった。どういう仕組みなのか知りたくて、妹が留守のあいだに胴体をバラバラにしてしまい（期待していたのだが、たいした仕組みではなかった）妹が大泣きし、更に大喧嘩《おおげんか》になったのを覚えている。当時から妹はジョンよりも体格がよく、ボコボコにされた。

「裁判費用は誰が持つ？　そもそも、そんな悠長なことしてるヒマがいったいどこにある？」

ジョンは力なく肩をすくめた。

「さあ。フィルが言ったことをそのまま伝えただけです」

「つまり？」

「別の言葉で言い換えると、ホテルを移りたい、ということらしいです」

「は？」

「更にもっと正確に言えば、あのレストランに足を踏み入れられない、ということのようです」

「なんだと？」

「要するに、ダリオを調理されたレストランのないホテルに移りたいと。あの時のＰＴＳＤで、中華料理が食べられなくなったと言っています」

ティムはすうっと息を吸い込んだ。ジョンは反射的に耳を塞《ふさ》ぐ。このプロデューサー人形の場合、起こすと放送禁止用語を叫ぶということになっている。

「ふざけるな！　××××！」

予想通りの言葉が飛び出した。

「ＰＴＳＤだと？　冗談も休み休み言え！　ああん？　ホテルを移動する？　どれだけカネが掛

かるか知っててのプレゼンだろうな？」

天井に向かって拳《こぶし》を振り上げる大男は、悪魔祓《ばら》いに励むエクソシストそっくりである。キャンドルの炎に照らされて、影が大きく壁に広がった。

ティムの首が一回転したらどうしよう。主よ、我らを守りたまえ。ジョンは密かに十字を切った。

「でも、心配です。あれ以来、フィルは何も食べてません。水もロクに飲んでないし、ずっと横になったままで」

ジョンがそう呟くと、ティムはひきつった笑みを浮かべた。

「ついでにもうひとつ役に立つ情報を教えてやろう。今俺たちがどこにいるか知ってるか？ 中華人民共和国だぞ。なんとびっくり、中華料理発祥の地だ。ロスでも年がら年中炒めた牛肉とピーマンをケータリングしてるが、こっちが本家本元だ。どのホテルに移ってもチャイナレストランしかないってこと、知ってるか？ ええ？」

ティムは十字架でなく、人差し指を突き出した。少なくとも中指でないのはラッキーだった。

「そもそも、観客が観終わったあとに食欲をなくして、帰りにレアステーキが食えなくなるような映画ばっかり作ってるくせに、言うにことかいてＰＴＳＤだと？ 笑わせるな」

ティムは忌々しげに部屋の中を見回した。

「クソ、全くなんだ、この真っ暗な部屋は！ 交霊会か！ ダメだ、心霊ものは今日び流行《はや》らん」

「ハンバーガー買ってきましょうか。角にマックが」

正が腰を浮かせた。が、ジョンが手を上げて押しとどめる。

「タダシ、済まない」

ジョンは悲しげに首を振った。

「それが、フィルが当分肉は食えないと言ってて」

皆でうなだれ、深く溜息をつく。

「じゃあフライドチキンもダメか」

「ピザは?」

「イタリア料理はイタリアの監督から名前を貰《もら》ったことを思い起こさせると」

「どうすりゃいいんだ」

暗い部屋がますます暗くなったような気がした。キャンドルを囲んでうなだれているさまは、ほとんど追悼集会である。

「そうだ、寿司はどうです?」

久美子が顔を上げ呟いた。

「魚だし、中華じゃないし」

みんなが「おお」と歓声を上げた。

「そうか。寿司ならフィルも好物だ」

「上海なら寿司屋もあるだろう。電話帳あるかな」

「コンシェルジュに聞いてみましょうか」

「待って」

正がすぐにパソコンで検索を始めた。みんながごそごそと集まってきて、一緒に画面を覗き込む。

「うん、いっぱいあるよ。近くにもありそうだ」

「ちゃんとしたところにしましょう。似て非なるところじゃなくて」

「お、ここよさそうだ。ケータリングやってる。日本人がやってる店らしい」

「なんてところですか?」

「『寿司喰寧』」

久美子が眉《まゆ》をひそめた。

「いささか安易なネーミングですね」

「でも、評判いいみたいだよ。確かに、写真見てもほら、ちゃんとした寿司みたいだ。へえ、日本で冷凍したものを持ってきて解凍してるんだって」

「冷凍ものかあ」

今度はジョンが不満そうな顔をする。

久美子が首を振った。

「大丈夫、今は、ものすごく冷凍技術が発達してるから、冷凍ものって分かりませんよ。前に撮影で日本の客船でクルーズしたことがあったんですけど、メニューに握り寿司があって、それも冷凍でした。だけど、全然分からなかった。すごくおいしかったです」

「へえー」

「ふうん。うまそうじゃないか」

ティムもホームページの寿司桶《おけ》の写真を見て乗り気になったようだ。

「よし、じゃあ寿司取ろう」

正が電話を掛ける。

「もしもし、出前お願いします。あのー、ここ、ホテルなんですけど大丈夫ですか？　はい、牡《ぼ》丹《たん》三つと桜《さくら》二つ。あ？　はい、青龍飯店の××××号室まで。あ、携帯の番号言いますね」

ジョンの連絡先を告げてから正は電話を切った。不思議そうに首をかしげる。

「どうしたんです？」

「いやあ、なんか凄い勢いでさあ。一時間以内につかなかったら割引しますって」

「へえー、上海でもそんなサービスできるんですねえ」

「まるでぴざーやみたいだなあ」

「あ、そうですね、懐かしい」

「ずっと中華だったから、寿司、久しぶりだなあ。楽しみ」

ようやく、ぎすぎすしていた部屋に和やかな雰囲気が戻ってきた。やはり、食べ物の恨みは恐ろしいというのは真実である。

8

「牡丹三つ、桜二つ、入りましたっ」

「謝々！」

「謝々！」

注文担当のスタッフが受話器を置いて叫ぶと、店内中から勢いよく「謝々」の声が上がる。

「場所は？」

市橋健児が尋ねると「青龍飯店です」と返事があった。

「珍しいな、ホテルからか。デリバリー入れてくれるかな、あそこ」

健児はユニフォームである赤いキャップ帽を少し上げた。

「それよりも、ボス」

キャップ帽の下から鋭い目でスタッフがチラリと視線を投げて寄越《よこ》したので、健児は「分かってる」という意味で頷いてみせた。

店の壁には大きく上海中心部の地図が貼り出してある。

真ん中に大きく貼った赤い点は、ここ「寿司喰寧」本店である。今のところまだここ一店しかないが、近く二号店をもう少し郊外に近いエリアに出す予定だ。

地図は三つの色に塗り分けられ、それ以外にも「寿司喰寧」チェーンと競合しそうな宅配システムを採っているファストフード店の支店がピンで打ってある。

べらぼうな数のピンが打ってあり、いかに上海での外食産業の競争が熾烈《しれつ》であるかが一目で分かる。

しかし、健児が見ているのはピンよりも、色分けされた地図のエリアのほうである。

青龍飯店の場所を指で探し、とん、と叩いた。

「嫌な場所だな」

健児はボソリと呟いた。

この色分けされたエリアは、平たくいえば、それぞれを仕切るグループの支配下にあるシマということだ。

古くから魔都と呼ばれた、歴史の因縁に彩られたこれだけの大都会だ。ないはずはないと思っていたが、ツテを頼って探ってみたところ、やはり蛇の道は蛇。ざっと大まかに分けて三つのマフィアの勢力が仕切っていることが分かってきた。しかも、最近は経済成長と比例して抗争も激しくなり、新興勢力の台頭が著しく、勢力地図は日々流動的であるらしい。

当然、警察の締め付けも厳しいが、それもほとんどは見せかけであり、裏では持ちつ持たれつである。中国は聞きしにまさるコネ社会、賄賂《わいろ》社会である上に、地下経済は実体経済の数倍と言われているから、警察署長や交通警察担当がいかにおいしいポストであるかは、ちょっと見ただけでもよく分かる。適度の袖《そで》の下は必要だし、見て見ぬふりも大事だが、問題なのは、警察や自治体内での派閥争いと政争もハンパではないということだ。パイプがあれば強いが、パイプを持っていた幹部が派閥争いに敗れた時の粛清もハンパない。つきあいがあったというだけで市井の業者も巻き添えを食うばかりか、下手すると連座して罪に問われかねない。贈収賄は年々厳罰化が進んでおり、死刑になったケースもある。なので、つかず離れずで、警察や自治体内の力関係にもアンテナを張っておかないといけないのだ。

青龍飯店の位置を見て健児が顔をしかめたのは、そこがまさしく現在一大抗争中の三グループの境界線に当たる場所だからなのであった。

中心地から少し離れているものの、落ち着いた雰囲気でしかも古い町並みの風情も残り、少しずつ話題になり始めている。その一帯を再開発、あるいはリノベーションをして、人気スポットに売り出そうと、自治体やら企業やら外資やらがばんばんカネを送り込んでいるエリアである。即ち、裏での利権争いも激しいということだ。

健児は、なるべくどの傘下からも距離を置き、スタッフもそれらと関わりのない人物を採用するよう注意してきた。配達部隊は、本当にバイクで走ることの好きな一匹狼《いっぴきおおかみ》タイプを引っ張ってきたし、本当にヤバいことをしているような人間は採らないようにしてきた。

しかし、上海経済から見たら微々たる経済活動のはずなのに、どうやら「寿司喰寧」は美味いという評判も広がっているせいか目立つらしく、このところ嫌がらせをされたり、配達を妨害されたり、いちゃもんをつけられたりということが続くようになってきたのである。むろん、配達部隊の走りっぷりが派手だからというのも否定できない。

中でも上海最大のマフィア、黒幽《ヘイヨウ》グループの息が掛かったピザチェーン店「ドレミファピザ」

は、「寿司喰寧」を強烈に意識しているらしく、やたらと威圧するかのような行為が目に余る。

「うーん」

健児は地図を穴が空くほど睨みつけた。

そろそろ、なんらかの形でケリをつけなきゃならんな。

「しかも、このところ、繁華街は高《カオ》がよく見回りしています」

上海での配達一番弟子、今ではすっかり片腕として頼もしくなった趙飛速《チョウヒソク》（21）がそっと耳打ちした。

「高が？　なんでだ」

「実は、先日もオンプの奴らと外灘でやらかしまして」

趙は頭を掻いた。

オンプ（音符）は「ドレミファピザ」を指す。

「外灘で？　あそこは目立つから我慢しとけって言ったろうが」

健児がたしなめると趙は気色ばんだ。

「だけど、あいつらが仕掛けてきたんです。うちが一時間で届けなきゃ割引ってのを知ってて、遅らせようとわざと走路妨害してきたんだ」

「ほう、それで？」

「そしたら、覆面でいきなり連中が出てきた。間違いない、高が指揮してました。あいつ、今度は改造バイクを一斉に引っ張るって噂が。どうやら、うちとオンプの連中、どっちも車も店も目え付けられてるみたいです。最近俺たちのこぜりあいが多いからって、高がじきじきに張ってて、俺たちを引っ張るタイミングを狙ってるらしい」

「改造バイクか。そいつでやられたら痛いな」

健児はますます顔をしかめた。

むろん、ここ上海でも、健児は自分たちのバイクを高性能にするべく密かにバージョンアップさせてある。

「くそ。面倒だな、高め」

高清潔《コウセイケツ》（35）は、二年ほど前に、贈収賄事件で多数の警察幹部が逮捕されたあと、鳴り物入りで赴任してきた警察署長である。警察や市の幹部に対する市民の目が厳しくなってきた昨今、警察がクリーンであることをアピールするために配属されたことは明らかであった。

アメリカ留学の経験があり、ＦＢＩでの研修経験もあるというのが売りらしい。見た目も爽《さわ》やかで、一見映画スターかと見まがう美青年。警察のほうもここぞとばかりマスコミに登場させ、上海クリーン作戦という一大キャンペーンを張って、交通マナーや警官のモラルの向上に邁進《まいしん》する姿をアピールしていた。笑うたびに不自然なほど白く歯が光ったのが印象に残っている。

別に見た目が爽やかだろうがそうでなかろうがかまわないのだが、困ったのは、高が上海の交通マナーと警官のモラルを向上させたいと「本気で」熱望していたことだった。

アメリカ暮らしが長いのなら、悪徳警官の伝統も習ってきたはずだと誰もが（恐らくは、警察幹部のほうでも）高をくくっていたのだが、どういうわけかジョージ・ワシントンの訓話しか習ってこなかったらしく、自分にも厳しいが他人にも厳しい、大変な熱血正義漢なのであった。

最初は広告塔と割り切っていた警察内部でも、徐々に高がマジだと分かってきて、慌てている という噂である。周囲は相当煙たがっているようだが、市民や女性警官の人気は絶大で、今更引っ込められなくなってしまったらしい。

「ああいうタイプがいちばん迷惑なんだよなあ」

健児は嘆息した。

頭には、かつて長い年月を戦った、職業意識に溢《あふ》れた男の顔が浮かぶ。

だけど、東山《ひがしやま》のじじいだって、あそこまで面倒臭くなかったぞ。あいつはそれなりに、人情のキビってうもんを知ってたよなあ。無事に退官したと風の便りに聞いたが、元気だろうか。

ふと、柄にもなく望郷の念に駆られたことに気付き、健児は苦笑した。

やれやれ、里心がつくにはまだ早い。ここで日和《ひよ》ったら、それこそ東山のじじいにも申し訳ない。まずは上海内での居場所を確立しなくちゃな。

「よし、分かった」

健児は大きく頷いて、スタッフを見回した。

「高にしろ、オンプの連中にしろ、そろそろ話つける時期だな。今日は俺が配達する」

健児が帽子を脱いだので、スタッフがハッとした。

このところ、健児は配達をスタッフに任せており、新店舗の打ち合わせにほとんどの時間を割いていた。店長自らが配達するのは久しぶりである。

「ということは、つまり」

趙がゴクリと唾《つば》を飲み込んだ。ボスのクルマを見るのも久しぶりだ。

「お前ら、フォローに入ってくれるか。牡丹三つと桜二つだと、一人じゃ難しいしな。どうも嫌な予感がする」

「喜んで、ボス」

ガラガラガラガラ、と遠雷のような音を立てて、店舗の後ろのシャッターが開いた。

その奥に、ひときわ巨大なマシンの姿。

「出たあ、上海《シャンハイ》猛牛《もうぎゅう》号」

配達スタッフが歓声を上げる。

9

多くの客が笑いさざめいていた会場の明かりが一瞬暗くなった。

訝《いぶか》しげに客たちがざわざわし始める。

と、壁際の空いたスペースにパッとスポットライトが当てられた。

みんながしんと黙り込む。

いつのまに現れたのか、弦楽四重奏団が陰鬱《いんうつ》な音楽を奏で始めた。それに合わせて、白い覆いを掛けた四つの大きなオブジェが運び込まれてくる。高さはそれぞれ三メートルくらい。

形状からいって、人物像みたいだけど。

美江はこの突然のパフォーマンスを眺めつつ、蔡強運《サイキョウウン》が話していたのはこれか、と思い当たった。

「ご来場の皆様に、本日世界初公開の作品をお披露目いたしたく存じます」

些《いささ》か芝居がかった声が流れる。

「伝説のアーティスト、毛沢山《モウタクサン》先生が蘇州《そしゅう》のアトリエで一年九ヶ月掛けて生み出した渾身《こんしん》の新作、『進歩の代償』でございます」

覆いが同時に取り除かれた。おおっ、という声が上がる。

それはやや細部が誇張された四体の人物像であった。石膏に彩色したものらしい。

身をよじり、喉《のど》をかきむしり、舌を突き出し、眼球を突き出してもだえ苦しむ男女の彫像。激しい苦悶《くもん》としか言いようのない凄絶《せいぜつ》な人物像である。

美江は微妙な表情で作品を見た。

うーん。進歩の代償というよりは、集団食中毒って感じだけど。

「――改革、開放、豊かになれる者から豊かに。呪文《じゅもん》のように唱えられてきたそれがどのようなものか、我々は目の当たりにしてきた。私の娘が、マンション開発の会社を経営する男と結婚したのはほんの五年前。婿があれよあれよというまに会社の規模を拡大し、目に見えて生活が豪奢《ごうしゃ》になっていくのを見てきた。しかし、私には決して二人が幸福になったようには見えない。もっともっとと目を血走らせてカネのために奔走する姿は、私には血を流し悲鳴を上げているようにしか見えないのだ――」

いつのまにか、彫像のあいだに坊主頭の男が立っていて、手にしたマイクに厳かに囁きかけている。小柄で結構歳はいっているが、頑健そうだ。どうやらこれが作者の毛沢山（72）らしい。

「どう、美江さん。毛先生の作品」

蔡強運が戻ってきて、美江に話しかけた。

「ド迫力だわね。あたし、寡聞にして知らなかったわ、毛先生。有名な方なの？」

「うん、中国におけるアクションペインティングとかパフォーマンスアートの草分けね。元々彫刻家。人気はあるんだけど、怠け者で住所不定でめったに作品造らないね。ビョーキなくらいに昔から博打《ばくち》大好きで、借金が溜まってくると返済のために作品造る。今回は、マカオのブラックジャックでえらい借金こしらえたらしいって噂ね。あんな大きな作品、四体も造るってことは、よほど切羽詰まって作品造らされたね。一年九ヶ月はたぶん嘘。せいぜい三週間ね。先生、造るのは速い」

「造らされたって、誰に？」

「マカオのカジノ。言い換えるとマフィアね」

美江は絶句した。つまり、あのオブジェの苦悶は借金苦ということか。そう思って見ると、実に真に迫っている。

「しかも、先生自ら登場したってことは、値段をなるべく吊り上げたいのね。たぶん、近くでマフィアが見張ってて、幾らで売れるかチェックしてるはず」

「えっ」

美江は思わず周囲を見回した。

むろん、私がマフィアですという顔をしているはずもないが、なんだか誰もが怪しく見えてくる。

「どのくらいの値段がつくのかしら」

「どうだろう。久しぶりの新作で、あれだけのサイズが四つだから、結構高く売れるんじゃないかな」

人気があるというのは本当らしく、毛の自作解説が終わると、興奮した顔の客たちがワッと毛の周りを取り囲んだ。デジカメのフラッシュが焚《た》かれ、みんなが次々と一緒に写真に収まっている。

それにしても、美術品がマネーロンダリングに使われるのはよくあるにしても、そもそも借金返済のために作品を造っていたとは。確かに、必要に迫られて造っているだけに生々しいが。

「美江さん、毛先生に紹介するよ」

「え、いいのかしら。ありがとうございます」

どこで何が商売に繋《つな》がるか分からないので、顔は繋いでおくに限る。

蔡はにこやかに人混みを掻き分け、毛沢山のところまで辿《たど》り着くと、日本の画商だと言って美江を紹介した。

「初めまして。実に素晴らしい、力強い作品に感銘を受けました」

美江は営業スマイルを浮かべてそう話しかけた。蔡がすかさず通訳してくれる。

毛は相好を崩し、がっしりと美江の両手を握り、熱心になにごとか訴えかけてくる。

なんとなく言っている意味は見当がついた。恐らく――

「私の芸術を真に理解してくれる人にこの作品を売りたい、と言ってるね」

蔡が予想通りの言葉を訳してくれた。

要するに、最も高く値段を付けた人に、ということである。

蔡は毛の耳元に小声で何か話しかけた。

すると、毛はサッと顔を曇らせ、小さく左右に首を振り、ボソボソと答えている。

蔡は驚いた顔になると、聞き返した。毛の表情はますます暗くなる。

蔡は励ますように毛の肩を叩くと、握手を交わして別れた。

「何を話していたの?」

離れたところに来てから美江が尋ねると、蔡は肩をすくめた。

「先生、大変ね。ひとつ一億で売れないと、黄海《こうかい》に沈められると言ってるよ」

「ひとつ? 四つで一億じゃなくて?」

「これまでとは桁違《けたちが》いの借金だと言ってた」

「なんだってまた」

「娘夫婦の羽振りのよさにつられたんだって」

そういえば、さっき娘婿がマンション開発で儲《もう》けていると言ってたっけ。

「娘夫婦は支援してくれないの？」

「これまでさんざん迷惑掛けたんで頼れないと言ってる」

「なるほどね」

博打癖があって住所不定の父親。さぞかし家族も苦労してきたことだろう。

「僕も売れる時に売っておかないとなあ」

蔡は蔡で、別の教訓を得たようである。

ゴールド・ドラゴン・ギャラリーのマックス・チャンが近付いてくるのが見えた。蔡に向かって手を挙げているところを見ると、商談があるのだろう。

「あなたのエージェントが呼んでるわよ」

「ほんとだ」

「紹介してくれてありがとう」

「どういたしまして。またね、美江さん」

蔡はにっこり笑って離れていった。

美江は、もう一度毛の作品を近くでじっくり見てみることにした。美江と美江の客の趣味ではないが、パワーのある作品であることは間違いない。

他の客たちも、毛の作品を見上げ、わいわいとコメントしあっている。

大型の人物像は、間近で見ると更に迫力が増した。

美江はじっと作品の苦悶の表情を見上げる。

それこそ、マカオのカジノで買い上げて、店頭に飾っておくのがいいのではあるまいか。借金の代わりになるし、他の客にも博打と借金の恐ろしさを知らしめることになって一石二鳥に思えるのだが。

いちばん端にある、男性の像の周りをぐるりと回ってみる。

石膏か。どのくらいの厚さだろう。

さりげなく像を小さく叩いてみた。その感触からいって、そんなに厚みはないようである。

が、次の瞬間、美江は足を止め、像に顔を近付け耳を澄ましていた。

あれ？

じっと彩色された像を見つめる。

錯覚だろうか。錯覚に違いない。

美江は、像から離れた。が、やはり足を止めて像を振り返る。

まさかね。そんなはずはない。

そう自分に言い聞かせるが、気になってもう一度像に近付き、耳を寄せる。

しんと静まり返り、何も聞こえない。

そうよね、やっぱり錯覚だわ。中で何かが動いたような気がしたなんて、そんなこと有り得ないわよね。

美江は小さく首を振りながら、石膏像から離れ、会場の中を移動していった。

10

パンダを見てしまった三人の、上海動物公園の滞在時間は意外に短かった。広大な敷地なので、他の動物を見て回るにはいささか時間が足りなかったというのもある。

優子はまだあの目つきの悪いパンダに後ろ髪を引かれているようであったが、和美とえり子は夕食までの時間を考慮し、どうせホテルに戻る途中にあるということで、豫園に寄っていくことにした。

観光客で賑《にぎ》わう、明《みん》時代の迷路のような中国式庭園を歩く。

「中国の椅子って、どうしてあんなにまっすぐなんでしょう。背中もお尻《しり》も痛いだろうし、座りにくそうですよねえ」

「わざと座りにくくしてるって説もありますよ」

「姿勢よくするためかしら」

あずまやを覗き込みながら、三人は散策する。

三、四メートルはありそうな高さの奇妙な形をした石が並ぶ庭に入った。

「うーん、こういう石って誰の趣味なの？　偉い人？」

和美がグロテスクな石を見上げた。

黒みがかっていて、あちこちに穴が開いており、ぎくしゃくとした輪郭で天に伸びているさまは、さしずめ石でできたスポンジのようだ。

「夜中に見たら怖そうですねー。打ち込みにはちょうどいいような気もしますが」

優子が呟いた。

「打ち込みって？」

「木とか柱に布を巻いて、それを対戦相手だと思って技を掛けるんです」

「頼むからあれでそれはやめてね。壊れるから」

えり子がくすくす笑う。

「中国は、とにかく石ですね。こういう変わった形の石はとても珍重されてます。昔から宝物といえば玉という石です」

「そういえば、どうすんだろうね、支社長の絵」

和美が何か思い出したらしく優子を振り向いた。

「ああ、あれですか」

優子が相槌《あいづち》を打ったので、えり子が「なんですか、それ」と尋ねる。

「今年支社長が替わったんだけどさ、前の支社長は絵が趣味でね。支社長室に自分の絵をところせましと飾ってたのよ。それも全部自画像」

「みんな『徹夫《てつお》の部屋』って呼んでたんですよー。あ、徹夫って前の支社長の名前なんですけどね」

和美の話を優子がフォローする。

「それが、異動と一緒に持ってってくれればいいのに、後任に残していくって置いてっちゃってさ」

えり子は目を丸くした。

「それで、どうしたんです？」

和美は顔の前で小さく手を振った。

「一応、支社長室から撤去はしたんだけど、捨てるに捨てられなくて。自画像だしさ」

「前の支社長に送り返してやったらどうでしょう」

えり子がクールに提案した。和美は浮かない顔で首をかしげる。

「それもなんだかねえ。だから、倉庫にまだ十枚くらいあるのよ、徹夫の顔が。油絵って、額縁がかさばるからすごい場所取るんだよね」

「残業してる時に倉庫に入ると、絵の中の徹夫が笑うって噂が」

「聞いた聞いた。今期のうちの成績が悪いのはあの絵の呪いだって」

「絵っていちばん困りますよねえ。手描きだと思うと処分できないし、リサイクルショップも引き取ってくれないし。このあいだ、たかちゃんの結婚式行ったら、引き出物に叔母《おば》さんて人の絵がもれなくついてきて」

「それはたいへんだね」

「しかも、大きいんです。A3の倍、ううんもっとですね。うちの『エミー』のポスターくらいあるんですよー」

「大迷惑だね。で、絵そのものはどうなの？」

「叔母さんのペットのカメの肖像画なんです」

「かなり好き嫌いが分かれる題材だね」

「みんな帰り道非難ゴーゴーで。たかちゃんもみんなに平謝りで。やめてくれって頼んだんだけど、叔母さんが聞き入れてくれなかったらしいです。石田《いしだ》くんなんか、タクシーのトランクに入れてわざと忘れて帰ったっていってました」

「やっぱり、次の大掃除で捨てよう」

えり子は腹を抱えてゲラゲラ笑っている。

「あら、何受けてんのよ、えり子。こっちはこっちでいろいろ大変なのよ」

和美が睨みつけたのでえり子は慌てて口をつぐんで咳払いをするが、まだ肩がひくひく動いている。

一通り庭を観賞しているうちに、和美が建物を見ながら呟いた。

「こういう中国式の建築って、ふだん中華料理屋でしか見てないから、反射的にラーメンとか餃子《ギョーザ》とか食べたくなるね」

「やっぱり小籠包《ショーロンポー》食べたいですう」

すかさず優子も同意した。

「しょうがないですねえ。軽く食べるだけですよ」

えり子が小さく溜息をつき、残りの庭見学をいささか飛ばし気味に済ませてから、豫園商城の点心屋に案内してくれた。店は広く、かなり混んでいたが、凄い勢いで料理が出てきた。

蒸籠《せいろう》を開けて、湯気を上げている小籠包を頬張る。

「ジューシーですねえ」

「おいしい」

厨房がガラス張りになっていて、若い点心師たちが次々と器用に掌《てのひら》でまるめて餃子を作っていくのが見えるのも楽しい。

「一日に何個くらい作るんでしょうね」

優子が興味津々という目つきで眺めている。

「果てしない数だろうなあ」

「和菓子屋さんて、ベテランになると、手の上のあんこが何グラムか分かるらしいですよ。あんこをつかむ時にもうどのくらいの重さか無意識のうちに判断しているらしいです」

「ははん」

和美がピンときたらしく、えり子の顔を見た。えり子も笑って頷いている。

「え、なんですか」

優子が慌てて二人を見た。

「あんた、甘いものが食べたいんでしょ」

「えー、バレました?」

優子は頭を掻いた。

「バレたじゃないでしょ、毎日あれだけ食っといて」

優子の甘党ぶりは、つとに社内じゅうに知れ渡っていた。その激甘好きはえり子もよく知っている。

「今も食べてるんですか？」

えり子の質問に、和美が大きく頷いた。

「もちろん。最近のスイーツブームにますます便乗して」

「だって、あたしの場合は長年の習慣なんですよー。帰宅時間になると反射的に甘いものが欲しくなるんです。ここ、甘いものもありますか？」

えり子が首を振った。

「あるけど、ここは我慢しておいたほうがいいですよ。ここで甘いものを食べると、本当に夕飯が入らなくなります」

「はあ、そうですよね」

優子は渋々頷く。

外の商店街に出た。貴金属専門店や布製品を扱う店など、土産物屋がずらりと並んでいる。

「月餅とか売ってませんかねえ？」

まだ甘いものをあきらめきれない様子の優子に、えり子が口を開いた。

「だったら、ホテルで買ったほうがいいです。青龍飯店は、最近デザートにも力を入れてて、月餅もホテルのショップで売ってますすよ。こっちのお菓子好きに人気があります」

「そうなんですか？」

優子は顔を輝かせ、なぜかガッツポーズ。

「じゃあ、ホテルに戻りましょうっ」

「現金な奴だわね。あ、こんなところにもモビデがある」

和美が優子をこづき、ふと前方の店を見た。

アメリカのチェーン店、モビーディック・コーヒーである。

「へえ、ちゃんと中華風のモビデなんですねえ」

優子が感心したように見つめた。

和美はじっと店を見ていたが、ちらっとえり子に向かって拝んでみせた。

「ごめん、コーヒー一杯飲んでいいかな。朝からバタバタしてて一杯も飲んでなくて。あたし、最近コーヒー中毒なんだ」

「いいですよ。あたしも、ここのモビデに入るの初めてです」

「じゃあ、あたしはキャラメルマキアートを」

優子が勢いこむ。

「それはやめときなさい」

三人はこづきあいながら、店に入っていった。

11

市場を出たところで、携帯電話に留守電が入っていることに気付いた。

老人は、歩調を緩めつつ孫《まご》の留守電を聞く。

苛立《いらだ》っていた目が静かになり、考え込む表情になる。

一回目の入札が不成立なのはともかく、「蝙蝠」が手元にないことは誤算だった。入手して引き渡すまでのあいだに、じっくり見ておきたかったのだが。しかし、周《シュウ》のことだ、どんな手を使ってでも今夜中には持ってくるはずだ。久々に、あんなに怒っている周を見た。ドジを踏んだ向こうの部下がどんな目に遭わされるか、想像するとほんの少しだけ気の毒になる。

老人は店に戻ることにした。

もう一度計画を練り直さなくては。

店のドアを押すと、狭い店の通路を、大柄な白人男女が塞《ふさ》いでいた。

どうやら、アメリカ人観光客のようだ。孫の衛春が快活に商品の説明をしている。裏口から入ることにした。

ごみごみした狭い路地を回って店の裏に入る。そこはまだ地面がむきだしになっていて、昨夜降った雨でぬかるんでいた。

裏口のドアを開けようと鍵《かぎ》を出した時、老人はドアの前にある足跡に気が付いた。

大きな靴だ。しかも、足跡が深い。

老人は用心深く周囲を窺《うかが》った。

人影はない。この裏の路地は身を隠すところがないから、ここに来た誰かはもう立ち去ったのだ。

老人はゆっくりとしゃがみこみ、もう一度じっくりと足跡を見た。

誰かがここにいた。しかも、じっとしばらくここに立ち、店の中を窺っていたのだ。

ドアの脇には鉄格子の嵌《は》まった窓がある。窓の前に棚があるので、店の中はほとんど見えなかったはずである。

ひょっとして、侵入されたか？

老人は鍵を入れて回し、ドアを開けてみた。一応、鍵は二重になっているが大した鍵ではないので、その気になれば簡単に開けられるだろう。それよりも、誰かがここを通ったら分かるように印をしてあるのだが、そこが破られた様子はなかった。

ドアの外で中を窺っていた誰かは、中には入らなかったようだ。

それでも一応、事務所の中をざっと見回した。荒らされたり、何か動かされたりした気配はない。

ホッとして、壁をくりぬいて作った棚に目をやった。そこには金庫が置いてあり、老人は棚のすき間に突っ込んであった煙草の箱を手に取った。

外国煙草のハードボックスである。たとえ侵入者がいたとしても、金庫に気を取られてこんな無造作に突っ込んである煙草の箱には目も留めないだろう。

蓋《ふた》を開けると、中には布の印鑑袋が三つ。

老人は、そっと袋を開け、中身を取り出す。

マーブル状の石で出来た、三つの印章。

老人はその三つを机に置き、机の引き出しの中のファイルを広げる。

そこには、机の上の印章に良く似たものの写真があった。


素晴らしい玉《ぎよく》に彫られた、精巧な蝙蝠《こうもり》の図柄。


もう三十年近くも、所有者以外誰も現物を見ていない。あるのはこの写真だけだ。

カラーではあるが、かなり古ぼけた写真だ。それでも、くっきりとしたマーブル状の色彩は、この印章が極上の名品であることを主張している。

老人は、写真と手の中の印章を見比べた。もう擦り切れるほど何度も見た写真である。

この写真を基に、なるべく似た石を探してこしらえたレプリカだ。

二つは、サイズだけが同じで、何も彫っていないもの。

もうひとつは、細工も似せて彫った、かなり精巧なレプリカ。

石のマーブル模様はひとつとして同じものがないので、なるべくパッと見の印象が似ている石を探した。それでも、現物と並べて見比べたら、すぐにニセモノだと見破られてしまうだろう。

しかし、本物を知らない人間が見たら、これがそうだと思ってしまうだけのできばえではあった。細工を施していないほうの印章も、専用の箱を開けた瞬間は、そこにあると勘違いさせるくらいはできるだろう。

本当は、今ここに本物を手にしていて、もう少しレプリカに手を加えて更に似せる手筈《てはず》だったのだが。

突然、店に出るほうのドアがバタンと開いた。

老人は反射的に机の上の印章にファイルを載せた。

「あれ、おじいちゃん、戻ってたの」

衛春が目を丸くして立っている。

「ああ、通路にお客がいるのが見えたんで、裏口から入った」

老人は、裏口にチラッと目をやった。衛春は頷《うなず》く。

「僕の留守電聞いてくれた？」

「聞いた」

「売れたよ、入口の獅子《しし》」

「ほう。船便で？」

「うん。自分たちのレストランの入口に置きたいんだってさ」

「そいつはよかった」

電卓と伝票を手に店に戻る衛春を見て、老人は机の上の印章を袋にしまうと、再び煙草の箱に入れ、金庫の上に戻す。

店のほうを窺うと、握手をしてアメリカ人客を送り出す孫の姿が見えた。店に一人きりになると、急いでこちらに戻ってくる。

「二回目の入札は六時間後って言ってた」

どことなく不安そうな表情の孫を、老人はじっと見つめた。

「そうか。今夜中には決まるだろう。いつもそんなにあいだは空けない」

孫は、そわそわした様子である。

「どうした。何か心配事でもあるような顔だが」

孫は一瞬黙りこんだが、決心したようにそっと身を乗り出し、声を低めた。

「『声』は、『客』どうしが談合してるんじゃないか疑ってるって言ってたよ」

「ほう」

老人は表情を変えない。衛春は視線を泳がせる。

「なんだか、嫌な予感がするんだ」

「どんなふうに？」

老人は、孫の表情や、落ち着かずに足や腕をさする手を見つめる。

まだ若いが、衛春は確かに勘がいい。危険を察知するのに長《た》けている。

「気のせいかもしれないけど、最近、誰かに見られてるような気がしてさ。実際に相手を見たわけじゃないんだけど、なんとなく」

「ちょっとこっちに来い」

老人は、人差し指を小さく振ると、そっと裏口に向かった。

少しだけドアを開け、さっき見つけた足跡を指差す。

「どうやら、ついさっきまで、誰かがここにいたらしい。気が付いてたか？」

衛春はサッと顔色を変え、黙り込んで首を振った。

「おまえはいつ戻ってきた？」

「モビーディック・コーヒーに行って、まっすぐ戻ってきた。戻ってきたら、客が入口のところで待ってたんだ。そのあとも客が途切れなくって、ずっと店で客の相手をしてた」

「そうか」

「ずいぶん背の高い奴みたいだね」

衛春はじっと足跡に見入っていたが、老人はドアを閉めた。

孫は顔を上げて、少し落ち着いた表情になると、口を開いた。

「ＦＢＩが本腰を入れたって話は？」

「うむ。聞いてる」

——どうやら、向こうの関係者がチクったらしい。

周の忌々しげな顔が目に浮かんだ。もしかすると、向こうでも予想以上に官憲の手が伸びているのかもしれない。こちらの気付かぬうちに包囲網が狭まっている可能性はじゅうぶんにある。

衛春は早口になった。

「こっちの当局だって、こういう商売があるってことは薄々気付いてるはずだよ。いや、知らないはずはない。知ってて僕らは泳がされてるんじゃないかって気がする」

「おまえの言うとおりだな」

老人があっさりと肯定したので、孫はかえってびっくりしたようだった。

「この商売は、そろそろ潮時だ」

老人は、事務所の中をぐるりと見回した。

「いいか、よく聞け。今回の仕事に私とおまえの未来が懸かってる。これから丸一日が勝負だ。そう覚悟して、これから言う通りに行動するんだ。分かったな?」

衛春は青ざめた顔でこっくりと頷いた。

12

蘆蒼星が乗った車が青龍飯店の車寄せに到着した。

落ち着いた雰囲気の、立派なホテルである。

まずは、ぐるりとその近所を歩いてみる。彼は風水師の必須《ひっす》アイテムと言われる羅盤は使わない。長年の経験から、現地を観てみれば、大体様子はつかめるからだ。もっとも、客の中には羅盤を見せないと風水を観てもらっている気がしない、という者もいるので、一応持ち歩いてはいる。

方位を確認し、幹線道路や周囲のオフィスビルとの位置関係を見る。

ホテルの立地は非常によい。一見目立たない場所に見えるが、うまい具合に周囲のよい運気を集める位置にあり、その出入りもスムーズで活発だ。実際、繁盛してよく回っている建物独特の明るいオーラが満ち溢《あふ》れている。

このホテルに問題はない。とすると、やはり問題があるのは撮影現場か。あるいは中の部屋の位置に問題が？

蒼星がじっくりと建物の造作や開口部を眺めながらロビーに入っていくと、ロビーの隅にテーブルが置いてあって、ジャンパーを着た男たちが名簿をめくっている。テーブルの前に貼ってある紙に、「フィリップ・クレイヴン新作映画エキストラ受付」と書かれている。

そこには次々と人がやってきて、列を作っていた。

あれが関係者に違いない。

蒼星があれこれ指示を出している男に話しかけようとすると「並んで！　並んで！」と一蹴《いっしゅう》された。何やら騒然として、皆忙しそうに殺気立っているので、仕方なく列に並ぶ。

列はすぐに彼の番になった。

「私は蘆蒼星だが、監督に呼ばれてきた。監督の部屋に行きたいんだが」

そう切り出すと、血走った目をした欧米人の男が「君はどっちだ？」と遮ってジロリと蒼星を睨《にら》んだ。

「どっちとは？」

蒼星が訝《いぶか》しげに尋ねると、男はバン、と名簿を叩《たた》いた。

「キョンシーかゾンビか？　どっちだ？」

キョンシーかゾンビ？

蒼星にはその二者択一の意味が把握しかねた。

「私は風水師なんだが――」

「そうか、じゃあキョンシーだな。よし、あっち行って着替えて鳳凰《ほうおう》の間に行ってくれ。頼む」

男は蒼星の胸に「156」と番号の入ったシールをぱんと貼り付けると、通路の奥を指差した。

「次！」と叫んで蒼星の後ろを覗《のぞ》き込む。

離れたところでジャンパーを着たスタッフらしき男が手招きするので、蒼星は何がなんだか分からぬままにそちらに向かった。

押し込むように通されたのは、大きな部屋だったが、こちらも騒然として誰もがあたふたと着替えをしている。独特の帽子をかぶり、青いドーランでメイクしている者もいる。

化粧品やらナフタリンやら汗やらの臭いで、部屋は蒸し暑く息苦しいほどだ。

蒼星はどうしてよいか分からず、周囲を見回した。

どのスタッフもてんてこまいで、次々とやってくるエキストラに衣装を渡していた。

色鮮やかな赤と青の衣装が可動式のハンガーにずらりと掛かっていて、スタッフがサイズを聞いている。蒼星が近付いていくと、スタッフは彼の全身を一瞥《いちべつ》し、「あんたはこのサイズね」と衣装を一式押し付けて寄越《よこ》した。

「あっちで顔に青いの塗って。振付師は衣装着た状態でフォーメーション見たいって言ってるから、早いところ着替えて奥に行ってね」

一言も口を挟む隙がなく、蒼星は閉口して腕の中の衣装を見下ろす。

道教に関わりがないわけじゃないが、キョンシーは専門外だ。

そのまま衣装を抱えて部屋を出て行こうとすると、スタッフに呼び止められる。

「ちょっと！　ダメだよ、ちゃんと着替えなくちゃ。もう稽古《けいこ》は始まってるんだから」

「着方分かる？　ここをこうして、ここからかぶって、こっち留めて」

「それは穿《は》くの。靴は自前のでいいから」

「帽子はこう。顎《あご》の下で紐《ひも》結んでね」

抵抗する間もなく、よってたかって着替えさせられた。

顔にぐいぐいと青いドーランを塗られ、ばふんばふんと粉をはたかれて、蒼星は巨大な宴会場に連れていかれた。

蒼星は眩暈《めまい》がした。

宴会場はとんでもないことになっていた。

なんだこれは。

見渡す限りのキョンシーとゾンビ。

赤と青の衣装のキョンシーと、黒と白のスーツ姿のゾンビが会場をぎっしりと埋めている。そして、正面の舞台の上には、二人の東洋系の男がいた。口元にマイクを着けていて、手を振り回し何事か指示している。

「――さ、もう一度はじめから行くわよ。撮影は中断してるけど、この時間を幸運に変えるのよ。この機会に、あたしたちはもっとクライマックスのダンスシーンを練り上げて、盛り上げて、完《かん》璧《べき》なものにしておきましょう」

そう言って手を叩いたのは、細身で長身の男。北京語が不自然で英語訛《なま》りのところを見ると、どうやら中国系アメリカ人か香港人だろう。こいつが振付師という奴か。

「後から入ってきた人も合流して！」

男がこちらを睨みつけたので、蒼星はぎくりとする。

が、彼の後ろからもぞろぞろと新たなエキストラが入ってきていたので、たちまち会場の中ほどへと押し出された。

男はマイクに向かって叫ぶ。

「決して難しい動きじゃないわ！　周りをよく見て！　単純な動きの繰り返しよ。大事なのはフォーメーション。全体の統一感よ！　前と左右を見て、動きを合わせるの。キョンシーたちは、あくまでも軽やかに。エレガントかつ滑稽とも思える動きがキョンシーの真骨頂よ。ゾンビたちは重々しく。重力を感じつつも、空のてっぺんから長い糸が吊《つ》ってあって、それが自分の関節に繫《つな》がっていると意識してね。ゾンビたちは、天から操られている操り人形よ。だから、糸が切られるとバッタリと崩れおちる。そういうイメージで！　はい、最初からもう一度。前奏、行きます！」

けたたましい音楽が鳴り始めた。巷《ちまた》に流れる、やたらと腹に響く騒々しい音楽だ。

「ボックス・ステップ！」

男が叫ぶと、みんなが一斉に前後左右に身体を動かし始めた。

ざっ、ざっ、どすん、どすん、と足音がずれて重なりあい、凄《すさ》まじい振動である。

蒼星は呆然《ぼうぜん》と立ち尽くしていたが、左右のエキストラが右に左に押してくるので身体を動かさざるを得ない。

人いきれでむんむんしているせいか、本当に眩暈がしてきた。いったい俺はここに何しに来たのだろう。

「キョンシーのポーズ！」

男が叫び、身体の前に両手を突き出し、掌《てのひら》を揃えて垂らす。

周りのエキストラも、一斉に両手を突き出す。

「前に！」

両足を揃えて、みんなが一歩ずつ前に跳んでいく。蒼星も後ろから押されて、慌てて前に踏み出した。ずしん、ずしん、と床が揺れる。

「今度は後ろ！」

今度はみんなが両足を揃えて後ろに跳んでくる。蒼星は一瞬、前後左右の感覚が分からなくなってしまった。

「さあ、次はゾンビのポーズよ！」

舞台の上の男は、左右に肘《ひじ》を突き出すと、肘から先をだらりとさせ、脚をX脚状態に落とし込んだ。

エキストラも腕をだらりとさせ、X脚になる。

「右に動くわ！　重力と操り人形！」

みんなが右に向かって、よろけるようにたどたどしく歩き出す。

「次は左よ！　もっと腰を落として！　表情はあくまでも虚《うつ》ろに！」

エキストラはわらわらと左に動き始めたが、詰まっているところとまばらなところがあって、あちこちでエキストラが動けなくなりぎゅうぎゅう詰めになってしまった。

「待って！　ストップ！　ストーップ」

男が金切り声を上げて叫んだ。

けたたましい音楽が止んで、辺りがしんと静まり返った。疲れないはずのゾンビとキョンシーたちが、ぜいぜい言いながら恨めしげに舞台を見上げている。

男は目を血走らせて絶叫した。

「言ったでしょう！　大事なのはフォーメーションよ！　常に距離を感じて！　前後左右の人たちの存在を感じて、きちんと間隔を空けておくことが重要なの！」

男は大袈裟《おおげさ》に頭を抱えてから、祈るように両手の指を組んだ。

「あたしたちは、画期的なことをやり遂げようとしているのよ！　これはただのホラー映画のダンスじゃないわ。これまでキョンシーだゾンビだと笑い混じりにパロディ化されてきた動きを、もう一度振り返って原点回帰をして、芸術の域に押し上げるのよ」

「ちょっと待った」

それまで黙って振付師の動きを見ていた、隣に立っていた筋骨隆々の男が口を開いた。

「何よ」

振付師が隣の男を睨みつける。

が、その男も一歩も引かず睨み返した。

「それは映画の方向性と違うだろ。これは、ホラーアクション大作だぜ。切れのいいアクションがあればいいんであって、キョンシーとゾンビの動きもアクションの一環として動きを作ればいいんだ。芸術性だの、エレガントさだのは不要だろ。エキストラも現場も混乱するから、おまえの趣味で振り付けるのはやめてほしいな」

「んま、なんですって。あんたは振付師じゃなくてアクション監督でしょ。ここは監督もミュージカルのような面白いダンスシーンにしたいと言ってるのよ。この場面はアクションじゃないわ。あくまでもダンスシーンなのよ。あんたは格闘シーンだけ見てりゃいいのよ」

「おまえの言う芸術的なダンスシーンは、全体のスピード感から浮いてるんだよ。ここだけ別の映画みたいだ。観客だって混乱するだろうが」

「なんですって」

二人がマイク越しに怒鳴りあうのが、会場じゅうに響き渡って、蒼星の耳をつんざく。

「だが――」

アクション監督のほうが、ふと黙り込み、会場を埋める青と白の顔のエキストラたちを見回した。

「俺、今見てて気付いたことがある」

「何？」

振付師のほうも、つられたようにエキストラを見た。

「問題は別のところにあるような気がする」

「というと？」

「つまりだな、このシーンを眺めていると、どうも核になるものがないんだな」

「核になるもの？」

「確かに、ダンスシーンというのは動きを見るものだが、やはり、観客としてはどこかに感情移入をしつつダンスを見るわけだ。登場人物の一人になって、自分が踊っているような気分にならなきゃ、楽しくない」

「それはそうね。もっともだわ」

振付師は素直に認めた。

アクション監督は大きく頷く。

「だろ？　その感情移入先がこのシーンにはない」

「そうね。それはあたしも感じていたわ。いくら芸術的に撮っても、映画の一部にするには誰か中心になるキャラクターが必要なんじゃないかと」

二人は真面目腐った顔で考え込み始める。

エキストラがざわざわし始めた。

馬鹿馬鹿しい。

蒼星は、頭に載せられた小さな帽子をむしりとると、舞台に向かってずんずん進み始めた。これ以上、こんなものにつきあわされてはかなわない。周りの人間を押しのけ、一直線に舞台の二人に向かう。

「ご両人」

舞台の下からよく通る声で蒼星が叫ぶと、会場がしんとなった。

「相談中のところ悪いが、私は急いでいる。監督に会いたいのだがね」

振付師とアクション監督が、同時に蒼星の顔を見る。

と、二人の目が大きく見開かれた。

「あんた、誰？」

「蘆蒼星だ。風水師だ」

「ああ、キャストの人ね」

「本物だ」

イライラしつつ蒼星が答えると、二人はより一層目を見開き、まじまじと彼の顔を覗き込む。

「なんだか彼――不思議な顔ね」

「奇妙な存在感がある。どうしてだろう」

それは、蒼星の顔がほぼ左右対称だからなのだが、それを説明する気はなかった。

「つい見てしまう。気にかかる」

二人は舞台から飛び降り、蒼星の肩をつかむとジロジロと眺めた。

振付師の目が輝き始めた。

「これよ、この顔。この顔をこのシーンの核に据えるのよ。スクリーンの真ん中に置いて、観客の心をわしづかみよ」

スクリーンの真ん中に蒼星の顔を置いたら、今度はスクリーンごと左右対称になってしまう。

アクション監督も大きく頷く。

「面白い。彼には、ゾンビとキョンシーと半々の扮装《ふんそう》をさせたらどうかな。顔の真ん中で半分ずつ塗りわけて、衣装も半々に——あしゅら男爵だな——古いか」

「それだわ」

「よし、試してみよう。おい、メイクと衣装担当を呼べ！」

「私は監督に用事が」

蒼星の抗議は全く無視され、振付師とアクション監督に両脇を抱えられて、彼は衣装部屋にずるずると引きずられていった。

心の中で叫ぶ。

このめちゃめちゃな現場。大問題だ。

13

振り返ってみるに、たまたまこの日、厳厳にとって幾つかの幸運が奇跡的に重なった。言い換えると、動物園側、特に魏英徳にとってはとんでもない不運が重なったわけであるが、えてして不幸な事故というのは、まさかというような偶然がドミノ倒しのように連鎖していった結果、起きてしまうものなのだ。

第一に、この日、魏英徳は体調が悪かった。

頑健な身体を持ち、日頃は飼育している動物たち以上に鋭い動物的勘を駆使し、重圧の掛かるパンダ舎を仕切っている英徳であるが、昼過ぎまではなんともなかったのに、午後が深まるにつれてだんだん頭が重くなり、喉《のど》が痛くなってきた。息子の通う小学校で風邪が流行《はや》っていると聞いていたが、どうやら彼が学校からもらってきた風邪をうつされたらしい。

飼育員の体調不良はいろいろな意味で危険である。凶暴な野生動物は弱っている個体を確実に見抜くし、それでなくとも動物に風邪をうつしたり、あるいは免疫が弱って病気をうつされたりするということもありうる。

早めに引き揚げよう。

英徳は喉の奥でくぐもった咳《せき》をした。

人間、誰しも体調の悪い時は感覚が鈍る。昼間は厳厳の態度に不審なものを覚え、警戒していた英徳だったが、さすがにこの時は、それがまさか今日のことになるとは思わなかったのだ。

もし彼が平素の状態で厳厳の様子をもう一度気をつけて見ていれば、厳厳が不気味なほどに静かな緊張感を湛《たた》えていることにも気付いただろう。しかし、夕方が近付くこの時間、彼には余裕がなかった。そもそも掃除用具をひとつ失くしたことに気付かなかったことが、彼の不調を証明している。

二つめの偶然は、この日、事務棟のほうでWWF（世界自然保護基金）が参加する会議が設けられていたことだった。

WWFのシンボルマークはパンダ。そう、パンダは絶滅危惧《きぐ》種であり、保護すべき、世界に知られた野生動物なのだった。現在の動物たちの待遇やこれからの繁殖計画も含め、話し合わなければならない面倒臭いことは山とあり、しかもパンダという動物には政治と経済も絡んでくるので漏れなく政府の偉い人もついてくる。

英徳はパンダ飼育の責任者として、意見を求められることになっていた。

現場作業員の常として、英徳は会議が苦手である。あんなものに出るくらいなら、パンダのお産を待って一晩中モニターを見ているほうがよっぽどましだ。

だが、WWFやお偉方の体面を保つだけの報告はしなくてはならない。もう一度報告書を確認しておかなければ。そう考えると余計に頭が重くなる。

そのことがいっそうパンダ舎から彼の注意を逸《そ》らせていた。

三つめ。これもなかなかに重要な偶然があった。

動物園内は広く、石畳の舗道が敷いてある。創立以来のかなり古いもので、ところどころに石が欠けたり、デコボコする箇所が散見されていた。パンダはしょっちゅう体重測定をしたり、定期検査をしたりするので、台車やら車両やらの出入りが激しい上に重量級の動物とあって、パンダ舎周辺の舗道の傷みは激しかった。つまり、かなり見苦しいのである。そんなところにＷＷＦが来るということもあって、見苦しく台車がダメージを与え続けてきた舗道に、慌てて補修工事を施すことになり、この日、パンダ舎の裏の舗道の周りを掘り返すため、竹の足場を組み、青いビニールシートで舗道の周りが覆われる養生が行われ、夕方までにシートが張りめぐらされていた。このため、パンダ舎の周りに広い死角ができることになったのだ。

まだ幸運かつ不運な偶然は続く。

英徳が会議で抜けるため、パンダ舎の最後の戸締りと確認は、中堅どころの若手に託されることになった。

この青年はここにしか出てこないので、申し訳ないが名前は端折《はしょ》る。

真面目で優しい、祖父母を敬う今どき珍しい好青年。見た目はなんとなくインドサイを連想させる、おっとりした容貌《ようぼう》である。英徳に後を頼まれ、片付けをしていた彼の携帯電話が鳴った。それは病院の母からであった。今月のはじめから入院していた祖母の容態が急変し、危ないというのである。

青年はたいそう動揺した。彼は田上優子が祖父を慕っていたのと同じくらい、いやそれ以上に祖母を敬愛していた（恐らく、優子とは慕う方向性が異なると思われるが）。共働きでほとんどいない両親の代わりに、祖母が彼を育ててくれたのである。しかも、幼い頃身体が弱く、喘息《ぜんそく》気味だった青年を、祖母はかかりきりで見てくれていた。きまって発作を起こすのは夜中だったので、祖母も眠れなかったはずだ。白湯《さゆ》や漢方薬を飲ませ、彼が眠るまでずっと背中をさすってくれていた手の感触は今も忘れられない。

そんなわけで、たいへんなおばあちゃん子だった青年は、容態急変の知らせに、既に涙目であった。いつも潑剌《はつらつ》として明るい母の声が珍しく暗かったことも彼の不安に拍車を掛けた。

彼は英徳とは別の上司に頼んで、病院に駆けつけることになったのだ。かくて、戸締りは三番手、今年配属になった若手に託されることになったのである。

その後、病院に駆けつけた彼は家族と共に一喜一憂し、結果として夜遅くに彼の祖母の容態は持ち直し、みんなで安堵《あんど》の涙を流すのであるが、それは本件とは関係ないのでこちらも端折らせていただく。

問題は、おばあちゃん子だった彼が、戸締りを指示したことにあった。彼はたいへん動揺し、慌てていたので、最低限のことしか申し送りをすることができなかったのである。

彼から戸締りを託されたのは、新人の若い女の子、葉菜果《ヨウサイカ》（23）であった。

こちらも人格的にはなんら問題はなく、大学の畜産科を出た元気いっぱいの新人飼育員である。しかも、動物園の花形であるパンダ舎に配属となったため、やる気まんまんで仕事に燃えていた。ついでに言うと、顔もかなり可愛い。どちらかといえば、リスとかオコジョとか、そういう小動物系の顔であった。

しかし、物事には、可愛くて聡明《そうめい》でやる気があっても、経験がないとどうしようもないものがあるのである。

彼女はようやくすべてのパンダの性格を徐々に把握してきたところであったが、まだざっくりとした状態であり、彼らの詳しい履歴までは理解していなかった。

むろん、厳厳がアウトローで些《いささ》か問題を抱えたパンダであることは聞いていたが、これまでに図った脱走の驚くべき手口や、凄まじいまでの観察力や手先の器用さまでは聞かされていなかったのである。

なにしろ、パンダなのだ。スターなのだ。ぞんぶんに餌を与えられ、竹ばかりか最近ではサプリメントをバランスよく配合したおいしい饅頭《まんじゆう》まで（実はこっそり食べてみた）食べられるのである。まさかこのような環境から逃げたいと願っているパンダがいることなど思いも寄らなかった。

なので、先輩飼育員からの指示をしっかり守ったものの、細かいところで幾つかの不手際があったのだ。

彼女は、これまでにパンダ舎の戸締りをしたことがなかった。重要な仕事なので、責任者が自ら行う作業だったからである。

なので、檻《おり》を閉めたあと、その鍵を事務棟に持ち帰ることを知らなかった。檻の近くに、掃除用具などを入れるロッカーの鍵を掛けるフックがあり、先輩がそこに鍵を掛けるのを見ていたので、彼女は戸締りのあと、そこに鍵を掛けたのだった。

パンダの身体は意外に柔らかく、敏捷《びんしょう》なことを、知ってはいた。彼らは木登りも器用にこなし、想像以上に狭いところも潜《くぐ》り抜ける。

中でも厳厳は（密《ひそ》かに鍛えているせいか）非常に身体が柔らかいので、英徳たちは檻の外の半径三メートル以内にはモノを置かないように決めていたのだが、戸締りを指示した青年は、檻のそばにモノを置かないように、としか言っていなかった。

なので、彼女は大きな間違いを犯してしまったのだ。

檻の半径二メートル内に、バケツを放置してしまうという過ちを。

むろん、常識の範囲内では、しっかり戸締りをしたように思われたであろう。

パンダたちは、夕方になると、通路を通って居住棟のほうに移される。いわば、営業用のオフィスから家に帰るようなものだ。

パンダ舎は堅牢《けんろう》な造りである。檻は二重になっているし、更にその外には大きなコンクリートに覆われた建物がある。鍵さえ閉めておけば、よもや中の動物たちが外に出られることなどあるはずがない。

彼女がそう安心したのも当然のことで、決して作業手順に間違いがあったわけではないのである。

しかし、家政婦は見た――もとい、パンダの厳厳はすべてをしっかり見ていた。彼は密かに、しかしじっくりとその目で飼育員たちの行動を観察していた。

魏英徳が、夕方に近付くにつれ、体調を崩していったこと（あれはインフルエンザだと厳厳は推測していた。早く医者に行けよ、と声を掛けたかったが通じるはずもない）、夜に何か大事な予定があってそれに気を取られていたこと。

インドサイに似た二番手の飼育員が電話で話したあと、気もそぞろに青ざめていたこと、あたふたと若い小さいの（新人飼育員のことである）にあれこれ指示していたが、どうも説明量が不足していると思われたこと（やはりホウレンソウは大事である）。

リスに似た若い小さいのが、バケツを檻の近くに置いていったこと。

そして、何より、厳厳が竹の中に隠した掃除用具を戸締りの前に見つけられなかったこと。

厳厳は胸が高鳴るのを感じた。

これがいつもの魏であったら、最後に営業用のほうの檻の中を見回り、何か異状がないかどうか確認したことだろう。しかし、今日の面子《メンツ》はそれをせずに、厳厳たちを居住棟に移しただけで戸締りをしてしまった。あの素敵な道具は今なお竹の下にある。

今日がその時だ、と厳厳は確信した。これは千載一遇のチャンス。これを逃したら次はもうないに違いない。

厳厳は何食わぬ顔でのんびりと居住棟に移りながらも、檻とバケツの距離、鍵の掛かったフックの距離を目算せずにはいられなかった。

あの様子では、次の見回りまでにじゅうぶん時間はある。見張りも今日は少なく、しかも未熟な連中だけだ。

厳厳はこの幸運を天に感謝した――かどうかは分からないものの、この夜、ついに脱走を決行することを決意したのであった。

14

モビーディック・コーヒー上海豫園商城店のカウンターの内側で、一〇万ドルの翡翠《ひすい》のピアスを着けたオーダー係のマギー・リー・ロバートソン（29）は密かに気を揉《も》んでいた。

チラリと店内の時計を見る。

「蝙蝠」の二回目の入札額がちっとも出揃わない。

ひっきりなしに客がやってくるが、ただの観光客ばかりだ。彼女が待っている客はなかなか現れない。捜査本部にも連絡を取りたいが、オーダーを入れるのに忙しくて身動きが取れないままだ。

まずい。このままだと取引が不成立の可能性も出てきた。これまで不成立になった例はないと聞いているのに。

マギーは苛立ちを隠すように帽子をきゅっと引っ張った。

奴らは交渉を長時間引っ張らない。交渉が長引くと、逆探知される可能性が高くなるからだろう。このまま二回目の入札も成立しないと、「蝙蝠」がどうなってしまうか分からない。これまでの仕込みが水の泡だ。

カプチーノ。ソイラテ。カプチーノ。キャラメルマキアート。コーヒー。コーヒー。

オーダーを読み上げながら、めまぐるしく頭の中でこれからの動きを考える。

「声」はただでさえ最近の入札の様子がおかしいと疑っている。これからも続くとは思っていない。金額も高くなりすぎた。もしかするとこの方法での交渉をいったん最後にするのではないか。マギーは自分の勘を信じていた。最後におのれを救うのは、直感や予感といった肌で感じるものだけだ。

すらりとした、どこにでもいる若い女性に見えるマギー・リー・ロバートソンは、実は香港警察の刑事である。見た目に反して、刑事部刑事情報課きっての凄腕《すごうで》捜査官だ。

彼女はここ数年に亘《わた》って、香港とアメリカで起きている、重要窃盗事件を追っていた。いや、窃盗というよりも誘拐というべきか――実際、彼らは「GK（ゴースト・キッドナッパー）」と呼ばれていた。

彼らはいったい何人のグループなのか、どこを本拠地にしているのか、どこの国籍なのか、長らく全く尻尾《しっぽ》をつかませなかった。そもそも、複数の事件が同一人物の犯行であること自体、なかなか判明しなかったのである。

実は、新聞沙汰《ざた》になるような美術品窃盗事件はこの世界では氷山の一角で、主流は昔も今もこっそり美術品を盗んでこっそり身代金を要求することである。

「GK」は、その道のプロであることは間違いなかった。入念に下準備をしているらしく、それこそ「ゴースト」の仕業のようにいつのまにか美術品が盗まれている。交渉は最大でも二回まで。「誘拐」した美術品は、カネさえ払えばキチンと返す。だから、連続事件としては表沙汰にならななかったのだ。被害が香港とアメリカに集中しているのは、犯人グループが非常に用心深く、自分たちにじゅうぶんな土地鑑のある場所だけを選んでいるためだと思われた。

個人美術館、あるいは個人コレクターを狙っているのも巧妙だった。今日び、著名な絵画を盗んでも、売るのが難しい。大美術館に身代金を要求しても、撥《は》ね付けられるケースも増えているからだ。昨今の美術品の需要は、マネーロンダリングの担保が主流なので、カネが取れない美術品に価値はない。

「GK」の最大の特徴は、誘拐対象が海外にある中国の美術品に限られていることだった。主に工芸品など、西洋絵画のように、維持や保存、あるいは運搬に手間の掛かるものではない、持ち運びしやすい小さなものに限っているところも巧妙だ。

中国では、辛亥《しんがい》革命の起きた一九一一年以前に制作された文物《ぶんぶつ》（いわゆる骨董品《こっとうひん》）を持ち出すことは禁じられている。かつては一七九五年（清朝乾隆帝《しんちょうけんりゅうてい》）以前の文物に限っていたが、二〇〇七年に五十年ぶりに制限基準が改定され、一気に厳しくなったのだ。

中でも、製造が二百年を超えているものを持ち出した場合や、持ち出す数が多かったりすれば、死罪も適用範囲内である。

そこをこの窃盗グループは盾に取っているのだった。中国国外のコレクターが持つ中国の美術品を中国国内に持ち込めば、それはもう持ち出し禁止になってしまい、中国国内で発見されたら国家のものとなってしまう。だから、中国に持ち込んで身代金を要求し、高く買い取らせるのである。最初の交渉が難航すれば、他の「客」を参加させて高い身代金を提示した者に売ってしまう。

窃盗グループが「親」と呼んでいる元の持ち主に要求する身代金は年々高くなっていた。

ただでさえ、富裕層が中国国内に飛躍的に増え、自国の骨董品を買い戻そうとする動きがある上に、中間層にも美術品ブームが起きて、美術品コレクターの層が厚くなっているためである。

二〇〇八年に、日本の私立美術館が、新館建て替えの資金調達のために、コレクションしていた中国宮廷時計十五点を、クリスティーズ香港のオークションに出品したことがあった。

主に十八世紀、清朝乾隆帝時代にイギリスや中国国内で製造されたもので、美品とはいえ競売前の予想落札価格は、せいぜい全部で三億円から五億円。ところが、蓋を開けてみたら、なんと合計金額およそ三十七億八千万円で全点が落札。落札者の身元は明かされていないが、複数の中華系新興富裕層と見られ、その金額の高さが美術品業界でたいへん話題になり、コレクターの増加とその財力が証明された形になったのである。

今回「誘拐された」品物は、数ヶ月前にアメリカの著名な「玉」コレクターの個人収蔵品から盗まれたものだった。彼のコレクション中でも名品中の名品と呼ばれているもので、その凝った細工の柄から通称「蝙蝠」と呼ばれている印章である。

中国における「玉」は、いわゆる宝石とは意味合いも重みも異なる。それこそキリスト教徒における「聖杯」のようなもので、権力者の象徴であり、ある種霊的な力を持つとされる。権力者がその資格を失った時には色が変わるといわれるほどで、古代より珍重されてきた。

「ＧＫ」には、アメリカのＦＢＩも強い関心を寄せていた。

くだんのコレクターは、この「玉」のコレクターでは知られた存在であり、「GK」の正体がつかめていなかったFBIが、次のターゲットになるのではないかとかねてより張っていた相手でもあった。次の盗難を待つしか相手の手がかりをつかめないのは忸怩《じくじ》たるものがあるだろうが、そこでしか接点がなく、なんの痕跡《こんせき》も残さないので仕方がない。

正式な連携ではないものの、FBIと香港警察は互いの情報を交換するようになっていた。そして、内々のルートから、「蝙蝠」がアメリカを出るところを押さえ損ねた、という連絡が入ったのだ。惜しいところだった、とも。

「蝙蝠」が本土に持ち込まれたことは、約一年を掛けて「GK」と関係のある組織の末端らしきところに連絡係としてもぐりこんだマギーの耳にも入ってきた。

これは、香港警察にとってもチャンスであった。今度こそ尻尾をつかまえる端緒を開けると期待され、捜査本部は色めき立った。

これまでとは桁違《けたちが》いの最低価格での交渉が始まった上に、最初から他の「客」との入札という、過去に例のない展開。これも「勝負に出た」とマギーが感じた理由である。

今回の連絡場所に選ばれたのは豫園の近くにあるコーヒーショップ。

マギーたちは、この一年、誘拐された「子」を預けておく「宿」を探してきた。「声」が「子」を任せられるのは相当に信用している証拠であり、重要拠点と考えられたからだ。「宿」が複数存在することは分かっていたが、その場所をつきとめるのには苦労した。最近、そのうちのひとつが豫園にほど近い観光客向けの骨董品店と判明し、今回の入札に合わせて見張りがついている。

耳元でかすかなノイズ。

「マギー、どうだ？」

耳の後ろにつけた小型の無線から抑えた声が聞こえる。

仲間が、いっこうにマギーからの連絡がないのに痺《しび》れを切らしたのだろう。

「キャラメルマキアート二つ、謝々《シェシェ》」

相手に聞こえるよう、声を張り上げる。

実際、お客が短い列を作っているので、オーダーは途切れなかった。向こうもそれは把握しているはずだ。店の中が見えるところで、ぶらぶらしている観光客を装い見張っている仲間もいる。

「まだ『客』から連絡がない」

なるべく唇を動かさないようにして素早く囁《ささや》く。

向こうで仲間が一瞬黙り込むのが分かった。やはり様子が変だと思ったのだろう。

が、すぐに続けて声がした。

「マギー、じきに連絡員を送る。尾行対象が増えて、みんな出払っちまったんで応援を頼んだ。サングラスを掛けた、長髪の三十くらいの女が行く。例の符丁を言ったらそいつにデータを渡してくれ」

早口で言うのが耳に入った。マギーが答えられないのを見越して、一息に聞かせる形だ。

「了解」

短く答えたが、相手の耳に入ったかどうか。すぐに声は切れた。

データ。

マギーは、制服の小さなポケットに入った、USBを反射的に手で押さえた。これを早く渡して分析してもらわなければ。

今回の入札が勝負どころになるとみて、急遽すべての「宿」候補に見張りをつけることになったのだが、その細かいデータはここに入っている。

急がなければならないことが幾つも重なっているのに、なかなか連絡は来ない。

マギーはじりじりしながらオーダーを入れ続けた。

と、自動ドアが開いて、三人の女が入ってくるのが視界の隅に飛び込んできた。

思わずハッとして顔を上げる。

茶色っぽい色の入ったサングラスを掛けた、長髪の女。三十くらい。

マギーは素早く女を観察した。

隙のない身のこなし。若いのに落ち着いている。

あれだ。あれが連絡員に違いない。

一緒にいるのは、仲間だろうか、それともサクラだろうか。ごく普通の観光客に見えるが。

サングラスを掛けた女が、まっすぐにこちらに向かってきた。

心なしか、マギーの耳に目を留めたように見える。一〇万ドルの翡翠のピアス。このピアスに気付くのは限られた者だけだ。

「ニイハオ」

マギーは女の顔を見据えた。女もサングラス越しにこちらを見返す。

一瞬、目が合った。微妙な緊張感。

女はつかのま怪訝《けげん》そうな顔になったが、「ニイハオ」と返事をして頷いた。

サングラスを外し、微笑むと口を開く。

「コーヒー三つ。素敵なピアスね、マギー」

15

ビデオカメラのモニターの中の映像がスタートする。

高層ビルの建ち並ぶ市街地の歩道。その賑《にぎ》わう道の真ん中を、一人の制服姿の男がきびきびと歩いてくる。長身でハンサムな青年。軽く手を上げ、親しげに微笑みかけ、立ち止まる。

「上海市民の皆さん、こんにちは。上海警察の高清潔です。日頃より、市民の安全を守るため、署員一丸となって努力しています」

爽《さわ》やかな決めの笑顔。キラリと光る白い歯。

が、すぐに彼は真顔になり、じっとこちらを見つめる。

「上海中心部の繁華街に来ています。今日もエネルギッシュな経済活動が行われている、活気あるわが街上海。今や世界最大の商業都市となり、その勢いはとどまるところを知りません。眠らない龍《りゅう》にたとえられるこの街は、常に世界を相手に戦い続けているのです。街は日々拡大し、発展を続けています。しかし、問題もあります」

高は肩をすくめ、何かを紹介するように両手を振り上げる。

カメラは彼の手が示すところを追う。

「今、時刻は午後五時を回ろうかというところですが、帰宅ラッシュが始まっており、見てのとおり、どこも大渋滞です」

けたたましいクラクション、ぎっしり道路を埋め尽くすトラックや乗用車。信号が変わっても車が動く気配はない。イライラした運転手の殺気が陽炎《かげろう》のように辺りに立ち籠《こ》めている。

「忙しい現代の我々にとっていちばん重要なものはなんでしょうか？」

再びカメラは高を捉《とら》える。高は、自分の着けている腕時計を指差してみせる。

「それは、時間です」

腕時計のアップ。スイス製の高級品だ。

「一分でも、一秒でも速く。それが市場経済の掟《おきて》です。けれど、朝晩繰り返されるこの光景は、我々が多くのビジネスチャンスを逃し、大気を汚染し、物理的にも精神的にも幾多の害を被っていることを意味するのです」

高は道路に沿って歩き始める。

「そんなことは言われなくとも分かっていると思うかもしれません。タイム・イズ・マネー。じゅうぶん承知していると。では、実際、どのようにそれを実践しているのでしょう？　より多くのビジネスチャンスを獲得するコツはどこにあるのでしょうか？　市民の行動を見てみましょう」

　道路に目をやる高。

「おやおや、確かに誰もが実践していますね。隙があればひたすら先を争って割り込む。信号が変わるか変わらないかのうちに我先にと飛び出す。とにかく飛ばす。早そうに見える車線にめまぐるしく移動する。その結果がこれです」

　さっきから、車は全く動いていない。ますますけたたましくクラクションが辺りに満ちみちる。高は大げさに耳を塞いでみせた。

「おかしいとは思いませんか？　誰もが急いでいる。誰もが時間を効率よく使いたいと思っている。しかし、それゆえに、身動きできなくなってしまうのです。目先のことに気を取られ、人を押しのけて前に出る。実は、これはいちばん効率の悪い方法なのです」

　高はまるで教師のように畳みかける。

「では、いちばん効率のいい方法は？」

　顔のアップ。目力《めぢから》を見せつけるかのようだ。

「簡単です。交通ルールを守る。マナーを守る。これが最善の道です。我々が行った数々の実験でも、譲り合って協力し合ったほうが遥《はる》かにスムーズに速く移動できることが証明されています。急いでいるのなら、譲り合う。これが新しい上海の交通ルールです。上海ルール！」

　高はガッツポーズを決めた。もちろん、白い歯も大サービス。

「なるべく移動には公共交通機関を使用し、マイカー通勤は避けてください。カレンダーが偶数の日には車の末尾ナンバーも偶数、カレンダーが奇数の日には末尾ナンバーも奇数の車のみ運転し、そうでないナンバーの車は運転をしないようお願いしています。渋滞の緩和と、何よりタイム・イズ・マネーの精神で、より一層我々の上海を発展させていきたいと思います。よいですね、マナーを守る、車のナンバーで振り分ける。上海ルール！　皆さんのご協力をお願いいたします」

更に力強くガッツポーズ。

と、映像が止まった。

沈黙。

くいいるようにモニターを見つめていた高が首をひねって唸《うな》った。

「うーん」

その様子を窺っているスタッフがかすかに青ざめる。

交通マナー徹底のキャンペーン活動の一環として、今や市民に人気の高い広告塔となった高が、自ら訴えるCMを作っているのだが、完璧主義でナルシストらしく、なかなかOKを出さないのである。渋滞のいちばんひどい時間帯を狙って、広報部と番組制作会社のスタッフで午後四時過ぎからずっと撮影をしているにもかかわらず、いっこうに終わる気配はなくだんだん日が暮れてきてしまった。もうこの週末にはTVスポットを打ち始めることになっているのに、このままでは編集が間に合わなくなる。

交通警察から撮影に駆り出され、撮影現場の周囲の通行人の整理をさせられ、しかも高に照明を当てるためのレフ板をずっと持たされていた劉華蓮《リュウカレン》（26）は、いい加減疲れてきて欠伸《あくび》が込み上げてくるのに悩まされていた。

高は見た目がカッコよく、マメに明るく声を掛けてくれるので女性警官には絶大な人気があった。この役を仰せつかった華蓮も、なんという幸運と最初は舞い上がり、どきどきしていたのだ。しかし、ずっとおつきをさせられているうちに、徐々に疑惑の念が込み上げてきた。確かにハンサムだし弁舌爽やかだし、家柄もよく勉強もよくできるのであろうが、ひょっとしてこの男は何も考えていないタダの目立ちたがりの馬鹿なのではないか、という疑惑である。華蓮はずっとレフ板を構えながら、自分の部署に戻ったら同僚にどう報告すべきか悩んでいたのだった。

華蓮は違法駐車や挙動不審の車を見つけることにかけては班でも随一で、怪しい人物を嗅《か》ぎ分けることには自信がある。その華蓮の勘が、この上司は見かけ倒しではないかとしきりに訴えてくるのである。

「いつまで掛かんのかなー、俺、早いとこ書いて回さなきゃなんない報告書がいっぱいあるんだけどなあ」

同じく、隣で鏡と櫛《くし》を持たされていた同僚の林忠輪《リンチュウリン》（25）も痺れを切らしている。

「ねえ、高署長のあの腕時計はマズいんじゃないかなあ」

華蓮は忠輪に話しかけた。

「ああ、あれいいよねえ、いいなあ、あんな時計、俺も欲しい」

羨《うらや》ましそうに答える忠輪に、華蓮はあきれ顔になる。

「だからさ、マズいでしょ。警官があんな高級腕時計してたら。しかも、あんなにこれみよがしにアップで撮っちゃってさ。何考えてんだろ、高署長」

「でも、高署長の家は大金持ちなんだろ？　ＦＢＩに研修留学なんて、家が金持ちじゃなきゃ無理じゃん。叩き上げの俺なんか、絶対ムリ」

華蓮はますますあきれる。

「あのね、ここ、感心するところじゃないから。最近、みんなよく見てるのよ。ネットの書き込みなんかもあるし。収賄疑われたらどうすんのよ」

「すげー華蓮、俺、全然そんなこと考えなかったなあ」

「馬鹿ね、仕事がやりにくくなんのはこっちよ。直接嫌み言われるのはあたしたちなんだから」

「どうやったらあんなに歯が真っ白くなるんだろう。同じ上海の水を飲んでるとは思えないなあ」

「あれって、毎週歯医者に行って磨いてもらってるって噂よ」

「金掛かんだろーなー。そりゃ、見せたくもなるよな」

二人でぼそぼそ囁き合っていると、高が「うーん」ともう一度大きく唸った。

「なんかこう、地味だなあ。インパクトがない」

スタッフがげっそりした表情になる。そもそも、最初は警察署の中でデスクに座ったままの高を撮る予定だったのだが、「インパクトがない」というので、急遽《きゅうきょ》外に出て街角で撮ることになったのだ。既に五テイクを撮っていたが、その都度髪に櫛を入れ、歯をチェックするので時間が掛かって仕方がない。

「なんかこう、一目見てグッと市民の目を惹《ひ》きつけるものが欲しいなあ。そう、たとえば――」

高は腕組みをして考えこんでいたが、何か思いついたらしくパッと顔を輝かせた。

「そうだ、鳩はどうだろう」

周りのスタッフが同時に聞き返していた。

「鳩？」

それは華蓮と忠輪も同じである。

「はあ？　聞き間違いじゃないよね？」

「今、鳩って言ったよな？」

怪訝そうに顔を見合わせる。

しかし、周囲の凍りついた空気とは裏腹に、思いついた高は興奮しているらしい。

「そうだよ、鳩がいい。真っ白な鳩。こう、僕がまっすぐ歩いてきた時に後ろからばさばさばさっと白い鳩が空に舞い上がる。いいねえ、画的にも綺麗《きれい》だし、インパクトがある。これで市民の目も釘付《くぎづ》けだ」

「鳩」

スタッフ及び華蓮と忠輪は、揃って絶句した。

高はパチンと指を鳴らす。

「うん、それでいこう。鳩、調達してきてくれないかな。一回やってみたかったんだよねー、鳩背負って登場するって」

「――ジョン・ウーかい」

華蓮はボソッと呟《つぶや》いた。

「あ、そこの君たち。市場行って鳩買ってきてよ、三、四羽でいいから」

高は上機嫌で財布を取り出し、華蓮と忠輪を手招きしている。

「しょ、署長」

華蓮は思わず口ごもってしまったが、必死に訴えた。

「鳩はマズいと思います。このごろは鳥インフルエンザもあるし、家禽《かきん》類を市街地で放すのは保健局の許可が下りません」

「え？　ダメなの？　鳩」

高はきょとんとしている。

やっぱりこいつは馬鹿だ。

華蓮は心の中で吐き捨てた。戻ってからの同僚への報告内容が、どんどん罵《のの》り言葉に書き換えられていく。

「そっかー、鳥インフルエンザね。残念だなあ。めったにない機会だから試してみたかったんだけどなー。他に何かないかなあ。犬とか、馬とか。アメリカだと馬がいるんだけどなあ」

「今のままでじゅうぶん素晴らしいと思いますよ」

疲れた顔のスタッフが控えめに、しかし力を込めて提案する。

「そうかなあ」

高は懐疑的だ。鳩に未練があるらしい。

「はい。高署長には登場するだけで素晴らしいオーラとインパクトがあります。シンプルに高署長だけを見せたほうが、ファンの女性も喜びますよ」

華蓮も熱心に言った。

高はまんざらでもない表情になり、振り向いた。

「そうかな」

「そうですとも」

高以外の全員が力強く頷く。

「よし」

高も力強く頷き返し、皆が安堵しかけたところ、彼は胸を張って宣言した。

「では、ダメ出しでもう一回。今度こそ、完璧に演技するぞ」

高以外の全員ががっくりとうなだれた。

「どうも、さっきはフレンドリーすぎた。ここはやはり厳しく、ビシッと決めないとね。上海ルール、だ」

スタッフがぞろぞろと足取りも重く散っていく。

高は忠輪のところにやってくると、髪を直し始める。忠輪は律儀に鏡を捧《ささ》げ持ち、華蓮も役に立っているかどうか分からなかったがレフ板を向けてみた。

「うーん」

鏡で髪をチェックしながら、高がまたしても考え込む。

「そうだ。君たちも一緒にどう？」

また何か思いついたらしく、パッと顔を上げ、華蓮と忠輪を交互に見る。

「は？」

二人は同時に声を上げた。

「ほら、よく映画であるじゃないか。捜査員が一直線に並んでまっすぐ歩いてくるところ。あれ、どうかな。あれもやってみたかったんだ。僕が先頭を歩くから、君たちは、少し後ろから僕を挟むようにして進んでくる。うん、このほうが、チームで街を守っている感じがするね」

「――オーシャンズ11《イレブン》」

華蓮は力なく笑った。

と、その時である。

「うん？」

みんながなんとなく後ろを振り返った。

何か、異様な気配を感じたのである。

誰もが無言で不思議そうにそちらを見た。

不穏なものがこちらに近付いてくる。誰もがそう感じ、周囲にいる人も立ち止まり、そちらを見ている。

「なんだ？」

最初は、遠雷にも似たゴロゴロという音だった。

が、それらはじきに腹に響く重低音となり、更に音はバリバリと凄まじい雷となり、ついには戦闘機と戦車が手に手を取り合ってやってくるような振動となった。

誰もが動きを止め、音の正体をつきとめようと目を凝らしている。

しかし、音の正体を目撃できた人はわずかで、それもほんの一瞬のことだった。

何か大きな重量の鉄とスピードの塊が、つむじ風、いや、彗星《すいせい》のように彼らの脇を駆け抜けていったのだ。

それはひとつではなかった。ひとつ、ふたつ、みっつ、よっつ——

四つの黒い鉄とスピードの塊が、ドップラー効果の爆音を残して人々の頬を打つようにあっというまに通り過ぎていった。

目撃した人ですら、自分が何を見たのかよく分かっていなかった。何かゴツゴツした、大きなオートバイだったということも、残像のような一瞬の影でしか記憶できなかったのである。

日頃、上海の荒っぽいスピード違反の車を見慣れているはずの交通警察の華蓮と忠輪ですら、その目に焼き付けることができないくらい、凄まじい速度で目の前を走り抜けていったので、二人は目を見開き、口をあんぐりと開け、その場に呆然と立ち尽くしていた。

あまつさえ、その四台が走り抜けたのは、ぎっしりと渋滞が夕暮れの殺気を共有している車道ではなく、通行人のいる歩道だったのである。

「な」

忠輪は口をぱくぱくさせ、「今の、なんだ？」と青ざめた顔で華蓮を見た。

「嘘みたい。ほんとに、歩道を、まさか」

誰もが夢から覚めたかのように顔を見合わせた。もはや、それが通り抜けた証拠は何もなく、幻だったのかと思うほどだ。

しかし、真っ先に夢から覚めていた人物がいた。

高清潔である。

彼は、一瞬絶句していたが、次にカッと目を見開くと、顔を真っ赤にしてわなわなと震えだした。

「あいつら」

低く呟くその声は、それまで「鳩を買ってこい」と無邪気にはしゃいでいた男のものではない。

白い歯の広告塔と陰で揶揄《やゆ》されていようとも、職務に対しては彼はやはり優秀であり、動体視力に至っては、交通警察の若手二人よりもずっと抜きん出ていた。

彼の目は、その四台のオートバイが不正に改造を加えたものであること、そして、かねてマークしていたドレミファピザと寿司喰寧のものであることを読み取っていたのである。さすが鳩を飛ばしたいだけのことはある。

「すぐに署に戻るぞ」

高は、スタッフに向かって叫んだ。

「撤収だ、撤収。この辺りの監視カメラの映像をすべて調べろ。今の四台のバイクを特定しろ。すぐにだ」

「ハイッ」

言うが早いか、高は先頭に立って走り始めた。

華蓮たちも、スタッフも慌ててその後を追う。

みんなが並んで走っていくさまは、それこそアクション映画のようである。

「――踊る大捜査線？」

レフ板を抱えて走りながら、華蓮は無意識のうちに、以前見たことのある日本のTVドラマのタイトルを呟いていた。

16

動物園の閉園時間は五時半である。

客の気配が消え、日も暮れてきてがらんとした園内。観客がはけた後の劇場のような雰囲気が漂い、動物たちも「営業」モードから「楽屋裏」モードに入る。本日のステージは終了したのだ。

パンダ舎の奥深く。パンダたちはもう居住棟に引き揚げており、辺りはしんと静まり返っていた。昼間の営業時間は一緒の広い檻に入れられているが、居住棟はそれぞれが個室である。

が、いちばん奥の部屋でごろりと横たわっている厳厳は、むろんしっかりと目を覚ましている。

体力を温存しようと、営業棟でもなるべく眠ろうとしていたのだが、今夜の計画のことを思うと頭が冴《さ》えてしまい、なかなか休めなかったのが残念だった。しかし、普段よりもしっかり食事を摂《と》り、夜通し活動しても腹もちするように心がけた。

今夜こそは。

これから待ち受ける未来のことを考えると、興奮と緊張が全身にみなぎってくる。

厳厳は思わず、とある漢詩を呟いていた。ちなみに、作者は六世紀の詩人、薛道衡《セツドウコウ》である。

人日思歸

入 春 纔 七 日
離 家 已 二 年
人 歸 落 雁 後
思 發 在 花 前

人日《じんじつ》帰るを思う

春に入《い》りて纔《わず》かに七日《なぬか》
家を離れてすでに二年

人の帰るのは雁《がん》の後《のち》に落ち
思いの発するは花の前《さき》に在り

（訳　まだようやく七日ばかりの浅い春である。故郷を離れてからはや二とせ。北へ帰る雁の群れよりも私が帰るのは後になってしまった。この望郷の思いは、春の花よりも早く私の心に芽吹いている）


俺はなんとしても故郷に帰るのだ！

こんな狭い檻の中で、ガキどもの見世物として一生を終えてたまるか！

巌厳は武者震いをし、ゆっくりと身体を起こした。そして、いかにも何の気なしに寝返りを打ったように見せかけ、部屋の入口のほうににじりよっていく。

そっと廊下を覗くが、人気《ひとけ》もなくひっそりとしている。営業を終えてこちらに帰ったばかりだし、今日は係員も少なく、いるのは下っぱだけだ。あの魏がいないというだけでもかなりこちらには有利である。精神的にも楽になれるのは大きい。

さりげなく天井を見上げ、監視カメラの場所を確かめる。個室内にもひとつあるが、廊下にあるのはふたつ。結構長い廊下であるが、このふたつで全部をカバーしていることは日頃の観察により分かっている。ここ数ヶ月、朝晩の出入りの時に、いろいろ歩いて死角がないか試してみたのだが、やはり死角はないようだった。

が、厳厳は別のことに気が付いていた。

この廊下の天井には、中央に一列に電灯が設置されている。この廊下は外光が入らず暗いので、電灯は一日じゅう点《つ》けっぱなしになっている。そのため、よく電球が切れる。そうすると、廊下がかなり暗くなり、位置によっては檻の様子が見えにくくなるらしいのだ。

よし。

厳厳は部屋の奥にまたごろりと寝返りを打つと、隅の壁と床の間にある隙間にそっと前肢《まえあし》を伸ばした。

そこには、食事の際に口の中に入れて隠し持っていた竹から作った竹串《たけぐし》が数本仕込んである。さりげなくその竹串を引っ張りだし、口に銜《くわ》えてまたごろりと入口まで移動した。

普段から、よく寝返りを打つパンダであるという行動をアピールしているので、個室のカメラを覗いても、厳厳が不審な行動を取っていると考える者はいないだろう。

練習は本番のように。本番は練習のように。

内心そう呟きながら天井を見上げ、厳厳の檻の前にある電球に向かってフッと竹串を勢いよく飛ばした。

見事、竹串がぶつかり、小さな音を立てて電球が割れ、そこだけ暗くなった。

よし、練習通り。

厳厳は満足げに頷いた。これで、厳厳の部屋の前の廊下が暗くなるので、厳厳の部屋の中も暗くなり、部屋の中に彼がいるかどうかも分かりにくくなるはずだ。

巌厳は入口のドアの鍵に向かって口に銜えた竹串を突き出した。

外の入口に比べ、ここは出入りが激しいためかあまり複雑な鍵を使っていない。

以前はもっと簡単にかんぬきを掛ける方式だったのだが、巌厳があっさり外して脱走してしまったので、今は南京錠《なんきんじょう》を使うようになっている。

しかし、巌厳はその鍵がごく単純な、鍵穴に鍵を入れて回すだけのタイプであることを承知していた。

ふん。せめて鍵はふたつは付けなきゃな。防犯の常識だぜ。

実は、彼は日頃より、ここの鍵が開けられることは電球が切れている時を狙って何度も実験して確かめていた。

巌厳は慣れた様子で口に銜えた竹串を南京錠の穴に突き刺し、顎を傾けてくいと引っ張る。と、南京錠がかちゃりと開き、更に上下に揺さぶると、かちゃんという音を立てて床に落ちた。

よし、これも練習通り。

巌厳は扉を押し開け、静かに廊下に出ると、そのまま廊下を音もなく通り抜けた。

他の檻では、ぐったりと疲れきった若い者がだらしなく寝そべっており、巌厳が廊下を通り過ぎたことに気付きもしなかった。

あばよ。おまえらはまだ若い。おまえらの世代の生き方は俺とは違う。アイドルとしての人生を生きてくれ。

そう心の中で別れを告げながら、居住棟と営業棟とを繋ぐ通路に出た。

ここには、監視カメラはひとつ。

ひとつということは、死角があるということだ。

厳厳は素早く監視カメラの下の壁にぺたりと張り付いた。カメラは頭上にあり、居住棟の廊下の入口に向いている。

よし、ここにじっとしていれば、見つかることはないだろう。

厳厳は少し緊張を緩めると、座り込んで考えた。

夜中になってからここを出るか、戸締りが終わってすぐに出るかはいちばん迷ったところだった。

冷静に考えれば、みんなが寝静まってからのほうがよかったかもしれない。何より、問題は外に出てからだ。この動物園が、市の中心部から離れた郊外にあることは知っていた。夜中であれば、あまり人通りがないことも飼育員の話から漏れ聞いていた。外に出てからは、夜中のほうが圧倒的に有利である。

だが、夜中には何度も見回りがある。見回りに来られては、厳厳の脱走はすぐにバレてしまい、具合が悪いとはいえ、魏も駆けつけてくるだろう。その時には、少しでも遠くに行っていたかった。

何より、そこに出られる道具がおあつらえむきに放置してあるというのに、檻の中にいることにもう耐えられなかったのだ。長年夢にまで見てきた外に出られる条件が目の前に揃っているのを知っていて、夜中まで待つのはもう沢山だった。

ここまでは順調。このまま行こう。

巌厳は小さく溜息《ためいき》をつくと、そっと営業棟のほうへと歩み出た。

静かだ。誰もいない。

巌厳は、営業棟に近付くと、竹を積み上げたところに目をやった。

彼が隠しておいた掃除用具の柄が覗いている。

巌厳は舌打ちした。

なるべく、扉の近くに押しやっておいたのだが、やはり少し距離がある。

大きく息を吸い込み、今度はゆっくりと吐く。

巌厳は身体を低くした。

さて、猫を飼っている皆さんならご存知のとおり、猫は意外に身体が柔らかい。しかも、毛皮の部分が大部分で、猫の身体の正味部分は意外に細い。狭い塀の下やドアの下などをうーんと身体を伸ばして器用に潜り抜けるのを目にしたこともあるであろう。

普段座っているとおそなえ餅《もち》のように末広がりの体形に見えるパンダであるが、彼らも身体は柔らかく、実は意外に狭いところを潜り抜けられるのである。

特に、巌厳は、敏捷に動けるよう、筋肉の維持とダイエットにぬかりなく励んでいたから、この無骨な見てくれに反して、身体能力は驚異的であった。

巌厳は身体を低くして、営業棟の入口のドアに身体を押し当てた。

ここのドアは、格子状になった鉄のドアで、ドアの下には二十センチほどの隙間がある。そこから彼はにゅうっと前肢を伸ばし、肩ぎりぎりまで差し入れると、竹の下の柄になんとか爪を引っ掛け、そろそろと引き寄せた。

途中で一回爪が外れ、ひやりとしたが、もう一度必死に前肢を伸ばして無事掃除用具を手にしたのである。

やった！

厳厳は安堵と興奮を覚えた。

焦るな。まだこれは第一関門に過ぎない。先は長いのだ。

厳厳は気持ちを引き締めると、ついに外へと出るドアの前にやってきた。

営業棟は、もうこの時間になると明かりを点けていないので、辺りは暗く、多少激しく動き回っても気が楽である。

それでも、そこに目をやるまでは気が気ではなかった。

誰かがあのバケツを片付けてしまっていたら。

しかし、ドアの近くにあの「小さいの」が置いていったバケツは今もちゃんとあった。

ありがとうよ、小さいの。

厳厳は小動物に似た飼育員の娘の顔を思い浮かべた。とうとう、魏以外の飼育員の名前が覚えられなかったが、勘弁してもらおう。

このドアの鍵は、南京錠ではなく、ドアに一体化した鍵である。

厳厳は、掃除用具の柄をドアの隙間からいっぱいに伸ばし、バケツに近付けた。ゆっくりと、バケツの持ち手に柄を通す。

そろそろと身体の位置を変え、バケツをそうっと鍵を掛けてある壁のほうに向けていく。

格子に通した柄を、梃子《てこ》の原理で下げると、バケツが持ち上がり、壁のフックに下げてあった鍵がじゃらじゃらとバケツの内側で音を立てた。

うむ、あの辺りだったな。

厳厳は慎重にバケツを更に持ち上げる。

と、フックに下げてあった鍵は宙に浮かび、バケツの中にがちゃがちゃと落ちた。

爽《シュアン》！

快哉《かいさい》を叫び、厳厳はホッとひといきつく。まだ柄を離すわけにはいかない。これから先が、いちばん危ないところなのだ。

更にゆっくりと柄を高く差し上げる。と、持ち手を通してバケツがずるずるとドアに向かって滑り落ちてきた。バケツがごとんとドアに当たる。

よし、中に鍵が入っている。

厳厳はバケツをゆっくり地面に下ろした。柄を持ち手から抜いて、外にあるバケツに前肢を伸ばすと、ザッとこちらに勢いよく傾ける。

バケツの中から鍵が飛び出して、ドアの下から中に転がってきた。

うむ、イメージ通り！

厳厳は大きく胸を撫《な》でおろすと、鍵を回収した。再び掃除用具の柄を使って、バケツを元の位置に押し戻す。これで、パッと見には何があったか分からないだろう。

これが自由への鍵だ！

厳厳は、震える前肢で引き寄せた鍵を、口に銜えた竹串ですくいあげると、格子の隙間から慎重に出し、ドアについた鍵穴に苦労して前肢で押し込んだ。

さすがに緊張していたのか、竹串が震えてしまってなかなか押し込めない。

くそ、落ちつくんだ！　クール、クール！

自分を叱咤《しった》激励し、奮闘すること数十分。

永遠とも思える長い時間に感じたが、実際は二十分くらいだったようである。

かちゃ、という軽く明るい音を立てて鍵が開いた。

人日思歸！

目の前に、パッと光が射し込んできたかのような爽快《そうかい》感。

厳厳はしばし感慨に耽《ふけ》ったが、そんな暇はないと我に返った。

そっと営業棟の慣れ親しんだスペースを振り返り、彼は一人でそこを出た。

もはや、振り返るまい。

厳厳は通路を出た。

おお、娑婆《しゃば》の風だ。もう、夜の風だな。

一瞬、その風の匂いを嗅いでから、身体を低くしてすぐに宵闇に隠れる。

ブルーシートを掛けた石畳の通路の中に素早くもぐりこむ。

こいつはラッキーだ。やはり、今日という日は運命だったんだな。

巌厳は静かに通路の中を進みながら、いちばん端まで辿り着いた。

近くにある、ツツジの植え込みの陰にもぐりこむ。

園内は鬱蒼《うっそう》として、全く人気がなかった。辺りはすっかり暗くなっていて、ひっそりとしている。

ただでさえ広大な園内は、見回りに来ない場所もたくさんある。林を選んで通り抜ければ、敷地内の隅っこに辿り着くのもそう難しくはないだろう。

が、巌厳は念を入れて、資材と一緒に置いてあった、五メートル四方ほどのブルーシートをくわえて剝《は》がしとると、身体に巻きつけた。

自分の白黒模様が人目を惹くことはよく承知している。ご先祖様は雪山での擬態にこのツートンカラーを選んだのかもしれないが、こんな都会ではパトカー並みに目立ってしまう。このシートをかぶっていれば、じっとしている限り、工事中で何かを置いてあるとしか思えないだろう。

巌厳はシートの端を銜えたまま、そろそろと移動を開始した。動いてはじっとして、また少し移動してはじっとする。

そうして人のいない園内を隠れ隠れ移動していくと、外界と隔てている、背の高い塀が見えてきた。

さて、次がまたしても重大な関門だ。

塀の近くにある、数本の大きな柳の木の陰でうずくまる。もちろん、ブルーシートはかぶったままだ。

がっちりとした鉄の柵《さく》の向こうに自由がある。

激しく行き交う車のクラクション。

うーん、まだ交通量が多いな。

人通りも結構あった。今はちょうど帰宅時間なのだろう。

さて、どうする。

厳厳はブルーシートの下で、空豆形の黒い隈取《くまどり》の中から眼光鋭く外を見つめていた。

17

さて。

いささか唐突であるが、ここで数日前に非業の死を遂げ、多くの人間を青龍飯店に呼び寄せることになったフィリップ・クレイヴンのペット、ダリオの話である。

青龍飯店で夕餉《ゆうげ》に供されたあと、ふと、気がつくとダリオは上海郊外の巨大な映画セットの上をふわふわと飛んでいた。

王湯元の腕がよかったためか、彼は少し前まであのホテルの厨房《ちゅうぼう》にいていい匂いを嗅いでいたのに、おかしいなと思った程度で、自分が既に死んでいるとはなかなか気付かなかったのだ。

しかし、ふだんは低い地面や床の上をちょろちょろ走っていたのに、今やこれまで見たことのない広大な風景を見下ろしていることに戸惑っていた。

カーキ色の軍服を着た、ものすごく大勢の人間が整列して、何かを見つめている。

その視線の先で、見覚えのある男が悲しみにくれていた。

おお、あれはご主人のフィリップ・クレイヴンではあるまいか。

ダリオはふわふわと宙を漂い、その男に近寄っていった。

いつものように撫でてもらおうと思ったのであるが、どういうわけだか地面より二メートルの高さから下に行くことができないのである。

かつては地上三十センチから上には行くことができなかったのに、なぜか今はそうなってしまっているようなのだった。

ダリオは戸惑いながらも、ご主人に向かって尻尾を振ってみた。

しかし、ご主人は全くこちらに気付かず、地面に伏して嘆き悲しんでいる。

いったい何が起きたのであろうか。

ご主人の後ろに並んでいる、沈痛な面持ちの男女を見る。顔を真っ赤にして怒っている大男は、ダリオにも見覚えがあった。ご主人がいつも言い争いをしている、ご主人の知り合いである。隣のぽっちゃりした小男も知っている。こちらはご主人の幼馴染《おさななじみ》だ。

彼ならば気付いてくれるかと思い、彼の頭上に行ってみた。

だが、やはり彼も俯《うつむ》き加減に溜息をつくばかりで、ダリオに目もくれない。

その隣に東洋人の男女。

ふと、ダリオはその女のほうに見覚えがあるような気がした。かつて、どこか遠い国でこの女と対面したことがあるような。

そう思ったとたん、女がピクリと反応してダリオを見上げたのでハッとした。

女と目が合う。

この女には、自分が見えている。

そう気付いたダリオは、彼女の頭上に行き、尻尾を振ったり、頭を振ったり、なんとかコミュニケーションを取ろうとした。

彼女はそんなダリオをじっと見つめていたが、哀れむように首を左右に振った。

その時、ダリオはひょっとして自分はもうご主人と一緒の世界にいないのではないか、とおぼろげに感じ始めていた。

この女のほうが特殊で、他の人間たちには自分はもう見えないのだ。

そう思いつくと、ご主人が何を嘆き悲しんでいるのか少しずつ分かってきたような気がした。

ああ、もうご主人には会えないのだ。あのいつも一緒に移動していたご主人との暮らしは戻ってこないのだ。

ダリオに哀しいという感情はなかったが、そこに虚《むな》しさや無常感に近いようなものが漂ったことは確かである。

ご主人、哀しまないでください。わたしはそこにはいません。こうして千の風になっております。

どこかで聞いたような台詞《せりふ》だな、と思ったものの、ダリオはそう話しかけてみた。

しかし、やはりご主人は無念そうに泣きじゃくるばかりで、いっこうに気付く気配はない。あの東洋人の女を振り返るが、女はもう一度彼に向かって首を左右に振った。

もうだめなの。あんたのご主人にはあんたは見えないのよ。

そう言われたような気がした。

けれど、これからこんな姿でどうやって生きていけば（生きていないが）よいのだろうか。やはり、ご主人から離れるわけにはいかないし。

ご主人の哀しむ姿に困惑しつつも、ダリオはその頭上でふわふわと浮かんでいるしかなかった。と、空を飛んできたカラスがダリオにぎょっとして威嚇の声を上げた。

ダリオも身構える。

カラスは不審げに彼を見ていたが、やがて飛び去ってしまった。どうやら、動物たちには彼が認識できるようである。

ご主人は、大男とぽっちゃりしたのに両脇を抱えられ、よろよろと小型のバスに乗り込んだ。

東洋人の男女も続いて乗り込む。

ダリオも乗り込もうとしたが、目の前でドアが閉められた。

仕方がないので、バスの上に乗る。こうして、ダリオもご主人と一緒に、青龍飯店の部屋に戻ったのだった。

部屋に引きこもるご主人を見ていられなくなり、ダリオはホテルの中をふわふわと散歩してみた。

ドアさえ開いていれば、どこにでも入れる。

忙《せわ》しく働く従業員や、ひっきりなしにやってくるお客たちをダリオは興味深く見下ろしていた。

ふと、小さな男の子がじっとこちらを見ているのに気付いた。

彼は、確かにダリオのことを見つめている。

「ママ、あれなに？　ちっちゃいワニみたいなのが浮かんでるよ」

隣の太った女の服を引っ張るが、女はホテルのお菓子を選ぶのに夢中で「馬鹿なこと言うんじゃありません」とすげなく、全く子供のほうを見ようとしない。

ダリオはふわふわ子供の頭上を回ってみた。

子供はぽかんと口を開けて彼を見ていたが、じきに女に手を引かれてそこからいなくなった。

なるほど、あの女の他にも自分のことが見える人間がいるのだ。数は少ないようだけれど。

ダリオはふわふわ漂い、いい匂いのする厨房に引き寄せられていった。

今は上から見ているが、見覚えのある場所である。

どうやら、ここで何かがあったらしい。

ここである男と対面したような気がする。大きな庖丁《ほうちょう》を目にも留まらぬ速さで扱い、周りのスタッフに大声で指示していた若い精悍《せいかん》な男。

ダリオは厨房を出て、ホテルの廊下にさまよい出た。

どちらに行こう。

と、廊下をこそこそと行く男がいるのが目についた。なんとなく気になったのでその男についていってみる。

周囲を窺い、部屋に入っていく男。

ダリオもついていく。

男は部屋の中をいろいろ物色していた。何かを探しているらしい。が、人の気配を感じたのか、素早く出て行った。

ダリオがその部屋にとどまっていると、見覚えのある男が部屋にやってきた。

立ったり座ったりとうろうろしていたが、不意に足を止め、部屋の中の気配を探っているので、ひょっとして自分が見えるのかと思ったら、どうやらそうではないらしい。

男は、つかつかと壁の前のキャビネットに向かい、鍵を出して中から小さな袋を取り出した。

あっ。

ダリオの記憶が刺激される。

あの袋も見覚えがある。どこで見たのだろう。

ダリオは男の頭上でくるくる回りながら、記憶を探る。

男は机の前に腰掛けると、袋の中から小さな印章を取り出した。

ふうん、こんなものが入っていたのか。

男と一緒に、しげしげと印章を見つめる。綺麗な色をした、心惹かれる小さな石。素敵なものであることは間違いない。

男が袋にしまい、胸のポケットにそれを入れるのを見たとたん、思い出した。

そうだ、あれは遠いところ、潮の匂いのする、船着場のどこかだった。


ダリオは、薄暗いところにいた。

檻の中だった。周りでは、犬だか猫だかが神経質に鳴く声がした。ダリオは身体をすくめて、じっとしていた。

ご主人が、「すまない、しばらくの辛抱だよ。向こうですぐに会えるよ。狭いところに押し込められているのはつらいだろうが、なんとか我慢しておくれ」と何度も撫でてくれたっけ。

心配無用です、とダリオは言った。ご主人にはむろん、聞こえなかったであろうが。

睡眠剤を呑《の》まされたので、ダリオはとろんとしていた。もうすぐすっかり眠り込んでしまうだろう。

名残惜しそうに去っていくご主人を見送り、眠り込もうとした時である。

そこに誰かが入ってきた。

追われているようで、全身に殺気が漂っている。男が持ち込んだ殺気に、他の動物が鋭く反応して、鳴く声が激しくなった。

「くそっ」

男は舌打ちをして、きょろきょろと周りを見回している。

やがて、男が自分に目をつけたのに気付いた。

じっと観察するようにこちらを見ていたが、すぐにこちらにやってくると、檻に手をつけた。

異様な気配を感じたダリオは口を開けて威嚇する。が、既に眠気が強くてのろのろとしか口を開けられなかった。

と、何かが口の中に押し込められた。小さな袋。中に硬いものの感触がある。

男は手に持っていたボールペンで、それを更にダリオの胃の奥へと突っ込んだ。

なんだ？　餌だろうか？

ダリオは混乱した。

吐き出したいと思ったが、睡魔の力は絶大だった。ダメだ、吐き出す力も残っていない。

そのままダリオはぐっすりと眠り込んでしまったのである。


そうだった、今この男が見ていたのは、あの時別の男が自分の胃に押し込んだものだ。

つまり、この男は自分の体内からあれを取り出したというわけか。

ダリオは宙を漂いながら考えた。

あれは何だ？　なぜ自分の身体に押し込まれたのだろう？　この男はあれをどうするのだろう？

ダリオは興味を覚えた。

なぜか、あの袋の中身の行方は、自分にとっても大事なことのように思えたのである。

男は立ち上がり、部屋を出た。

もちろんダリオもついていく。

男が厨房に戻るのを見届け、ダリオはふわふわと再び廊下にさまよい出た。

今はご主人のところに戻るけれど、またあの男とあの袋がどうなるか見にいこう。

ダリオは空中をさまよいながら考えた。

このホテルの構造を、もう少し把握したほうがよいな。

そんなことを考えていると、突然、下のほうからキャンキャンと甲高く吠《ほ》える声。

振り向くと、派手な服の少女の腕に抱かれた小さなポメラニアンが、ダリオに向かってけたたましく吠えかかっている。

「なあに、ティファニーちゃん、どうしたの？」

少女が怪訝そうにするが、犬はダリオのほうに伸び上がらんばかりにして吠えたてる。

「しいっ、おとなしくして」

少女に頭を撫でられ、ポメラニアンは渋々不満そうに口をつぐんだ。

犬は苦手だ。

ダリオは首をすくめると、ふわふわとそこを離れ、ご主人の部屋のフロアに向かった。

かくて、ダリオは天上の存在になった。まさに「神」の視点を手に入れ、「神」の視点からご主人らを見守ることになったのであった。

18

ダリオの霊がけなげにホテルの廊下をさまよっていることも知らず、そのご主人であるフィリップ・クレイヴンは、こちらもまたどっぷりとダリオの喪に服し続けていた。

部屋の中はすっかり線香の匂いに焚《た》きしめられてしまい、チラチラと揺れるキャンドルの炎も燃えつきて共に消えようとしている。

彼にはここ数日の記憶がなかった。

顔を真っ赤にしてこちらを睨みつけていたティムの表情はおぼろげに覚えているし、ジョンの青ざめた心配そうな顔も覚えている。上海郊外の撮影所で、粗末な墓の前にひざまずいたことも、掌の砂の感触で覚えている。ダリオの魂はここにはいない、と思ったことも。彼はきっと千の風になっているのだ。しかし、その画にも音はなく、何も聞こえなかった。いったいどのくらい時間が経ったのか分からない。撮影に忙殺されていたあの日々が遠い昔のようだ。

ああ、あの瞬間から僕の感情は凍りついてしまった。もはや以前のような無邪気な自分に戻ることはできないのだ。

フィリップは暗い部屋の中に横たわったまま、自己憐憫《れんびん》に浸った。

そう、あの忌まわしい瞬間。

明るいレストラン。客席はいっぱいで、賑やかにそこここで宴《うたげ》が繰り広げられていた。

次々と運ばれてくる料理。最初のうちは、撮影で疲れてはいたが、スタッフと共に料理を満喫していた。

目の前に大きな楕円《だえん》形の銀の皿が現れたことは覚えている。ドーム状のぴかぴかの蓋があって、その蓋にフィリップの顔と運んできたシェフの顔が映っていた。

そして、湯気と共に蓋が開けられて――

あの瞬間の衝撃は、これまでに見たどんなホラー映画、彼の熱愛してきたホラー映画にも及ばぬ破壊力で彼を打ちのめしたのである。

ああ、まさか現実の世界にこのような恐ろしい場面が待ち受けていようとは。ホラー映画に人生を捧げてきた自分に、神はなぜこのような試練を与えたのであろうか。あるいは、捧げてきたからこその仕打ちなのだろうか。

フィリップは、思わず指をからめ祈りのポーズをとらずにはいられなかった。

許しておくれ、ダリオ。

もはや涙も涸《か》れた。

あの愛らしい目、艶々《つやつや》した肌、物静かだがやんちゃな動き。あの神の造りたもうた繊細で奇跡のような手足の造形。いつも無言でそばにいてくれた彼はもういない。

彼の脳裏では、在りし日のダリオの姿が紗《しゃ》の掛かったパステルカラーの映像で繰り返し上映されていた。海辺を走るダリオ。花に囲まれたダリオ。すねて動かないダリオ。足元からこちらを見上げているダリオ。BGMはなぜかロバータ・フラックの「キリング・ミー・ソフトリー」である。

ああ、なぜもっと彼の映像を撮っておかなかったのだろう！　いつも二人きりの時間を過ごすのに夢中で、映像を撮ろうと考えなかったのは愚かだった！　人んちの子供を撮影している時間があったら（直近に撮ったのは、ティムの娘の二歳の誕生日のプライベート・フィルムだった）もっとうちの子を撮っておくべきだった（ちなみに、ゴシックホラー調に撮ってしまったため、ティムの奥さんはカンカンだった）。そうすれば、彼に捧げる追悼ドキュメンタリー映画を作り上げることができたのに！

久しぶりに、悔しいという感情が湧きあがってきた。

フィリップは落ち窪《くぼ》んだ目をぎらぎらさせ、闇の中にむくりと起き上がった。

そうだ、追悼だ！

今の自分にできることはそれしかない！　遠く故郷を離れ、この上海の地にダリオは散った。この映画はダリオに捧げる鎮魂の映画にするのだ！　オープニングクレジットのエピグラフは「愛《いと》しきダリオの魂に捧ぐ」で決まりだ。

その時、ピンポンピンポンと部屋の呼び鈴をけたたましく鳴らす音がした。

ジョンが出る声がする。

と、早口で複数の男が怒号混じりに叫ぶ声がして、何やらリビングのほうが騒がしい。何が起きたのか？　ついに本国の出資者が取り立てに来たのか？

フィリップは久しぶりにのろのろと起き上がると、自ら寝室のドアを開けた。

と、目に飛び込んできたのは異様な風体の男である。

顔の真ん中で青と白のドーランが塗り分けられ、キョンシーとゾンビの衣装を半分ずつ着けた小柄だががっしりとしている男。なぜかインパクトのある、印象的なアジア人。その両脇にいるのは、アクション監督と振付師であることは分かった。

フィリップは目をぱちくりさせた。

目が合うと、男はジロリとこちらを睨みつけた。

ティムとジョンが驚いてこちらを見る。

部屋の中には、クミコとタダシもいて、キャンドルの炎と壁に映る影がゆらゆらと揺れて、さながらイリュージョンの世界である。

フィリップは天啓を受けたように棒立ちになった。

なんだろう、この顔。なぜこの顔にこんなに心を動かされるんだろう。

(それは彼の顔がほぼ左右対称だからである——って、聞き飽きたね)


げっそりやつれたフィリップ・クレイヴンを見て、蘆蒼星もインパクトを受けていたが、彼が真っ先に反応したのは、部屋のマントルピースの上に置いてある写真であった。

菊と線香と月餅《げっぺい》を添えられた、モノクロの動物の写真。

蒼星は、思わず今きたドアのほうを振り返っていた。

さっき、見た。廊下であの動物を。

無理やり衣装部屋に引っ張っていかれ、衣装を着せられ妙なメイクをされ、再び振り付けと共に踊りのリハーサルをさせられそうになり、蒼星はもう一度必死に自分は映画のキャストではないと主張した。

しかし、興奮している振付師とアクション監督は蒼星が単に嫌がっているのだと思い、君しかいないと更に激しい懇願（脅迫？）を浴びせるので三人が同時に喋《しゃべ》って全くらちが明かない。監督が風水師を呼んだと言ってもいっこうに信じない上に、振り付けに対する見解の相違が再燃して二人で言い争いを始めてしまったので、三人はいったい誰が正しいことを言っているのか監督に判断してもらおうと、一緒に監督の部屋までやってきたのである。

青筋立てて三人が廊下を進んでいた時、突然蒼星の足がピタリと止まった。

「え？」

スタッフの二人もつられたように足を止めると、蒼星が天井のほうを見ているのに気付き、不審げにきょろきょろしたが、蒼星が見ているものには気付かなかったようだ。

ふわふわと天井付近を漂っている奇妙な動物。

やや影が薄くはなっているが、恐らく往時の姿を残しているであろう、トカゲに似たやや大きな動物である。

はて？　このような動物がなぜここに？

蒼星と目が合ったが、動物はその目を避けるようにして、ふらふらと天井伝いにどこかに行ってしまい、見えなくなった。

蒼星は、写真のところにつかつかと近付いていくと、じっくりその遺影を眺めた。間違いない、あんな変わった動物が上海のホテルなぞにいるはずはない。さっき見たのはこの写真の動物に違いない。

となると、さっきのあれは、この動物の念であったか。

にしても、この部屋の気は悪すぎる。どんよりしているし、停滞しているし、何やら不穏なものも溜まっている。

「どうしたんだよ、ジェットにスチーブ。ダンス関係は今のフィルには無理だから任せると言ったただろ？」

いきなり人口密度が高くなった部屋の中で、ジョンがアクション監督と振付師の顔を交互に見た。

「まさにそれが大問題なのよ」

振付師は金切り声を上げる。

「あたしはこのダンスを芸術の域に押し上げたいのよっ、長年不当に扱われてきたキワモノじゃなくてっ」

「だから、そういう映画じゃないと言ってるだろうが。個人の趣味を娯楽映画に押し込もうとするのは間違ってるって」

「あんたみたいにワイヤーに頼ってる連中には分からないのよっ」

「ワイヤーにはワイヤーの歴史と様式美があるんだぞっ。おまえの芸術的踊りってのはフラフラ前後左右に動いてるだけじゃないか」

「言ったわね、キョンシーとゾンビの動きこそ様式美の精華なのよっ、子供でも知ってる動きを、伝統と革新の折り合いをつけて昇華させるのがどんなに難しいかわかんないくせにっ」

「ところで」

二人の勢いに毒気を抜かれたティムがこほんと咳払いをした。

「この男は誰だ？　キャストか？　どうして半分ずつのメイクなんだ？」

皆が黙り込んで、マントルピースのダリオの写真の前にいる男を見た。

チラチラと揺れるロウソクの炎が照らす部屋は、これまでハリウッド系オカルト映画の場面であったはずなのに、今や香港系伝奇映画の場面となりつつある。

「うん？」

皆の注目を浴びていることに気付き、蒼星はぐるりと周囲を見回した。まだメイクをしたままなので、異様な迫力である。

「この中にジョンという者はいるか？」

蒼星が尋ねると、ジョンが恐る恐る手を挙げた。

「弟から聞いて私に電話したね？　私は風水師の蘆蒼星だ」

ジョンは「あ」という顔になり、「どうもどうも」と蒼星の手を握った。が、蒼星の恰好《かっこう》を見て明らかに腰が引けている。

「これが風水師の正式なコスチュームなのか」

「違う違う」

蒼星は激しく首を振った。

「これは、この二人に無理やりさせられたんだ。全く、いくら監督に呼ばれてきた風水師だと言っても聞いてくれやしない」

「はあ」

みんなが改めて蒼星に見入る。なにしろ、誰一人として本物の風水師を見たことがなかったのだから無理もない。

「この動物は、最近死んだね？　墓はどこにある？」

蒼星が写真を指差すと、またフィリップが目をうるうるさせ、泣き始めた。

「ううう、許してくれ、ダリオ」

蒼星はうるさそうに手を振る。

「それはいいから、墓の場所を」

「ええと、上海郊外の撮影所の中です」

「なるほど」

とすれば、墓の場所がよくないのか。撮影場所との位置関係か。

すると、ハッとしたようにジョンが顔を上げた。

「お墓？　お墓がよくないんですか？」

「うむ。実際に行ってみないと分からないが」

「行こう！　戻ろう！　ダリオのお墓に。そしてお祓《はら》いをしてもらおう」

ジョンがフィリップの肩を叩くと、フィリップもこけた顔で小さく頷いた。

「あなたも見たんですね、ダリオの姿を」

近くにいたアジア系の女性が呟いたのを、蒼星は聞き逃さなかった。

「うん？　君は？」

その瞬間、ジョンは確かに、二人の頭上に稲光のようなものが射し、火花が散ったのを見たような気がした。

見間違いだろうか？

ジョンは眼鏡を外してゴシゴシと目をこすった。このところ、撮影スケジュールの混乱であまり眠っていなかったから、何か幻でも見たのだろうか？　俺、きっと疲れてるんだ。この部屋、暗いし。

しかし、ジョンは見間違えたわけではなかった。

その瞬間、蘆蒼星と安倍久美子の、互いに千年を超える風水師と神官の血の系譜が、長い時空を超えて反応しあったのである。

蒼星と久美子も、そのことに瞬時に気がついた。

それぞれの背後に、金の衣装を着けた風水師のご先祖と、白い衣装を着けたご先祖の神官が降臨するのをまざまざと目にしていたのだ。

　二人は無言でしばし相手の力量を量りあっていた。

「見えても、どうしようもなかったとみえるな。もっとも、この大地ではそちらの神様も身動きできまい」

　蒼星は見切った様子で余裕の笑みを浮かべた。

「むっ」

　久美子は刀でも構えるようにさっと身構えた。

「日本神道にもそのくらいの力はあります。アウェイゆえに遠慮してのこと」

「ほほう」

　二人のあいだに、今度こそバチバチと火花が散った。

「風水でも神道でもいいじゃないですかっ、行きましょうよ、ダリオのお墓に」

　小角正が、慌てて二人のやりとりのあいだに割って入った。

　久美子がキッと正を睨みつける。

「何言ってるんです、だまらっしゃい」

　一喝されて、正は跳びのいた。

「あなたのご先祖も由緒正しい大霊力の持ち主、役小角《えんのおづぬ》様ではありませんか。ここで子孫の力を見せてやらなければどうします」

　睨みあう二人に、正は悲鳴のような声を上げ、左右に首を振った。

「うちの先祖はただの山伏ですってばっ。ほら貝吹くのが関の山ですよぉ。お願いですから、宗派の違いを超えて仲良くしましょうよー」

「バス出そう。電話しといて」

「行くぞ」

正の叫びをよそに、みんなが慌しく動き出し、ダリオの墓に戻るべく部屋の外にぞろぞろと出て行った。

19

尾《つ》けられている。

衛春は再び外に出た時に、そのことをはっきりと自覚した。

むろん、振り向いたり、反応したりはしない。尾行に気付いていると相手に知られていいことは何もない。

最近、不審に思っていたのは間違いではなかった。祖父の話を聞くまでは気のせいかもしれないと思っていたが、今やはっきりと、ここ数日誰かに見張られていたのだということが分かったのだ。

やはり祖父の言うことは常に正しい。

衛春は肌がひりひりするのを感じた。

それも、かなり大きな組織だ。統率され、訓練された組織の匂いを感じる。どうしてこれまで気がつかなかったのだろう？

おのれの鈍感さに忌々しくなる。

足早に歩き出すと、どっと全身から冷や汗が噴き出した。

落ち着け。これまで何か決定的な過ちを犯していただろうか？　今日のモビーディック・コーヒーでの振舞いは？

繰り返し、自分の動きを反芻《はんすう》してみる。

こちらの情報は全く出していないし、ほんの数秒だけの接触だ。傍《はた》から見ていて怪しいところはなかったはず。あれだけ観光客が出入りしている場所だ。足がつくような真似はしていない。もっとも、こちらが紛れこみやすいということは、見張るほうもバレにくいのだということを今更ながら痛感する。

衛春は身体をかがめるようにして歩き続ける。

祖父の出した指示は奇妙なものだった。

いつも余計な説明はしないけれど、今日もまた有無を言わさぬ表情で、衛春がしなければならないことを淡々と指示し、彼に復唱させ、確認した。

——知らないほうがいい。

衛春が理由を尋ねると、必ずその言葉が返ってくる。

——おまえは何も知らない。何かあったら、祖父に頼まれただけだ、何も知らないと言えばいい。

分かったな？

それは、孫を守るためだということは理解していた。しかし、もうこんないい歳になったのだし、もう少し説明してくれてもいいと思うのだが。

そんな不満が頭をかすめることもあったが、とにかく今は足元に火が点いている状態なのだし、祖父に言われたことをきちんと済ませるだけだ。祖父の指示に従っていれば、きっと今回も切り抜けられる。

――いいか、敵をまいてはいけない。目立たないように動きつつも、必ずついてこさせろ。わざとらしくするな。あくまで自然に、相手についてこさせる。そして、おまえが接触した相手を敵がちゃんと分かるようにするんだ。

祖父の淡々とした声が脳裏に響く。

衛春は、ポケットの中の二つの布袋を握りしめた。

彼は長身なので、雑踏に紛れ込んでも頭ひとつ抜けて見える。敵も、彼の身長を目印にしているはずだ。

身体をかがめ、人目を避けるように歩くふり。

夕暮れ時の上海の雑踏は、人を見失いやすい。

それでも、一定の距離をおいて誰かがついてくるのが分かった。この、背中に感じる針で刺されるような視線は間違いない、プロのものだ。

まいてはいけない――しかし、わざとらしく人目についてはいけない。

そう動いているつもりだが、大丈夫だろうか？

たまに、祖父は抜き打ちで衛春が指示通り動いているか見ていることがあった。まだ彼が十代の頃、祖父の「お使い」の途中で寄り道をしたり、サボったりすると、後からこと細かく彼の行動を説明され、ひどく叱られたものである。

尾けられているせいもあるのだろうが、今も祖父に見られているような気がしてならない。

衛春はそう考えて苦笑した。

いつまでも、孫のまま、ということか。

彼が入っていったのは、表通りから一本入った、ビル中にごちゃごちゃとした個人商店が並んでいるエリアである。

ごみごみした一角に、個人でやっている印章店がずらりと並んでいて、周囲には何をしているのか分からぬ年寄りたちがたむろしている。

衛春はそのいちばん奥、一坪ほどの露店で煙草をふかしているぽっちゃりした男のところに近寄った。

「董衛員《トウエイイン》から蔵書印を彫るよういいつかってきました」

男は、表情の見えぬ顔をつい、と上げ、衛春の顔を認めると一瞬鋭く目を泳がせ、さらにほんの短い時間、周囲を窺ったように見えた。

「どの石にするかね？」

「いえ、持ってきたのでこれに」

衛春はポケットから布袋をひとつ取り出し、男に渡す。

男は布袋を受け取ると、素早く中の石を取り出した。

何も彫られていない、まっさらの石である。

「OK、承知した。よろしく伝えてくれ」

「よろしくお願いします」

衛春は小さく頭を下げると、素早く周囲を見回し、その場を足早に立ち去った。

衛春が、祖父に見られているような気がすると感じたのは間違いではなかった。そういう意味では、確かに彼は祖父の期待通りきちんと成長していたわけだ。

衛春のはるか後ろ、彼を追跡する二人の男よりも後ろから、祖父はつかず離れずついていっていた。

追跡者の数とその正体を見極めるためと、もうひとつ別の目的があってのことである。

尾行者というのは、尾行対象を追いかけるのに必死で、自分も尾行されているとはよもや気付かないものだ。

その後ろ姿を見ていると、尾行しているというのがバレバレだった。

時折腕を上げて口をつけるようにするのは、どこかに無線で報告しているのだろう。

とすると、これは限りなく官憲に近い連中だ。だが、身なりや身のこなしがどことなく垢抜《あかぬ》けているところから、中国当局ではないような気がした。だとすると、アメリカか香港。土地鑑からいって、香港警察あたりではないだろうか。

老人はじっと男たちの顔を目に焼き付けた。

どこまで「声」や「宿」のことを探り当てているのかは分からないが、衛春に二人もつけるところをみると、かなり実体まで迫っていることは明らかだ。

衛春が露店の店主と話しているのが見える。尾行者の二人は、さりげなく距離をおいてそれをじっと見届けていた。

これでひとつの餌は撒《ま》いた。

老人は、再び衛春のあとを追って歩き出す尾行者の背中を見つめていたが、やがて彼もそっと歩き出した。


衛春が次に向かったのは、青龍飯店である。

タクシーを拾うかどうか迷ったが、祖父に急げと言われていたし、帰宅どきの上海の渋滞のひどさはよく知っていたので、歩いていくことにした。

結構距離があるが、歩いたほうが早く着くだろう。

意識して、歩く速度を上げていく。

尾行に慣れると落ち着いてきて、自然に振舞えるようになった。

今、自分は急いでいるのだ。祖父の言いつけを早く果たそうとして、少し焦っている。

そう自分に言い聞かせ、雑踏をすり抜けるようにして歩く。

飲食店からいろいろな匂いが流れてくる。車のクラクションや、誰かが口論する声がビルの壁に反響している。

衛春が歩調を上げると、ついてくる連中もスピードを上げたのが分かった。

なかなか優秀な追跡者だ。警察だろうか?

そう考える余裕もできてくる。

雑踏の向こうに、青龍飯店のネオンが見えてきた。

高級ホテルだということは知っていたが、足を踏み入れるのは初めてだ。

本館の上だと言っていたっけ。

近付いてみると、かなり大きなホテルだった。ひっきりなしに人が入っていくのが見える。

何かイベントでもあるらしい。

現代美術フェア、の字が見えた。あれだ。

衛春は、ホテルに入っていくと、イベントの札を持った女性に近付き、場所を尋ねた。

「十二階の宴会フロアでございます」

礼を言って、エレベーターに乗る。

と、彼を追ってきた男がそれを見て、一瞬慌てた表情になった。

向こうが乗り込むまで待ってやろうかと思ったが、知らん振りをする。

いや、このご婦人方と一緒じゃもう乗れないな。

エレベーターの中でけばけばしく着飾った——しかも、揃ってサイズの大きな——中年女性に囲まれ、その化粧品の匂いに閉口した。

閉まるエレベーターの扉の隙間にどこかに駆け出す男が見える。

ひょっとして、階段を使う気だろうか？　ご苦労なことだ。だけど、この香水の匂いよりはそっちのほうがよかったかもしれない。

十二階に着き、エレベーターの扉が開くと、眩《まぶ》しい光が目を射たので、衛春は目をぱちくりさせた。

人、人、人。

カメラのフラッシュがあちこちで焚かれ、ボーイと客が溢れている。

彫刻やら、絵やら、普段骨董品しか見慣れない衛春からすると、珍しいものが並んでいる。

俺の趣味じゃないなあ。

衛春は、一瞬その場に立ち尽くし、派手な衣装の男女を眺めた。

どこにいるのだろう？

衛春はそろりと動き出し、そこここで談笑する人々の中に一人の男の顔を探した。

現代美術は詳しくないが、有名芸術家である毛沢山の顔はさすがに知っている。なんでも、祖父や祖父とつきあいのある仲間が、彼に大きな「貸し」があるのだということも。

大きな彫刻が見えた。

苦悶《くもん》する人間の姿を彫ったと思《おぼ》しき、凄まじい迫力のタッチに見覚えがある。

あれが毛沢山の作品だ。きっと、あの近くにいるに違いない。

これは、さすがにレストランの入口には置けないなあ。

彫刻を見上げ、周囲を見回す。

いた！

すらりとした綺麗な女性と熱心に話しこむ毛沢山の姿を認める。

近付こうとしたが、客らしき男が寄ってきて、毛沢山と写真を撮り始めた。

写真は、さすがにまずいかな。

衛春は、後退《あとずさ》りし、カメラのフレームに入らないようにした。

一人になる機会をじりじりと待つが、なかなか人の波が途切れない。

ふと、一緒にいた女性が衛春に気付き、パッと目が合った。

視線が柔らかい。中国人ではないな、と直感する。

女性は、毛沢山に向かって何か囁き、衛春のほうを一瞥した。彼がさっきから毛に話しかける機会を待っていることを伝えたらしい。

あの女、勘がいいな。

衛春は警戒したが、毛がこちらに身体を向けたので、この機会を逃す手はない、と考え直した。

「毛先生、お久しぶりです」

衛春は、愛想笑いを浮かべた。どうせ、大勢の人間に会っているのだから、そう言っても分からないだろう。

毛は鷹揚《おうよう》に会釈すると、「ええと、どちらの画廊だったかな？ 前に取引させてもらったことがあっただろうか？」と首をかしげた。

「ええ、祖父がお世話になったようで」

そう笑いかけると、毛の顔が怪訝そうになる。

衛春はそっと毛に近寄ると、耳元で囁いた。

「董衛員の使いで来ました。祖父がこれをお渡しするように、と。これを例のところで預かってほしい、そう言われています」

毛の顔色が変わった。

こめかみが小さく痙攣《けいれん》するのが分かり、衛春は内心ギョッとした。

祖父の名前にこれほどの恐怖を見せるとは。

感心するのが半分、ぞっとするのが半分。いったい、おじいちゃんはどういう人なんだろう。

そんな疑問が湧くが、慌てて打ち消した。

「どうぞ、よろしく」

衛春はニッコリ笑い、毛と両手で握手をするようにして、袋を彼の手に押し込んだ。

毛は、怯《おび》えたような表情で、自分の手を見下ろしている。

「では、また」

衛春は丁重に頭を下げ、その場を離れた。

毛が、その衛春を凍りついたような目で見送っているのが分かる。

そして、その隣で不思議そうな顔をして両者を交互に見ているあの女の視線も、痛いほどに感じていた。

20

豫園商城のモビーディック・コーヒーを出た時、えり子は何か釈然としないものを感じていた。あの店員、ただのコーヒーショップ店員とは思えない。あの眼光の鋭さ。隙のない立ち姿。裏社会系というよりマッポ系の匂いがした——ふと、もう退官したという東山勝彦《かつひこ》の面影が脳裏を過《よぎ》った。

まさかね。

えり子は首を振った。

だが、何かえり子に対してしきりに目で訴えかけてきたように感じたのは気のせいだろうか？　どこかで会った記憶もない。向こうはあたしを知っていた？　あたしが話しかけたら、顔色が変わったような——

あたし、なんて言ったたっけ？

コーヒー三つ。素敵なピアスね、マギー。

それしか言ってないはず。何かおかしなことを言っただろうか？　あの翡翠のピアスは上物だったし、胸の名札に「MAGGY」とあったからそう呼びかけてみただけなのだが。アメリカ資本系の店では名前を呼んだほうがフレンドリーで喜ぶ。

「えり子、こっちよ」

和美に声を掛けられ、えり子は我に返った。

店内は混みあっていたので、二人は店の外で待っていたのだ。

「すみません、お待たせしました」

「ううん、ありがとう。混んでるわねー、さすが観光地」

「ここからホテルまで、そんなに遠くありませんよね？」

コーヒーを受け取りつつ優子が尋ねる。

えり子は頷いた。

「歩けない距離じゃありません。それに、今の時間帯は渋滞がひどいですからね。車は使わないほうがいいでしょう」

「じゃあ、腹ごなしに歩こう。歩きながら飲むわ」

そう言って三人並んで歩き出す。

「それにしても大都会だねえ」

「スケール感がよく分かりませんよねえ」

帰宅時間なのか、歩道を歩く人たちが一段と増えてきたような気がする。

「ネオンサインの漢字が中国って感じだなあ」

「店の看板は繁体字のままなのが多いですね」

「簡体字、省略しすぎだよ」

「あれって、もう表意文字じゃなくなってますよねー」

暮れていく空と反比例するように、街全体に赤やピンクのネオンサインが浮かび上がっていくのは壮観である。

「でかいなー煙草屋」

「あたしたちのイメージする煙草屋さんとは違いますよねー」

街角の、ビルの一階に大きな煙草屋がある。カウンター内も壁も見事にカートンの煙草がズラリと積んであり、ひっきりなしに客が来て買っていく。

「こっちじゃ、男性は挨拶《あいさつ》代わりにまだ煙草勧めますからねえ。若い人はそうでもないけど」

「あ、そういえば、今森川《もりかわ》くんも中国にいるって話ですよ」

優子が急に思い出したように声を上げた。

「森川って、あのヘタレの森川？」

和美がびっくりした顔になる。

「森川って、あのレッサーパンダ森川？」

えり子も驚いたようである。

「はい、うちの支社にいた森川安雄《やすお》君です」

優子は頷く。和美とえり子の脳裏には、先輩女性社員にいつも怒鳴られ、いじられているうちにすっかり女性不信になってしまった、線の細い新人青年の姿が浮かんでいた。イレギュラーなトラブルが起きると、ぽかんと口を開けややO脚気味のポーズで棒立ちになるところが、いっとき流行った、驚くと後肢で立って二足歩行をするというレッサーパンダの立ち姿に似ているというので、陰で「レッサーパンダ森川」と呼ばれていたのである。

「確か三年持たずにやめたんですよね？」

えり子が尋ねると、これまた優子がこっくりと頷いた。

「はい。あたし、いっとき彼のメンターやってたんですけど、それも苦痛だったみたいで。田上さん、乱暴すぎますって言うんですよー。失礼ですよね、別に乱暴なんかしてないのに」

不本意らしく、優子は首をかしげた。

が、和美とえり子は瞬時に事情を察した。優子は普通にしていても結果として「乱暴」になってしまうのである。

「やんなっちゃいますよねー。で、挙句の果てに、やっぱり息子にはこの職場は向いてないと言われて」

和美とえり子は顔を見合わせた。

「え？　息子？　じゃあ、やめるって言ってきたのは本人じゃないの？」

和美が聞くと、優子は「はい」と頷いた。

「お母さんです」

「うひゃー、そうだったんだ」

「でも、そのあとSNSの会社に移って、そっちは向いてたらしいです。順調に昇進して、中国にも支社作って、日本と行ったり来たりしてるそうです」

「へえー、そりゃよかったねえ」

「人間、適材適所ですね」

「あ、飲み終わったらこっちにください。まとめてホテルで捨てますんで」

えり子は畳んでカバンに入れていたモビーディック・コーヒーの紙袋を取り出し、飲み終えたカップを入れた。

と、紙袋の底に固いものの感触を覚えた。

うん？　何かある。今まで気付かなかった。なんだろう。スプーンではない。四角いもの。

えり子は紙袋を広げて中を見てぎょっとする。

ＵＳＢ。

なんでこんなものが。

取り出してみるが、何も付いていないし、むろん内容など外側から分かるはずもない。

だが、決して間違えて紙袋に入ったわけではなさそうだ。明らかに、彼女がえり子を誰かと間違えて渡したものに違いない。あのしきりに何かを訴えるような視線は、これのことを指していたのだ。

やばい。マジでこれはマッポ系かも。

えり子は嫌な予感がした。

同じ頃、豫園商城のモビーディック・コーヒーでは、マギーがきょとんとしていた。

自分の番が来た、長髪でサングラスを掛けた三十くらいの女がこう言ったのだ。

「コーヒーひとつ。素敵なピアスね、マギー」

マギーは条件反射で「コーヒー、ワン」と叫んだが、頭の中は真っ白になっていた。

まじまじと女の顔を見る。

長髪、サングラス。三十くらい。

女は息を切らしていた。走ってきたのだろう。

「マギー、遅くなってごめん。急に配置替えになって、思ったより来るのに時間が掛かっちゃって」

早口でそう囁く。

「例のものは？　コーヒーと一緒に渡して」

マギーは絶句した。

ＵＳＢ。一味と思われる者の名簿と画像や、複数の「宿」の写真や見取図が入った、ＵＳＢ。仲間たちと苦労して集めた、ＧＫの一端に迫る捜査資料——

さっき、紙袋に入れて渡した——


間違えた。

マギーの頭の中に、さっきの女の後ろ姿がくっきりと浮かび上がった。

別人だったんだ。考えてみれば、指示があってから来るのがあまりにも早過ぎた。あれは本当に観光客だった。カモフラージュじゃない。コーヒーを三つ買って、外で待っていた二人の女に渡していた――

女は、マギーの表情からただならぬ事態が起きたと悟ったらしい。

「マギー？」

「間違えた。別人に渡した」

「ええっ？」

女も青ざめた。

マギーは反射的に時計を見る。あれから十分以上――いや、十五分ほど経っている。どれだけ移動できるだろう？　車に乗っていたら？　車に乗っていたら、この時間ほとんど動けないからまだ近くにいるはず。

マギーは必死に女たちの恰好を思い出す。

いや、歩きだ。

マギーはそう考え直した。

軽装だったし、コーヒーを持って歩いていったところを見ると、この近く、上海のどこかに投宿していると考えるのが自然だ。考えてみるとあの待っていた女二人は中国人ではなかった。外国人だ。雰囲気的に、日本か韓国――外国人が泊まりそうなところ――

紙袋――コーヒーを出して渡したあと、あの女は紙袋をどうしただろう？

懸命に記憶を辿るが、思い出せなかった。

もしかすると、USBに気付かず紙袋を捨ててしまったかもしれない。いったいどっちがヤバイだろう。USBに気付くのと、気付かないのと。もし万が一中を見ても意味は分からないと思うが、遺失物としてどこかに届け出たりしたら？

ゾッとして、全身に冷や汗が噴き出した。

コーヒーをバリスタから受け取り、女に渡しつつ早口で囁く。

「捜して。まだそう遠くに行ってない。近くにいる仲間にも伝えて。三十くらいの長髪のサングラスを掛けた女と、連れが二人。観光客だ。一人は二十代のショートカットの女、もう一人は三十代のパーマを掛けたロングヘアの女。まだ飲んでいれば、ここのコーヒーを持ってる。お願い！　ここの紙袋に入れて渡した」

今話した内容は、無線で仲間も聞いているはずである。

ああ、畜生！「宿」のほうも張ってなきゃならないのに！

マギーは歯噛《はが》みしたい思いだった。

「分かった。落ち着いて。例のものはあたしたちでなんとかする。この店の外にも仲間がいたはず。誰か見てたと思うよ。マギーはオーダーに専念して」

やってきた女のほうが、先に気を取り直した。

「悪いね。こんなポカ、信じられない」

マギーは苦笑した。

女は励ますように言った。

「あたしが遅れたせいもある。間が悪かった。また連絡する」

「お願い」

女はコーヒーを手に、足早に出て行った。

耳元で仲間の声がした。

「事情は分かった。店の監視カメラの映像をプリントして手配する」

「頼むわ。まず、店の周りに紙袋が捨ててないか見て」

畜生。三人の顔は目に焼きついている。あたしが出て行って捜せればいいのに。まだ交替まで二時間ある。入札も済んでいない。なんという大失敗！

マギーがぎりっと歯を食いしばったので、次のお客が驚いたように目をぱちくりさせた。

慌てて営業スマイルを作り、「ニイハオ」と呟く。

ああ、今夜はとんでもなく長い夜になりそうだ。

21

夕闇はみるみるうちに漆黒の夜に溶け、上海郊外は真っ暗になった。

上海動物公園は市の外れにあり、周囲は巨大な住宅街、それも新しいマンションの建ち並ぶ新興住宅地である。交通量の割に、通行人はそう多くない。帰宅の足も第一陣は過ぎ去ったようでである。

厳厳は辛抱強くブルーシートをかぶったまま塀の内側で外の様子を窺《うかが》っていた。

俺は岩だ。何も考えていない岩だ。ここには岩が置いてあるだけだ。

厳厳は自分にそう言い聞かせた。

心頭滅却すれば火もまた涼し。

だが、いかに故事成語好きの厳厳でも、そろそろこの場所で岩になってから小一時間が経過していて、忍耐の限界が近付いていていた。

元々、ここまで来ることが当初の目標で、この先どうするかは考えていなかった。園内の見取り図は把握できていても、園外の地図は漠然としたものしか把握していない。最初に動物園に連れてこられた時も、檻《おり》に幕が掛けてあって途中の景色を見ることは叶《かな》わなかった。だいたいの時間で捕獲された場所との距離を測るしかなかったのだ。

塀をよじ登って外に出ればなんとかなるだろうと思っていたが、こうしてじっくり外を眺めていて誤算だったのは、マンションの密度が高く、しかも皆塀に囲まれていることだった。つまり、緑地が少なく、身を隠せる場所がほとんど見当たらないのである。いわゆるゲーテッド・コミュニティであり、民間の警備員を入口に雇っているところも多い。

ううむ。これはまずい。道路をうろうろしていたら、たちまち通報されてしまう。

ただ、街灯がじゅうぶんでないのが救いだった。歩道に死角が多く、死角伝いに移動すれば発見される恐れは軽減されるであろう。

厳厳はじりじりしながら待った。

まだ動物園内の見回りはないが、もし見回りで厳厳がいないことがバレたら、真っ先に園内を捜すだろう。それではすぐにつかまってしまう。とりあえず外に出て、どこかに隠れるのはどうか？　捜索隊が出てから移動するというのは？

少しずつ塀に沿って移動し、外に身を隠せるような茂みか何かがないか探した。しかし、動物園を囲むように広い歩道が続いていて、とてもではないが隠れるような場所がない。

どうする。いつまでもここにいるわけにはいかない。


一方、こちらは動物園の会議室である。

体調の悪いのを押してＷＷＦとの会議に出ていた魏英徳は、えんえんと続く形式的な話にうんざりしていた。外国人とお偉いさんがずらりと並んで通訳がいちいち何か話しているが、全く頭に入ってこない。

お偉いさんが順繰りに形式ばった挨拶《あいさつ》をしているので、なかなか実務的な話まで辿《たど》り着きそうにないし、果たしてこれが実務的な会議なのかどうかも未《いま》だ不明である。

不毛だ。気分が悪い。風邪のせいなのか、会議のせいなのかは分からない。恐らく、両方だろう。

英徳はテーブルに載っている冷めたお茶を飲んだ。

ぶるっと寒気がして、かすかに眩暈《めまい》も感じた。

ノックの音がして、パンダ舎でいちばん若い女子飼育員、葉菜果が入ってきた。書類のコピーを頼まれたらしく、みんなに配る。

英徳のところに来た彼女にそっと尋ねた。

「パンダ舎の戸締りは？」

「済んでます」

自信ありげに答えた彼女を、英徳は訝《いぶか》しげに見た。

「おまえがやったのか？」

「はい。謝《シャ》先輩はお祖母《ばあ》さんの具合が悪くて先に帰ったので」

「なに？」

英徳は思わず背筋を伸ばす。

「ちゃんと閉めただろうな。鍵《かぎ》はどこに？」

「全部施錠して、確認しましたよ。鍵は鍵置き場に掛けました」

「なんだと？　どこの？」

「居住棟とのあいだの壁です」

その時、英徳の全身を、鋭い悪寒が貫いた。

風邪のせいではない。悪い予感のせいである。

長年の闘いの賜物《たまもの》か、なぜか英徳の脳裏には、あのアウトローパンダが扉の隙間から大きく前肢《まえあし》を伸ばして鍵を取ろうとしているところが天啓のように浮かんだのであった。

さすがと言おうかなんと言おうか。もしかすると、厳厳と彼は魂の部分で繋《つな》がっているソウル・メイトであったのかもしれない（たぶん、前世で）。

英徳はしゃんと背筋を伸ばした。悪い予感はますます強まる。

「見てこい」

「は？」

「今すぐ、居住棟に行って、パンダが揃っているか、見回りしてこい。特に、厳厳の檻。あいつがちゃんといるかどうか確かめるんだ」

「はあ」

菜果は、目をぱちくりさせ、慌てて出ていった。

英徳はじりじりしながら待った。全く話が耳に入ってこない。いよいよ悪寒は強まるが、それは確信に似た予感のせいであって、風邪のほうはいっぺんにどこかへ吹っ飛んでしまった。

やがて、バタバタと廊下を走ってくる音がした。

パタンとドアが開き、真っ青になった菜果の顔を見た瞬間、英徳は予感が現実になったことを悟った。

園内は大騒ぎになった。

ＷＷＦの会議は続いているが、英徳は体調不良を理由に退室し、残っていた職員と警備員とが総出で、脱走した厳厳の捜索を開始した。

「まだそう遠くへ行っていないはずだ。まず園内を捜せ。そうそう外に出られるはずがない」

目を血走らせた英徳を先頭に、みんなで園内を捜す。広い園内ではあるが、あれだけの大きい動物が身を隠せる場所はそう多くはない。

園内の照明が明るくともされ、懐中電灯を手に皆が園内を駆け回る。

「いません。どこにも」

呆然《ぼうぜん》とした表情の菜果をはじめとして、警備員らも首を振る。

「厳厳が入れそうなところは全部見ました。他の動物の檻まで。でも、どこにもいません」

「消えちゃった。いったいどうやって？」

英徳は恐ろしい目つきでみんなを見回した。

「そんなバカな。あんなに目立つパンダなんだぞ」

「もう外に出ちゃったと考えるしかありません。どうやって出たのかは分かりませんが、中にいないのは確かなんですから」

「なんだと」

英徳は眩暈がした。これもまた、風邪のせいではなく、前回の厳厳の脱走時の騒ぎを思い出したからである。

警備を厳重にし、鍵も増やした。それなのに、またしても脱走された。しかも、前回は園内で捕獲できたのに、今回は外に出ただと？

パンダ舎、そして英徳の責任問題になることは間違いなかった。ＷＷＦの会議をやっている最中の脱走劇とは、皮肉にもほどがある。

それにしても、いったいどうやって出たんだ？　菜果がいつもと違う場所に置いてしまったという鍵を手に入れたのは分かるが、それだけでは出られるはずがない。

英徳は暗い表情で考えたが、肚《はら》をくくり、決心した。

しかし、現実に厳厳は脱走した。一刻も早く、捜索隊を出すしかあるまい。


園内が昼間のように明るくなり、懐中電灯を振り回して職員が走り回るのを、厳厳はじっと暗がりの中から見守っていた。

危ないところだった。厳厳は小さく安堵《あんど》の溜息《ためいき》をついた。

追っ手はすぐそばまで来たが、ここには気付かなかったようである。これで、もう園内にはいないと考えてくれるだろう。その間、時間が稼げる。

厳厳は樹上にいた。

パンダ舎から出て塀まで辿り着き、外に出る機会を窺いつつ少しずつ塀に沿って移動していた厳厳は、ふと塀のそばにある大きな木に気付いた。楡《にれ》だろうか、楠《くすのき》だろうか、かなり大きな、鬱《うっ》蒼《そう》とした木である。

その木は、塀のすぐ内側にあり、てっぺんの茂みが塀の外に張り出していた。

あれだ。

厳厳は閃《ひらめ》いた。ブルーシートを畳んで銜えると、素早く幹に爪を立てて登り始めたのである。

パンダは木登りも上手なのだ。特に厳厳は山育ちなので実に素早い。

白と黒の巨体はたちまちするすると木の上に見えなくなった。

登ってみると、木はがっしりしていて厳厳の体重をしっかり支えてくれたし、みっちりと葉の茂った枝が姿を隠してくれた。

木の股《また》の部分のカーブに器用に身体を合わせ、厳厳はホッと一息、落ち着いた。

よし、ここならとりあえず見つかるまい。

そう考えた厳厳が正しかったことは、直後に園内で始まった大捜索で証明された。昼間ならともかく、日が暮れて真っ暗になった状態で頭上に注意を払う者はいない。鬱蒼と茂った木が空に溶けてしまって、何も見えないからだ。

まさに高みの見物。

厳厳は、職員がどこかに駆け去っていくのをじっと見送っていた。中には魏の姿もあり、思わず身体を縮める。あいつ、インフルエンザは大丈夫なのか。

やがて、けたたましいサイレンを鳴らして数台のパトカーがやってきた。警察に応援を求めたのだろう。魏のやつ、なりふり構わず俺の捕獲を優先したな。

パトカーは白と黒で、見かけは自分と同じだ。あの上に乗って、保護色――というのはさすがに無理があるな。

厳厳は魏が警官に自分の写真を見せているところを見て、あんまり写りのいい写真でないことに少々気分を悪くした。

あんなんなのか、俺って。人相悪いな。動物園暮らしで性格が歪《ゆが》んじまったんだ。

鼻を鳴らして身体を動かしたため、枝がしなってぎしぎしいった。慌てて動きを止めるが、そんなことに気付いた者はいない。

灯台下暗し。

パトカーと職員が外に散っていくのを眺めながら、厳厳は考えた。

付近を捜索しているあいだは、まだここにいたほうがいいだろう。問題はそれから先だ。もっと遠方に逃げたと考えて捜索範囲を広げたところで外に出るとして、どっちに行くべきか。野性の勘でなんとなく山の方向は分かるけれど、あまりにも遠い。

その道のりの長さに一瞬気持ちが折れそうになった時、外の道路をやってくる巨大な影に気が付いた。

なんだ、あれは。

近付いてくる巨大な影は、一人の男が引く屋台だった。

厳厳は目を凝らした。

露天商の屋台である。が、そこに載っている商品が目を引いた。

大きなぬいぐるみがいっぱい。

犬、猫、豚、うさぎ、牛、などなど。そのひとつひとつがどれもひとかかえはある大きさなのだ。屋台そのものも、小さな家くらいの大きさ。

それを男がゆっくりと引いていく。どこかの繁華街まで持っていって売るのか、あるいはどこかに帰るところなのかもしれない。

厳厳は、心の中で快哉《かいさい》を叫んだ。

俺はついている。やはり今日の脱走は天の思《おぼ》し召しに違いない。

そっと身体を伸ばして塀の外に身を乗り出した。

枝が大きくしなる。

屋台がゆっくりと目の前を横切っていく。

よし、今だ。

柔らかな身のこなしで、屋台と塀のあいだに、音もなく降り立つ。

ついに塀の外に出たという解放感を味わう暇もなく、そのまま屋台と塀のあいだを、屋台の進むスピードに合わせて進んでいく。ゆっくり進む巨大な屋台は、これ以上望みようのない、理想的な目隠しである。

しばらく進んだところで、屋台がピタリと止まった。厳厳も止まる。

カチリ、というライターの音。

どうやら、男は一服しているようだった。煙草の煙がゆっくりと流れてくる。

今がチャンスだ。

厳厳は、屋台の上に前肢を伸ばした。ウインクしている牛のぬいぐるみと大口を開けて笑っているカバのぬいぐるみを引っ張りだすと塀の向こう側に投げ込み、空いたスペースに自分の身体を潜りこませる。屋台が厳厳の体重に抗議し、ギシギシと悲鳴を上げたが、厳厳はするりと屋台の真ん中に入り込み、自分の身体がぬいぐるみに囲まれるようにした。黒い空豆状の目が自分を睨《にら》んでいるのでギョッとするが、それは巨大なパンダのぬいぐるみだったのでホッとする。

なんだ、同胞かよ。脅かすなよ。

厳厳は冷や汗を拭《ぬぐ》い、並んだぬいぐるみの隙間から外を窺った。

一服し終わったらしく、男は再び屋台を引き始めた。

「うん？　急に重くなったたな。気のせいか？」

独り言を言うのが聞こえた。厳厳はなるべく重心が屋台の真ん中の前方に掛かるよう、そっと身体を動かした。

屋台の重さに首をかしげながら、男はさっきよりも激しい軋《きし》み音を立てる屋台を引いて、上海中心部を目指して歩き出した。

22

噂をすれば影、とはよく言ったものである。

和美とえり子、優子の三人がモビーディィック・コーヒーからホテルに向かって歩きながらかつての同僚の噂をしていた時、その噂の主は同じ上海中心部のオフィスビルの中で、ジャケットの襟についたマイクの位置を調整していた。

森川安雄（28）。

かつてのお堅い生命保険会社勤務の頃の面影はあまりない。

髪も明るい茶色に染めているし、ネクタイも締めていない。シャツとジャケットという恰好《かっこう》もすっかり板についていて、見た目はすっかり青年実業家ふうである。前よりも少し太って、貫禄《かんろく》も出てきたようである。

ここに和美たちがいれば、「立派になったねえ」と口々に誉めてくれることであろう。

もっとも、彼がそれを望むかどうかは別問題であるが。

明るく、小綺麗《こぎれい》なオフィス。

パーティションで区切られたカラフルなデスクでは、若いスタッフが大きな画面のパソコンに向かっている。

日本語と中国語が飛び交い、活気あるオフィス。時折笑い声も上がり、和やかな雰囲気である。いかにも若く伸び盛りの会社という感じだ。

オフィスフロアの片隅で、ジャンパーを着たTVスタッフがカメラと照明の打ち合わせをしている。

その横に立っている、バリバリ存在感のある長身の男はジャーナリストの宮越信一郎（54）である。

フロアを占めるスタッフはいつも通りに仕事をしているが、わざわざ日本からTV局が取材にやってきたことを意識して、そわそわしているのが伝わってくる。幹部スタッフが用もないのに先ほどから通路を行ったり来たりしながら、チラチラTVカメラを見ているのも分かる。

「森川さん、ちょっといいですか？」

宮越とカメラマンが手招きをしたので、安雄は「はい」と近寄っていく。

「いいですか、私とカメラマンは一階のエントランスから撮り始めて、エレベーターの中でも回し続けて、まっすぐオフィスに入ってきます。それで、いちばん奥の森川さんのデスクのところまで近付いて、森川さんを映し出します。そこで私が『また一人、日本を飛び出し、この巨大な市場に漕《こ》ぎ出した若き挑戦者がここにいます』というコメントをしたところで顔を上げて、挨拶。そして、席を立って、私と一緒にオフィスを案内。こういう流れです」

「承知しました」

如才なく頷《うなず》きながらも、安雄も内心興奮していた。

「よろしくお願いしますよ」

微笑みかける宮越信一郎の姿を見ながら、かつてTVで見ていた有名キャスターからインタビューを受けることになるなんて、俺も出世したもんだ、と感無量であった。

先日は、日本経済新聞の記者が来た。日経に記事が載ったことで大きな反響があり、さすがまだ日本は新聞が強いと実感したところだ。

「じゃあ、その前に、編集用に森川さんの単独インタビューをお願いします」

「はい。では、こちらの会議室で」

安雄はすりガラスに囲まれた会議室にTVスタッフを案内した。

「あとから編集しますんで、ざっくばらんにお話ししていただいて結構ですよ」

控えめな照明を当てられ、そう促されたので安雄は頷いた。

「ええと、森川さんは、新卒で大手生命保険会社に入られたんですよね？」

宮越がメモを見ながら話しかける。簡単な履歴書は取材の打診があった時点で渡してあった。

「はい」

安雄は胸がもやもやするのを感じた。

関東生命に勤めたあの二年半は、今でもトラウマになっている。

特に、あの東京駅での立てこもり騒ぎ。今でも日本に帰って東京駅を通りかかると、かすかに動悸《どうき》がするのを感じるほどだ。

東京駅周辺一帯が封鎖され、書類が本社便に載せられず、みんなに罵倒《ばとう》されたあの日——いつもは日曜日の夜にとってある、次の一週間を乗り切るために自分を励ますテーマ曲、チャゲ&飛鳥《あすか》を、膝《ひざ》を抱えてエンドレスで聞いたあの夜——

「二年半で辞められてますね。次がソーシャルゲーム業界。実に、一八〇度違うところを選ばれたんですねえ」

「そうです、いかにも自分の適性など考えずに、大企業だからといって就職先を選んだ、浅はかな学生の見本みたいなものですよ」

安雄は苦笑した。

「関東生命——大手じゃないですか。もったいないとは思いませんでしたか？」

「いえ、思いませんでした」

安雄が即答したので、宮越はちょっとだけ驚いた顔をした。

反応しすぎたかも。

安雄は小さく咳払《せきばら》いをした。

「なにしろ、本当に合わなかったもので——でも、大企業に勤めるというのは貴重な経験でした。おかげで自分の適性について深く考えましたし、あの二年半があったおかげで今の僕があると思っています。当時の先輩方には深く感謝しています」

ふと、脳裏に三人の女の姿が暗く浮かび上がった。


八重洲《やえす》支社のドン、北条和美。「森川くん、期待してるよ」

八重洲支社の裏番、加藤えり子。「森川くん、前も同じ間違いしたよね」

八重洲支社のヒットマン、田上優子。「森川くん、一緒に夕陽に向かって走ろう！」


彼の脳裏に浮かぶそれは、下からの光に照らされ邪悪に高笑いする、マクベスの魔女のごとき三人であった。三人の背景にはごうごうと炎が燃えさかっているところまで目に浮かぶ。

ああ、今思い出しても恐ろしい。なんてがさつで冷血な女たちだったんだろう。

安雄は身震いした。

あの会社で根深い女性不信を培ったせいで、未だに彼は独身である。それが上海赴任を打診された理由のひとつであった。

彼の遠い目を、かつての先輩への感謝と思ったのか、宮越はしきりに頷きながら聞いている。

「社員教育というのは、会社に余裕のない今の時代、なかなか難しいものですからねえ」

「僕、実は『レッサーパンダ森川』って呼ばれてたんですよ。社内ではちょっとしたマスコット扱いで、皆さんに可愛がっていただいてました」

「レッサーパンダ」

宮越は笑った。

「確かに、愛嬌《あいきよう》がありますね」

本当の命名理由を知っていたら、宮越信一郎も笑えないであろう。どうやら、安雄も真の理由を知らずに退社したようである。それは彼にとっても幸せだったかもしれない。

「宮越さん、僕が勤務していたオフィスの近くにいらしたことがありますよ」

「え、そうですか？　いつ？」

「東京駅で、子供を人質にとって立てこもった事件があったでしょう。あの時です」

そう、この人、あの事件の時も実況中継してたっけ。

また胸の奥がもやもやした。

いや、もう忘れよう。なんだってまた今日に限って、あの日のことを思い出すんだろう？　宮越さんの番組は、あのあともずっと見てたっていうのに。よりによって、あの時の実況中継が目に浮かんでくるなんて。

「そのあと転職なさって、あとはとんとん拍子に出世して、すぐに幹部に」

安雄は目の前の宮越に集中した。

軽く頷き、謙虚に答える。

「ちょうど会社も業界も成長する時期に居合わせられたのは、幸運だったと思います」

「会社も倍々ゲームで大きくなりましたね。中国進出を考えたのはいつぐらいからですか？」

「当社は、割に早く考え始めていたほうだと思います。中国市場の特徴は、いきなり最先端のものが入るということです。いきなりデジタルカメラ。いきなりスマートTV。ですから、スマホ用最先端アプリをいち早く供給することを目指すべきだという考えは、早いうちからありました」

「ほほう。いきなり、最先端ですか。面白いですね」

宮越はにこやかに頷いてみせる。

さすがベテラン。インタビューイーを気持ちよくさせ、話を引き出すのがうまい。

そうと分かっていても、気分が高揚してつい喋《しゃべ》ってしまう。

「そうです。これが日本市場なら、まず簡単なものを使いながら試行錯誤して、次の段階の製品を求めるという過程を取るのですが、その過程をすっとばして、最初からより完成された新しいものを求めるというのが中国市場です」

「ゲームのアプリもそうですか？」

「ええ、我々は最先端の新たなライフスタイルを売っているんだと考えています」

「ふふ」

宮越が小さく笑ったので、安雄はぽかんとした。

「何か？」

「いえね、確かに一八〇度違うといえば違うんだけど、ソフトを売るというのは生命保険もアプリも同じだなと思ったものですから。いわば、生命保険もアプリも仕組みを売るわけで、実体があるわけじゃない。今あなたがおっしゃったライフスタイルを売るという意味では、案外、どちらも似ているんじゃありませんか？」

安雄は衝撃を受けた。

え？　同じ？　あの女たちの世界と？

その刹那《せつな》、彼の背中を強い悪寒が走った。

思わず後ろを振り向いてしまう。そこにあるのはすりガラスの壁なのに。

「どうかなさいましたか？」

カメラマンが怪訝《けげん》そうに声を掛ける。

「いや、なんでもありません」

安雄は慌てて手を振った。

だが、今の悪寒はなんだろう。

思わず首筋を撫《な》でると、冷たい汗を掻《か》いていた。

まるで、昔のあの頃のようだ。

またしても、暗い炎が脳裏に燃え上がり、不気味な高笑いがどこかから響いてくる。

かつて、日々叱りつけられ神経質になっていた頃、会社で近くにあの三人がいると身体に鳥肌が立つようになったことがあった。特に三人が自分を捜していると、なんとなく背筋がぞくっとするのである。

ある時、休日銀座《ぎんざ》を歩いていたら、その悪寒がしたので翌日さりげなく様子を窺っていたら、やはり近くで三人が誰かの結婚式に出ていたことが分かって、彼のセンサーが正しいことが証明されたのだった。

まさかね。いくらなんでも、あの三人がこんなところにいるはずがない。

安雄はそう必死に自分を宥《なだ》めたが、なかなか悪寒は治まらなかった。

23

青龍飯店のレストランは、外のネオンがキラキラと妖《あや》しく輝き始めるのと同時に、あっというまに波が寄せるがごとく客が押し寄せる。

最近では、海外からの予約客が増えたこともあり、振りの客はなかなか入れない。ホテルの開業当初から王のレストランはホテルの目玉であっただけに、それなりの席数を用意していたのだが、評判が高まるにつれ、週末や休日などは常に満員。二時間待ちも珍しくないくらいである。

厨房《ちゅうぼう》ではディナーの戦いの幕が開こうとしていた。

スタッフが黙々と緊張感を湛《たた》えて大口の宴会客のコースの下準備を続けている。

王湯元がマネージャーと予約客の変更などのチェックをしていると、視界の隅に、スタッフの一人が首をひねりながら入ってくるのを捉《とら》えた。王が信用している、食材管理の責任者である。

「どうかしたか、柳《リュウ》」

いつもながら王が目敏《めざと》いことに苦笑しつつ、柳は足早に王のところに近付いてきて囁《ささや》いた。王はあらゆることを聞きたがるからである。

「警備のほうから言われましてね。おかしな話なんですが——うちから出たゴミが荒らされてたそうです」

「ゴミ？」

思わぬ話に、王は思わず柳の顔を見た。

「どうやって？　収集日まで地下のゴミ置き場に入れておくはずだろう」

「誰かが地下に侵入したらしいです。わざわざ鍵をこじ開けたようだって。他のゴミには手をつけず、うちのゴミだけをさらってったようだとか。なんなんでしょうね」

「いつの分のゴミだ？」

「ここ三、四日分じゃないかという話でしたが」

「ここ三、四日分——」

王にはピンと来るものがあった。

思わず、胸のポケットを押さえたくなったが、そこをじっと我慢する。

間違いない。俺のオフィスに侵入したのと同じ奴だ。

不意に、胸のポケットの中の小さな石がぐんと重みを増したように感じる。

王は平静を装ったまま尋ねる。

「誰かそいつを見た奴はいるのか？」

「いえ、監視カメラに出入りする男が映ってたそうですが、顔までは分からなかったようで。でも、コックコートを着てたようです。内部スタッフではないと思うので、わざわざ変装して紛れ込んだとしか思えません。警備を強化するが、気をつけるようにと副支配人にも言われました。もしかすると、あれじゃないですか」

柳がにおわせたのは、このところ共産党幹部への過度な接待の締め付けが厳しくなったことである。接待の裏付けを取るために、ホテルや高級料亭にも内偵が入っているという話は業界内の噂で聞いている。

内偵だったら、うちのゴミを漁《あさ》るのはおかしい。残飯なんか漁ったって、接待の証拠は出てこないだろう。飲料部の領収証の控えを押さえるのが筋だ。

「誰かがうちのレシピを盗もうとしてるのかもな」

「アハハ、そうかもしれませんね」

柳は笑って、離れていった。

さて、どうしたものだろうか。

王は頭の隅で考えた。

吸い込まれそうに美しい印章の姿が目に浮かぶ。

やっぱり、これは相当に凄《すご》いものらしいし、表に出せない、後ろめたいものらしい。奴ら、あのトカゲの胃袋にこれが入っていたことは把握してるわけだ。そのトカゲがうちの厨房で調理されたってことも。だから、調理した俺に辿り着いたってわけだ。

王は仕事に専念した。

とりあえず、厨房にいる限りは安全だろうと考えたためである。

奴らにしたって、事が表沙汰《おもてざた》になるのは避けたいはずだ。できれば秘密裏にこれを取り戻したいだろう。

いつもの通りの、てんてこまいの厨房での調理の合間を縫って、大口のお客のところに挨拶に出て、にこやかに会話を交わす。

やがて、副支配人が呼びに来た。

その顔を見て、今日はイベントがあったことを思い出す。

現代美術のアートフェアがあって、しこたま富裕層が来ているのだ。

王のレストランでは、その会場にも料理を提供していた。ホテル側としては、この機会に彼の料理とホテルをうんと宣伝したいのだろう。副支配人から熱心に頼まれたのは、王自ら北京ダックを切り分け、客にアピールしてもらいたいということだった。

王は宣伝も営業も割り切ってこなすほうではあるが、てんてこまいの厨房を離れなければならないのが困る。腕利きのスタッフは揃っているが、客に出すすべての料理の最終責任は王にあるからだ。

「もう行かないと」

柳がそっと囁いた。王の心中を察しているためか、気の毒そうな顔をしている。

王は小さく溜息をついた。

「仕方ない。急いで行ってこよう。肉を切るだけだ。おまえ、場合によっては頃合いを見て代わってくれるか」

「承知しました」

柳が庖丁《ほうちょう》セットの入ったケースを持って頷く。

副支配人は「早く、早く」とせわしない。

王にとっては、全く興味のない類《たぐい》の美術品だ。祖父の集めた国宝級の古美術品を子供の頃から見てきた彼にしてみれば、現代美術など、奇をてらったスーヴニールにしか見えない。

全く、あんなものを大枚はたいて買おうという奴の気がしれないな。

会場を下見した時の、ごてごてとした極彩色の絵が目に浮かんだ。

業務用のエレベーターが、イベントのせいかなかなか来ない。

「階段で行こう。そっちのほうが空《す》いてるし、早い」

王は焦る副支配人を尻目《しりめ》に、さっさと階段を目指して歩き出した。

確かに、他のところは人々が行き交っているのに、階段は人気《ひとけ》がない。

王はひょいひょいと身軽に階段を上っていく。

と、上から細身の白いシャツを着た男が静かに下りてくるのが目に入る。

俯《うつむ》き加減で、表情は見えない。

そこだけ、なんだか暗く感じられた。

まずい。

王は、ハッとした。

しまった、こんな人気のないところにのこのこ出てきてしまった。襲ってくれというようなものだ。

そう王が考えたのと同時に、男が突如動きを速めた。

殺気。

王は殺気を感じ取った——もっと正確に言うと、これから殺気が噴きだすという予感がしたのである。


男が王に飛びかかってきた。

王がそれをがっしりと受け止める。


副支配人と柳は、一瞬何が起きたか分からなかったようである。

階段を下りてきた客が、具合が悪くなって倒れかかったと思ったらしい。

「どうなさいました、お客様？」

「大丈夫ですか？」

階段の途中で、王が男の腕をがっしりとつかんでいる。

両者の身体はぶるぶると震えていた。力が拮抗《きっこう》しているのである。

男のこめかみに、みるみる青筋が浮かんできた。

「――あれをどうしたっ？」

男は、王を睨みつけて低く叫んだ。

「あれとはなんだ？」

王も負けじと睨み返す。

王が押さえている男の手に握られたナイフを見て、ようやくただならぬ気配に気付いたのか、副支配人が「ひえっ」と悲鳴を上げるのが聞こえた。

「とぼけるな。胃袋に入ってたはずだ」

「何が？」

王はあくまで知らんぷりだ。

男の目は血走っていた。かなり必死だ。あれを見つけ出さないと、こいつが黄海に浮かぶに違いない。

「け、警備員を」

腰を抜かした副支配人が弱々しく呟《つぶや》く声がして、男がそれに反応した。

「呼ぶなっ」

その剣幕に圧《お》され、副支配人はひいいと階段にうずくまる。

視線を逸《そ》らした瞬間を逃さず、王は足払いを掛けた。

が、相手も場数を踏んでいると見えて、パッと跳びのく。

王と男は踊り場で睨み合いになった。

男はナイフを手に、じりじりと近寄ってくる。

バタフライ・ナイフが鈍く光る。

王のこめかみがぴくっ、と反応した。

なんだあ、あのナイフは？

端が少し錆《さ》び付いていて、よく見ると一部刃こぼれしている。

近頃のチンピラは、あんなナイフを使うようになったのか。

王は険しい表情でそのナイフを見つめた。

気に入らない。なまくらだ。手入れが悪い。これでは切り口がめちゃめちゃで、全く美しくない。

王の頭にぶわっと血が昇る。

「柳。庖丁を寄こせ」

「え？」

ケースを抱えて震えている柳を、王はまだるっこしそうに手招きする。

「寄こせ。二本、一番右と一番左だ」

「は、はい」

柳はケースから肉切り庖丁を二本取り出し、へっぴり腰で王に差し出した。

王が受け取る前に、男が飛びかかってくる。


「うわあ」


柳は思わず目をつぶった。

静寂。

恐る恐る目を開けると、二人が向かい合って立っていた。

よかった、無事だ。ほっと胸を撫でおろす。

落ち着いている王とは対照的に、男が呆然としているのが目に入る。

あれ？　あいつの顔、どこか変だ。

柳は男の顔をじっと見た。何か変わったかな？

男は、のろのろと床を見た。つられて、柳も床を見ると、ばっさり、髪の毛が落ちていた。

そうか、あいつ、前髪がなくなったんだ。

王に切られたのだと気付き、柳は愕然《がくぜん》とした。王の庖丁がよく切れるのは知っていたが、ここまで凄いとは。

「そんなんじゃダメだっ」

王が二本の庖丁を掲げて、男に一喝した。

「え？」

男が我に返り、聞き返す。

王は完全に腹を立てていた。

「おまえの手入れじゃダメだ。おまえ、商売道具をなんと心得る。そんななまくら、俺だったら絶対に許さん。毎日研げ。磨け。道具を甘く見る奴は、道具に泣く。そんななまくらじゃ、いざという時に身を守れないだろうが。第一、そんななまくらに刺される奴の身にもなってみろ。傷口はぐちゃぐちゃ、痛いし傷の治りは悪いし、縫合したって傷痕《きずあと》が美しくないぞ」

ああ、まずい、スイッチが入った。

柳は頭を抱えた。

王は道具の手入れにうるさい。だけど、まさかこんなところで。

男はぽかんとして王を眺めている。まるで、珍種の動物でも見るかのようである。

「許さん」

王はボソリと呟いた。

「料理人を舐《な》めるなよ。刃物の扱いに関しては、こちとらプロだ。おまえなんか、刃物を使う者の風上にもおけん。正しい刃物の使い方を伝授してくれるわ」

王のかざす庖丁がギラリと光った。

さすが、一点の曇りもなく見事に磨き上げられて、真っ青になった男の顔がばっちり映しだされている。

「な、なんだと」

男は口をぱくぱくさせた。

「日本の京都の専門店で特注した、俺の手のサイズに合わせた庖丁だ。べらぼうによく切れるぞ。さあ、どっちか選べ。膾《なます》にするか、サシミにするか」

どうみても、王の目はマジである。

「な、膾って」

男はその言葉の意味するところに思い当たったのか、みるみるうちにその目が恐怖に見開かれた。

見ている柳も、一緒に震え上がったくらいである。

「さあ、選べ。膾かサシミか。それとも、獅子頭《シーズトウ》にしてくれようか」

王が庖丁をかざしてジリジリと迫る。

ひぃーっ、という、情けない悲鳴が上がり、男は転がるように逃げ出した。文字通り、転がり落ちるようにしていなくなった。

「待て！　逃げるか！」

王が庖丁を振りかざして追いかけようとするのを、柳と副支配人が慌てて押しとどめる。

「どけ！　なぜ止める！　襲いかかってきたのは向こうだぞ！」

王の怒りは収まらない。

「やめてください！　本当に膾になっちゃいます！」

「警備員！　警備員！　暴漢だ、来てくれ！」

ようやく副支配人は携帯電話を手にしたらしく、泡を喰《く》った様子で叫んでいる。

「ふん」

王は鼻を鳴らし、大きく溜息をついた。

やっと怒りが収まってきたらしい。

手にした庖丁と、床に落ちた髪の毛を交互に見ると、舌打ちをした。

「くそ。また、つまらぬものを切ってしまった」

24

ホテルまでの道すがら、えり子は気が気ではなかった。

紙袋の中のＵＳＢは、明らかにヤバイものであり、とっとと手放せと彼女の本能がしつこく告げてくるのである。

うーん、いったい誰と間違えたんだろう。

えり子は内心苦笑していた。

あたし、カタギに見えないかしらね？　自分では地味なカタギのつもりだったんだけどなあ。

確かに高校時代までは関東屈指の暴走族として鳴らし、千葉県警と死闘を繰り広げてきたという過去はあるが。

なんだか紙袋が重たく感じられた。

さて、どうする。

「どこにいんのかな、森川」

「上海にいるかもしれませんねー」

「案外、すぐ近くにいたりしてさ」

和美と優子のおしゃべりを聞きながら、えり子は考えた。

現実的な選択肢としては、このままUSBに気付かなかったふりをして、紙袋ごとホテルで捨てる、というのがいちばんいいような気がした。この国では遺失物を交番に届ける、などという習慣はないし、実際、そんなものが入っていたなんて気付かなかったといえば、もし後から追及されても信じてもらえるだろう。

えり子は近くの店の中にある時計を見た。

豫園商城の店を出てから、もう二十分近く経っている。

あの女――マギーは、自分が間違えた相手にこれを渡してしまったことにもう気付いただろうか？

えり子はあの鋭いまなざしを思い浮かべた。

まだ気付いていない可能性もあるが、えり子はなんとなく、彼女ならもう気付いているだろうと思った。

彼女はえり子のことを別人と勘違いした。恐らく、本来このUSBを取りに来るはずであった相手の特徴と、符丁だけを知らされていたのだろう。顔を知らない連絡員もしくは仲間がいるということは、どこかに司令塔があって、誰かが統率している組織があるということで、しかもその組織はかなり大きいということになる。

やはりマッポ系か。

だとすれば、今頃そいつらは血相を変えてえり子を捜し始めているということだ。

えり子はさりげなく周囲を見回した。

街灯の陰やビルの角。

この街も、近年めっきり監視カメラや防犯カメラが増えた。むろん、モビーディック・コーヒーの店頭にもカメラがある。きっと、カメラの映像からえり子を特定しようと躍起になっているだろう。

さっき、和美と優子は店の外のどの辺りに立ってたっけ？

カウンターから振り向いた時に、ガラス越しに二人の背中が見えたことを思い出した。

店のガラスのそばに並んで立っていたはず。ならば、えり子が店の外で待っていた和美と優子に合流したところも映っているだろうから、えり子が三人連れであることも分かるはずだ。

コーヒーチェーン店の防犯カメラの精度がそんなにいいとは思えない。だとすれば、向こうからしてみれば、サングラスに長髪の女と、ショートカットとパーマを掛けたロングヘアの女の三人連れ、という特徴で捜すはずである。

えり子はそっと隣の二人を見た。

あたしたちが見つかるのは時間の問題だろう。

そう考えると、胸がうずいた。

和美のせっかくのリフレッシュ休暇なのだから、マッポだかなんだかに、レストランかホテルの部屋に踏み込まれて、嫌な思いをさせるに忍びない。わざわざ上海まで、二人が忙しいスケジュールをやりくりして揃ってやってくるのがいかに大変か、えり子にも想像がつく。

楽しい観光の最中に官憲の世話になるのがどれほど不愉快か、かつて日本でさんざん東山勝彦らとやりあっていた身としては、よく分かった。ましてや、ここは中国である。

待てよ。

ふと、思いついた。

このＵＳＢを、マギーに返してしまえばいいではないか。

思いついてしまえば他愛のないことだった。

うん、それがいちばんいい。なんだか知らないけど、紙袋に入っていた。間違いじゃないですか？　そう言って、彼女に渡せばいい。もし何か聞かれるとしても、えり子だけだ。あとの二人まで巻き込むことはない。

「ああっと、すみません」

えり子はそう小さく叫び声を上げ、足を止めた。

「どうしたの？」

二人が振り向く。

「あたし、さっきのモビデのカウンターに、忘れ物してきちゃったみたいです」

「えー、何忘れたの？」

「友達に貰《もら》ったボールペン。支払いの時、財布と一緒に出したんでしょう」

「あらら、えり子にしては珍しいね」

「あたしがひとっ走り行って取ってきましょうか」

優子が早くも走り出しそうな気配を見せたので、えり子は慌てて止めた。

「いいです、あたし、取ってきます。そんなに時間掛かりませんから、お二人はホテルのレストランに行っててください。ここまで来れば、場所分かりますよね？　あたしの名前で予約してあります。日本語の出来るスタッフもいますから、大丈夫です」

「そう。一緒に行かなくてもいい？」

和美が済まなそうな顔になる。

「あたしが行きますよー。ちょうど腹ごなしにもなりますし」

優子は今にも駆け出しそうだ。

えり子は苦笑した。

「大丈夫、二人で行っててください。なんなら、生ビールでも頼んで、呑《の》んでてくださっても構いませんよ」

「いやー、まさか、あんたが来るまで待ってるわよ」

「じゃあ、レストランでお待ちしてますね」

優子は名残惜しそうだ。本当に、自分で行きたかったらしい。

二人に見送られ、えり子は元来た道を戻り出した。

一人になると、えり子はモビーディック・コーヒーの紙袋をなるべく小さくしてカバンに入れた。サングラスも外してカバンに入れ、髪を後ろでひとつに結わえる。

もう辺りは暗くなってきたので、サングラスを掛けていないほうが自然だ。

これで、「三人連れの一人で、サングラスを掛けた長髪の女」というのを捜している連中の目から逃れられるはずである。

えり子は自分が無意識のうちにそうしていたことに気付き、苦笑した。

それは、なんとなく身に付いた用心のようなものだった。

この巨大な街――ただの大きさではない――光の部分も影の部分もべらぼうに巨大な街で、健児が商売をやっていくのが一筋縄ではいかないことはよく知っている。ここで何か面倒に巻き込まれたくないというのは、余計なことで余計なところから目を付けられるのは避けたいという、えり子の防衛本能だった。それが健児の商売にも影響しかねないからだ。

帰宅時間帯ということもあり、通りはいよいよ混み合っていた。

移動する人たちが大きな流れのようになって街を行き交っている。

えり子がさりげなく早足で歩いていると、「えっ、何?」と叫ぶ声が聞こえた。

そちらに目をやると、若い女の三人連れで、モビーディック・コーヒーのカップを持っていた女に、目つきの鋭い男が話しかけている。

「え？　違うわよ」

「これは豫園商城のモビーディックで買ったんじゃないわ」

「ねえ」

迷惑顔の女性が顔を見合わせる。

男は「ならいい」という身振りをすると、その三人から離れた。

そのうちの一人はストレートのロングヘアだった。

えり子はひやりとした。

やっぱり、もうあたしたちを捜しているのだ。

男はきょろきょろと辺りを見回し、また歩き出した。

むろん、一人で歩いているえり子のことなど全く気に留めていない。

なんとなくホッとして、俯くようにして歩き出す。

それでも男をさりげなく見送っていると、また別の女性グループに近付いていった。

こうしてみると、モビーディック・コーヒーのカップを持って街を歩いている女たち、というのは結構いるものである。

捜すほうも大変だなあ、とえり子は他人事《ひとごと》ながら同情した。

観光客に地元っ子。今この時間、同じような三人連れがこの地区にいったいどれだけいることか。

豫園に近付くと、繁華街の観光地ということもあり、いよいよ人がいっぱいになった。地元民なのか、観光客なのか、ごったがえしていてよく分からない。

さっきの男とその仲間がえり子を捜しているとしても、もう店のそばにはいないと考え、離れたところを捜しているだろうし、この辺りにはいないだろう。

豫園商城のモビーディック・コーヒーも、人が途切れる気配がなく、外まで長い行列が出来ていた。

えり子はぶらぶらと遠巻きにするように店に近付く。

人の列のあいだに、マギーが見えた。相変わらず注文に忙殺されている。

遠目にも、翡翠《ひすい》のピアスが光っている。表情はよく見えないが、なんとなく険しく感じられるのは、忙しいからか、それとも自分の間違いを悔やんでいるためか。

えり子は、マギーを見ているうちに、奇妙なことが気になってきた。

素敵なピアスね、マギー。

あの時は深く考えずにそう言ったが、なんだかおかしい。

マッポ系だとすると、たぶん潜入捜査か何かだろう。コーヒーショップの店員に扮《ふん》しているのなら、なるべく目立たなくしているに限る。なのに、あんな上物のピアスをしているなんて。コーヒーショップの店員には不相応な品であることは、見る人が見れば分かるはず。

なんだか変だ。

じわじわと警戒心が強まってきた。

どうする？　もしかして、マギーがあそこにいるのは、自分が考えているよりもずっとずっと大きな、ヤバイ話のせいなのかもしれない。

えり子は迷った。

カバンの中のモビーディック・コーヒーの紙袋。その中にある、USB。

果たして、これをのこのこあそこに返しに行っていいものだろうか。

これ、紙袋に入っていたの。

そう話しかける自分の姿を想像する。

状況としては、かなり不自然だ。なにしろ、USBなのだ。うっかりコーヒーショップの店頭で入ってしまう、というようなものではない。

えり子は自分が自然にこれを返せるのかどうか、だんだん自信がなくなってきた。

今からあの列の後ろに付いたら、マギーのところまで辿り着くのにかなり時間が掛かるのは確かだ。二十分？　いや、もっとかもしれない。

かといって、列に割り込み、マギーに渡すのもやけに目立つ。文句を言われるだろうし、注目されてしまうだろう。

他のスタッフに渡すか？　いや、それはたぶんマギーの立場上ヤバイだろう。明らかに、他の店員に知られないようにえり子にあれを渡してきたからだ。

うーん。どうしよう。レストランにも戻らなきゃならないし。

マギーのピアスを見つめながら、えり子は冷や汗が噴き出るのを感じた。

25

「パパー、ぬいぐるみ買ってー」

上海中心部に近付いてきた薄暗い路地。ちょうど、繁華街との境目の辺りである。

ひと組の親子が、巨大な屋台がやってくるところに居合わせた。

「ぬいぐるみ？」

父親が娘の指さす方向を見ると、確かに一人の男が引く大きな屋台の中に、巨大なぬいぐるみがぎっしりと詰め込まれている。

「うーん、あれはダメだよ。大きすぎておうちに持って帰れない。おうちは狭いから、ママにきっと叱られる。今度もっと小さいのを買ってあげるから」

「パパ、パンダがほしい。パンダ買ってよー」

娘は父親の渋い顔を無視して屋台に駆け寄ると、巨大なパンダのぬいぐるみをぐいとつかんだ。

「あっ、引っ張っちゃダメだよ」

父親はぐらりと大きなぬいぐるみがこちらに倒れかかってきたのを慌てて押さえた。

「ん？」

二人はぎくりとした。

なんだろう。ぬいぐるみの奥に、何かがいるような。

低い呼吸音が聞こえたような気がした。

親子はどちらからともなく顔を見合わせた。

並んだぬいぐるみの奥の暗がり。

まさかね。

父親は首を振った。

沈黙。

気のせいだったのだろうか？

しかし、牛や犬などの大きなぬいぐるみの間の抜けた顔がなんだか不気味に見えてくる。

娘は口をぱくぱくさせて父親にしがみついた。幼いながらも、異様な気配を感じ取っているのだろう。

父親は、恐る恐る、パンダのぬいぐるみの向こう側を覗《のぞ》き込む。

ぎょろり、と暗がりで何かの目玉が動くのが見えた。

「ひえっ」

「パパ、怖い」

二人はぞっとして飛び上がり、パンダのぬいぐるみを突きとばすように押し込むと、泡を喰ってその場から足早に立ち去った。

わーっ、と悲鳴を上げながら遠ざかっていく二人。

屋台を引いている男は、「うん？」と怪訝そうな顔で振り向いたが、走っていく親子の後ろ姿が見えただけである。

なんだ？　今のは。

男は首をかしげた。子供が彼の引いている屋台を見てぬいぐるみを欲しがるのには慣れているが、今のは妙な反応だったな。

正面に向き直り、屋台を引くことに専念する。

それにしても、今夜は重い。いつもの坂がやけにきつく感じられるのは、疲れが溜まっているせいだろうか。

少し先には、不夜城たる上海中心部の明かりが見えている。いつ見ても圧倒される、浮世離れした眺めだ。ここ数年、見たこともないようなビルがにょきにょきと建って、半月、いや一週間もすると景色がすっかり変わってしまっている。商業ビルのネオンで、空まで明るい。赤や紫の光が、雲に反射して巨大な光のドームの中にいるみたいだ。

男は足を休め、首に掛けたタオルで汗を拭った。

ずいぶんと息が切れている。呼吸が荒い。

くそ。ほんとに重いな。

だが、坂を下れば、もう賑《にぎ》やかな街の外れだ。そこからいつもの場所まで十分も掛からない。

男は再び歩き出そうと、梶棒《かじぼう》を握り締めている手に力を込めた。

その時、後ろで何かが軋む音がした。

屋台の中で、何か重いものが動いた、という感じ。ほんの少し、重心が動いたような。

屋台が小さく揺れた。

男は後ろを振り向いた。

ぬいぐるみが動いたのだろうか？

たまに、カーブを曲がる時など、ぬいぐるみの重みで遠心力が掛かって、屋台が揺らぐことはある。

しかし、今は立ち止まっていたのに。

何かいる？

男は屋台の中を点検することを一瞬考えたが、何かが彼を押しとどめた。

見ないほうがいい。そんな虫の知らせをどこかで感じたのと、疲れていて、今屋台を引く手を離したら、余計に疲れて上海中心部まで辿り着けないのではないかと思ったからだ。

気のせいだ。きっとそうに違いない。

男は自分にそう言い聞かせると、ゆっくりと歩き出した。


ふう。ひやひやさせるぜ。

厳厳は、男が引く屋台の中で、こちらも冷や汗を拭っていた（パンダが汗をかくのかどうかは不明である。たぶんかかないと思うが、ここでは彼の心の動きとしての「冷や汗」であることを付記しておくものである）。

さっきのガキには焦ったな。まさか、いきなり俺の前のぬいぐるみを引っ張り出すとは。

とっさのことで、隠れるヒマがなかった。暗い場所だったから助かった。目が合ったのは一瞬だったし、俺の姿までは見えていなかっただろう。

厳厳はそっと座り直す。

ぬいぐるみに囲まれた狭い場所でじっとしているのはつらかった。楽なポーズを取ろうとすると、屋台が軋むので、動いているあいだにちょっとずつ姿勢を変えるしかないのだが、それがなかなかキツイ。

男が立ち止まった時に、つい肢を動かしてしまい、屋台を揺らしてしまった。気付かれたと直感した時は寿命が縮んだ。

男が、屋台の中を点検するのを思いとどまったのは、正しい選択だったといえよう。厳厳はいざとなったら、男をぶん殴り、彼をなぎ倒して外に逃げ出そうと思っていたからだ。ご存じのとおり、パンダの前肢の破壊力は、相当なものである。

まったく。

厳厳は、ぬいぐるみの隙間から外を窺った。

辺りはどんどん明るくなっていく。車のクラクション、音楽、笑い声。賑やかな繁華街に近付いているようである。

ヤバいな、これは。

厳厳は緊張するのを感じた。

これ幸いと通りかかった屋台に乗り込んだのはいいが、このままじゃ人がうじゃうじゃいるところに運ばれてしまう。人気のない倉庫にでも行ってくれないかと思っていたら、こんなに明るいところに連れてこられるとは。こんなところでは、身体を隠す暗がりもないではないか。

どうする?

厳厳はもぞもぞした。

これ以上明るいところに近付くと、いよいよ逃げ場所がなくなる。飛び出すか?

しかし、辺りの地理が全く分からない。

水の匂いがする。川か? いや、潮気が混ざっているので海が近いのだろう。本来目指すべき山岳部とは全く逆の方向に来ているということだ。

川沿いを上流に向かっていけばいいのだと本能的に察してはいるものの、誰にも見つからずに辿り着けるとは到底思えない。

どうする。

厳厳はひたすら考えた。

ここを飛び出して、海沿いを走っていくというのはどうだろう。

港湾施設に逃げ込めば、この時間なら人気も少なく、身体を隠す場所もあるだろう。うまくすれば、川を遡《さかのぼ》る貨物船か何かにもぐりこめるかもしれない。

それは、この時点ではベストの選択のように思えた。これ以上繁華街に近付くと、逃げ場がない。誰かに目撃されることだけは避けたい。それでなくとも目立つ容姿をしているのだから。

厳厳はそうっとぬいぐるみを掻き分け、外に飛び出すタイミングを窺い始めた。

が、しかし。

その時、彼は屋台がぎぎ、ぎぎ、と不気味な音を立てて軋むのを感じた。

下っている。

厳厳は、前のほうに向かって重心が移動するのを感じた。

うわ、すごい勾配《こうばい》の坂だな。

思わず踏ん張った。はいつくばって力を込めていないと、ずるずると落ちていってしまいそうなのである。

ちっ。ヤバい。

屋台に載っているぬいぐるみが前のほうに移動していくのが分かった。たいした重さではないものの、じわじわ厳厳のほうにのしかかってきて、重みを感じる。

厳厳はいよいよ踏ん張らなければならなかった。

畜生、どこまで我慢すればいいんだ。

厳厳はぶるぶると震える筋肉を全身に感じた。

ぶるぶると震える筋肉を全身に感じていたのは、屋台を引く男もまた同じであった。

急勾配の長い坂。

いつもはぎりぎり踏みとどまり、ゆっくりと下りられる坂であるが、今夜はいつもと様子が違う。

なぜだ？

男は徐々にパニックに陥り始めていた。

後ろの屋台がものすごく重く、奇妙な音を立てている。中に何かひとつとても重いものがあって、それが屋台全体及び男の背中に圧迫感を与えているのだ。

何だ？　いったい何が載っているんだ？

男は、さっき屋台の中を確かめなかったことを後悔していた。だが、それがとんでもないものであることも直感していたので、同時にやはり確かめなくてよかったとも考えていた。

目に汗が滲《し》みて、見慣れた景色がぼんやりと歪んだ。

あと少し。あと少しだ。

自分を叱咤《しった》激励するが、実のところ、まだ急勾配の長い坂の三分の一も下っていない。

しかし、いよいよ男の全身には凄《すさ》まじい重力が掛かってきて、屋台はみしみし、ぎしぎし、とバラバラになりそうな音を立てている。

まさか。こんなところで手を離すわけにいかない。屋台を引いて二十年、そんなヘマをしたことは一度もない。

しかし、この重さは。こんな重さ、経験したことがない。このままでは、屋台に押しつぶされてしまう。

男は真っ青になり、ぜえぜえと息を切らしつつも、なんとか屋台を支えてゆっくり下ろうと努力した。

が、腕も足も、背中も、全身がぱんぱんに強張《こわば》り、限界が近付いていることを主張していた。くそ。痛い。これ以上、持ちこたえられない。

男の心臓はばくばくと鳴っていた。

彼にのしかかる重力はますます強まり、男は足を止めることができなかった。

じわじわと滑り落ちるようにして、屋台は坂を下っている。

頑張れ。

男はそう念じたが、その瞬間、足が何かに引っ掛かり、つんのめるのを感じた。

「うわっ」

男は前に向かってバッタリと倒れ込んだ。

それは、一瞬のことだったが、地面にまっすぐに倒れ込んだことは、正しかったかもしれない。屋台が男の上をすうっと通り越したので、少なくとも彼が屋台に轢《ひ》かれることは避けられたからだ。

もっとも、膝と顎《あご》を強打し、一瞬目の前に星が飛び散ったことは確かだが、少しすると、「うう」と唸《うな》り声を上げて、起き上がることができた。

しかし、ハッとして顔を上げた時には、彼の屋台は徐々に加速して、あっというまに下のほうに遠ざかっていくのが見えた。

「わーっ、誰か止めてくれえ!」

男は悲鳴を上げ、両手を大きく振って、遠ざかる屋台に向かって大声を上げた。慌てて立ち上がって後を追おうとしたが、膝と顎が激しく痛み、思わず立ち止まって顎を押さえた。

だが、その声が誰かに届いた様子はない。

男は恐怖に満ちた目で、遠ざかる屋台を見送る。

巨大な本物のパンダ約一頭を乗せた屋台は、みるみるうちにスピードを上げて暴走し、眩《まばゆ》いばかりに光り輝く上海中心部に向かって、まっすぐに突っ込んでいったのであった。

26

青龍飯店は、上海の目抜き通りから離れた、少し入り組んだ場所にある。

そのエリアは、再開発の進む街の中でも、まだかすかに旧市街の香りを残しており、昔ながらの露店も並んでいて、行き交う人々も古くからの住民が多い。

見晴らしの利く大通りの歩道の上を目立ちまくりで駆け抜けた市橋健児らも、さすがに青龍飯店の近くまで来るとスピードをがくんと落とし、ゆっくりと路地を進んでいった。ごちゃごちゃして狭い路地は、なかなか前に進めない。

まさか、いきなりあいつに出くわすとは。

さっき、高清潔に出くわしてしまったのを忌々しく思い、舌打ちする。

あの男は、やたらと白い歯を見せびらかしているので、どこにいてもすぐに分かる。なんだってまた、今日はあんなところをうろうろしていたのだろう。一段と歯が光っていたのは、照明が反射していたのだ。レフ板なんか使いやがって。カメラを構えた一団もいた。恐らく、何かのPRビデオを撮っていたに違いない。あいつがもの凄いナルシストだという噂は聞いていた。男から見ると単ににやけた奴にしか思えないが、女子職員や女性市民には人気があるらしいから、自ら広告塔になろうと考えたのだ。いかにもあいつらしい。

しかし、任務には忠実だ。目敏く健児を見つけ、たちまち奴の頭に血が昇るのが分かった。きっと草の根を分けても追いかけてくるに違いない。

健児は、今にもパトカーのサイレンが聞こえてくるのではないかと気が気ではなかったが、今のところその気配はなかった。

夕暮れ時のこの渋滞だ。パトカーを繰り出そうにも、そうはいくまい。

健児は、少なくともあと二十分は大丈夫と踏んだ。

初めて配達に来た青龍飯店は、なかなかシックな佇《たたず》まいだった。派手ではないが、重厚な高級感を出すのに成功している。

「あそこだ」

影のように後についてくる二人に声を掛ける。

「中に入れますかね」

エントランスには数名のきびきびしたスタッフが行き来していて、些《いささ》か入りにくい雰囲気である。次々と正面の車寄せに高級車が乗り付けられ、着飾った客がホテルの中に吸い込まれていく。

何かイベントでもあるのだろうか。

ここの中華料理は有名だ。そういえば、今夜はえり子がここで元同僚と食事をすると話していたっけ。

「とにかく入口まで行って、客に電話しよう」

健児はバイクを降りて、正面玄関目指して歩き出した。


今や天上（いや、天井か）の存在となった、かつてフィリップ・クレイヴンのペットであったイグアナのダリオは、ホテルの廊下の、まさに天井付近を漂いつつ、ホテルの中をあちこち探索していた。

かつて、ご主人のお供で行った各国のホテルの記憶が蘇《よみがえ》る。

あんなところも、こんなところも行ったっけ。

思い出が走馬灯のごとくダリオの頭の中を去来する（ちなみに、この時ダリオの頭の中で流れていた音楽は、ポール・モーリアの「恋はみずいろ」であった）。

うろうろしていると、人気のない階段で、見覚えのある男が刃物を振りかざしてやりあっているのを目撃した。

確かに、彼が生前最後に厨房で見たあの男である。

男はなかなかの使い手だった。ご主人がこれを見ていたら、きっとすぐに両手に庖丁を握った料理人を映画に登場させ、彼の動きをアクションシーンに取り入れたことであろう。

すぐに決着はついた。

明らかに、料理人のほうの力量が勝《まさ》っていた。

ダリオは、敗北した顔色の悪い男のほうを追いかけてみた。

男は一目散に階段を駆け下りると、裏口の玄関の回転扉を押し開けるのももどかしく、そのままあたふたと出て行ってしまった。回転扉に体当たりし、なかなか外に出られずパニックに陥った様子は、よほど恐ろしかったものと見える。

ダリオは男についていこうとしたが、回転扉をうまく出られず、取り残されてしまった。泡を喰って逃げていく男の背中を見送る。

ダリオは周囲を見回し、またふわふわと元きた通路を戻っていった。

と、チーン、とクラシカルなベルが鳴って、正面玄関のほうのエレベーターの扉が開いた。よくこんなに詰め込まれていたな、と思えるほど、大勢の殺気立った人間たちがどっと中から飛び出してきた。

ダリオはその中に、懐かしい顔を発見した。

ご主人だ。

上海郊外で嘆き哀しんでいたご主人はどこへやら、今は目をギラギラさせ、興奮した様子で足早に飛び出していく。

「待ってよ、フィル。まだ車が」

小太りの、ご主人と長いつきあいの男が、慌てた様子で携帯電話に話しかけている。

不機嫌で顔を真っ赤にした、白人の大男が続く。この男も、ご主人の知り合いだ。いつもご主人をいじめていたっけ。

ダリオはすうっと大男に近寄っていき、尻尾《しっぽ》でぱしぱしと大男の頭をはたいた。

ご主人の仇《かたき》。思い知れ。

が、大男は全く動じない。この男は、ダリオがここにいることなど全く気付いていないらしい。

しかし、大男の後ろから出てきた、東洋人の髪の長い女は、ハッとしたようにダリオを見上げた。

この女、さっきも見たな。どこか遠いところで会ったような気がしたっけ。

もう一人。顔と衣装が半分ずつ違う東洋人の男が、こちらをヒタと見上げた。

その異形の姿に、ご主人の映画でさまざまなクリーチャーを見慣れているダリオですら、思わず引いてしまった。

男は瞬《まばた》きもせずにこちらをじっと見つめている。

睨みつけられて、ダリオは身体をすくめ、思わず大男の頭から離れた。

二人の男女は、無言でダリオを注視している。

ダリオはもじもじした。

なんなんだ、この二人は。自分のことが見えているらしいが、二人とも異様なオーラを発している。

やがて、二人はちらりと互いの顔を見た。

バチバチと火花が散ったのが見えたような気がする。

「もちろん、見えてますわよね」

女が低い声で囁いた。

男が顎を引く。

「ほう。アウェイなのに、そちらも見えるのか」

「当然ですわ。どうやって成仏させるおつもりですか」

「私は風水師なのでね。仏教徒じゃない」

「しかし、ああして今も霊となってさまよっております」

「確かに。なんとかせねばなるまい」

低い声でのやりとりは、どうやら自分のことを話しているらしい。

ダリオは、そーっと二人から離れ、ご主人のほうに向かった。

「あっ、逃げた」

「飼い主のところに行くんだろう」

「飼い主は見えてないみたいですね」

「あの飼い主は、そういうタイプじゃなさそうだ」

背中のほうで声がする。なんだかややこしいことになっているようだ。

その二人を気味悪そうに眺めている東洋人の男に続き、大声で言い争っている、やはり二人の東洋人の男がついてくる。

メイクがどうの、様式美がどうの、と言っているのは、ご主人の映画についてだろうか。

「ちょっと、監督、ケダモノの思い出もいいけど、こっちはダンサーが待ってんのよっ。いい加減喪に服してないで、とにかく今日という今日は指示してってもらわないと」

「いったいどっちの方向性を選ぶんですか。はっきりしてください」

こちらは別の意味で殺気立っていて、ご主人を血走った目をして、つかみかからんばかりに追いかけている。

頑張れ、ご主人。

ダリオも必死に一行を追いかける。

玄関の前で奇妙な一団がぎゃあぎゃあ騒いでいると、小型のバスが横付けされてきた。

スライドドアが開けられ、押すな押すなで一行が乗り込む。

ダリオもなんとかご主人に追いついてその懐かしい頭にしがみつくと、一緒に車の中に乗り込んだ。

「急いでくれ！　ダリオの供養だ！」

フィリップ・クレイヴンが血走った目で叫んだので、東洋人の運転手が慌てて車を発進させる。

その供養の相手が自分の頭に乗っかっていることには露ほども気付かぬ様子である。

がくんとみんながつんのめった。

「なんだか狭いな」

大男がふと気付いたように車内を見回した。

「なんでおまえらまでついてくるんだ」

「エンターテインメントだ」

「芸術だってばっ」

誰もが勝手にいろいろなことを喋っているので、うるさいことこの上ない。

小太りの男の携帯電話が鳴った。

「ハロー?」と出るが、周りがうるさいので、よく聞こえないらしい。

「え? 何? どなた?」

何度も聞き返すが、聞き取れない様子である。

「おおい、みんな、静かにしてくれ」

やがて大声で叫ぶと、ようやく車内は静かになった。

「——何? スシクイネエ?」

男はハッとしたように顔を上げた。

「まずい。寿司《すし》のケータリング頼んだの、忘れてた」

面妖《めんよう》な集団が転がるように出てきて、大声で喋りながらバスに乗り込むのを、健児は横目で見ていた。

白人と東洋人のグループ。

先頭の長身の男は、どこかで見たような気がした。

「あれ、フィリップ・クレイヴンじゃないすか?」

「誰だ、それ」

「映画監督ですよ。自分、『ナイトメア』シリーズ、ファンなんです」

「ああ、それなら知ってる」

健児は振り向いた。

一人、奇妙な恰好をした男がいた。

なぜか、顔が半分ずつ塗り分けられている。衣装も身体の真ん中から別々だ。

ふと、健児は違和感を覚えた。

なぜだろう。あの顔、なぜか奇妙に胸騒ぎがする——ええと、それは、彼の顔が人間には珍しくほぼ左右対称だから（以下略）。

「そういえば、新作を上海で撮るって聞いた気が。ここに泊まってたんですね」

「ふうん」

バスのドアが閉まり、がくんと車が揺れた。急いでいるらしい。

健児は、依頼主に電話を掛けた。

と、呼び出し音が、すぐそばで鳴った。

今出て行った車の中である。

偶然だろう、と思ったが、電話に出た相手は、どうやら移動中らしく、周りが騒がしい。

「ハロー？」

英語の声が出た。

「ご注文のお寿司をお届けにあがったんですが」

騒がしくて健児の声が聞こえないのか、「何？」と叫ぶ声がどんどん大きくなる。

健児は思わず電話から耳を離した。

が、ようやく聞こえたらしく、電話の向こうで悲鳴が上がる。

忘れてた、という声が聞こえた。

「今、ホテルを出たところで、上海郊外に向かってるんだ」

慌てふためいた声がして、電波の状況のせいか、唐突に電話が切れてしまった。

「あっ」

健児は振り向き、とっくに見えなくなった車のほうを見た。

やっぱり、さっきの連中だったのか。

「くそ。踏み倒す気か」

健児は舌打ちし、一瞬にして決断した。

「追いかけるぞ」

そう叫んで、健児は駆け出した。

「さっきの車ですか」

「そうだ。急げ。見失う」

「払ってくれますかね」

「寿司は代金と引き換え！」

「了解」

「逃がしてたまるか。制限時間内に絶対受け取らせてやる」

三人は自分たちのバイクに取り付き、慌しくエンジンを掛けると、次々と向きを変えて夜の上海の街へと走り出した。

27

毛沢山は、あの若い男に話しかけられてからというもの、自分の世界からすべての音が遠ざかってしまっているのを感じていた。

董衛員。

その名前を囁かれた瞬間から、身体が冷たくなって、体温を感じることができない。

まさか、今頃になって、こんな場所であの名前を聞こうとは。

あの若い男。にこやかにするすると近寄ってきた男。

あいつ、きっと、身内の者に違いない。どこかにあの男の面影がある。

董衛員の使いで来ました——これを例のところで預かってほしい——

さっきからずっとあの声が耳元で鳴っている。

どうする。逃げなければ。

毛沢山はきょろきょろと辺りを見回した。

しかし、彼はほんの数メートルも移動できなかった。

次々と彼の前に客が現れるのだ。

先生、昔からの大ファンです。一緒に写真を撮っていただけますか。握手してください。孫《まご》にサインをお願いします。

言われるままに写真を撮ったり、握手をしたり、愛想笑いをしたりしていたものの、完全に上の空である。

この会場に、あの彫刻を運び込んだことで、もう俺はお役御免だ。これで、とりあえず黄海に浮かぶことだけは避けられる。

しかし、よりによって、今日に限ってこんなものを押し付けられるとは。

自分の不運を呪う。

それにしても、自分がここにいることをどうして奴は知っていたんだろう。いつも奴は不意を突く。もう自分のことなど忘れただろう、縁も切れただろうと思った頃に限って、いきなり現れるのだ。

内心、冷や汗を感じた。

もっとも、今日のイベントはかなりあちこちで宣伝していたから、知っていても不思議ではないが。

問題はこれだ。

毛沢山は、掌《てのひら》のものを握りしめた。

今この掌にあるものをなんとかしなければならない。

手の中の、小さな袋が熱を帯び、光を発しているような心地すらした。

こいつが、董衛員から預かったヤバイものを持ってるぞ、とこの部屋にいる全員に指をさされているような気分だ。

「毛先生」

突然、目の前にサッと若い男が現れ、毛沢山はぎょっとした。

さっきの男が舞い戻ってきたのかと思ったのだ。

「いや、違うんだ、今から行くところなんだ。会場が混んでいて動けなかったんだ」

思わずそう叫んだ彼の目の前に、ぬっと差し出されたものがある。

うん？

それは、火を吐き二足歩行をするパンダのオブジェであった。

「僕の作品を見てください。肥大化した資本主義を表したものです」

黒いTシャツ。黒縁眼鏡の奥から、こちらを見ている瞳《ひとみ》。

「先生。弟子にしてください。僕たちの芸術は、孤独な魂の叫びです。先生の作品には、前世から響きあうものを感じます」

「こらこら、どこから入ったんだ」

「招待状がなければ入れなかったはずだぞ」

どこからかスタッフが現れ、若い男は追い払われた。

「芸術は爆発だ｜」

若者の叫び声が遠くで聞こえた。

毛沢山は溜息をついた。

くそ。びっくりするじゃないか。脅かしやがって。

息苦しさを覚えた。

ここから出なくては。

毛沢山は、身体をかがめ、なるべく目立たないよう人混みに紛れて、少しずつ自分の作品から離れてこの会場から外に出ようと試みていた。

なんだってまた、こんなにいっぱい人がいるんだ。

客がいっぱい来なくては困る立場ではあったが、千客万来、人いきれで会場はやや酸欠状態である。

出口はあっちのほうだったな。

きょろきょろと通路の位置を確認していた時。

「毛先生！」

思いっきり大きな声で呼び止められてどきりとする。

「本日は、ようこそ当ホテルにいらっしゃいました！」

振り向くと、満面に笑みを湛えた、福々しい顔の男が立っている。

「私、当ホテルの総支配人、黄来福《コウライフク》と申します。ご挨拶がたいへん遅くなりまして申し訳ございません」

がっちりと手を握られ、激しく上下される。

がくんがくんと全身が揺さぶられ、眩暈がした。

「先生、私ども自慢の料理をぜひこの機会にご賞味くださいませ。私どものレストランの料理長、王を紹介させていただきます」

がっちりと握られた手は離れない。

支配人は、向きを変え、毛沢山を引きずっていく。

辞退する隙もなく、またしても会場の中心部に引き戻される。

くそっ。邪魔をするな。俺はここを出たいんだ！

毛沢山の心の叫びは誰にも届くことなく、彼は明るい照明に照らされた、料理コーナーへと連れていかれた。

目にも鮮やかな、美しい料理が並べられていた。

見ると、それらの中央で、どことなく機嫌の悪そうな男が庖丁を手に、北京ダックを切り分けていた。

「——くそ。庖丁を研ぎたい。あんなものを切ってしまって、あいつのなまくらが俺の道具にまで移りそうだ」

「私が持って帰って研ぎましょうか」

「いや、自分でやる」

隣の弟子らしき料理人と何事かボソボソ話し合っている。

そこへ、満面の笑みの支配人が割り込んだ。

「さあさあ、先生、王でございます。ぜひ彼の特製北京ダックを召し上がってくださいませ」

支配人が大仰な身振りで料理長を紹介した。

「こちらはたいへんご高名な芸術家であらせられる毛沢山先生だ」

王は、たちまち営業スマイルに戻り、深々と頭を下げる。

「はじめまして、お目にかかれて光栄です。本日は私どものホテルにお越しいただき、幸甚にございます」

毛沢山も渋々挨拶する。

「こちらは、見た目は普通の北京ダックですが、数十種類のスパイスを混ぜて、少し変わった風味をつけてございます」

王はほれぼれするような庖丁さばきで肉を切り分けて、皿に載せて供した。

確かにいい匂いだ。

毛沢山は、食指が動くのを感じた。

そういえば、今日は朝から忙しく、ひやひやすることばかりでロクに食事を摂《と》っていないことを急に思い出した。

「どれ」

皿を手に取った時、握っていたものがポロリと床に落ちる。

「あっ」

刺繍《ししゅう》を施した、小さな袋。

王はハッとした。

脳裏を既視感が過《よぎ》る。

あの袋、どこかで見たような。

ぼんやりした緑色のイメージ。

「あら先生、何か落とされましたわ」

それを、近くにいた女が英語で呟き、素早く拾い上げる。

すらりとした、背の高い綺麗な女である。

王は、一瞬彼女に見とれた。

「ああ、君か。すまんすまん」

毛沢山は、一瞬激しい狼狽《ろうばい》を見せたが、女の手からその袋をひったくるように取り上げた。どうやら、この二人は面識があるらしい。

「綺麗な布ですね。錦糸が使ってあって」

「実は、薬を入れているんだ。心臓に持病があってね」

「あら、そうなんですか。お大事になさってくださいね」

女はにっこりと笑った。

「ありがとう」

だが、その口調はどこか上の空である。

毛沢山は、北京ダックを一口食べるのもそこそこに、その場を立ち去っていった。

「お急ぎのようですね」

「体調がよろしくないんでしょうか」

女と支配人は、その後ろ姿を見送る。

支配人は我に返ったように、女を見た。

「お客様もいかがでしょう、北京ダック」

「いただきます」

女は、支配人が差し出した皿から一口食べ、「うわあ、おいしい」と声を上げた。

「でしょう」

支配人は鼻高々だ。むろん、王も悪い気はしない。

「確かに、通常の北京ダックとは違って、ちょっと不思議な味ですね——見た目の印象と違う。洋風のスパイス入ってますよね。クミン？　ターメリック？　ちょっと酸っぱい味も——お酢も、黒酢ではなく、ワインビネガーでしょうか？」

「おお、お客様、いい舌をお持ちでいらっしゃる」

女は考え込む。

「うーん。複雑であとは分からないわ。でも、複雑なんだけど、柔らかくて丸い味ですね。後味はさっぱり。女の人が喜びそう」

「ぜひ、レストランにもお越しください」

王は名刺を差し出した。

女も名刺を出す。

「東京でギャラリーをやっております。今日は、日本のお客様の代理で参りました」

「そうですか。何かお目当てのものは見つかりましたか」

「どれも人気があって、なかなか手が出ません。もう少し見せていただいて、お客様と相談いたしますわ」

「それはそれは」

落合美江

日本人だったのか。

王は名刺に見入った。

「ささやかなお土産を用意してございますので、ぜひお持ちください」

そう言って、王は、内心「あっ」と叫んだ。さっき毛沢山が落とした袋に見覚えがある理由に思い当たったのだ。

そうだ、あれだ。ちょうどあれに似ているのだ。

「準備できたか」

「今、運んでます」

台車に載せた段ボール箱が運びこまれた。

「そろそろ引き揚げるお客様もいらっしゃる。急げ」

王が落合美江の名刺を見ながら思い当たったものは、アートフェアの会場の入口のところにずらりと並んでいた。

大きくてぴかぴかのものが好きな上海っ子でも、最近は、上質のものを少しだけ、というのがトレンドである。

入口では、来場者への土産として、ホテルの新作菓子が小さな紙袋に入れて配られていた。

それは、王自ら試作し、客の反応を見たいと思い、数ヶ月前から準備していた品だった。

月餅《げっぺい》を、スティック状にした中国菓子。

良質のうぐいす豆をふんだんに使い、甘さを控えめにして翡翠色に仕上げた、美しいお菓子である。

その菓子を数本、刺繡のついた優雅な布袋に詰めてある。もちろん、ホテルのアドレスを添えて。ひと月後、大々的に売り出す予定の新作菓子だ。

ホテルのスタッフが、入口に置いた長テーブルの上にそれらを並べ、帰っていく客たちに手渡していた。

「本日はありがとうございました」

「お土産でございます」

ぱらぱらと出てくる客が、会釈し、受け取っていく。

むろん、毛沢山もそれを受け取った一人である。

早々にここを立ち去ることしか頭になかった沢山は、これまでと同様、上の空でなんとなくそれを受け取った。

28

豫園商城のモビーディック・コーヒーの店内に、七、八歳くらいに見える男の子が、たたた、と駆け込んできた。

相変わらず長い列ができているのを無視して、まっすぐにカウンターに駆け寄る。

「マギー」

男の子に声を掛けられ、マギーは彼を見た。

「ごめんね、みんな順番を待っているの。列に並んでちょうだい」

さっきから動揺したままの彼女は、それでも職業意識を発揮して少年に微笑みかけ、目の前の客に目を戻した。

と、一瞬遅れて不審を抱いた。

うん？　今、この子、いきなりあたしの名前を呼んだ。名札に目をやったようには思えなかったのに。

チラリと少年に目をやる。

並んでいる客たちも、注文の割り込みではないかと少年に向ける目つきが厳しい。

しかし、少年は周囲の刺すような視線を気にする様子もなく、マギーに小さな紙袋を差し出した。

「これ、渡してって」

マギーはハッとして、素早く袋をつかみ、中を一瞥《いちべつ》した。

さすがに自分の顔色が変わるのを隠し通すことはできなかった。

嚙《か》み付くように少年を睨みつける。

「誰から?」

「あのお姉さん」

男の子は振り向いて、指を差したが「あれ、いなくなっちゃった」ときょろきょろする。

マギーもサッと少年の指先に目をやるが、薄暗くなった外の様子は、人がごちゃごちゃ行き交うことが分かるだけでよく見えない。

「どんなお姉さんだった?」

注文が滞るのもお構いなしに、マギーは少年のほうに身を乗り出す。

「髪の長い人。忘れ物だってさ」

そう答えつつも、もう自分の役目は済んだとばかりに、少年は身体の向きを入口のほうに変えていた。

「待って」

少年は来た時と同じようにパッと駆け出し、たちまち店の外に出ていってしまった。

「オーダーお願い」

焦《じ》れた客の声にハッとして、マギーは慌てて注文を取ったが、目は少年の背中に向けられている。

少しのあいだ客の応対に専念したが、なんとか隙を見つけて、もう一度紙袋の中身を確認した。

確かに、中に入っていたのは、さっき商品と一緒に渡したあのＵＳＢメモリーだった。

安堵が湧いてくる。

さっきの女が気付いて、わざわざ戻しに来てくれたのだ。奇特な女だ。ありがたい。たぶん日本人だったのだ。日本では、電車の遺失物がきちんと戻ってくると聞いている。

そうホッとしたのもつかのま、マギーは紙袋の中に、もうひとつ何かが入っているのに気付いた。

小さくて硬いもの。ＵＳＢと同じくらいの大きさの何か――

マギーはそれを取り出してみて、ギョッとした。

背筋を冷たいものが走り抜ける。

かすかに震える声で仲間に無線で呼びかけた。

「ちょっと前に出ていった男の子。七歳か八歳。そう、ＵＳＢを戻しにきたの。見たでしょ？

さっきの女から受け取ったらしい。その子を捜して。それと、やっぱりさっきの女、もう一度捜して。急いで！」


えり子は、青龍飯店への道を急いでいた。

あー、せいせいした。

彼女もまた、ＵＳＢを確認した瞬間のマギーと同じくらい深い安堵を感じていた。

自分であのＵＳＢを渡しに行かずに、近くにいた男の子に行かせたのは我ながらいいアイデアだった。

店の近くで逡巡《しゅんじゅん》していた時、そばをぶらぶらしているあの子に気付いたのだ。

身なりもよく、賢そうで、典型的な中国の小皇帝。

親はどこにいるのかと思って周りを見た。男の子がチラチラ見ているのが両親らしい。どうやら、土産物屋で買い物に没頭しているらしく、少年は退屈してこの辺りを散策しているようだった。

えり子はとっさに彼に声を掛けた。

「ねえボク、お願いがあるんだけど、いいかな？」

少年は怪訝そうな顔でえり子を見ていたが、一〇元紙幣を見せると興味を持ったらしい。

「何？」

「そこのモビーディック・コーヒーのお店の中で、注文を取ってるマギーってお姉さんがいるんだけど、その人にこれを渡してほしいの。忘れ物だって言って」

「これを？」

少年はえり子が差し出したＵＳＢをじっと見つめた。

「うん。大事なものだと思うから、早く渡してあげて」

「どうして自分で行かないの？」

少年はＵＳＢと一〇元紙幣と、えり子の顔を交互に見た。

「あたしも急いでるの。列に並んでる時間がないんだ。どう？　これを渡すだけよ。それだけで、これがお駄賃」

少年はつかのま迷っていたが、視線は一〇元紙幣のところで留まっている。

中国では、子供の誘拐が社会問題になっている。だからこの子も、知らない人についていくなとか、知らない人からものを貰うなとか普段から言い聞かされているのだろう。目には迷いがあったし、しきりに親のほうに目をやる。

が、やはり紙幣の誘惑には抗《あらが》えなかったらしい。

こっくりと頷く。

「うん、分かった」

「ありがとう。お願いね。ここで見てるからね」

えり子はそう少年に念を押すと、ＵＳＢと一〇元紙幣を渡した。

少年は再びこっくり頷くと、両方を握りしめて店に向かった。と、何かに躓《つまず》いたように足を止め、かがみこむ。

えり子はハッとして少年に駆け寄ろうかと思ったが、やめた。

靴紐《くつひも》がほどけたらしい。

少年は不器用な手つきで靴紐を結んだ。いつも何から何まで親や祖父母にやってもらっているのだろう。もたもたしていてなかなか結べない。

が、ようやく結べたのか立ち上がってパッと駆け出し、店に飛び込んだ。

一直線にマギーのところに行き、話しかけているのが見える。

少年から手渡されたものの中身を確認するマギー。

マギーがハッとして顔を上げ、少年がこちらを指差すところまで見て、えり子はサッと動き出し、雑踏の中に紛れ込んだ。

マギーのあの真剣な目。

やはり、あれはマッポ系だな。

えり子の勘がそう告げる。

よしよし、やっぱり関わり合いにならなくてよかった。ちゃんとUSBも返せたし、これであたしを追いかけてくることもないだろう。

足早にホテルに向かうえり子の胸の中に安堵が広がり、おいしい中華料理への食欲がようやく湧いてきた。

急がなきゃ。二人が待ってる。

なんのかんのいいつつ、何も食べずに乾杯もお預けにしてえり子を待っているであろう二人が「お腹空いたー」と叫んでいるところを想像し、えり子は微笑んだ。

マギーから離れ、店から駆け出した少年は、立ち止まってえり子の姿を捜した。

見つからない。

もうどこかへ行ってしまったのだろう。

それを確認してから、少年はモビーディック・コーヒーの斜め前にある土産物屋に飛び込んだ。

えり子が少年の両親だと思っていた二人には目もくれず、階段を駆け上り、二階にある飲茶《ヤムチャ》の店に飛び込む。

繁華街の一等地にはあるが、ここは地元の人しか来ない店で、観光客の喧噪《けんそう》とは異なる地元感が漂っている。

奥まった席の、観葉植物の陰に、董衛員（72）が待っていた。

「ご苦労」

少年は、上着の中からタブレット端末を取り出した。

「はい」

さっき、靴紐がほどけたふりをして、ＵＳＢを差し込んだ端末である。

データの保存が済むまで、不器用を装って時間を稼いだのだ。

少年は小柄なので幼く見えるが本当は十一歳。えり子が賢そうだと感じたのももっともで、実際彼は衛員の「お使い」に応えられるほど、「相当に」賢いのである。

衛員は、端末に表示されたファイル名にサッと目を走らせた。少年の手に一〇〇元紙幣を押しつける。

「まいどありい」

少年はニッコリ微笑み、立ち去ろうとした。

「見つからないように帰れ。たぶん、おまえも捜されてるぞ」

「分かってる」

少年は、ポケットから汚れたニット帽を取り出し、上着を脱いで裏返した。いきなり、身なりのよい小皇帝から、薄汚れた目立たぬ子供になる。

「これでどう？」

衛員は苦笑した。

全く、末恐ろしいガキだ。もしかすると、衛春よりもこの世界に向いているかもしれない。

少年はゆうゆうと引き揚げていった。

衛員は、ＵＳＢから引き出したデータに目を走らせる。

なるほど。

顔を上げると、窓から豫園商城のモビーディック・コーヒーを見下ろした。

明らかに、周囲の観光客とは動きの異なる男たちがいる。どうみても、捜査員だろう。

香港警察。

衛員はそう断定した。やっぱり組織に奴らが潜入していたか。

予想はしていたものの、それを目の当たりにすると冷たいものを感じずにはいられなかった。衛春から離れたあと、彼はまっすぐここに来て、連絡所になっているモビーディック・コーヒーを見張っていた。この店は分かりにくい場所にあるので、土地鑑のない捜査員は絶対に使わないと分かっていたからだ。

何か動きがあるなら今日だ――そして、今だと考えていた。

案の定、辺りには捜査員がうようよしていた。店員の女も捜査員と無関係でないことが見え見えだった。途中で客に何か渡したことに気付いたが、そのことに対して店の女が慌てていることにも気付いた。

何か間違いがあったらしい。

じっと見ていると、さっき客として来た女が戻ってきた（衛員は、人の顔を一度見たら忘れない）。女はすぐに店に入らず、逡巡していた。

仲間だと思っていたが、ならばこうして逡巡しているのはおかしい。この女はなんなのだ？

双眼鏡で、女を見ると、なぜか自分の手を気にしている。

女は手元に、何か小さなものを持っていた。

更にズームしてよく見てみると、それは明らかにＵＳＢだった。

なぜすぐに渡さない？

衛員は考え込んだ。彼は、あのＵＳＢの中身に興味を持った。そして、しばしば彼がお使いを頼んでいるあの少年を呼び出したのだ。

あのＵＳＢを奪い取れ。できれば、中のデータを取り出してから、データを取られたことに気付かれずに戻すことが望ましい。

難しいミッションであったが、少年は二つ返事で引き受けた。

衛員の渡したタブレット端末をズボンに挟み、ぶらぶらと女のところに出かけていった。

どうするつもりかと思ったが、なんと、女のほうから少年に寄って来たのには驚いた。

見れば、小遣いとＵＳＢを向こうから渡してきたではないか。

少年の演技は見事なものだった。

たまたまぶらぶらしていて、小遣いに釣られてお使いを引き受けた、という演技を完璧《かんぺき》にやりおおせたのだ。

わざと不器用そうに靴紐を結ぶのを見て、衛員は思わず笑ってしまった。

彼は、あの歳にして上海でも十本の指に入るスリの腕前を持っていたからである。

かくして、衛員はＵＳＢのデータを手に入れ、少年は小遣いを手に入れた。

もうひとつ、衛員は少年にミッションを与えていた。

ごく簡単なものだ。

あの店で注文を取っている潜入捜査官の女に、一緒に渡してほしいものを、託したのだ。

小さな緑色の袋に入った印章。

例の玉《ぎょく》に似てはいるが、レプリカである三本の印章の最後の一本。お守り代わりに持っていたが、ここで使う機会ができた。

あの女は、その意味するところをすぐに察するだろう。必ずや疑心暗鬼に陥り、ボロを出すはずだ。

衛員は、もう少しだけ店を見張ることにした。

また捜査員の動きが激しくなった。

衛員は、端末のデータを見ながら、これからの行動をじっくりと練った。

29

高清潔は、瞬きもせず、身動《みじろ》ぎもせず、目の前にある多数のモニターに見入っていた。

上海警察署交通課。

まるで映画に出てくるような、ハイテクのモニタールームである。

上海市内では、近年急速に防犯カメラの整備が進み、市内の主だった交差点や繁華街の路地の奥にまで網の目のごとくカメラが設置されている。

へらへらと交通マナーを啓発するキャンペーンビデオを撮っていた時とは一転。

笑みが消え凄まじい集中力でモニターに見入っている高に、華蓮たち部下も近寄りがたい。

「それだ！」

高は、巻き戻している映像のある瞬間、叫んだ。

弾《はじ》かれたように、職員が映像を止める。

そこには、猛スピードで歩道を走り抜ける三台のオートバイの姿があった。

すごい動体視力だわ。

華蓮は感心した。

さっきは幻滅したけど、やっぱ凄いかも。

「拡大しろ。ナンバーを確認しろ」

高の指示に従い、ナンバープレートが徐々にアップになる。画像が粗くなっていくが、ぎりぎり読み取れた。

「よし、この番号のオートバイを見つけるよう手配しろ」

「はい」

「俺たちも出るぞ。パトカーを出して、こいつらをスピード違反で逮捕する」

「えっ」

華蓮たちは顔を見合わせた。

「自ら逮捕なさるので？」

「そうだ」

高は大きく頷いた。

「こういうのは、逮捕が基本だ。それも、市民に、違反は許さないというところを見せ付けるのが大事だ。自分たちがきちんと見張られていて、違反すればつかまるという認識を植え付けなきゃならんのだ」

「ははあ」

「おお、そうだ！　これはいい宣伝になるに違いない。よしっ！」

高は何か思いついたらしくぱちんと派手に指を鳴らした。

「撮影部隊も同行させよう！　華麗なる大捕物をキャンペーン映像に取り込めば、迫力あるものになるし、一石二鳥だ！」

再び白すぎる歯を光らせて悦に入る高の顔を見ながら、華蓮たちは複雑な表情を浮かべていた。

「あなた、五年前に家建てただろう？　その場所がよくない運気を引き込んでいて、それが現在まで尾を引いているね」

蘆蒼星はフィリップ・クレイヴンの顔をじっと見て呟いた。

フィリップとジョンは顔を見合わせる。

「あれか」

「建てたというか、買ったんだが」

「プロデューサーと監督と俳優が複雑な三角関係になって殺し合った家だったよな」（↑ちなみに三人とも男性である）

「俺は反対したんだ。縁起でもない」

ティムが仏頂面で呟く。

「だけど、もし幽霊でも出たら、次の映画のネタになるかと思って、最後は賛成したじゃないか。実録怪談ものが撮れたらめっけものだって」

「要は、買い手がつかなくて格安物件だったからだろ。あの時はお金がなかったし、フィルがどうしてもロスに家が欲しいって言い張ったから」

「僕のせいだというのか」

「まあまあ」

口論の気配を感じ、正が割って入る。極力トラブルを避けたいという、とことん調整型の男である。些か小心と言い換えてもよい。

「それにしても、凄いですね。風水師ってそんなものまで観られるんですか」

「風水は、本来都市計画のためのもの。この先起きることは、数千年前から既に予見されている」

「ふうん。ラッキーアイテムばっかじゃないんですね」

「あなた、女難の相が出てるな」

蒼星は正の顔を見据えた。

「ええっ？」

正はぎょっとしたように身を引く。

「紫色の服着た女が周りにいないか？　黒い帯してる」

正は青ざめた。

「どうして。今、うちのばあちゃんの相続で揉《も》めてて。うち、ばあちゃんのほう、女系家族で、娘が六人もいるんです」

「あなた、それ、避けなさい。巻き込まれたら大怪我するぞ」

「ええええ、そんなこと言われても、うちの母ちゃん、既にもうかなり戦闘モードなんですけど」

正は震え上がった。蘆蒼星の顔はメイクのせいで、睨みつけられると余計に怖い。

ここはロケバスの中である。

ホテルを飛び出し、ダリオの墓に向かったのはよいが、繁華街を出るところで渋滞に巻き込まれてしまい、動けなくなってしまったのだ。

早くしろと焦るフィリップ・クレイヴンの顔をじっと見ていた蒼星が、いきなり風水を観始めたところであった。

「すごーい、先生、あたしも観て観て。さすが、その衣装は伊達《だて》じゃないわねー」

アクション監督と争っていた振付師が目を輝かせて蒼星のほうに身を乗り出した。

蒼星は渋い顔である。

「だから、これは私の衣装じゃない。こんなもの着て風水を観に行ったら、叩《たた》き出されるぞ。あんたたちに無理に押し付けられたんだ」

「ところで、どうします？　寿司」

安倍久美子が後ろを振り返る。

「後ろのほうにいるみたいだけど、この状態じゃ近寄れないでしょ」

「うーん。僕、出て取ってきましょうか」

「無理でしょう。この渋滞じゃあ、外にも出られません」

車間距離もへったくれもなく、まさに道路は寿司詰め状態である。あちこちでクラクションが鳴らされているが、のろのろとしか動かない。寿司のケータリングのバイクが近くにいるようなのだが、これでは彼らもここまで辿り着けまい。

「それにしても凄い渋滞ですねえ。なんでこんなに動かないんだろう」

「上海の渋滞は今に始まったことじゃないけどね」

「あ、そういえば、今日、夕方から、外灘でなんかイベントやってるんじゃなかったかなあ」

「イベントってなんの？」

「えーと、春のお祭り？」

「ただでさえ混んでるのに、迷惑な。道理で、さっきから人出も凄いですよねえ。どんどん向こうに流れてない？」

「ああ、いったいいつになったら動くんだ。ダリオーっ」

突然、フィリップが絶叫した。

みんなであっけに取られる。

「済まない、本当に済まない。今行くよー。僕を許しておくれー」

突如、罪悪感が蘇ったものらしく、またしくしくと泣き始める。

だから、そこにいるって。

蒼星と久美子は思わず顔を見合わせた。

フィリップの頭上には、さっきからちんまりとダリオがしがみついている。

それを二人して見ていたのだが、やはり飼い主も他のメンバーも気付かないものらしい。

果たして墓に行っても、ダリオは成仏してくれるのだろうか。

二人は、飼い主の頭上の半透明の生き物を見つめた。


さて、渋滞の原因のひとつは、繁華街の外れにある外灘の岸辺に沿って、電飾の山車《だし》が出ていたからであった。フラワー・フェスティバルなる祭りの、生花と電飾を大々的に使った山車はどれも巨大であり、辺りは見物客でごった返していた。派手好き、新しもの好きの上海らしく、ぴっかぴかの派手派手。景気よく燦然《さんぜん》と光り輝き、これでもかと赤が目に付く。

春の宵である。

観光客も、デートとしゃれこんだ人も、家族連れも、めいめいカラフルな電飾の点滅を楽しんでいる。

ねぶた祭の燈籠《とうろう》をネオンと花にしたようなもので、巨大な動物や花、人物などが些か大味なデザインで象《かたど》られていて、夜の岸辺を彩っている。

交通整理の人間は出ているものの、見物客が道路にはみだしたり、なかなか信号を渡りきれなかったり、と明らかに激しく渋滞に貢献している。道路ではクラクションが鳴りっぱなしだが、交通整理の人たちのホイッスルもひっきりなしに鳴り響いていて、辺りは凄まじい喧噪に見舞われていた。

そんな賑やかな雑踏にも、その音は聞こえてきた。

地鳴りのような、地響きのような、腹にこたえる、耳障りな音。

まるで雷鳴のような、不穏な、恐ろしい、物騒な何かが近付いてくる音が。

「なんだ？　あの音」

「おい、あれは？」

どよめく人々。

と、あたかもモーセの出エジプトのごとく、紅海《こうかい》が左右に割れたように、一斉に人の波が分かれていくのが見える。

これだけ混み合っているのに、よくぞそんなスペースが出来たものだ、と感心するほどであるが、それだけ凶暴な何かが凄まじいスピードでこちらに迫ってくるのだ。

「何、あれ」

「車？」

その茶色い塊は、坂を加速しつつ転げ落ちてくる巨大な屋台であった。

そう、厳厳が乗っているせいで、持ち主がいつもの下り坂で重さに耐えきれず、ついに手を離してしまったあの屋台——当然、まだ厳厳は乗ったままであり、屋台の中で滑り落ちるのを必死に耐えていた——なのであった。

ああ、俺は今、風になる――

と厳厳が感じていたかどうかはともかく、暴走屋台は凄まじいスピードで、フラワー・フェスティバルの電飾の山車の群れとその見物客目掛けて一直線に転げ落ちてきたのであった。

「逃げろ！」

「離れろ！」

上がる悲鳴、逃げ惑う人々。

今のところ、まだ接触したり轢かれたりした人はいないようだが、屋台はまるで茶色いつむじ風のようにまっすぐに進んできて、フラワー・フェスティバルの真ん中にあるステージに激突したのである。

それこそ、落雷のような、爆発のような凄まじい音がして、屋台は一撃でバラバラになり、屋台に積まれていた無数の大きなぬいぐるみが、花火のように宙を舞った。

牛、犬、熊、猫。カバ、象、キリン。

色とりどりの動物たちが、飛んでいる。

そして、パンダも。

ああ、俺は今、風になっている――

今度こそ、厳厳はそう感じつつ宙を舞っていた。一瞬、走馬灯のようにこれまでの人生が頭を過る。

山での暮らし。幼年時代。自然との共生。厳しいながらも気ままな毎日。

それが、ある日暗転する。気がつくと、檻の中に誘い込まれ、閉じ込められていた。捕獲されてしまったのである。

パンダセンターでの仮暮らし。自由を奪われ、人間たちの研究材料として生きる日々。

鬱屈。郷愁。抵抗。脱走。恭順。苦悩。諦観《ていかん》。

檻の中で厳厳はあまりにも無力であった。

しかし、この手に、やっと自由を取り戻したのではなかったか？　今、宙を舞っている俺は、自由をつかみとったのではなかったか？


厳厳にとって幸運だったのは、宙に飛び散った多数のぬいぐるみが、彼に負けず劣らず大きめであったこと。付近の電飾の山車もまた、厳厳と同じような大きめサイズであったこと。しかもぴかぴか光っていて、そちらに目が引き寄せられるため、それ以外のものは目に留まりづらかったこと、などが挙げられるであろう。

「ぬいぐるみだ」

「ほんとだ」

空から降って来たものが、巨大なぬいぐるみだと気付くと、それまで遠巻きにしていた人々が一斉に飛びついた。

「あれ、ほしい」

「あたし、熊がいいわ」

「ピンクの象さん、とってー」

「それ、こっちが先に見つけたのよ！」

そこここでぬいぐるみの奪い合いが起こっていた。先ほどまでのパニックとはまた違った、けたたましい争いが勃発《ぼっぱつ》している。

だから、ひときわ重量のある、白黒で巨大なものが空を飛んでいっても、ほとんど目立たなかったのだ。

ただ、付近の渋滞の中、車に乗っていた何人かは、何か白と黒の大きなものが空中を横切るのを目撃していた。

思わず、目をこすって見直した者もいたが、それはあっというまに視界から消えてしまった。

疲れているんだろうか。いい目薬を買おう。

そう思っただけで、次の瞬間にはもう忘れてしまった。

屋台の持ち主が坂を必死に下りてきて、粉々になった屋台を発見する頃には、積まれていたぬいぐるみはあらかたどこかへ姿を消してしまっていた。

それでは、厳厳はどこに行ったのであろうか？

空を飛ぶパンダという歴史上初めての個体となった厳厳。彼は、風となって宙を舞い、空のお星様になってしまったのだろうか？

いや、そうではなかった——彼は、高清潔も真っ青の動体視力で、自分の現在位置を確認していた。

あそこだ！

空飛ぶパンダという名誉を享受するあいだに、自分の周りの状況を瞬時に把握できたのは、野性の本能と、野性の本能を失うまいという積年の努力が実ったからであろう。

またしても彼は、道路の脇にある巨大な木に取り付いた。

むささびのごとく華麗に、葉叢《はむら》の中に飛び込んだのである。

激しくバウンドし、上のほうの枝は折れたものの、手首のスナップを利かせて衝撃を吸収できたためか、思ったよりも柔らかく木に止まることができた。

そして、その空豆形の二つの目は、葉叢の隙間から、渋滞した道路を見下ろすことができた——よりどりみどりだ。こんなにのろのろと動いているのだから、好きな車に乗り込むことができる。なんなら、車の屋根伝いに、道路を渡ることもできそうだ。

それでも、厳厳は用心していた。あのブルーシートも、密《ひそ》かに身体に結びつけてきていた——それは、ある一定の年齢以上の日本人ならば、子供の頃に風呂敷を首に結びつけてスーパーマンやらパーマンやらバットマンやらを真似たことを思い出すであろう——そして、ある車を選んだ。

ある程度高さがあり、厳厳の重さに耐えられそうな車。

ゆっくり、慎重に。中の奴らに気付かれないように。

厳厳はそうっと木の枝にぶらさがり、その車の上に着地した。

さすがに着地の瞬間は車が大きく揺れ、ぎしぎしと音を立てた。

が、ブルーシートをかぶって平べったくなってしまえば、そうは目立たないに違いない。

この車は、機材を積むためなのか、車の上にルーフレールがついていて、つかまるにもちょうどよかった。

よし。あとはこの車がどこに行くかだ。とりあえず、繁華街を離れてくれさえすればいい。頃合を見計らって、どこか目立たない場所で降りよう。

厳厳はブルーシートの下から、空豆形の目だけ覗かせて、力を抜いた。

心頭滅却。俺はここにいない。


どん、という鈍い振動があり、車体が軋んだ。

フィリップ・クレイヴンの頭の上のダリオが、ふと何かに気付いたように天井を見上げた。

同じく、蒼星と久美子も上を見た。

すぐに静かになり、何事もなかったかのようだ。

だけど、何かが上にいるような——

二人は顔を見合わせる。

「何か、います?」

「気のせいか?」

車が動き出した。

ようやく、流れ出したようで、少しずつ周囲の車も加速していく。

「どうかしました？」

正が久美子を見た。

「いえ、なんでもありません」

久美子は小さく手を振った。

半透明のイグアナだけでも気がかりなのに、よもや車の上に、凶悪なパンダが乗っているとは、さすがの二人も夢想だにしなかった。

30

「おいしい！　ほんっとにここ、何食べてもおいしいですね！　感激ですっ」

優子が目を輝かせる。

「分かった分かった。確かにおいしい。だから、いちいちそうやって握り拳《こぶし》振り上げるのやめてくんない？」

和美が迷惑顔でたしなめる。

確かに、ひと口食べては身体を震わせ、両手を「押忍《オス》っ」という叫び声と共に握りしめるので、耳にも目にもうるさいことこの上ない。

青龍飯店のレストラン。

どのテーブルも王の料理に舌鼓を打つお客でいっぱいである。

「優子、そもそもそれって空手のポーズでは？」

ようやく二人に合流したえり子も冷ややかに指摘した。

「おいしさの前では空手も柔道もありませんっ。みな平等ですっ」

優子はよく分からない理屈を主張する。

「——ちょっと、優子、あんた酔ってる？」

和美がふと探るように優子を見た。

「いいえ、酔ってません！」

優子は大きく首を横に振った。

「ほんとに？」

和美とえり子は疑惑の視線を優子に投げた。

優子はたいへんな甘党であり、お酒はそんなに強くない。だが、宴席の雰囲気は大好きというタイプである。明るい酒であるものの、酔ってくると、そばにいる人間にヘッドロックその他の技を掛けるという悪癖があるので、それを知っている人間は宴会では優子の隣には決して座らない。

なにしろ入社当時、新人の歓迎会で、いきなり隣に座っていた支社長にヘッドロックを掛けたというのは未だ伝説になっている。支社長はぜんそくの持病があったのだが、その時あまりにも不意を突かれて窒息状態になったため発作を起こし、救急車を呼ぶ騒ぎになった。あわや、新入社員歓迎会の席で傷害事件を起こして即日懲戒解雇か、という前代未聞の事件であった。

「やだな、疑ってます？　ほんとに酔ってませんってば」

優子はひらひらと手を振った。

酔っている人間に限って自分は酔っていないと主張するのが世の常である。

和美は、優子の手の指先が何かを探すようにかすかに動いているのを目に留めた。

あれは、ひょっとして、技を掛ける相手を探している手つきでは？

和美は何気なく椅子をずらし、優子から遠ざかろうと試みた。

高校総体で準優勝したという柔道の黒帯にいきなり技を掛けられたら、それこそ天国行きになりかねない。

「北条さん、そう警戒しないでくださいよ。久しぶりに加藤さんに会えて、しかもそれが上海で、あたし、とても嬉《うれ》しくってハイになってるだけなんですからっ」

優子にパンと肩をはたかれ、和美はぎくりとした。

さすが、野生児。逃げたのを見抜かれていたか。

「あ、でもちょっとご不浄へ。お二人でご歓談くださいっ」

優子は席を立ち、早足で出ていった。

和美とえり子は顔を見合わせた。

「酔ってる？」

「酔ってる気がします。あたしが来るまでに何か呑みましたか?」

「あの子は生ビールのジョッキを一杯。それも、ちびちびと」

「それだけですか?」

「うん」

「いくらなんでもそんなに弱くないですよね、あの子。ほんとに、旅先でハイになってるだけなんでしょうか」

えり子は首をかしげた。

「まあ、すごく楽しみにしてたことは確かだけど」

和美も苦笑しつつ、陶器のお猪口《ちょこ》に手を伸ばした。

「うん?」

ふと手元に目をやる。

「あーっ、あいつ、あたしの酒呑んだっ」

「え?」

「お茶と勘違いして、これ呑んでたんだ」

確かに、円卓には中国茶のポットも置かれていた。茶器の湯のみとお猪口は同じサイズである。

「道理で」

えり子は首肯した。

「悔しい、あたしの酒をっ。これ、ものすごくいい紹興酒なのにっ。あんな酒の味も分からん甘党に呑まれたっ。もったいないっ」

和美は納得するよりも怒りと悔しさのほうが大きいようである。

「そっちですか」

えり子はあきれた。

ま、その気持ちも分からないでもないけど。

和美とえり子は大酒呑みで、一緒に働いていた頃にはよく朝まで呑んでいたのである。

「戻ってきたら、それこそお茶飲ませましょう」

「全く。お代わりしなくちゃ」

和美はぷんぷんしながら、お猪口に残っている紹興酒を呑み干した。


毛沢山は、人目を避けるように階段を下りてホテルを出ることにした。

とっととこの場所からずらかりたい。エレベーターの中で、またサインを求められたり、いきなり話しかけられたりするのは我慢ならない。

急ぎ足で階段を下りていくと、誰かが下から上がってくるのに気付いた。

顔を背けるようにして、そのまま下りていこうとしたその瞬間である。

「毛——毛沢山か?」

すれ違いざまに、その誰かが足を止め、低く叫んだのでギクリとして思わず立ち止まり、振り向いてしまった。

鋭い眼光。

それは知っている顔であった。大勢の借金相手の一人であることを思い出し、毛沢山はおのれの不運を呪った。

くそ。エレベーターに乗ればよかった。どうしてこのタイミングで、こんなところで。

舌打ちしたいところであったが、それどころではなかった。

「おい。久しぶりだな」

相手はずいっとこちらに近寄ってきた。

先回りするように、毛沢山の前に立つ。自然と、踊り場の壁に押し付けられるような恰好になった。

「こんなところで会えるとは。奇遇だな」

男は笑みと怒りの混じったような、不気味な表情を浮かべた。

「仕事があって、ちょっと」

毛沢山はもごもごと口の中で呟いた。

「すまん、急いでるんで、また」

「待てよ」

逃げ腰の毛沢山に向かって、男は鋭く叫んだ。

「ここで会ったが百年目。俺は今、機嫌が悪かったんだが、これでちょっとばかし機嫌がよくなったかもしれない」

男は更に凄みのある笑顔になった。

ひっ、と声にならない悲鳴を飲み込み、毛沢山は、男の顔を真正面から見る。

うん？　なんだか印象が変わったな。前とはちょっと違うような――

毛沢山はふとそんなことを頭の片隅で考えた。

さすがは芸術家である。

実は、この男、先ほど王に撃退されていったんパニックを起こして逃げ去ったあの男であった。

印象が変わったのは、もちろん、前髪がなくなっているせいである。

泡を喰ってホテルを飛び出したものの、落ち着いて考え直してみると、あれくらいでびびってしまったのが口惜《くや》しくなる。

それに、確かに、あの反応は、奴が例の「ブツ」の存在を知っているからに違いない、と判断したのだ。

となると、やはり取り返さないわけにはいかない。王が相当な使い手であることは分かったが、こちらも命が懸かっているのだ――というわけで、再びこっそりホテルに舞い戻ったのであった。

まさか奴も、同じ晩に二度もやってくるとは思うまい。今度は不意を突けるはずだ。

そう判断して、王のオフィスを目指してきたのであるが、そこで出くわしたのが、ずっと疎遠になっていた（というか沢山が逃げ回っていた）毛沢山なのであった。

「仕事か。おまえ、ここ数年、たんまり稼いでるみたいじゃないか。このあいだ、ＴＶで見たぜ。アメリカの美術館がえらい額でおまえの彫刻を買ってくれたとか」

男はじりじりと沢山に近付いていった。

「だったら、いい加減こっちにも回してもらいたいもんだな？　ええ？」

反射的にナイフを取り出していた。

さっき王には罵《ののし》られたものの、まだじゅうぶん役に立つなまくらなナイフを。

ひいっ、と毛沢山が再び声にならない悲鳴を上げた。

「なんだったら、おまえの臓器で払ってもらってもいいいんだぜ？　今ここで取り出してやろうか？」

沢山はぶるぶると震えだした。

「あ——え——」

沢山は、ふと自分が手にしている紙袋に気付いた。

これを渡せば。菫が俺に預けるだけあって、これには、相当な価値があるはずだ。なんとかそれで許してもらえないだろうか？

紙袋の中に入っている、小さな布袋。何か硬いものが入っている、あの布袋を——

沢山は震えながら、そろそろとポケットに手を伸ばした。


優子はややふらつく頭で廊下に出ると、お手洗いを探した。

店員に「そちらです」と案内されたのだが、シックな廊下は薄暗いうえ、紹興酒に酔った頭がいささかぼんやりしていて、なかなか見つからない。

いつしか、人気のない階段のほうに出てきてしまっていた。

あれー、おかしいなあ。確かにあの人、こっちだって言ってたんだけどなあ。

優子はきょろきょろしながらお手洗いを探した。

と、踊り場のほうから何やら低い囁き声が聞こえてきた。

ひょいと覗き込むと、高齢の男性と若い男が不穏な様子で話をしているのが目に入った。

高齢の男性のほうは、壁に背を付け、真っ青になって震えている。対する若い男は、いかにも凶悪な顔つきであり、明らかに相手を脅しつけている。

かわいそうに、壁に張り付いた老人は、恐怖のあまり口もきけない様子だ。


おじいちゃん！


突如、優子はしゃんとした。

むろん、たいへんなおじいちゃん子であった優子は、今はなき祖父を思いだしたのである。

あの男、なんということを！

何かが鈍く光った。

優子はハッとした。

あの男、ナイフをお年寄りに突きつけている！　許せない！　犯罪だ！　ここは孔子《こうし》の国ではなかったか？　こんなことでいいのか！

激しく憤る優子。

というわけで、彼女は素早い行動に出た。

するすると音もなく男の背後に近付くと、ナイフを持った手を瞬きする間もなくねじり上げたうえに、強烈なヘッドロックを掛けたのである。


「ぐえっ」

いったい何が起きたのか、毛沢山も、一緒にいた男も、理解できなかったに違いない。

突然背後から襲われた男は、頭の中が真っ白になった。

まさか、組織の奴が？　失敗がバレたのか？

真っ先に考えたのはそのことだったが、床に叩き付けられた際に相手の顔がちらっと見えた時、どう見ても小柄な若い女だったので仰天した。

「なっ、おまえ、だっ」

目を白黒させて声を上げようとしたが、見かけによらず、女は凄い力だった。明らかに格闘技に習熟している。

「くそっ」

もつれ合う二人。

ナイフがぱたりと床に落ちる。

が、やはり酔っていたせいであろう。優子は技を掛けきる前に、男に振り払われてしまった。

床に投げ出される優子。

「助けて！　助けてください！」

我に返った毛が大声で叫ぶと、従業員が階段の上からひょいと顔を出した。

「あっ、毛沢山先生！」

バタバタと他の従業員も飛んでくる。

「くそっ」

男は再び泡を喰って逃げ出さざるを得なかった。

もはや、ナイフを拾う暇もない。

「お嬢さん、大丈夫ですか？」

「あたしは大丈夫です。おじいちゃん、お怪我は？」

日本語らしき言葉が背中に聞こえる。


いったいなんなんだ、このホテルは？　なんなんだ、あの女は？

混乱と痛みで、階段を駆け下りながら、男は外に飛び出すまでのあいだ、ずっと毒づき続けたのであった。

31

いわゆる「誘拐」というジャンルの犯罪においては、人質の無事が確認されない限り、「親」は身代金を払わないものである。

これまで「親」たちがおとなしく身代金を払ってきたのも、常に人質の扱いに気をつけ、入金後は速やかに、きちんと健康な状態で「親」の許《もと》に送り届けるというルールを守ってきたからだ。

そこには信頼関係がなくては成り立たない。

董衛員は、これまでにも用心深く、万が一のことを考え、「子」のレプリカを造る習慣を守ってきた。それは、あくまで時間稼ぎやハッタリが必要になった時のためであって、実際に使う羽目になったことはなかった。レプリカの質も、あえて精巧にはせず、ちょっと見にはごまかせても、きちんと見ればバレる程度のものにしてある。

古い知り合いからは「無駄なんじゃないか？」とさんざん言われてきたが、それでも手を抜かずにコツコツ毎回やってきたことが、最後の大一番で役立つことになるとはな。

衛員は奇妙な感慨を覚えた。

しかも、最後の最後で下手をうたないよう、今回の「子」は精巧なものから大雑把なものまで、何通りかのレプリカを用意しておいたのが功を奏することになりそうだった。

やはり、手抜きはしないに越したことはない。

さて、どうする。

香港警察のUSBデータを手に入れ、「お使い」を済ませた子供が帰ったあとも、衛員は豫園商城のモビーディック・コーヒーを見下ろしながらじっと考えていた。

USBのデータを見て、薄々予想はしていたものの、衛員は全身から血の気が引くのを感じた。

ここまで調べ上げられていたとは。

「GK」と呼ばれている衛員たちの仕事は、独立したフリーの仕事師が協力しあって成り立っている。アメーバ型、といわれるタイプのもので、このほうが足がつきにくいし、フレキシブルに対応できる。ピラミッド型の組織は、システマチックで効率はいいものの、どこかがほころぶと芋蔓《いもづる》式につかまってしまう。

徹底した分業化を図っている衛員たちは、なるべく余計な情報は共有しないようにしている。誘拐専門、保管専門、交渉専門、事務作業専門など、得意分野によって担当を分けているのだ。互いのチームとはつかず離れず。仕事以外では極力接点を持たないようにしている。

それなのに。

モニター画面の中の、名簿は正確だった。

「宿」がかなりの精度で名前が挙げられている。昨日今日に始まった話ではなく、長期に亘《わた》って潜入捜査が行われてきたことは間違いない。

衛員の店も、目を付けられていたのは承知していたが、どうやら自分が考えていたよりも前からチェックされていたようだ。

衛員は、その時期に何か自分が不注意なことをしていなかったかどうか、ざっと記憶を辿《たど》ってみる。
まあ、ヘマをやらかすようなことがあれば、とっくに踏み込まれていただろうから、決定的に
マズいことはしていないだろう。
何かボロを出すとすれば、孫の衛春だろうが、彼には肝心なところは何も教えていないし、や
らせていないので、彼を叩《たた》いても何も出てこないことは衛員が誰よりもよく知っている。
今回の入札——奴らも何かが違うと気付いている。
続けるか？　それとも、今のうちに消えてしまったほうがよいか？
どのみち、最後と決めていた。
「蝙蝠」の行方はまだ分からないが、欲をかいて一網打尽にされてしまうくらいなら、今のうち
に潔くフェイドアウトすれば、まず見つかることはないだろう。向こうもこちらが勝負を懸けて
身代金を回収しにくると思っているだろうから、逃げ切れることは間違いない。
衛員は目を細めて考え込んだ。彼が考え込んでいるところは、チェシャ猫が笑っているように
見える、とよく言われる。
非常に穏やかな笑みを浮かべているのだが、その微笑みの裏に潜んでいるのは決して美しい思
い出などではないのだから、彼を知る者からは恐れられている表情である。
ふむ——攪乱《かくらん》の種は播《ま》いておいたが。
と、そのタイミングを計っていたかのように携帯電話が震えた。

衛員は静かに電話に出る。

それは、「市場《いちば》の男」からだった。

彼らは、いわば「誘拐」専門チームである。

「俺だ」

その声を聞いて、状況がよくないことがすぐに分かった。

周は非常に不機嫌であり、抑えた怒りが受話口を通して伝わってくる。

「――悪いが」

低い声が響く。

「まだチェックインしてない」

なんだと？

衛員は思わず耳を疑い、携帯電話を握り直した。

まだチェックインしていないという事実にも驚いたが、彼が耳を疑ったのは、その前の台詞《せりふ》にだった。

悪いが、と言ったな？　悪いが、と。

まさかこの男から、そんな言葉を聞こうとは。というよりも、そもそもこの男がそんな言葉を知っていようとは思わなかった。

どうやら今回は、あらゆる「珍しい」ことが起きるらしい。

「居場所は分かってるんだが、どうやら渋滞につかまっちまったらしくてね」

男は忌々しげに呟《つぶや》いた。

「どこにいるんだ？」

衛員も、自分がこれまでに発したことのない「珍しい」質問をした。

衛員は、「保管」専門である。加えて、「子」の価値やその所在、過去の歴史について知る、学芸員でもあった。

今度は、電話の向こうで周が絶句するのが分かった。彼もまた、衛員が移動中の「子」の所在について聞き返してきたのが初めてであると気付いたのだ。

人間、どんなに歳を取っても初めての経験というのはあるものだ。

衛員はそんなことを考えて、少しおかしくなり、唇の隅で一瞬笑った。

「まだ青龍飯店だ」

男は率直に答えた。

今回は異常事態。なんでもありだと腹をくくったと見える。

「青龍飯店のどこだ？」

電話の向こうでかすかな唸《うな》り声が聞こえた。

「料理長の王という男が持ってる」

「あいつか」

衛員の脳裏に、最近ＴＶで観た顔が浮かんだ。

近頃評判の料理人。

もっとも、衛員にとって印象深いのは、彼の祖父のほうだった。紫禁城の料理人だった彼の祖父は、骨董《こっとう》のコレクターとしてもよく知られていたのである。

「なんでまた」

「あいつが、あれの入ってたものをさばいたらしい」

「なるほど」

「盗み出そうとしたが、失敗した。なにしろずっと厨房《ちゅうぼう》にいて、周りにも大勢人がいるんで、隙がない」

厨房は戦場だ。

恐らく、店が看板になるまで一人になることはないだろう。

「だから、チェックインは夜遅くになる」

苦々しげな声を聞きながら、衛員は素早く考えた。

考えようによっては、この上なく安全な保管場所かもしれない。

誰も手出しができないところにあって、守られた場所。

「問題は」

低い声が衛員の耳に流れ込む。

「王に気付かれてるってことだ。あれを奪おうとして阻まれたらしい」

「だろうな」

衛員もそのことには気付いていていた。

動物の胃袋にあんなものが押し込まれていたら、ヤバいものだとすぐに気付くだろう。

もっとマズいことに、王は目利きだ。何かのインタビューで、祖父の集めた骨董品を子供の頃からずっと目にしていたと話していたのを聞いたことがある。あれが極め付きの名品であることに、彼ならばすぐ気付くはずである。

警察に届け出たら?

マスコミに公表したら?

電話の向こう側とこちら側で、そんな懸念を抱いていることが互いに窺《うかが》えた。

だが、衛員は、王はそういうことをしないのではないかという気がした。祖父を知っている彼なら、美術品の美しさが、決して見た目通りのものだけでできているわけではないと理解しているはずだ。

「分かった。チェックインしたらすぐ連絡をくれ」

「ああ」

電話を切ってからも、衛員はしばらく考え込んでいた。

青龍飯店。

やたらとからむな。さっき衛春を使いにやったうちの一つもあそこだったし。

ふうむ。

衛員はモビーディック・コーヒーに目を落とした。

さっきから慌しく動き回る男たちが目に入る。

慌てているのか、捜査員であるのが見る者が見れば丸分かりだ。

近年、あらゆる組織のエージェントの質が上がっているのか下がっているのかよく分からない。

だが、機械や科学技術に頼るようになったのは明らかだ。

少なくとも、周の手下たちのレベルは下がった。王からあれを取り返すのに失敗するなど、ひと昔前なら考えられない。

そもそも、周と会話を交わすこともほとんどなかった。互いに接触することなく、何も言わなくても相手が何をやっているか分かる、今どんなふうに事態が進行しているか分かるほどだったのだ。

やはり、あらゆる意味で潮時だな。

衛員は伝票を手に立ち上がった。

ならば、やはり今回はもう少し、初体験を満喫してみるとしよう。

衛員は、店の外に出ると、たちまち雑踏に紛れ込み、するすると人混みを抜けて幹線道路に出ると、タクシーを拾った。

「青龍飯店まで」

座席にもたれ、そう頼む。

あいつの部下では、王からあれを取り返すのは無理だ。

衛員は、そう直感していた。

今回ばかりは、衛員自ら取り返さなくては。

その勘が正しいこともまた、衛員はよく知っていたのである。

32

車は全く動かなくなった。クラクションがもうＢＧＭになってしまったかのようで、車内も一時の混乱が落ち着き、些《いささ》かあきらめムードである。

「地図、ないか？」

蘆蒼星は、ふとフィリップ・クレイヴンのほうを見て尋ねた。

「地図？」

フィリップが憔悴《しょうすい》した顔を上げる。

「あんたが供養したい奴の墓の地図だ」

「地図といっても、最近埋めたばっかりだから、ロケ地の簡単な見取り図しかないけど」

ジョンがファイルを取り出し、パラパラとページをめくった。

「これがロケ地の見取り図で、ダリオの墓はここ」

広大なロケ地の外れを指差す。

「このロケ地は上海から見るとどういう位置関係になるんだ？」

「こっちがもう少し広域の地図」

ジョンは隣のページを指差した。

みんなが身を乗り出して地図を覗《のぞ》き込む。

「うーん」

蘆蒼星は唸った。

彼の表情が曇ったのを、ジョンは見逃さなかった。

「何か？」

「撮影は順調か？」

蒼星は鋭い目つきでジョンを見た。

「え？」

「撮影はうまくいってる？」

みんなは顔を見合わせた。

ティムが大きく鼻を鳴らす。

「うまくいってるか、だって？」

みるみるうちに額に青筋が立ってきた。もろもろのトラブルや、撮影の遅れで日に日に積もる損害額が脳裏に蘇《よみがえ》ってきたらしい。

「ああ、最高にうまくいってるよな？　ええ？」

ティムはジロリとフィリップを睨《にら》んだ。

「なにしろ、撮影は絶賛中断中だ！　本当は馬車馬のごとく働いてなきゃならん当の監督が、ホテルに引きこもって喪に服したままと来てる！　それもこれも、てめえで持ち込んだケダモノのせいでな！」

「しっ」

ジョンが慌てて制止する。

が、たちまちフィリップが真っ青な顔でわなわなと震え出した。

「ダリオーっ」

号泣するフィリップを、小角正が慰める。

「でも、確かに、変なトラブル続きよねー」

振付師が考えこむように腕を組んだ。

「やたら、事故が多いのよ。怪我人も多いし」

「だな」

アクション監督もそれには同意した。

「まあ、派手な立ち回りもあるしさ、怪我人が出るのはまだ分かるのよ。だけど、具合悪くなるスタッフも、多くない？」

「うん、確かに。風邪っぽいの、流行《はや》ってるよな。そのせいで、動きが悪くて、元々微妙にスケジュールが狂ってたんだ」

「セットの配置が悪い」

蒼星は見取り図を指差した。

「今からでも遅くない。ここにこう、西から龍脈《りゅうみゃく》が走っている。このセットは完全に、それを遮る形になっている。この川と並行するようにセットの配置を変えるべきだ」

「う―ん。それは厳しいなあ。今から動かすとなると――撮影しちゃった部分もあるし」

ジョンが顔をしかめて考え込む。

「じゃあ、せめて、このセットだけでもどこかに動かす。このセットがいちばん、西からの気を遮っていて、澱《よど》んだ悪い気をこの中に溜《た》め込んでる」

「それならなんとか」

「で、墓はここか」

今度は蒼星が考え込む。

正が尋ねた。

「そっちも位置に問題が?」

「いや、これはそんなに問題があると思えないんだが」

ふと、何か思いついたように蒼星は顔を上げた。

「どこで死んだ?」

みんなが再び顔を見合わせ、そっとフィルを見た。彼のすすりなく声が、外のクラクションと呼応するように車内に響いている。

「はん! あの時、あそこでフィルに喰《く》われてりゃ、あのケダモノも本望だったろうよ!」

口ごもる皆を嘲笑《あざわら》うかのようにティムが叫んだ。

「喰う?」

蒼星は聞きとがめた。

「どういうことだ？」

「えーと、つまりですね。ダリオが亡くなったのは、さっきの青龍飯店でして」

正が後を引き取ってソフトな表現で説明をした。

監督が姑息《こそく》な手段でダリオを「輸入」した結果、厨房へ迷い込み非業の最期を遂げたということを。

「なるほど」

蒼星は何度も頷《うなず》いた。

現場はあそこか。だから、あちらに引き寄せられてきたのだ。飼い主である監督についてきてはいるが、いずれはまた、あのホテルに戻るだろう。

「さっきから何を見てるんです？」

正が気味悪そうに、車の天井を見ている蒼星と久美子を見た。

二人が、自分のことを話題にしているのを知っているのかいないのか、天井にくっついてこちらを見下ろすダリオであった。

「うん？」

久美子が怪訝《けげん》そうな声を上げた。

蒼星も気付いた。

ダリオのぼんやりとした身体の中に、何かがある。

「あれは？」

蒼星が呟いた。

「なんでしょうね——ちょっと光ってません？」

「何か強烈なものがあるな」

さっきまで気付かなかったが、ダリオの身体の中に、うっすらと光る、小さくて細長いものがある。

「二人とも、冗談はやめてくださいよ。なんですか、光ってるって」

正が青ざめた顔で交互に二人を見た。

「あれですねー。あれが、彼を引き寄せてるんですねえ」

「のようだ」

二人はダリオの霊を見上げたままボソボソと呟く。

「となると、ことの始まりは」

「あそこか」

蒼星と久美子は顔を見合わせる。

「何の話をしてるんです？」

ジョンがきょろきょろとみんなの顔を見た。

「せっかく車を出してもらったんだが、戻ったほうがいいかもしれん」

蒼星がジョンを見た。

「え？」

「墓はいい。あそこに彼はいない」

「千の風になってます？」

正が反射的に尋ねたが、蒼星は無視した。

「戻ってくれ。青龍飯店に」

「戻る？」

「殺人現場に戻るんだ」

「殺人犯ですか」

「あそこに何かがある」

蒼星はもう一度、眼光鋭く天井のダリオを見上げた。


心頭滅却。俺は、今ブルーシートだ。俺はブルーシートになっている。車の上で、ブルーシートになっているのだ。

厳厳は、そう自分に言い聞かせ、車の上で平たくなっていた。

ここまでずっと緊張を強いられていたせいか、いつしかうとうとしていたようだ。

不覚にも涎《よだれ》を流していたことに気付き、ハッとして起き上がりかけ、自分がどこにいるのかを思い出して動くのを我慢した。

それにしても、さっきから車は全然動いていない。そのせいで居眠りしてしまったのだ。

いかんいかん。

厳厳は、シートの下からそっと外を窺った。

ひどい渋滞だ。これでは車が全く役に立たないではないか。ほとんどといっていいほど街の灯から遠ざかっていない。

欠伸《あくび》が出た。

更に数十分ののち。

そろそろと車が動き始める気配があった。

身体の下で、ぶるん、と車が震え、ちょっとずつ進みだす。

よしよし。

上海の外縁部が近付き、周囲が暗くなってくると、ようやく車の列がほどけてきた。

郊外に向かって、待ちかねたように車が走り出す。

やった！　これで都会から離れられるぞ！

厳厳は内心、快哉《かいさい》を叫んでいた。

ついに自由の身になれたのだ！

やっとスピードが出たので、夜の風が心地よい。心なしか空気もきれいになったような気がする。

一路、故郷へ！　俺は帰るのだ！

そう確信し、漢詩でも呟こうかと思った時である。

不意に車は減速し、ぐいんと脇道に入った。

あれ？

カーブに身体を大きく振られて、厳厳は慌てて車の上のルーフレールにつかまった。

アブねえ、アブねえ。危うく振り落とされるところだった。

もう一度しっかり車に張り付くと、ブルーシートの下から外を見る。

ガソリンスタンド。給油か。

広い給油スペースに乗り入れる。

厳厳はしっかりとブルーシートをかぶり、一層平べったく腹ばいになった。

が、車は給油するのかと思いきや、そのまま大きくUターンした。

え？

厳厳が目をぱちくりさせていると、車はするすると戻り、再び元来た道に入った。

さっきとは逆向きに。

なんだと？

郊外に向かっていたはずの車は、再び上海中心部に向かって走り始めていたのだ。

こちらの車線は空《す》いていたので、車はあっというまに加速し、厳厳はしっかり車にしがみついているしかなかった。このスピードでは飛び降りることもかなわないし、他の車に移ることもできない。

くそ。なんでだ？　なんで引き返す？

厳厳は混乱した頭で考えた。

もう少し離れたら、鬱陶《うっとう》しいブルーシートを外そうと思っていたのに。明るい市街地に戻ったら、またブルーシートの下に身を潜めなければならない。

なぜだ！　帰せ！　俺を故郷に帰してくれ！

厳厳の悲痛な望郷の叫びは、車の中の面々には聞こえなかったようである。

ただ、ダリオの霊だけがぴくりと反応し、その悲痛な叫びを上げる頭上の巨大生物を、天井越しに不思議そうに見上げるのみであった。

33

「いや、あなたのような若者を見ていると、日本の未来に期待が持てますねえ。これからも頑張ってください。半年か一年経ったら、また追加取材させてもらいます」

宮越信一郎は、高揚した表情の森川安雄とがっちり握手を交わした。

「はい、頑張ります。僕にとっても、今日は記念すべき日になりました。あのままずっと日本にいたら、たぶん宮越さんに取材していただくことなんてなかったでしょうし」

「ははは、どうだったでしょうね」

宮越信一郎は磊落《らいらく》に笑ってみせる。

ふと、腕時計に目をやった。

「おや、こんな時間だ。すっかり長居してしまって申し訳ありませんでしたね。でも、お話がとても興味深かったので」

「いえいえ、こちらもいい宣伝になります」

森川はにっこりと営業用の笑みを浮かべた。

中国の最新モバイルゲーム事情などの話を聞いているうちに、予定より時間を大幅にオーバーしてしまった。外はもうすっかり暗くなっている。

「日本の大企業での安定したポストを捨てて、海外に飛び出した若者。うん、これからも応援したいな。僕もフリーになったし、勝手ながらすごく共感しましたよ」

信一郎はしきりに頷いている。

「そうだ、あなたが前にいた職場を取材してみるのもいいかもしれませんね」

思いついて膝《ひざ》を打つ。

「かつての上司や同僚があなたにどんな印象を持っていたか。今のあなたの姿を見てどう思うか。ぜひ、聞いてみたいですねえ」

そう言って森川を見た信一郎は、少しばかり面喰らった。

森川が顔面蒼白《そうはく》になり、棒立ちになっていたからである。

その固まったポーズ、手をぶらりとさせ、ややのけぞるようなポーズに、信一郎はなぜかデジャ・ビュを覚えた。

はて、このポーズ、どこかで見たことがある。なぜだろう。どこで見たのだろう。

一瞬、記憶を辿ったが、もやもやするものの出てこなかった。

むろん、これがかつて森川が前の職場でパニックに陥った時に見せた「レッサーパンダ森川」ポーズであることは言うまでもない。が、森川は自分がそう呼ばれていた理由を知らなかったし、ましてや信一郎にとっては、動物はカバー範囲外である。

「どうかしましたか?」

怪訝そうな信一郎の声に、森川はハッとすると、慌てて表情を繕い、信一郎に向かって無理に笑顔を作った。

「いえ、なんでもありません。ちょっと、昔の職場のことを思い出したら懐かしくなってしまって。今となってはもう、自分があそこにいたことが信じられないくらいです」

「ああ、そうかもしれませんね。あまりに違う世界ですもんねえ」

信一郎は納得したように頷いた。

森川はコホン、と小さな咳《せき》をした。

青ざめた表情で、会釈して寄こす。

「なんだかちょっと、風邪っぽいので、これで失礼いたします。ここのところ無理したのがよくなかったみたいで」

「おや、お大事に。期待の星なんですから、どうかお気を付けて」

「ありがとうございます」

実際、森川はさっきから悪寒が寄せては返す波のように押し寄せてくるのに戸惑っていた。懐かしい嫌な感じ、まるで、あの三人が近くにいる時のような。

森川は首をひねりながら、自分のデスクに引き揚げていった。

「大丈夫かな」

信一郎は、カメラマンと顔を見合わせた。

明らかに急に具合が悪くなったように見えたからだ。

「やっぱり、異国で日々緊張しながら闘ってるんでしょうねえ」

「うむ。アウェイで闘うというのは大変だな。あの姿、やはり日本の大企業のぬるま湯に浸《つ》かってる奴らに見せてやりたいね。ま、大企業は大企業で、その中で生きていくってのも大変なのは分かってはいるが」

信一郎は、つかのま遠い目になった。

自分がフリーになるに至った、組織の不愉快なすったもんだを思い出したらしい。

が、すぐ我に返った。

「ああ、いかんいかん。ジャーナリストはいつも現在じゃなきゃ。さあ、また街に出て上海の今を感じるぞ」

信一郎は自分の頬を軽くはたくと、外に向かった。

「んん？」

外に降り立ってみると、何やらとても騒がしい。

元々賑《にぎ》やかな通りではあるが、それにしても遠くのほうから伝わってくるのは、明らかに悲鳴やら歓声やら怒号やらで、どうみても「賑やか」を超えた喧噪《けんそう》がビルの谷間に鳴り響いている。

どうやら、そう感じたのは信一郎たちだけではないらしく、通行人が顔を見合わせ、野次馬が好奇心を丸出しにして走っていくのが見えた。

「何かあったのかな」

「今日、外灘で、フラワー・フェスティバルやってますけど」

通訳の女性が首をかしげた。

「イベント？」

「はい。たぶんそれじゃないかと思います」

「行ってみよう」

信一郎たちは、足を速めた。

だが、外灘が近付くにつれて、混雑が激しくなり、なかなか先に進めない。

「なんだなんだ」

「あれ、なんでしょうねえ」

スタッフが宙を指差した。

何かが宙を飛んでいる。

「牛？」

「熊？」

見ると、それは巨大なぬいぐるみである。ひとつやふたつではない、かなりの数のぬいぐるみが宙を飛び交っていた。

「なんだありゃ」

「どうやら、取り合ってるみたいですよ」

「運動会——とか?」

空を飛ぶピンクの豚を見上げていると、鋭い笛の音《ね》が響き渡った。

少しだけ、辺りが静かになり、みんなが一斉に音がしたほうを向いた。

キイン、という拡声器のハウリング音。

「こちらは上海警察です。皆さん、道を空けてください。皆さん、道を空けてください」

やけに滑舌のいい、アナウンサーのような朗々たる声が鳴り響いた。

といっても、滑舌の悪い中国語というのはあまり聞いたことがないな。

信一郎はそんなことを考えた。

「なんか——光ってます」

カメラマンが呆然《ぼうぜん》と呟いた。

「何?」

信一郎は、カメラマンの視線の先を見た。

そちらがほっこりと明るい。

確かに何かが光っている。何なのかは分からないが、ぴかぴかしたものがこちらに少しずつ近付いてくるのだ。

「ええと、ひょっとして、映画の撮影?」

『踊る大捜査線』──じゃないですよね」

「あれ、警察署長です」

通訳の女性が勢い込んで指さした。こころなしか顔が赤い。

「警察署長? 上海警察の?」

信一郎とカメラマンは、顔を見合わせた。

映画の撮影と思ったのも無理もない。

光っているというのは、気のせいではなかった。

日本の機動隊が使うような中型バスの天井部分から、拡声器をつかんだ若い男が上半身を出しているのが見える。

そして、その脇から二人の警官が、彼に照明を当て、レフ板を掲げているのであった。道理で遠くからでも光って見えるはずである。

「ええと──その、なんでライトアップを?」

カメラマンが口ごもった。

「一日警察署長──とか?」

信一郎が通訳の顔を見る。

「いいえ、あれが高清潔です!」

通訳は、うっとりした目つきで叫んだ。

「アメリカＦＢＩで研修を受けた、今評判の警察署長です！　旧弊な警察組織を改革して、透明化と合理化を進めているので、市民にも大人気なんですよ！」

なるほど、遠目にも、映画俳優のように男前であることが窺える。

「いつもああなんですか？」

「はい？」

「まさか、いつもああやってライトアップされてるわけじゃないですよねえ？」

「はい。でも、似合ってるわー」

正直、異様な光景なのだが、通訳はその不自然さに気付かない様子である。

「皆さん、道を空けてください。道を空けてください。はい、歩行者の皆さんは、歩道に戻ってください。車道に出ている皆さん、歩道に戻ってください」

高の声が朗々と鳴り響く。

人気があるのは確からしい。

あちこちから、きゃあっという黄色い声が上がるのは、明らかに高をアイドル扱いしている証拠である。

「うん、いいね」

最初面喰らっていた信一郎の目がきらりと光った。

脳裏には「上海警察24時」という、ＴＶ画面の上に躍るタイトルが浮かんでいる。

魔都、上海に乗り込んできた若き警察署長！

アメリカ帰りの新世代が、闇を斬る！

悪しき因習、抵抗する組織、上からの圧力、目に見えぬ悪意！

しかし、市民は彼を支持！

熱い支持を受け、したたかに組織改革に挑む！


「突撃インタビューだ！」

がぜん、信一郎に気合いが入り、彼はずんずんと雑踏を掻《か》き分け、前に進んだ。

「え？　え？」

カメラマンが慌ててついてくる。むろん、他のスタッフも。

通訳の彼女はキャッ、と叫んでもちろん小躍りせんばかりだ。

周りには、いつのまにか大勢の警官が現れてあちこちで交通整理を始め、車道に散っていた歩行者の誘導が始まっていた。

遠くで渋滞していた車のクラクションが、だんだん近付いてきて、人の声よりも大きくなってくる。

「はい、そっちも。通して、通して」

高はあちこちに視線を走らせ、指示を出していた。

信一郎は的確な指示に感心する。

相変わらず、高の脇では、疲れた顔の警官がライトとレフ板を掲げていた。

しかし、なんだってまたあんなことをしているんだろう？　イメージアップ作戦だろうか？

「高署長！　ちょっとよろしいですか？　こちら、日本のＴＶです」

ようやく車に十メートルほどのところまで近付くことができた信一郎は、高に向かって叫んだ。

すかさず、通訳の女性が上海語で叫ぶ。

高はハッとしたようにこちらに目をやった。

本当に映画スター並みの容姿である。広告塔としては、目立つことこの上なく、願ってもないキャラクターだろう。

「警察署長自ら交通整理とは、ご苦労様です！　これは、ひょっとして市民への啓蒙《けいもう》のための活動ですか？　今、上海では何がいちばん問題だと考えておられますか？」

信一郎、そして通訳が続けて叫ぶ。

わいわい、なんだなんだ、日本のＴＶだって、と周囲の野次馬の視線が集まる。

高は信一郎と、その隣のカメラマンに目を留めると、たちまち背筋を伸ばし、やや顔の向きを変え、ポーズを取った。

些か大げさなようにも思えたが、その効果はバッチリで、見事にカメラ目線、目がぴたりとフレームに収まるのにカメラマンは感心した。

「これをご覧ください！　これが上海です！」

高は、踊るような身振りで周囲を見回し、大きく手を広げた。

「この人口が密集した大都会で、今求められているのは秩序です！　そして、それを作り出すのは、市民の皆さん自身であり、皆さんのマナーです！」

高は、信一郎の質問に答えるというよりは、周囲に向かって選挙運動のごとく訴えかけていた。

「私は、すべての時間を上海市民のために捧《ささ》げる覚悟です！　大人の秩序、スマートな都会・上海を作り上げるべく、市民の皆さんのご協力をこれからも訴えかけていくつもりです！」

自分に酔ってるな、とカメラマンは思った。

「上海ルール！　いいですか、合言葉は上海ルールです！」

高はカメラに人差し指を向け、ものすごい営業スマイルを浮かべた。

白い歯が、ライトアップされた中で不自然なほどにキラリと光る。

きゃーっ、という黄色い歓声が上がった。

酔ってるよ、と外からは見えない中型バスの中、高の下半身を見ながら若い女性警官が小さく呟いたことを、信一郎も、高も、誰も知らない。

34

アートフェアのパーティも半ばを過ぎ、会場から冷やかしの客が少しずつ消え始めた。そこここに真剣な顔の客と画商が目に入る。本気で買おうという客、あるいはその代理人が残って商談をしているのだ。

浮ついていた雰囲気が落ち着いて、別の緊張感が漂っている。

部下が軽食のコーナーの片付けをするのを見守りながら、王湯元は会場の入口に目をやり、しばし考え込んでいた。

レストランの厨房も注文が一段落しているようなので、まだ少しここにいても大丈夫だろう。

つい、目が行くのは警備員である。

常駐のホテルの警備員に加え、アートフェアのために雇った外部の警備員も何人か待機している。心なしか、目つきが鋭く、ちらりちらりと王に目をやるのが分かる。

無理もない、先ほど階段で王が襲われ、駆けつけた時にはもう王が追い払ったあとだったのだ。しかも、しばらくして、やはり階段を下りていった毛沢山が、舞い戻ってきた同じ男に襲われたという話を耳にした。

なんでも、通りかかったレストランの客の若い娘に助けられたというのだが（凄《すご》く腕っぷしの強い娘だったという）、気になるのは、王が追い払ったのに舞い戻ってきたという男のことだ。

王は、胸につい手をやりたいのを我慢した。

小さな布袋に入った「玉《ぎょく》」。

どこの誰かは知らないが、これを取り戻そうと――あるいは、手に入れようと必死なのは明らかである。

それが危険な筋の者であることは容易に想像できた（が、あんななまくらな刃物を使うチンピラだからな、と王は内心侮蔑《ぶべつ》で鼻を鳴らした）。これが、それだけの価値があることは、王の目から見ても間違いないところだ。

さて、どうしよう。

襲ってきた男には、王がこれを手に入れているとは一言も言っていない。むろん、相手は王が持っていることを確信していたし、実際彼が今持っているのだが、王としてはそんなものは知らない、見ていない、で押し通すつもりだった。

これほどの名品、あんな奴の手に渡ったら、闇に消えて二度と日の目を見ないだろうし、どちらにせよ、国宝級であろう美術品を、あんなチンピラにくれてやるつもりはこれっぽっちもない。だが、身の危険は避けなければならない。警戒されると分かるだろうに舞い戻ってきたことを考えると、これからも奪い取るまで何度も襲ってくる可能性は高い。

どうする？　警察に話すか？

その場合、この玉のことを届け出るか出ないかという問題がある。

有り得ない選択肢だな。

王は即座に却下した。

届け出たら、痛くもない腹を探られるに決まっている。そもそも、警察に話すこと自体、ロクなことにはならない。

近現代史を祖父や父の身に起きたことから学んでいる王にとって、官憲は信じてはならぬもののひとつだった。

では、これを俺がこのまま持っているのか？　そのメリットはあるだろうか？

王は自分に問いかけてみる。

祖父ほどではないが、王にも蒐集《しゅうしゅう》欲はある。幾つかの名品を受け継いでおり、レストランにも飾っている。この素晴らしい「玉」を密《ひそ》かに持っていて愛《め》でたい、という願望はある。

しかし、よくいるコレクターのように、一人で眺めて悦に入り、愉《たの》しむというタイプでもない。

いっそ、故宮《こきゅう》博物院にでも持ち込むか？　そうすれば、きちんと鑑定もしてくれるだろうし、とりあえずこの名品が闇に消えるということはなくなる。

だが、そこでもまた、博物館という公の場と接することに抵抗を覚えた。役人たちの強欲さは、痛いほど分かっている。秘密裏に接触したら、秘密のまま、いつのまにか誰かの懐に入ってしまいかねない。

いや、そんなことをするくらいなら、今からでも遅くはない。さばいたイグアナの中に入っていたといって、マスコミに公表すればよい。下処理をするために取り除いておいたものを後から開けてみたら、これが入っていた、と素直に説明すればいいのだ。

そうすれば、チンピラどもも俺を襲うことなどできなくなるし、誰かが自分のものだと主張するならそれでもよし。いったん世間の目に晒《さら》されれば、博物館も正式に鑑定せざるを得なくなるだろうし、博物館入りという流れになる。

それがいちばん円満で、面倒がなく、なおかつ王にとっても安全な手段である。しかも、素晴らしい「玉」が調理している食材の中から見つかったというのは、縁起がいいし話題にもなり、レストランのいい宣伝になること間違いなしだ。

最終的に選ぶべきはこのプランだな。

そう決心したものの、王にはすぐにそうすることをためらう気持ちがあった。

ひとつには、やはりこれが逸品であるということ。

目の肥えた王が、一目で魅了されるような名品であり、それをすぐさま手放してしまうのが惜しく感じられたことは否定できない。

そして、もうひとつ。

欲が出てきたのだ。

たまたま転がりこんできたこの「玉」を、うまく換金できないだろうか？

王が考えていたのは、長女のことだった。

まだ中学生になったばかりだが、親の目から見てもとても聡明《そうめい》な、よくできた娘である。

代々続く料理人の職を当初はこの娘に継がせるつもりだったが、一人っ子政策が緩和されたので、最近王には二人目の子――息子が生まれた。ならば、料理人は息子に継がせ、娘は留学させたい、と考えるようになっていたのである。

共産党幹部の海外での不正蓄財は知っていたし、皆子供を欧米に留学させ、二重国籍を得ているのも知っていた。この国では何が起こるか分からないので、子供たちに海外の足場を作らせておきたい気持ちはよく分かる。アメリカの企業に出資すれば、州によってはカネでグリーンカードが買えるのも知っている。

ならば、うちの娘にも――この「玉」があれば、それが可能だ。

そんなことを、この数時間、ぼんやりと考え始めていたのだ。

決断しなければならない。なるべく早く。

それは承知していた。

もしマスコミに発表するなら、一両日中が限界だろう。それ以降だと、下処理した食材から見つかったという話が不自然になる。

どうする？

王はめまぐるしく考え続けていた。

ふと、一人の老人の顔が浮かんだ。

思わず膝を打つ。

そうだ、あの男がいた。

祖父や父とも親交のあった、古美術商である。並の学芸員くらいでは太刀打ちできないほどの目利きであり、口が堅く、さまざまなところに「つて」を持っているという話を聞いたことがある。

あの男なら、相談に乗ってくれるのではないか。人知れず、うまくさばく方法を考えてくれるかもしれないし、もし最終的にマスコミに公表するという安全策を採るにせよ、王に相談されたという話を外部に漏らすことはないだろう。

よし、善は急げ、だ。

王は携帯電話を取り出し、古美術商の連絡先を聞き出すべく、彼の父親の番号を押した。

「お嬢さん、お怪我はありませんか？」

「本当に、危ないところをありがとうございました」

「なんて勇気のある娘さんだ」

「ヤワラノミチ」

ホテルの従業員やら、なんやら、あちこちから人が集まってきて口々に話しかけるので、優子は面喰らっていた。

中国では、とにかく何かあるとわいわい寄ってきて人だかりができるというのは、ホテルの中でもいえるらしい。優子が誉められているのは、なんとなく分かる。

「はあ、いやあ、そんな。やるべきことをしただけですから。ブシドー、ブシドー」

優子は手を振った。

死んだおじいちゃんを思い出した、とはさすがに言えなかった。

優子は周囲を見回し、非常口のほうに目をやった。

「あの人、逃げちゃったんですねえ。すみません、不覚でした。取り押さえておきたかったんですけど」

「いいんですよ」

「今、警備員が追いかけています」

和美の紹興酒をいつしか横取りしていた優子だが、ここに来ていっぺんに酔いが醒《さ》めてきていた。

あら、あたしったら、なんかヘンだわ。まるで、これって、酔いが醒めた感じじゃない？　おかしいな、ビールジョッキ一杯しか呑《の》んでないはずなのに。

思わず手を動かしてみる。

とっさに技を掛けたのは覚えてるんだけどなあ。逃がしちゃうとは不甲斐《ふがい》ない。徹夜明けで上海に来たから、疲れてたのかな。

首をかしげる優子であった。

「毛先生、大丈夫ですか？」

安堵《あんど》のあまり、腰を抜かした様子だった毛沢山は、従業員に支えられ、苦笑しつつのろのろと背筋を伸ばした。

「ああ、大丈夫だ。そろそろ引き揚げるよ」

「また何かあれば大変です。お車でお帰りください」

「大丈夫、大丈夫」

沢山としては、早いところこのホテルを離れたい、という考えしか頭にない。

「お嬢さん、これ、ホテルから」

従業員の一人が差し出した紙袋に、優子は慌てて手を振った。

「いえ、そんな。いりません。先生はご無事でしたし、あたし、ただの通りすがりですから」

「そうおっしゃらず。当ホテルの自信作、新発売予定の月餅《ユエビン》でございます」

「月餅？」

中国語の単語はほとんど知らないが、なぜか「月餅」という言葉だけは聞き取れたのが不思議である。甘いもの好きの本能であろうか。

そういえば、加藤さんが、このホテルは料理だけでなく、お菓子もおいしいという話をしていたっけ。

「そうですか。なら喜んで」

優子は相好を崩し、満面に笑みを浮かべて紙袋を受け取った。

「どうぞどうぞ。よろしければ、お友達の方にも」

「わあ、いいんですか」

次々と差し出される紙袋を受け取る。

中を見ると、綺麗《きれい》な布に包まれた、細長いものが並んでいた。

へえ、おっしゃれー。パッと見、月餅には見えないなあ。どちらかといえば、まるで印鑑入れみたい。食べやすいように、スティックタイプにしたんだね。ふうん、日本の中華料理店でも、小さい月餅が流行ってるけど、こっちもそうなのかな。

「あれ、先生？」

「先生、帰られたようですね」

「車を呼ぼうと思ったのに」

相変わらずわいわいと賑やかな廊下である。

「あ」

優子は、目敏《めざと》く廊下に落ちている布袋をひとつ見つけた。

「月餅だ」

そういえば、おじいちゃんもホテルのお土産の紙袋持ってたような。

優子はとっさに拾い上げ、素早く自分の紙袋に入れた。

周囲を見回すが、誰もそのことには気付いていないようである。

えへへ、もうひとつ月餅ゲット。

優子は思わずガッツポーズをした。

おじいちゃん、もういなくなっちゃったし、貰《もら》ってもいいよね？　せっかくの月餅、もったいないもんね。

甘いものなら無尽蔵に胃に入る優子は、ほくそ笑む。

「じゃあ、私はこれで。お菓子、ありがとうございました」

「そうですか。では、ごゆっくりお食事なさってください」

ようやく、三々五々人波が引いていく。

優子は意気揚々とレストランの席に戻った。

「あんた、ずいぶん長かったわねー」

「ひょっとして、気分でも悪かったんですか？」

和美とえり子が同時に話しかける。

「いえ、ちょっと人助けを」

「人助け？」

「はい。お礼だって、お菓子貰っちゃいましたー」

「はあ？」

ぽかんと口を開けている二人に、優子は紙袋を差し出した。もちろん、拾った布袋の入っている紙袋は、しっかり自分の分として確保していたのである。

35

反対側の車線は、時間帯のせいか比較的空いていたので、スムーズに繁華街まで戻ってくることができた。

夕飯時の人々の移動がピークを過ぎたのか、街の中心部も、青龍飯店の周囲も、少し落ち着いてきた様子である。

「じゃあ、死んだのはホテルの厨房でか」

「はい。そういうことになりますね」

一行は車を降りて、慌しくホテルに入っていった。

ふわふわ彼らについていく爬虫類《はちゅうるい》の姿を見送り、厳厳はしばらくのあいだ、じっと車の屋根の上で息を殺していた。

ここはいったいどこだ。

厳厳は、混乱していた。

いったん都市部から離れたと思ったのに、またしてもこんな人間の多い場所に戻ってきてしまうとは。

夜だからまだましとはいえ、人通りは多い。身体を隠せるような場所は、ちらっと見ただけでは見つからなかった。

どうする。降りるべきか。それともこのまま待機を続けるか。

厳厳は必死に考えた。

ううむ。

ブルーシートの下から、周囲をぐるりと見回す。

車が停まっているのは、ホテルの裏手にある、比較的目立たない駐車場ではある。

ホテルから出ていく他の車の天井に乗り換えるというのはどうだろう。

厳厳は辺りを注意深く観察した。

できれば長距離トラックのようなものがいい。屋根の上にいても見つかりにくく、都市部を離れるようなものがあればいいのだが。

今のところ、周囲にそのような大型車両は見当たらなかった。

更にしばらく待ってみたが、それらしき車両は現れない。

ずっと屋根の上でじっとしていたせいか、動かないでいることが苦痛になってきた。

くそ。こうなったら、見つかるのを承知で下に降りて、駆け出してやるか。

そんな捨て鉢な気分になったが、そんなことをすればどんな大騒ぎになるかは、厳厳にも容易に想像できた。

人間どもが大勢押しかけてきて取り囲まれ、たちまち追い詰められてつかまってしまうに違いない。

魏の高笑いが聞こえてくるような気がした。

ぶるんと首を振る。

いや、やはりそんな無謀な真似はできない。動物園という名の牢獄《ろうごく》には二度と戻りたくない。

厳厳はそう固く決意した。

だが、この状況を、いったいどう打破したものか。

その時である。

ゆっくりと大きなトラックが滑り込むように駐車場に入ってきた。

おっ。

厳厳は車両に注目した。

トラックは静かに停まり、ホテルの中からスタッフらしき者が数人走り出てきた。

車を降りた数人の男たちが、トラックの後ろの扉を開ける。

中から出てきたのは、巨大な「城」である。

厳厳はあっけに取られた。

いや、それは正確に言うと、「塞《さい》」と呼ばれる、中国古代に造られていた城郭都市を模した、発泡スチロールでできた巨大な模型であった。

「聞いてたのより、ずいぶん大きいなあ」

「搬入口から入りますかね」

ボソボソと囁《ささや》き合う声。

「それよりも、これ、エレベーターに入るか？」

「業務用エレベーターでも無理ですかね」

「入らなかったら、階段から運ぶしかないな」

「会場の扉、通ります？」

「うーん。持っていってみないと分からないな」

男たちは「城」を見上げながら、搬入方法を相談し始めた。

「早く入れてくれ。これは明日の目玉だ」

鋭い目つきで腕を振り、作業開始を促すのは、アートフェアを仕切るマックス・チャンである。

そうなのだ。

これは、この青龍飯店で開かれているイベント、アートフェアの二日目にお披露目される、現代アート作家のインスタレーションなのであった。

若手アーティストが上海郊外のアトリエで、特注した巨大な発泡スチロールの立方体を削り、城壁のひとつひとつの石をコツコツと彫り、その上に彩色を施した、なんと七ヶ月もの時間を掛けた大作なのである。

むろん、厳厳はそんなことを知るはずもない。

ただ、彼が注目したのは、その大きさであった。

ホテルの搬入口は地下にあった。

ゆるやかな坂になった地下一階の部分の大きな扉が開けられ、厳厳の眼下に見えている。

あのでかい模型をあそこから運び入れるとすれば、ちょうど厳厳のいる車の脇を通るはずだ。

ならば、あの「城」の上に移動することができるのではないか。

あれだけの高さがあれば、運んでいる人間には、上の部分に乗っても気付かれまい。

厳厳はそろりと身体を動かした。

案の定、「城」は巨大な台車に載せられ、搬入口に向かって動き始めた。

「ぶつけるなよ」

「誰か前についていてくれ」

四人掛かりでゆっくりと模型を運び出す。

厳厳はブルーシートをかぶったまま、身体を伸ばして慎重に、しかし素早く「城」の上に移った。

「城」の上を四角く囲む屋根の部分は精緻《せいち》に造ってあったが、中はただの白い発泡スチロールのままである。

静かに乗り移ったつもりではあった。

さすが、発泡スチロールのクッション力はたいしたもので、一四〇キロあまりの厳厳の体重を受け止めてくれた。

が、やはり急激に重くなったせいか、「うん？」「あれ？」という不審の声が上がる。

「なんだ？　急に重くなったぞ」

「台車の滑りが悪いんじゃないか」

「発泡スチロールの割に、やけに重いな」

怪訝そうな声が上がったが、厳厳はじっと平べったく屋根の上に横たわっていた。


心頭滅却。俺は今、空気だ。空気になっている。


そう自分に言い聞かせ、ひたすら「面」となって「城」の上に乗っていたが、そこはさすがに一四〇キロである。

みしみし、きしきし、と鈍い音を立てて発泡スチロールの中に厳厳は沈み始めていた。

うーん。

体重を分散させるべく、両手両肢を広げてみるが、やはり沈んでいる。

くそ。持ちこたえてくれ。

厳厳はそう必死に祈った。

ホテルの中に入り、長い通路を運ばれ、「城」はなんとか業務用エレベーターに収まったので、作業員たちはホッとして軽口を叩き始めた。

「しっかし、こんなもの、買う奴がいるのかな?」

「なあ。元はたかが発泡スチロールだぜ」

「そもそも置き場所がないぞ」

「なんでも、最近はこういうのがえらい値段で売れるんだとさ」

「金持ちの考えることは分からん」

宴会場のフロアに着き、再びしずしずと運び出される「城」。

既に、お客ははけており、がらんとした会場は後片付けが進んでいるところだった。

「こっちだ」

マックス・チャンが手を振っている。

会場の奥のぽっかり空いた場所に「城」は運び込まれた。

「よし、ゆっくりおろせ」

「うーん、やっぱりやけに重いな」

「意外に重たいものなんだな、発泡スチロールって」

苦労しながらおろされた「城」の上で、厳厳は、いったい自分がどこに運ばれたのか探ろうとしていた。室内。かなり広い部屋だということしか分からない。

くそ。この上に移るという判断は正しかったのだろうか？

じりじりしながら待っていると、しばらくして人間たちが遠ざかっていくのが分かった。

パッと明かりが消え、ばたんと扉の閉まる音がした。

そして、辺りは静かになった。

更に厳厳は少し待った。

誰も戻ってこないのを確かめてから、ようやくそろそろと身体を起こす。

やれやれ、やっと静かになった。

が、めりめり、という音がした。

身体を起こして、体重の掛かる部分が狭くなったために、更に身体が沈みこんでしまったのである。

くそ。厄介だな、これは。

再び身体を横たえつつ、厳厳はこれからどうするか考えた。

まずは、ここから出てみなくては。どうやって出ればいいんだ。

しばらく考えたのち、厳厳は、逆にこの中に沈みきってしまい、下から穴を開けて出ればいいのではないかと思いついた。

よし、やってみよう。

厳厳は、後ろ肢で立ち上がろうとしてみた。

すると、たちまち肢の下が沈み込んでゆき、どんどん身体が下がっていく。どうやら、この調子なら、あとは下に向かって掘り進めればいい。

更に、飛び跳ねるようにしてみると、ますます肢がめりこんでいく。

よし。

足元の亀裂に前肢を突っ込み、掘り始めた。

白い欠片《かけら》がふわふわ浮かんで鬱陶しいが、もうすぐ底に着くと思うと掘るのに夢中になった。

ついに、絨毯《じゅうたん》が前肢に触れた。

更に動きを速め、身体が出られるだけの大きな穴を開け、床に降り立ち、一気に周りの壁を押し上げる。

どおん、と鈍い音を立てて「城」が倒れた。


やった！


暗い部屋の中、久しぶりに両肢で立った厳厳は、しばしの自由を感じ、ゆっくり深呼吸をした。

が、次の瞬間。

彼は、この真っ暗な部屋にいるのが自分だけではないことに気付いたのであった。

36

これはいったい、どういうことなのだろう。何が起きているのか?

ようやく短い休憩時間に入ったマギーは、さりげなく外に出た。

煙草を取り出し、一服するふりをして周囲を窺う。

見られていた。誰かがこの店を——あたしを、見張っていた。

外はもう暗くなっていたが、相変わらず通行人はとても多く、賑わいはいっこうに衰える気配がない。

行き交う観光客。家族連れ。地元の人々。

じっと通り過ぎる顔を見つめてみたが、特にこちらに注意を向けている者はいない。

むろん、見られているのは分かっている。あたしがいることを確かめている仲間は常にいる。

必死に平静を装い、ぼんやり休憩しているふりをする。

しかし、これはそういう相手ではない。

マギーは険しい目つきで周囲を見回した。

あたしの正体に気付いている相手。あたしの本当の職業を嗅《か》ぎつけている相手。

冷や汗を感じる。

いつから?

パニックに陥りそうになり、マギーは慌てて首を振った。

考えろ。考えるんだ。あたしの正体に気付いている奴がいるからといって、組織にあたしのことがバレているとは限らない。まだ組織内での仕事は続いている。落ち着け。これまで通り振る舞えばいい。

マギーは、煙草に火を点《つ》けた。吸いたいわけではなかったが、気持ちを静めたかったのだ。

どこで？　どこからあたしを見ていた？

努めてゆっくりと視線を動かす。

店の中が見られる場所。向こうからは見えるが、こちらからは見えにくい場所。

通りを挟んで向かいには、観光客向けの大きな土産物屋があり、隣には間口の狭い飲食店がある。

どちらの店舗もごちゃごちゃした造りで見通しが悪く、マギーのいるモビーディック・コーヒーを見張るには不向きだ。

ふと、マギーは顔を上げてみた。

二階から上はどうなっている？

真向かいではないが、ふたつほど離れたビルの二階がガラス張りの飲食店になっているのが目に入った。喫茶店なのか、レストランなのかは分からないが、窓際の席にいる客が見える。つまり、向こうからもこちらが見えるはずだ。

マギーは無意識のうちに駆け出していた。

通りを渡り、狭い階段を上り、ガラスのドアを開ける。

油の匂い。

そこは小さな飲茶の店だった。どちらかと言えば喫茶店に近い。食事をしている客よりも、コーヒーを飲んでいる客のほうが多いようだ。

店員が、モビーディック・コーヒーの制服姿のマギーを不思議そうに見ていたが、マギーは構わず店の中を進んだ。

窓際に近付くと、モビーディック・コーヒーの様子がよく見える。

ここだ。ここから見ていたに違いない。

そう確信して、店内を見回す。

客の顔を一人ずつ見ていくが、知った顔はないし、みんなただの客に見える。恐らく、もうここから立ち去ったのだろう。

マギーはそう見切りをつけ、入ってきた時と同様、足早に店を出ようとした。

が、床に落ちている何かがキラリと光り、足を止めた。

何気なく拾い上げたのは、それをどこかで見たような気がしたからだった。

ピンバッジ。

赤い稲妻の模様が付いている。

マギーは首をかしげた。

はて、どこで見たんだろう。なぜこれに見覚えが？

そう思った時、ドアを開けて勢いよく入ってくる人影があった。

なんとなくその人影に目を向けた瞬間、その人物がギョッとして凍りついたように立ち止まったのが分かった。

どうしたんだろう。

マギーはその顔を見る。

子供だ。男の子。

あれ？

マギーがよく顔を見ようとすると、少年は慌てたように顔を背け、店から出ていった。

うん？　なんだろう、あんなに慌てて。まるで、あたしの顔を見て逃げ出したかのような。

そう思った瞬間、パッと閃《ひらめ》いた。


店に来た、さっきの子だ。


そう気付いて顔を上げる。

あの子だ。今は帽子をかぶっていたし、違う上着を着ていたが、間違いない。何より、あたしの顔を見て逃げ出したのがその証拠だ。

「待って！」

マギーはそう叫んで駆け出した。

ドアを開けると、もう彼は階段の下まで降りて、外に飛び出していくところだった。

そうだ、このピンバッジ。

マギーは少年の姿を思い浮かべた。

店に来た時、上着の襟元に付いていたのだ。だから見覚えがあったんだ。

思い出すと、納得がいった。

なるほど、彼はこの店に来ていて、ピンバッジを落としたのだ。そのことに気付いて戻ってきたんだ。恐らく、ここで上着を着替えるか何かしたのだろう。その時に落としたのだ。

頭の中で瞬時にいろいろなものが結びつく。

つまり、彼はグルだった。ここであたしを見張っていた奴のお使いで、あたしのところに来たんだ。

ということはつまり――あのUSBは――

「待って！　その子、つかまえて！」

マギーは人混みに紛れて逃げようとする少年を追いかけた。

通行人が、何が起きたのかとこちらを見ている。

「つかまえて！」

マギーは叫んだ。

「子供、いたわ」

無線に向かって囁く。

「白いニットの帽子かぶった、男の子。誰か、近くにいたら、応援頼む」

少年は、通行人に紛れようとしているのだが、なかなかうまくいかないようだった。マギーが大声で叫んでいるので、何事かと皆が振り向き、駆けてくる少年が目に入ると、反射的に避《よ》ける。

少年は、時折チラッとこちらを見た。

確かに、さっきのあの子だ。

忌々しげな、「しくじった」という表情は、さっきと全然異なるけれど。くそ。逃がすもんか。

いつしか、大通りに出ていた。

車のクラクションがあちこちで鳴っていて、通行人が更に増えた――というか、何か騒ぎが起きているようである。

何かあったのかしら？　やけに騒がしい。

マギーは周囲を見回した。

そういえば、今日は、何かお祭りやってるんじゃなかったかしら。そのせい？

人があちこちで立ち止まっていて、進めない。

少年も、この人混みに戸惑っているようだった。

人を掻き分けて進もうとしているのだが、なかなか先に行けないようだ。

よし、ここで追いつくぞ。

そう決心したものの、マギーもなかなか進めない。このままでは彼を見失ってしまいそうだ。

通行人のあいだに割り込もうとすると、舌打ちや罵声《ばせい》が飛び交う。

周囲はいよいよ騒がしく、やがて一歩も進めなくなってしまった。

「どけっ」

「進んでよっ」

「押すなっ」

あちこちで悲鳴と怒号が上がっている。

マギーは少しでも進もうと試みたが、なかなか動かない。

まずい。見失いそう。

背伸びをして、少年のほうを見たが、ニット帽がかろうじて見えるだけで、やがてそれも見えなくなってしまった。

「何、あれ」

「なんか飛んでるぞ」

そのうち、不思議そうな声が上がり始めた。

皆、何かに気を取られているらしく、口々に叫び、指さしている。

そちらに目をやると、確かに、宙を何か大きなものが舞っていた。

ピンクの牛？

マギーは目をぱちくりさせた。

そこに、どん、とその牛が降ってきて、頭にぶつかって、またどこかに飛んでいった。

牛のぬいぐるみ？

マギーは飛び去ったものに目をやる。

どうやら、あちこちで宙を舞っているのは、巨大な熊や豚など、動物のぬいぐるみのようである。

「あたしのよっ」

「止めて止めて」

あれは、ぬいぐるみを追いかけている人の声らしい。

なんで？

マギーは少年の姿を捜すことを一瞬忘れ、あっけに取られて宙を舞うぬいぐるみを見上げた。

37

闇の中で、もう一人。

息を殺して周囲の気配を窺っている男がいた。

無人のはずの宴会場。

毛沢山の彫像の中から抜け出して、ヘッドランプを点けて物色を始めていたところに、誰かがやってくる気配がした。ランプを消して慌てて彫像の中に戻り、何事かと耳を澄ましていたら、追加の美術品が搬入されてきた。

彫像の目のところから外が見えるようになっているので、そっと目を当ててその様子を観察する。

巨大な発泡スチロールの「城」が、会場の奥のスペースに据えられた。

かなりの大きさだ。いきなり、会場が手狭に見える。

なるほど、ぎりぎりまで制作していたか、あるいは、イベント中の目玉としてわざわざ搬入を待ったのかもしれない。

やがて、搬入したスタッフも引き揚げ、再び会場の照明が落とされた。

しばらく様子を見て、そっと彫像を抜け出す。

闇に目を慣らし、彫像の中からそっとリュックを取り出す。

さすがに、また搬入ということはないと思うが、用心するに越したことはない。

男は、出ていく時に身に着けるはずだったホテルの従業員の制服を、先に着込むことにした。

これなら、見咎《みとが》められた時に、お客様の忘れ物を捜していた、とかなんとか、一時しのぎの言い訳ができるだろう。

ヘッドランプを点け、会場の中をそっと歩き出す。

男は、会場にある美術品をひとつずつ確認していった。

お目当ては「売約済み」のシールである。

売約済みのものを見つけたら、サイズを測る。

ちっ。でかいもんばかりだな。

男は闇の底で内心舌打ちをした。

毛沢山に特注で造らせた彫像は、中が空洞になっている。台座もまたしかり。そこに、売約済みの美術品をできる限り運び込むことになっていた。

いったん売った美術品が消えたとなれば、画廊側はどうしても取り戻したいと思うだろう。そこで身代金を払わせるのが目的だった。

それでも、毛の借金には到底足りないが。

男は明らかに台座にも入りそうにない巨大な絵を一瞥《いちべつ》した。

こんなものに高いカネを出して買う奴の気がしれん。だが、そういう奴のおかげで毛も助かる。

もし、明日、美術品が盗まれていることが判明しても、まさか毛の彫像と台座の中に入っているとは思うまい。中身はイベントが終わってからゆっくり回収すればいい。

男は彫像の中に美術品を詰め込んだら、サッサとホテル従業員の制服のまま、手ぶらでここを出ていくだけである。

こぶりな彫刻や陶磁器は狙いめだった。

手際よく簡単な梱包《こんぽう》を済ませると、男は次々と彫像の中に運び込む。

男が潜んでいた彫像の中は、棚板を置けるように区切ってあり、そこにボードを渡してそれらを載せていく。

作業に夢中になっていて、それに気付くのが遅れた。

何か、奇妙な音がするような気はしていた。

意識のどこかで気がついてはいたのだが、こんな真っ暗な部屋の中で、自分以外に何者かがいるとは思わなかったのだ。

が、不意に男は動きを止めた。

突然、身体が他者の存在を認識したのである。

男は反射的にヘッドランプを消し、壁にぺたりと張り付くと、身体を低くしてしゃがみこんだ。

誰だ？

一瞬、そう叫びたくなったが、ぐっとこらえて耳を澄ます。

めりめりめり、ばきばきばき、とくぐもった音がする。

もう間違いない。誰かが近くにいて、何かしている。

しかし、何の音だろう？

何かを破壊しているような。何か大きなものの中で暴れているような。強いていえば、何かの中から出てこようとしているような。

男は耳を澄まし、何が起きているのかを必死に探ろうとした。

じっとりと冷や汗が湧いてくる。

なんだ、この異様さは。

それは、尋常な音ではなかった。

何か呻《うめ》き声のような音も響いてくるのだが、それは明らかに人間のものとは思えなかった。

ばきん。

ひときわ大きな音がして、はあああ、と溜息のような呼吸音が床を伝わってきた。

男は、恐怖のあまり動けなくなった。

これは、なんだ？　何の声だ？

主に高級品の窃盗を生業《なりわい》としている男は、警備員の扱い等には慣れていた。いざとなったら気絶させるなりなんなりして、逃げ出すことも躊躇《ちゅうちょ》しなかった。

が、今この同じ空間を共有している者は、これまで出会った者とは全く異なっていた。

ばけもの？

そんな非科学的な考えが頭に浮かんだ。

まさか。まさか、そんなはずはない。こんな、大都会上海の高級ホテルのてっぺんの宴会場に、ばけものが出現するなんてことがあるはずはない。

頭ではそう否定したものの、身体のほうは思考と裏腹に、緊張して怯《おび》えていた。

なんなのだ？

男は一層身体を縮め、そろりと動き出そうとした。

が、なかなか身体が動かない。こんなに緊張したのは初めてだ。

ようやく動き出し、出口の方向を探した。

とにかく、いったん毛沢山の彫像をしっかり封印する。

突然、静かになった。

痛いような沈黙が、闇の中に落ちる。

男は床に身体をつけ、「そいつ」の存在を確かめた。

いる。向こうもこっちに気付いた。

そう直感した。

何かが闇の中にいる。かなり大きなもの。そして、恐らくは、獰猛《どうもう》で、凶暴で、なおかつ意思のあるもの。そいつは、こちらの存在に気付いた。だから、向こうもこちらの位置を窺っているのだ。

ゾッとした。

背筋が冷たくなり、新たな冷や汗が湧いてくる。

どうする？

男は必死に考えた。

何か尋常ならざることが起きているのは確かだったし、この場から逃げだすべきだと本能が叫んでいた。

いったい何がいるんだ？

男は、ヘッドランプを点けてそいつの姿を見たいという欲求と、このまま見ずにとっととここから逃げ出してしまいたいという欲求とを同時に感じていた。

ふと、さっき搬入されてくるのを目にした巨大な「城」が脳裏に浮かんだ。

あれだ。あれの中から、そいつは出てきたのだ。

そう確信する。

さっきのめりめり、ばきばきというくぐもった音は、発泡スチロールを破壊する音だったとすれば納得がいく。

「城」から出てきたもの。

男は再びゾッとした。

なんだろう。滅びた王朝の者どもの亡霊か。あるいは、封印されていた鬼や悪霊の類《たぐい》だろうか？　あんなところから出てきたものが、邪悪でないはずがない。

その何かが、同じ空間にいる。全く無防備な、むきだしの空間に、一緒に。

男は恐怖のあまり眩暈《めまい》を覚えた。

宴会場の平面図を思い浮かべる。

出口まで五十メートルはある。音を立てずに早足で移動すれば、たいした時間は掛からずに出口まで行ける。ありがたいことに、そいつは宴会場の奥にいるから、遮るものはないだろう。

問題は扉を開ける時だ。

扉には鍵《かぎ》が掛かっているから、それを開ける瞬間がいちばん危ない。

だが、そこから出るしかない。

男はじりじりと移動を始めた。

出口に。

永遠にも思える距離だったし、時間だった。

それでも、着実に出口へと近付く。

あと少し。

逃げ出せる、という希望を感じて、男はなんとなく後ろを振り向いた。

闇に慣れた目は、ほんの五メートルほど離れたところにある、巨大な黒い影を見て取った。

「ひいっ」

思わず悲鳴を上げてしまう。

いつのまに、こんなところに。

そいつは気配を消して、男の背後にまで迫っていたのだ。

「わあっ」

頭の中が真っ白になり、男は駆け出した。

扉に飛びつき、鍵を開けようとしたが、単純な鍵なのに、手間取って開かない。

パニックになった。

今にも追いつかれる。今にも、牙《きば》が、爪が、背中に食い込む。

自分の血しぶきが飛び散るところを一瞬見たような気がした。

扉が開いた。

たいして明るくないはずの照明が、とてつもなく眩《まばゆ》く見えた。

男はもんどりうって外に転がり出、いったん床に手を突いたものの、すぐに立ち上がって駆け出した。

ほんの一瞬——振り向いた闇の中。

そこには、爛々《らんらん》と輝く、赤い目がふたつと、大きく開かれた口が見えた。

闇の中で糸を引く唾《つば》。

「ぎゃあっ」

男は一目散に廊下を駆け出した。もう振り向くことはない。

どこをどう走ったのかは分からないが、ひたすらその場所から離れることだけが望みだった。

そいつは、男を追ってくることはなかった。

闇の中にとどまり、ぐるる、と低い呻き声を上げた。

そいつは、闇の中に戻っていった。

遠ざかる気配。

宴会場の扉がゆっくりと動いていき、がちゃんと閉ざされた。

38

とてつもなく不機嫌な顔の英徳。

風邪を引いていたせいもあるが、今やその顔は土気色というか、なんというか、形容しがたい色を帯びていた。

衝撃、憤怒《ふんぬ》、焦燥、絶望、不安。さまざまな思いが脳裏を過《よぎ》るらしく、数分ごとに赤くなったり、青くなったり、信号機のように変わり続けている。

その周りには、真っ青な顔をした若手飼育員が何人か。

そして、動物園の経営スタッフらが更に深刻な顔で取り巻いており、まるでお通夜のような雰囲気である。

「なぜだ」

英徳がボソリと呟いた。

若手飼育員——特に、最後に厳厳を見た菜果がびくっと全身を震わせた。

「なぜ見つからない。あんな大きな身体なのに」

英徳は、考え込んでいた。

周囲のスタッフが、かすかに安堵の色を見せた。

むざむざと厳厳を逃がしてしまったことを責めるわけではなく、今や英徳の関心が厳厳の行方にあることが窺えたからである。

厳厳が脱走したことが判明してから既に数時間が経過していた。

誰もが一目で分かる目立つツートンカラーの、しかも巨大なパンダが、文字通り忽然《こつぜん》と消えてしまったのである。

当初脱走に気付いた時は、まさかそう遠くまでは行っていまいと思った。だから、職員総出で敷地内と周辺部を捜索したのだが、厳厳は見つからなかった。なぜか大きな牛とカバのぬいぐるみが見つかったが、関係あるのかどうかは分からない。

英徳はいったん動物園に引き返し、職員を集めた。

そこで「なぜだ」と呟いたのである。

英徳は混乱していた。困惑していた。

どうしてこんなことになった？　なぜ脱走に成功した？

もう一度、現場に戻ろうと居住棟に行き、厳厳がどうやって出て行ったのか検討した。

まずは監視カメラの映像を確認する。

驚くべきことに、そこにはほとんど何も映っていなかった。

ところどころにかすかな影が横切る程度で、厳厳が逃げたということを知っていなければ、そのことにも気付かないだろう。いつものように、漫然とカメラの映像を見ていたら、まず分からないはずだ。

英徳は冷や汗を感じた。

廊下の電球が切れていて、暗くて肝心のところが見られない上に、明らかに厳厳はカメラの死角を狙って移動していた。

まさか、ここまでするとは。

英徳は繰り返し映像を見ながら、愕然《がくぜん》とした。

悪知恵の働く奴だとは思っていたが、こちらの想像以上に厳厳の知性は高く、人間の動きを予想している。

英徳は、思わず唸り声を上げて頭を掻きむしった。

辺りは広い幹線道路だし、身を隠すようなところはほとんどない。帰宅時間帯でそれなりに人通りもあったはずだし、あんなものがうろうろしていたら目撃されないはずがないのだが。

英徳はイライラと、それこそ檻《おり》の中のパンダのごとくモニターの前をうろうろした。

人通り。

英徳は、ふとその言葉を脳裏で繰り返した。

さすがに、厳厳とて、ぞろぞろ人間が歩いているところに出て行ったりはしまい。自分がいかに珍しく、大事にされているかは承知している。前に脱走した時の騒ぎも覚えているだろう。

もしかして、厳厳は時間差で出て行ったのでは？　俺たちが総出で捜索に出たところをどこかで見ていて、そのあとゆっくりと――

英徳は、もう一度園内に飛び出した。菜果たちが、慌ててついてくる。

もはや、風邪はどこかに吹き飛んでしまっていた。感じるのは、別の悪寒ばかりである。パンダに逃げられた動物園という、前代未聞の不名誉な称号がすぐそこまで迫っていた。

懐中電灯で、もう一度見て回った英徳は、ふと、頭上を見上げた。

鬱蒼《うっそう》と茂る木々が、懐中電灯の明かりに照らし出されている。

ひょっとして。

英徳は、動物園を囲む高い塀のそばにある木々を調べてみた。

と、不自然にぽっきりと折れた大きな枝が見つかった。

「これだ」

英徳が呟くと、他の飼育員が「まさか」と首を振った。

「いや、奴はここにいた。木の上に登って俺たちをやり過ごし、俺たちが出て行ってから、外に出たんだ」

塀の向こうに出てみる。

落ちた木の葉が散らばっていたが、もはやなんの痕跡《こんせき》もない。

「ただ、ここから出たんだとすると、トラックか何か、車の上に乗ったという可能性がありますね」

菜果が、ようやく落ち着いてきたのか、道を行き交うトラックに目をやった。

確かに、塀と同じくらいの高さのトラックがひっきりなしに通る。あの上に跳び移れば、移動は可能だ。

「でも、歩道がありますよ。いくらなんでも、この歩道を跳び越えて車道のトラックまで移るのは無理でしょう」

別の飼育員が首をかしげる。

確かに、歩道の幅は五メートルほどあり、塀の上からトラックの上に移動するのは難しいだろうと思われた。しかも、交差点からは離れているので、減速しているとは考えにくい。トラックの上に跳び移るのは、よほど渋滞していなければ不可能だろう。ただ、この辺りはあまり渋滞することはなく、何かの事故でもない限りいつもスムーズに車が流れている。

「だが、ここまで俺たちの裏をかいた奴だ。何をしても不思議じゃない。この一帯で見つからなかった以上、奴が車の荷台か何かに乗ってここを離れたと考えるのが自然だ」

「車に乗って」

みんなが不安そうに顔を見合わせた。

いったいどこまで行ってしまったのだろう？　今頃どこにいるのだろう？

「どうしましょう。こうなったら、逃げたことを公表して、目撃情報を集めるしかないのでは？」

「ＷＷＦのほうはどうします？」

チラッと菜果が英徳のほうを見た。

体調不良を理由にＷＷＦとの会議を英徳が抜け出してからかなり経つ。さぞかし園長は気を揉《も》んでいることだろう。

「ほっとけ。園長が相手をしてくれるだろう。とにかく、いったん中に戻ろう」

英徳たちは居住棟に戻った。

「パンダには発信機を付けてませんからねえ」

スタッフが溜息をついた。

パンダは身体が大きいし、数も少ないので、個体識別票の類は付けていない。ＧＰＳで位置を確認できないのだ。

「どこに向かったんでしょうね」

菜果がぽつんと呟いた。

「やっぱ、郷里でしょうか」

「遠いぞ」

「本能で方角が分かるのかな」

「お天気、大丈夫かしら」

菜果が不安そうな表情になった。

「居住棟も展示棟も、室温が管理されてるのに、そこから出て行ったら、厳厳、風邪引いたりしないかな」

英徳は、厳厳に限ってそんなことはないとは思ったが、まだ春も浅く、確かに夜は冷える。

厳厳が路頭に倒れているところを想像し、英徳はゾッとした。

群衆が取り巻き、凄絶《せいぜつ》な死に顔の厳厳を指差している。「動物園は何をしてたんだ」と非難の声が上がる。誰もが携帯電話を向けて厳厳の写真を撮り、それが世界中に拡散していく。各国の動物保護団体が動物園を糾弾する。

逃げられただけでなく、そんなことになってしまったら。

今更ながらに事の重大さに慄然《りつぜん》とする。

「TV点けてくれ。天気予報を見たい」

「あ、はい」

菜果がリモコンを手に取り、モニタールームの隅にあるTVを点ける。

と、大騒ぎをしている群衆が映し出された。

わいわいとかまびすしい声が上がっている。

「あれ、何かあったのかな」

「事故?」

しかし、映し出されている群衆は興奮して顔が上気しており、笑っている者も多い。

事故という雰囲気ではなかった。

「フラワー・フェスティバルで椿事《ちんじ》です」

マイクを手にした若い女が大声で叫んでいた。

「あ、そうか。今日は何かお祭りでしたね」

スタッフが頷く。

押し合いへし合いする群衆。

マイクを手にした女も押されているが、宙を指差した。

「なぜか大量のぬいぐるみがばらまかれて、皆が先を争って手に入れようとしています」

確かに、空中を、大きなぬいぐるみが飛び交っている。間抜けな顔をした、かなり大きなものばかりだ。誰がこんな奇矯なことをしているのだろう。

皆がぽかんと夜空を舞うぬいぐるみを見つめていた。

ピンクの牛。

黄色の熊。

茶色のゴリラ。

そして、パンダ。

「——うん?」

英徳はハッとして動きを止めた。

「おい、今のは?」

「は?」

「パンダが飛んでたろ?」

「はあ、ぬいぐるみが」

「いや、違う、巻き戻せ」

「魏先輩、これ、TVですから巻き戻せません」

菜果が慌てて首を振った。

「いた」

「いたって何がです?」

「奴だ。厳厳だ」

みんながあきれた表情で顔を見合わせた。

いったいこの男は何を言い出すのだろう、ひょっとして厳厳に脱走されたショックでおかしくなってしまったのか、あるいは、熱が高くなってうわごとを言っているのだろうか、というような表情である。

が、英徳はもどかしそうに首を振った。

「間違いない。奴があそこにいた」

英徳の類まれな動体視力は、一瞬宙を横切ったモノが、ぬいぐるみではなく重量を伴った肉体を持つ生き物であることを見破っていたのである。

そして、彼は動物園内に転がっていた牛とカバのぬいぐるみの意味を悟った。あのぬいぐるみの代わりにどこかに潜りこんだのが、長年の因縁のつきあいである厳厳であるということも。

英徳はみんなを見回して、宣言した。

「あそこに行く」

「は？」

「フラワー・フェスティバルの場所はどこだ？　今のニュースの撮影場所は？　ＴＶ局に電話して確認しろ」

「本気ですか？」

「俺は本気だ。確かに奴はあそこだ。絶対に捕獲するぞ」

英徳が目をカッと見開いて睨みつけたので、誰もが震え上がり、もう一度青ざめた顔を見合わせた。

いったん彼がそう宣言したら、必ずやそれをやり遂げることは誰もがよく知っていたが、果たして今の彼が正気なのかどうか、どうにも判断しかねたからである。

39

どやどやとホテルの廊下を歩いていく異様な一行。

なにしろ、先頭を行く奇妙な恰好《かっこう》をした男の顔は、真ん中から半分ずつ、違う色に塗られている。

あとに続く大柄な白人男性は真っ赤で不機嫌な顔をしているし、その少し後ろを歩く長身でやせた白人男性のほうは悄然《しょうぜん》として真っ青だ。

小太りの白人男性は困惑顔。中肉中背のアジア人男性も同じく戸惑った表情だし、そばを歩くアジア人女性はひたすら無表情。さらに後ろからは何やら言い争う男性二人が付いてきている。

顔色だけでもバラエティに富んでいるが、全体的に見て怪しい一行であることは間違いない。すれちがう客やホテルのスタッフは、見て見ぬふりをしたり、そっと振り向いたりして、いったいあの人たちは何だろうと囁き合った。

もう夕飯の時間もかなり過ぎてしまっている。

食事を済ませて引き揚げるお客の姿もちらほら。

「そういえば、腹減ったなあ」

「寿司《すし》はどうなったの？」

ボソボソと後ろで囁くのが聞こえた時、小太りの白人の携帯電話が鳴った。

慌てて電話に出る男。

「はい。あ、すみませーん、はいはい、今ホテルに戻ったところです。やっぱりこっちに持ってきてくれますか？　あ、こっちのせいで到着が遅れたんで、ちゃんと払いますよ」

ジョンは電話に向かって頭を下げた。

「ひょっとして、寿司ですか？」

久美子がジョンの顔を覗き込む。

「はい。僕らを追いかけてきて、渋滞に引っかかったままらしくて」

「また戻ってきてくれるの？」

正が尋ねる。

「ええ。ほんとは一時間以内に着かなかったら割引になるらしいんだけど、ぶっちぎったのは僕らなんで。なんか、やけに凄みのある奴だったなあ。丁寧なんだけど、恫喝《どうかつ》されてるっていうか——迫力あった。怒ってるのかなあ」

ジョンは切った携帯電話を怯えた顔で見つめている。

蒼星は、ホテルの目玉である中華レストランに向かっていた。

「ダリオの死に場所に向かってるってことですよね？」

「そのようです」

正と久美子はひそひそと囁きあった。

と、久美子がまたしても宙を見つめたので、正はびくっとした。

さっきから、風水師と久美子が何か同じものを見ているらしいのが、恐ろしい。

正はなるべく彼らの視線の先を見ないようにしていた。

見えたら困る。俺はこの人たちとは違う。俺には見えない。

そう必死に自分に言い聞かせる。

「見えてますよね、小角さんにも」

久美子がボソッと呟く。

「見えてませんっ」

正は即座に否定した。

とはいうものの、実は彼もなんとなく宙を漂う「何か」の気配は感じていた。

冗談じゃない。「見える人」になんてなってたまるか。俺は先祖のしがらみから逃れて現代人として生きるんだ。

前から女性三人のグループが歩いてくる。

あー、おいしかったー、さすが加藤さんの選んだ店、などと言っているところからして、日本人らしい。お揃いの小さな紙袋を持っている。何かお土産でも買ったのだろうか。

三人は、正らの一行に気が付き、つかのま目を丸くした。

「なんの人でしょうね。フラワー・フェスティバルのイベントかなんかに出てたんでしょうか？」

「にしては、雰囲気暗くない？」

「疲れてるんですよ。ああいうイベントものって、見られっぱなしで緊張するから、がっくり来るんですよねー」

「あんたでも緊張するの？」

「しますよー。ポーズが決まってたかどうか、とか」

「ねえ、どこかで見たことがあるような気が。前に会ってない？」

「えーっ、ここ上海ですよー」

声を潜めているが、はっきり聞こえてきた。

「――はて。あたしも、今の三人、どこかで見たような」

久美子が首をかしげる。

「そうなんですか？　日本で？」

「たぶん、そう。ずいぶん前のような気がする」

「奇遇ですね」

と、前を歩いていたフィリップ・クレイヴンがピタリと立ち止まったので、後ろを歩いていたジョンと正が彼の背中にもろにぶつかってしまった。

「どうした、フィル」

ジョンが声を掛けるが、その背中がわなわなと震え出した。

「――だめだ。これ以上近付けない」

「フィル」

ジョン、正、久美子の三人でフィリップを取り囲むが、彼は脂汗を流し、まるで化け物屋敷の入口で躊躇するホラー映画の登場人物のように、恐怖に満ちた表情で震えていた。

中華レストランが近付くにつれ、ダリオの最期の場面がフラッシュバックしているらしい。

先を行く蒼星とティムが、みんながついてこないのに気付いたらしく振り向いた。

「おい、何をしてる。供養するんだろうが」

「このパーティを始めたのはおまえだぞ。責任取れ」

二人の顔は、モンスター映画のごとく恐ろしい。蒼星のほうはメイクのせいだし、ティムのほうはこの上なく不機嫌そうで、目が吊《つ》り上がっている。

ひえっ、と正が一歩後ずさる。

「僕には行けない。ああ、なんて恐ろしい――あの瞬間、あの衝撃が」

フィリップ・クレイヴンはその場に崩れるようにがっくりと膝を突いた。

「フィル」

またしてもさめざめと泣き始めた男を見て、なんだなんだ、どうしたんだ、と廊下を行く人々から声が上がる。

「まあいい、そこで待ってろ」

蒼星が手を振って、すたすたと歩き出した。

ジョンが残って監督を慰めることにする。

大丈夫か、具合でも悪いのか、と中年男性のグループが集まってきた。

いえ、実は、大事な人を亡くしまして、とジョンが神妙に解説を始める。

とても無口な、かわいらしいいい子だったんですが。

そうかそうか、そいつは気の毒に、とみんなが頷いている。

「――なんだかなあ」

「イグアナだって言ってやれば？」

正と久美子は顔を見合わせて呟いたが、慌てて蒼星たちの後を追った。

「うむ、こっちだ」

蒼星は一瞬レストランの入口で立ち止まったものの、すぐに向き直り、まっすぐに廊下を進んだ。

むろん、それは宙に浮かぶ「あれ」がふわふわとそちらに向かっていったからである。

どうやら、直接厨房を目指すらしい。

久美子はひたと宙を見上げた。

やはり、あれはダリオの霊。

身体の中に光っている、あの小さな細長いものはなんだろう。

あれは、ダリオが死んだ時に体内に入っていたものであり、それはまだこの近くにあるはずだ。ダリオはあれにこだわっているというか、心を残しているらしい。フィリップ・クレイヴンが、「輸出」する時に入れたのか？　麻酔薬とか？　それにしては、大きすぎる気がするが。

ぴかぴかに磨かれたステンレスの、観音開きのドアが見えてきた。

中からは慌しい気配がする。早口で飛び交う言葉。

蒼星はためらうことなく、そのドアを両手で思い切り押し開けた。

湯気とさまざまな匂いと音とが、わっと飛び込んでくる。

明るくて広い厨房。

手を止めない者もいたが、ほとんどの者が一斉にこちらを振り向いた。

その目がぎょっとしたように大きく見開かれる。

「な、なんだ」

「ハロウィンか？」

「旧正月は過ぎたぞ」

訝《いぶか》しげな声が上がる。

蒼星は、中に進んでいくと、ぴたりと足を止めた。

皆もつられて動きを止める。

蒼星は、耳を澄ますようにじっとしてゆっくりと周囲を見回していく。

皆もつられて、息を殺した。

「ふーむ」

蒼星は天井を見上げ、それからもう一度辺りを見回した。

大きな屑物《くずもの》入れに目を留めると、つかつかと歩いていって中を覗き込む。

屑物入れは、等間隔に幾つも置かれていた。

順番に覗き込んでいく蒼星。

皆、何事かと、蒼星の動きを目で追っていく。

「何してるんでしょうね」

「しっ。たぶん、ダリオの中にあったものを捜してるのよ」

「ダリオの中にあったものって——怖すぎます」

正と久美子は囁き合う。

蒼星は再び天井を見上げた。

むろん、そこには「あれ」がいる。

ふわふわと漂うダリオは、いやいやをするように首を振った。

「なるほど、ここにはいないか。おまえを殺した奴は」

蒼星が呟くと、周りがざわめいた。

殺した？　誰を？　誰が？

料理人たちは、顔を見合わせる。

「ここにはいない。そして、おまえの中のそれも、ないってわけだな」

蒼星は低く呟き、今度は料理人たちの顔を順番に眺めていく。

みんながぎくっとしたように身体を引いた。

「――料理長は？　何日か前に、ここで珍しいイグアナをさばいた料理長がいるだろう？」

「王料理長は、今席を外してます」

恐る恐る、隅っこにいたスタッフが答えた。

「どこにいる？」

「さっきまで、上のイベント会場にいたんですけど、今はご自分のオフィスじゃないでしょうか」

今度はスタッフたちが顔を見合わせた。

「オフィス？　それはどこだ」

蒼星の目がギラリと光った。

「えーと、反対側の廊下の奥です」

「よし、行くぞ」

蒼星はすぐさま歩き出し、他の五人も慌てて後を追った。

なんだなんだ？　警察？　ＦＢＩ？

後ろで再び調理の始まる音と声を聞きつつ、六人は厨房を後にした。

「あれって、なんだと思われます？」

久美子は、蒼星に声を掛けた。

「分からん」

早足の蒼星が答える。

「だが、王って奴が持ってることは間違いないな」

六人を先導するようにふわふわと宙を行くダリオ。

思わず宙を見上げてしまった正は、反射的になぜか十字を切っていた。

やばい、見えてるよ。

正は目を伏せた。

神様、魔物より我を守りたまえ。あんなものが我に見えないようにしたまえ。

視線を落とし、なるべく床のほうを見ながら前に進む。

俺んち、キリスト教とはなんの関係もないんだけどなあ。

ちらりとレストランの入口のほうに目をやると、人だかりができている。

ジョンとフィリップを囲む客が前よりも増えていた。どうやら、悲しい話はまだ続いているらしく、しかも好評であるらしい。もらい泣きしている人までいる。

それ、イグアナだけどね。

正は小さく呟いた。

40

その電話が掛かってきた時、董衛員は、ちょうど車が渋滞にはまって道路の真ん中で動けなくなっていた。

上海の渋滞は今に始まったことではないが、それにしても今日はひどい。

さっきから全く動かないのは、どうやら事故か何かあったようで、あちこちから凄《すさ》まじいクラクションがひっきりなしに聞こえてくるし、遠くからパトカーのサイレンも響いてくる。

運転手もしきりに舌打ちしたり悪態をついたりしていたが、今やすっかりあきらめ顔で、ハンドルの上に頰杖《ほおづえ》をついているありさまだ。

衛員も、自分が下手を打ったことを自覚していた。

全く、この時間に車を使うなんてうかつだった。

移動時間が読めなくなることなど、分かっていたはずではないか。

最後の大仕事という自覚が、いつもと同じつもりでいても、どこかで気持ちを焦らせていたのだろうか。

衛員は腕組みをして、じっと考えこんでいた。

孫の衛春の仕込みはもう済んでいる。

あとは周りがどう出るか。

運転手は、ルームミラーの中で、沈思黙考する老人を、ふと不思議そうに眺めた。

まるで周囲のクラクションが全く耳に入っていないかのような、そこだけ静寂に包まれているような様子に、何か異様なものを感じたのかもしれない。

衛員は、今度はこちらから周に電話を掛けた。

こちらから掛けることなどめったにないが、今は「めったにない」機会なのだ。

しばらく呼び出し音が鳴ったあと、周が再び不機嫌な声で出た。

「私だ。どうなってる？」

言葉少なに尋ねる。

「まだだ」

返事も短かった。

「幾つか計算違いがあって——回収に手間取っている」

計算違い。

この男からそんな言葉を聞くとは、いよいよ「めったにない」機会だ。

「分かっていると思うが、そろそろなんとかしてもらわないと困る」

衛員は静かに言った。

「もちろん、分かっている。もう少し待て」

更に不機嫌な声。

周の仏頂面が目に見えるようだ。しかし、不機嫌なのはこちらも同じである。

「頼んだぞ」

衛員はそう言って返事も聞かずに電話を切った。

まだ回収されていない。その事実だけ聞けば用はなかった。

全く、何を手間取っているんだ。

「冷静の極み」「慌てた顔を見たことがない」と周囲から言われてきた衛員も、さすがに焦りを覚えていた。

今夜中にカタを付けなければならないのに。

やはり自ら向かって正解だったな。

携帯電話の画面の時間を見る。

もうこんな時間になってしまった。こっちこそ計算違いだ。

忌々しげな表情で、衛員は携帯電話をポケットに入れる。

「やっぱり、事故らしいよ、お客さん」

運転手が、携帯電話の画面を見ながら呟いた。

「交通事故か？」

「いや。なんでも、フラワー・フェスティバルで何かあったらしくて、道路に人が溢《あふ》れてるみたいだ」

「フラワー・フェスティバル」

そういえば、今日は何かイベントがあったはずだ。くそ、そのことも失念していた。余計に車なんか使うんじゃなかった。

自分を罵《ののし》りたい気分になる。

ますます焼きが回ったな。

と、携帯電話の呼び出し音が鳴った。

運転手は自分のものかと思ったらしく、慌てて携帯電話を見たが、後ろで老人が出たのでお客のものだと気付く。

名前は出ていない。電話番号だけ。

衛員は、そのことを訝しく思った。

誰だ？　登録されていない番号からこの電話に掛かってくることなどめったにない。この番号を知っているとは。

「もしもし」

用心深く、なるべくフラットな声で出る。

「もしもし」

向こうの声も、負けず劣らず用心深かった。

「そちら、菫衛員先生のお電話でしょうか？」

静かな、落ち着いた声。

「どちらさまでしょうか」

衛員も静かに尋ねた。

「私、王湯恵《トウケイ》の息子で、王湯元と申します。父から聞いた番号にお電話させていただいております」

反射的に、衛員の頭の中に「蝙蝠」が浮かび上がった。

王湯恵。中国指折りの名料理人の家系、王家の歴代の顔。彼らは、美術品にも目利きでコレクターでもあった。

衛員は、自分が扱った品はすべて細部まで記憶している。これまで取引した中でも、王家のコレクションは傑出した一群のひとつである。

素晴らしい青磁の壺《つぼ》や、稀少《きしょう》な唐三彩など、彼らのコレクションに加わったものが次々と脳裏に蘇る。

衛員はつかのまの回想から我に返る。

そして、王湯元のほうから連絡してくる用件とは、つまり。

「董です。おじいさま、お父様にはお世話になりました。どのようなご用件でしょうか」

そこで衛員はようやく名乗った。

「実は内密にお見せしたいものがございまして」

「内密に？　私に？」

衛員は興奮を押し隠した。

「はい。董先生とは、祖父の代から美術品の取引があったと伺っております。たいへんな目利きでいらっしゃると」

王はひたすら腰が低い。

「あなたのおじいさまこそ、実に素晴らしい審美眼の持ち主でいらっしゃいました」

衛員は、努めて平静な声で答えた。

「実は」

一瞬、間があった。衛員は続きを待つ。

「董先生に鑑定していただきたいのです。ひょんなことから、私の手に入ったものなのですが」

「ほほう」

衛員は思わず身を乗り出していた。

なんという幸運。あれに違いない。

ふと、運転手が聞き耳を立てているのに気付き、さりげなく口元を塞《ふさ》ぎつつ、小声で聞いた。

「それはいったいどういう品ですか？」

電話の向こうで小さく咳払いをするのが聞こえた。

「それがその、電話ではちょっとお話ししにくい品でして。なにしろ、手に入った経緯《いきさつ》が特殊なもので——小さなものです」

特殊な経緯。小さなもの。

やはりあれだ。間違いない。

「あなたが興味をお持ちになり、私にじきじきに鑑定を依頼するのですから、かなりの品なのでしょうね」

「はい。かなり——興味深いと思われます」

王は控えめな口調で同意した。

王の目は確かだ。あれほどの名品、見逃すはずはない。

「ということは、鑑定ののち、私に売却を任せていただけると考えてよろしいんでしょうか？」

興奮を抑えて、衛員は更に一歩踏み込んだ。

電話の向こうで、息を呑む気配。

「——はい。できれば」

つかのまのためらいののち、そう低い声が応えた。

「では、拝見いたしましょう。いつがよいでしょうか？」

衛員は落ち着き払った声で答えた。

何日か先を指定されたらどうしよう。

衛員は、王にすぐに会いたいと思わせるには何と言えばよいのか考えた。

「申し訳ないのですが」

王の声は、再びためらいを帯びた。

「実は、たいへん急いでいるんです。できれば、今夜中に見ていただければと思うんですが、いかがでしょう？　先生もお忙しいとは思いますし、もうそちらの営業時間はとっくに終わっているると承知はしておりますが」

おお、好都合だ。衛員は小躍りしたくなるのをぐっとこらえる。

「構いませんよ。ちょうど、家に帰る途中でしたので、そちらに伺いましょうか？　確か——青龍飯店でいらっしゃいましたよね？」

衛員は、そこへ向かう途中だったことを気取られないように、鷹揚《おうよう》な口調で答えた。

「はい」

王はホッとした声を出した。

「本来ならば、こちらからお伺いすべきなのに、ご足労いただき恐縮です。私、まだ職場を離れられないものですから」

「いえいえ、帰宅ついでですよ。ではこれから向かいます。そうですね、ロビーに着いたらお電話差し上げましょう。今いただいた番号にお掛けすればよろしいですね？」

「はい。助かります」

王はますます安堵したようだった。

「董先生、急なお願いにもかかわらず、お引き受けくださり、どうもありがとうございます。お待ちしております」

「では、のちほど」

電話を切ったあとも、衛員はしばらくじっと携帯電話の画面を見つめていた。

なんとまあ効率のよい。

少し前までの不機嫌はどこへやら、衛員は気分が高揚するのを感じた。

手に入れたい。一刻も早く。

そう思って顔を上げると同時に、のろのろと車が動き出した。

「運転手さん、とにかく急いでもらいたい」

「え？」

運転手が不思議そうにルームミラー越しに衛員を見た。

「チップは弾むぞ」

「分かりました」

急に愛想がよくなった客に何か聞きたそうにしていたが、運転手は頷いた。

少しずつ、周りの車が進み始めている。衛員には、しつこく鳴り響いているクラクションも、もう聞こえていなかった。

41

結局、マギーは男の子を見つけるのをあきらめた。

何か事故でもあったらしく、外灘はとんでもない人混みで、到底この中に逃げ込んだ子供を見つけるのは無理だと見切りをつけたのだ。それどころか、ろくに動けなくなり、店に戻るのにもえらく時間が掛かりそうだった。

落ち着け。考えろ。

必死にそう自分に言い聞かせるが、あの子と誰かがグルだったとしたら、あのUSBの中身はその誰かに伝わっていると考えるべきだろう。

マギーは背筋が寒くなった。

まずい。あれを、事情を知る誰かに見られたら。

彼女は、周囲の喧噪《けんそう》も耳に入らなかった。

もうひとつ。

ずっと考えないようにしていたが、更に重大な懸念があったのだ。


このままでは、入札不成立になってしまう。


思わず時計を見る。

今日中に入札できなければ——

じりじりと時間は過ぎていた。

これまでに入札が成立しなかった例は聞かない。なにしろ、入札価格が決まらないことには、身代金の額も決まらないのだ。

GKは、犯罪者ながら「フェア」なことで知られている。かなりの目利きと見えて、「誘拐」

するのは名品ばかり。逆に、GKが「誘拐」するのだから相当な品だという証《あかし》になっているほどだ。当然、欲しがる者は多いから、入札価格はつりあがる。

そして、「親」が最高額をつければ、「子」は「親」の許《もと》にきちんと戻る。健康状態——すなわち保存状態も良好で、以前よりも「健康」になることもある。下手な美術館に預けるよりもメンテナンスがいいという評判すらあるのだ。

誘拐犯に対して「信用がある」というのもおかしな話だが、そうでなければ交渉は成立しない。

GKからしてみても、彼らはあくまでカネが目的であるから、きちんと身代金を払ってもらって、きちんと返したいのである。美術品は、維持管理に手間とカネが掛かる。保管場所も大問題だ。長く持っていれば、事故が起きたり、足がついたりする恐れも高まる。GKにしてみれば、あまり長く手元に置きたくない。できればさっさと返したい、というのが本音なのだ。


しかし、不成立となれば、そのまま「子」は闇に消えてしまう——


そう思いついて、マギーは再びゾッとした。

そして、今回の入札が、これまでと全く様子が違うと感じたことを思い出した。

今回の「子」の稀少《きしよう》価値ぶり、由来、そしてその美しさからいって、ものすごい額がつくことは容易に予想がついたし、GKが「勝負に出た」と感じた。

だが、蓋《ふた》を開けてみれば、最初の入札は流れた。

なぜか「客」たちは、ぱっとしない、似たような額で入札してきたのである。

「客」どうしの牽制？　あるいは談合？

今回の入札が不成立になったら、ＧＫはどうするだろう？

マギーは考え続けた。

実は、「勝負に出た」のはマギーたち香港警察も同じである。

今日の入札が成立したあかつきには、「宿」を一斉に取り押さえ、「子」の現物を見つける準備を進めていたのである。

しかし、入札が成立しなかった場合はどうするか、詰めていなかった。これまでにそんなことはなかったからだ。

マギーはさっきからずっと背中が冷たいままだった。

どうも嫌な予感がする。

あたしが見張られていたとしたら。

高飛びされる？

「マギー、今どこだ？」

ようやく、店の近くまでやってきて、仲間の声が耳に飛び込んできた。

「ごめん、子供、見失った。今、戻ってきたとこ」

「さっきの女は見つからない」

「分かった。入札に集中しよう」

「――ちょっと、気になることがある。様子が変だ」

その声には、困惑の色があった。

「何があったの？」

マギーは思わず耳を押さえた。

42

携帯電話を切った王は、低く溜息《ためいき》をついた。

アポを取ってしまった。もう後戻りはできない。

思わずぎゅっと胸ポケットを押さえる。

用心深くならなければ。あの男なら大丈夫だ。

もう一度、あの玉《ぎょく》を見てみようと思ったとたん、ドアがドンドンドンドンと激しくノックされて、びくっとする。

「はい」

誰だ、こんな時間に？

バタンとドアが開き、思いがけずたくさんの人間が部屋になだれこんできたので、王は愕然《がくぜん》として、思わず立ち上がった。

「誰だ、あんたらは？」

王は目を見開いた。

なにしろ、先頭に立っているのは、顔を半分に塗り分けた異様な恰好《かっこう》の男。

その後ろには、真っ赤な顔の大男。その脇には、真面目そうな東洋人の男女。

更に、ラフな恰好の東洋人の男が二人。

「すみません、どうしても王料理長と話したいとおっしゃってまして」

部下がおっかなびっくり、いちばん後ろから顔を出す。

「いったい何の用だ？　しかもこんなに大勢」

王は、ぐるりと客たちを見回す。

「お邪魔します。こちらにいると伺いまして」

先頭の異様なコスチュームの男が口を開いた。

王はその男を上から下まで一瞥《いちべつ》し、首をかしげた。

「どこの少数民族だ？　内陸のほうの自治区？　それとも、何かの宗派か？　肉は何を食べてる？　酒は白酒《パイチュウ》か？」

「ちがうちがう」

男は疲れたように首を振った。

「私は風水師」

「私が知ってるのとは流派が違うようだな」

「それも違う。説明してる暇がないので、単刀直入に聞くが、あんたがあの動物を調理したね？」

「あの動物？」

王はきょとんとした。

「トカゲのでかい奴だ。レストランで調理しただろう」

「ああ、あれか」

王は思い当たったらしく、頷《うなず》いた。

「せっかくいい食材だったのに、箸《はし》を付けてもらえなかった。自信作だったのに、実に残念だ」

風水師の後ろにいる全員が、複雑な表情で顔を見合わせる。

「あれは、アメリカ人映画監督のペットだったらしい」

「そうらしいな。厨房《ちゅうぼう》の床を走り回ってたんで、てっきり新しい食材の売り込みだと思った。なかなか興味深い食材だったな。機会があれば次は甘酢で調理したい」

王は全く悪びれないので、全員力なく笑った。

「それで？」

「成仏してません」

突然、後ろにいた東洋人の若い女が言った。

「監督がダリオを供養したがってるんですけど、彼、厨房から離れなくて」

「は？」

王は怪訝《けげん》な顔でまじまじと一行を見た。

「あんたらはなんの話をしてるんだ？」

「撮影が進まないんだ！」

突然、大男が叫んだ。

「一日一〇万ドルが吹っ飛んでる！　なんでもいいから、こいつらにつきあって、あのケダモノの後始末をしてくれ！　くそっ！　なんでこんなことまでしなきゃならないんだ！」

大男は頭をかきむしる。

「そうよっ、いい加減練習ばっかりで飽きたわっ。早いところ撮影したいのよ」

「来週は低気圧が通過するらしいから、今のうちに撮りたいな」

ラフな恰好の二人も叫ぶ。

「すみませんが、つきあってもらえませんかね。調理した本人でないとダメみたいで」

東洋人女性が溜息をついた。

王は目をぱちくりさせる。

「ひょっとして——これは何かのTV番組か？　アメリカの？」

「とにかく、あの動物の最期の場所に来てくれ」

風水師が、王を外に促す。

狐につままれたような顔の王を連れて、みんなでぞろぞろと廊下に出た。

「私は、これからお客さんに会わなきゃならないんだが」

王は時計に目をやった。

「すぐに済みますから」

真面目そうなほうの東洋人の男性が頭を下げる。

「どうなってるんだ」

よく分からない集団に囲まれ、王は混乱した顔で廊下を歩き出した。

43

外灘。フラワー・フェスティバル会場。

既に、TVのニュース映像で流れていたような大混乱はほとんど収まり、いつもの喧噪が戻り始めていた。

そぞろ歩きする人々。賑《にぎ》やかな家族連れや、若者のグループ。

頑丈そうなトラックが、静かに停まった。

中から作業服姿の男女が数名降り立つ。

青ざめて緊張した面持ちの、魏英徳をはじめとする上海動物公園の職員である。

悲愴《ひそう》な顔で、辺りを見回す面々。

英徳はじっと周囲の様子を窺《うかが》っていた。

辺りにはもはや弛緩《しかん》した空気しか漂っておらず、何か変わったことが起きている気配はない。

もし、厳厳が誰かに見つかっていたら、大騒ぎになっているはずだから、まだ厳厳はどこかに隠れているに違いない。

いったいどこに？

英徳は会場周辺に目を走らせた。

足元で「ぐるる」というくぐもった声がした。

「どうだ、燦燦《サンサン》？」

英徳が持っているリードの先には、ミニチュアダックスフントが、くんくんと鼻を利かせて歩き回っていた。

これぞ、英徳の秘密兵器、上海動物公園で飼っている燦燦（3）である。

小さな犬ではあるが、燦燦は極めて鋭敏な鼻を持っており、前回厳厳が脱走した時にも、その特性を大いに発揮し、素早い捕獲に一役買った。

近くに厳厳がいれば、必ずや燦燦の鼻が見つけ出すはずだ。

英徳は、しばらく燦燦を好きなように歩かせておいた。

燦燦は、周囲の喧噪をモノともせず、道路を嗅《か》ぎ回っている。一心不乱に集中するさまは、非常に頼もしい。

全く、いくら厳厳が狡猾《こうかつ》とはいえ、ああもうかうかと逃がしてしまうとは。

英徳は、ポケットの中の麻酔銃を押さえた。

空っぽの檻《おり》を見た時の、衝撃が未《いま》だに収まらなかった。

さっきまであんなに気分が悪かったのに、今やなんともない。

クソ。

英徳は歯軋《はぎし》りをした。

やっぱり、俺もたるんでいたんだ。風邪なんか引くこと自体、気がゆるんでいる証拠だ。厳厳の動きを警戒しているつもりで、どこかで高をくくっていたのだ。最初から緊張感を持って仕事をしていれば、今ここでこんなことをしていなくてもよかったのだ。

かえすがえすも口惜《くちお》しく、英徳は敗北感を嚙《か》みしめた。

いや、まだ挽回《ばんかい》できる。騒ぎにならないうちに、迅速に捕獲して、奴を連れ戻すのだ。

他の職員も、固唾《かたず》を呑《の》んで燦燦の動きを見守っている。

と、突然燦燦がぴくっとして顔を上げた。

「ぐるる」という声を上げ、走り出す。

「やった」

「発見したか？」

職員たちが色めき立つ。

英徳は燦燦を自由に走らせた。たちまちリードがどんどん伸びていく。

燦燦は人混みの合間を縫って、やがて大通り沿いの街路樹に辿《たど》り着き、そこで激しく吠《ほ》えた。

やはり、木の上か？

英徳たちは木の根元に集まった。

大きめの木ではあるが、樹上に誰もいないのは明らかである。

が、上のほうの枝がぽっきり折れているのが目に入った。

なるほど、やはり木を使ったか。

英徳はジロリと木を見上げた。

TVの画面で飛んでいた厳厳は、あの木の上でバウンドした。

脇の、車の行き交う道路を見る。

ここでまた、何か――恐らくは、それなりに大きな車――の上に跳び乗ったと見るべきだろう。だから、誰にも見つからなかったのだ。

燦燦は、しばらく木の根元をぐるぐる回っていたが、その先は辿れないようだった。鼻を鳴らし、戸惑ったように右往左往する。

「あー」

「ここまでか」

他の職員が悔しそうに溜息をついた。

「いや、待て」

英徳は、燦燦の動きをじっと見つめていた。

燦燦はなかなか粘り強い性格だった。

しきりに辺りを嗅ぎ回り、きょろきょろと見回す。

「頑張れ、燦燦。お前の鼻なら、車でも追えるはずだ」

ましてや、さっきの騒ぎで道路は大渋滞だったはず。車の上に張り付いていても、車はのろのろとしか動かなかっただろう。あれだけ身体の大きな厳厳のことだ。匂いは残っているのではないか。

誰もが祈るような気持ちで燦燦を見守っていた。

その様子が異様だったのか、通行人が不思議そうに彼らを見ている。

「犬の散歩?」

「にしては、雰囲気暗いなあ。人数多いし」

ボソボソと囁《ささや》く声がする。

と、また燦燦がピンと身体を伸ばし、前方を向いた。

動きに生気が戻ってきて、そそくさと進み始める。

「おお」

「見つけたらしいぞ」

「やったあ」

歓声を上げ、犬を追いかける大の大人たちを、通行人は不思議そうに見送ったのであった。

44

「――ったく。思わぬ時間を取られた」

高清潔は、制服の襟を直し、小さく溜息をついた。

――ったく、あんたが宣伝活動に励むからじゃないの。

華蓮はげっそりした顔で同僚と顔を見合わせた。

本当は、暴走バイクの現行犯逮捕に向かうはずだったのが、道路は大渋滞。

しかも、フラワー・フェスティバルで事故があったらしく、その混乱収拾に当たらなくてはならなくなったばかりか、なぜかそこに日本のＴＶクルーがいて、いきなり取材を受けるはめになった。

華蓮はずっと上を向いてレフ板を掲げていたので、すっかり肩と上腕が痛くなってしまった。

なにしろ、高ときたら、例の白い歯を輝かせてやたらニコニコと笑い、不必要にサービスを続けたので、結構な時間、インタビューに答えていたのである。

カメラ目線考えすぎなんだよ。

さぞかし、日本のＴＶクルーも驚いたことであろう。

あのう、これは一日警察署長かなんかのイベントなんでしょうか？

通訳がそう尋ねていたのを思い出す。

そういえば、日本の警察では、アイドルやスポーツ選手などが、市民に親しみを覚えてもらうために、「一日警察署長」なるものをやると聞いたことがある。

実は、上海警察でもやってみようかという話がなくはなかったのだが、「うちには高署長がいるからなあ」という、よく分からない理由で却下になったのであった。

交通整理すること、三十分。

ようやく車の流れも通常に戻り（それでも相変わらずの渋滞だった）、彼らは署に引き揚げてきたのである。

が、高の目がまたしても鋭くなった。

宣伝モードからお仕事モードに戻ったらしい。

「市内の監視カメラの映像を見せろ」

昨今の上海には、凄《すさ》まじい勢いで監視カメラが増えている。

至るところにカメラが備えられているので、あの時、破壊的な爆音を立てて高たちの前を通り抜けていったバイクの動きを辿るのは可能である。

ただ、凄《すご》いスピードだったので、映像をつなぎ合わせて追っていくのは難しい——のではないかと思われたが、先ほども感嘆したように、高の動体視力はハンパではなく、ひたとモニターを見据えると、高は次々と映像を切り替えて、たちまち爆音バイクを見つけ出した。

うーん。やっぱ凄いわ、これは。

華蓮たちも感心する。

だが、映像で見つけ出したとしても、原則、スピード違反は現行犯逮捕。高はどうするつもりなのだろうか。

「署長、バイクを特定しても、今からでは逮捕できませんが」

同じことを考えたのか、誰かが恐る恐るそう言った。

「分かっている」

高は言葉少なに頷いた。

「だけど、俺は決めたんだ。今日は絶対あいつらをつかまえる。よりによって、俺たちの前をこれみよがしに走り抜けやがって。いい加減、示しがつかん」

「でも」

誰かが口を挟んだが、高はひらひらと手を振った。

「待て。もうじき分かる。ふん、ふん、ここをこう抜けて」

高は頭の中で地図を広げているようだった。

「とすると、行き先はこの辺りか」

かしゃかしゃと切り替わる映像。

高があまりの速さで映像を切り替えるので、慣れているはずの華蓮たちでさえついていけない。

「ほう。もしかして、配達先は」

高が満足げに頷き、ぱん、と映像を映し出した。

「青龍飯店か」

街角の映像。

ホテルの入口が映っている。

あのモンスターバイクが停まっていて、乗っていた男がどこかに電話を掛けていた。

「ホテルにデリバリーですか」

「ふうん」

と、しばらくして、再び慌てたようにバイクに乗って男は動き出した。

「あれ、配達は？」

「おかしいな」

みんなが口々に呟《つぶや》く。

高は映像を止めた。

「どのみち、奴らはまたやる」

とんとんと指でモニターのバイクを叩《たた》く。

「このモンスターバイクは、確か店長のイチハシのもの。奴は近頃めったに配達はしないらしいが、今夜はご出勤のようだ。奴がおとなしく帰るということは有り得ない。きっとまたやる。だから、張るんだ」

「張る？」

「奴の行きそうなところを張って、つかまえる。今度こそ現行犯で逮捕してやる。こってり搾ってやるぞ」

高は目をギラギラさせて、立ち上がった。

「お経をすえてやるんだ」

小さくガッツポーズをして、また歯をキラリと見せる。

「お経？」

みんながポカンとしているのに気付き、首をかしげる。

「あれ、お経をすえる、じゃなかったっけ？」

「署長、それを言うならお灸《きゅう》では」

華蓮が恐る恐る呟いた。

「お灸？　それ、なに？」

高が不思議そうな顔をするのを見て、華蓮は音もなく溜息をつく。

うーん、やっぱりこの人、なんなんだかよく分からない。

45

「人助けはしとくもんですねー」

優子はほくほく顔である。

「あんた、何したわけ？」

和美が怪訝そうな顔で尋ねる。

「暴漢に絡まれていた老人を助けました」

「はあ？」

えり子と顔を見合わせる。

「誰かに乱暴したわけ？」

「そんなぁ、人聞きの悪い。ちょっとばかし締め上げてみただけですよー」

優子の馬鹿力を知っている二人は、彼女の言う「ちょっとばかし」がどの程度のものなのか不安に思わないでもなかったが、お礼の品を貰《もら》ったところをみると、感謝されたことは確かなので、それ以上深く追及することは避けた。

おいしい中華料理を堪能した三人は、ホテル内の一階にあるバーに移動している。

「うーん、ゆっくり酒が呑めてあとは部屋に戻って寝るだけだなんて、最高だなあ」

和美がソファ席で満足そうに呟くと、えり子が笑った。

「相変わらずお強いですねえ、北条さんは」

「ううん、最近弱くなった。呑んだ日の翌朝、ラジオ体操するとふらついてさあ。あれ、あたし、ゆうべの酒残ってるじゃんって思うようになった」

「それは人として普通ですよー」

優子が茶々を入れる。

「あんた、さっきお茶と間違えてあたしの紹興酒呑んだでしょ」

「えっ、そうだったんですか？　道理で酔っ払ってる気がしたわけだ」

「優子は酔うと凶暴になるからなあ」

「ひどい、凶暴だなんて」

優子は口を尖《とが》らせ、紙袋の中に見入った。

「ほら、これ、ちょっとお洒落《しゃれ》だと思いません？　スティックタイプの月餅《げっぺい》ですって」

「へえ」

和美とえり子が優子の手元を覗《のぞ》き込む。

「ふうん。これ、新商品ですね。何度かここのショップにお菓子買いに来てますけど、まだ見たことがない」

「なるほど、新商品のお披露目だったんですねー。味見したいなあ」

「ここで食べるんじゃないわよ、みっともない」

「食べませんけどー」

未練がましく月餅を見ている優子を見て、こいつ、ホントは食べる気だったな、と和美は思った。

「あれ？」

「何？」

「これ、月餅じゃないや」

優子は、紙袋の中から布袋を取り出した。

「似てるけど、違いますね」

細長い棒状のもの。

確かに、見た目はよく似ている。が、布の柄が違う。

「なんだろ」

優子は、袋の中身を取り出した。

綺麗《きれい》な緑色をした、四角柱の石。

「ハンコじゃない？」

和美が手に取って、ためつすがめつした。

「うん、印章だね。使ったあとがないけど」

日頃、契約書の印影をチェックしているだけに、和美の目つきが鋭くなった。

「ええっ。ハンコって――ハンコって、もちろん中国でも大事なものですよね？」

優子は青ざめて背筋を伸ばした。

いっぺんに酔いが醒《さ》めたらしい。

「どうしよう。あたし、てっきり同じ月餅だと思って、持ってきちゃった。きっとあのおじいちゃんの落とし物だったんだ」

「どこで拾ったの？」

「廊下です。暴漢締め上げて、おじいちゃんと別れたところで」

「その時からどのくらい時間経ってるかなあ」

和美は時計を見た。

「結構経ってますね。ホテルのスタッフに預けておけばいいんじゃないですか？　その人も、落としたことに気付いたらホテルに問い合わせるでしょう」

えり子が慰めるように言うが、優子は青ざめたまま首を振る。

「でも――でも、困ってるかもしれませんよね」

優子は腰を浮かせた。

「あたし、ちょっと捜してきます。もしかしたら、まだホテルの中にいるかもしれないし。あの時のスタッフが、あのおじいちゃんのこと知ってるみたいだった。聞けば、誰なのか教えてくれるかも」

「あたしも行きますよ」

えり子が頷いた。

優子は慌てて手を振る。

「そんな、加藤さんはいいですよ。ここで北条さんと呑んでてください」

「通訳がいたほうがいいでしょ？」

「やれやれ」

和美が溜息をついて、グラスに残っていたカクテルを呑み干した。

「部下の不手際は責任取らなきゃ。あたしも行くよ」

46

厨房は静まり返っていた。

営業時間を終えてスタッフが後片付けをしているのだが、中央に異様な雰囲気の一団がいて、気を遣ってそっと作業をしているのである。

お通夜のような雰囲気の、国籍混合の一団。

皆、チラチラと一団に目をやるが、奇妙なメイクをした蘆蒼星にジロリと睨《にら》みつけられると、慌てて目を逸《そ》らす。

王は、この奇妙な一団に戸惑っていた。

なんなんだ、こいつらは？

王は、風水師と、髪の長い女がさっきから宙を見上げているのが気になった。

そう、王の頭上をじっと見ている——まるでそこに何かが浮かんでいるとでもいうように。

「どうだ？」

「どうでしょうね」

蒼星と久美子は、そこについてきているダリオを見つめていた。

ふわふわと漂い、王の頭上をくるくると回るダリオは、王と同じく困惑の表情で、もの言いたげに口を開けている。

「ちょっと、詫《わ》びてやってくれないか」

蒼星が王に言った。

「詫びる？」

「そうだ。あんたが調理したイグアナに、済まなかったと言ってやってくれ」

「はあ？」

王は仏頂面になった。

「なんであんたらは、俺の頭の上を見ている？」

蒼星と久美子が目線を上に向けたまま同時に答えた。

「そこにいるんで」

王は思わず頭上を見上げた。むろん、彼には何も見えない。

「何が」

「ええと、成仏していないイグアナが」

小角正は、必死に目線を下げたままにしていたが、我慢しきれなくなって、そっと天井を見上げてしまった。

そして、彼にも見えた。

くるくると回るイグアナが――王の頭の上にはっきりと。

正は小さく悲鳴を上げ、慌ててまた目を逸らした。

見ちゃいけない。見えちゃいけない。気のせいだ。気のせいだ。

「――いい加減に認めたらどうです？」

久美子が憐《あわ》れむように正に囁いたので、正はぎょっとする。

「な、なんのことでしょうか」

「ご自身のルーツは大事にすべきです」

王は、不機嫌な表情で蒼星を見た。

「これは何かの芝居か？」

「いいや、至極真面目な話だ」

「お願いします、助けると思って謝ってください」

蒼星と久美子が怖い顔をして睨みつけるので、王はたじたじとなった。

やれやれ。なんでこんな馬鹿げた話につきあわにゃならんのだ。だが、こいつらは本気らしい。

このままじゃ、いつまでも解放してくれそうにない。仕方ない。ここはつきあってやるか。

王は鼻を鳴らし、何も見えない自分の頭上にぐいと目をやった。

腕組みをして、宙を睨みつける。

「済まなかった。ペットだとは知らなかったんだ。次回は甘酢で調理してやるから許してくれ」

「あんまり謝ってる感じじゃありませんね」

「どちらかと言えば、怒ってるな」

久美子と蒼星がボソボソと囁き合う。

ダリオの霊は、じっと王を眺めていたが、やがてまたくるくると回り始めた。

「うむ」

「あまりお気に召さなかったようですね」

「やっぱりあれが気になるんでしょうか」

またしてもボソボソと囁き合う久美子と蒼星。

この人たち、怖すぎる。

正は苦笑した。

「なあ、こいつを調理した時、中に何か入ってなかったか？」

蒼星がそう尋ねると、王の顔色が変わった。

「な、何の話だ」

王は反射的に胸を押さえ、そしてハッとした表情になると慌てて手を下ろした。

「こいつは、それが気になってるらしい。何か入ってたね？」

蒼星が畳みかけるように続けると、王は一歩後ずさる。

しばしの沈黙。

王の顔から、驚きが消え、考える表情になった。やがて、納得したように頷く。

「なるほど、やっぱりそれか。チンピラを差し向けたかと思えば、こんな荒唐無稽《むけい》な手段で来るとはな」

「は？」

蒼星と久美子はあっけに取られて、顔を見合わせる。

王はぐいと顔を上げ、一団を見回した。

「知らん。そんなものはなかった。俺はイグアナを調理した。それだけだ。監督にぜひ食べてもらいたかったな。そうすれば、きっとそいつもさっさと成仏できただろうよ。さあ、猿芝居はやめて、とっとと帰ってくれ。俺は何も知らん」

王は両手を広げて、一団を厨房から押し出した。

「なんのことを言ってるんだ？」

今度は蒼星が困惑した表情で王に聞き返す。

王は苦笑し、首を振った。

「白ばっくれるな。全く、こんな手の込んだ芝居をしやがって。危うく引っかかるところだった。さあさあ、帰ってくれ。そして、見込み違いだったと伝えるんだ」

「手の込んだ芝居？」

「見込み違い？」

蒼星と久美子がぽかんとして呟く。

「俺はもう行くぞ。もうバレたんだ、とっとと帰れ」

王はそう言い捨てて、唖然《あぜん》とする一団を残したまま、足音も高くその場を離れていった。

「なんだったんでしょうね」

「何か勘違いしてるみたいだ」

残された一団と、浮遊するダリオの霊は、腹を立てているらしい王の背中をぼんやりと見送ったのだった。

47

暗闇の中、一人（一匹or一頭？）残された厳厳は、しばらく辺りの様子を窺った。

思わぬ先客がいたが、今度は本当に誰もいなくなったようだ。

全く、脅かしやがって。繊細な俺のハートがドキドキだぜ。

厳厳は呼吸を整え、ゆっくりと伸びをした。

よし、この部屋を探索だ。

パンダはそれなりに夜目が利く。広い会場を忍び足で回ってみる。

どうやら人間たちの制作した絵だの彫刻だのが飾ってあるらしい。出入口は三ヶ所あったが、二つは鍵《かぎ》が掛かっていて、ここから出ていくとすれば、さっきの男が出ていったあの扉からしかないようである。

さて、どうする。

こんな都心のホテルに辿り着くとは予想外だった。まさかあの車が引き返すとは。

しかも、ここはホテルの最上階と思《おぼ》しき場所だ。地上までには人間だらけ。

今頃、もう魏が気付いて血眼になって俺を捜しているに違いない。

厳厳は小さく身震いした。

文字通り充血した魏の目を感じたのだ。くそ、せっかく時間稼ぎをしたのに、こんなところで。

魏の顔を思い出したところで、なぜか寒気を覚えた。

うっ。こいつは。

もうひとつの小憎らしい顔が浮かぶ。

黒いつぶらな瞳《ひとみ》で尻尾《しっぽ》を振るあの小悪魔。

厳厳の脳裏に浮かんだのは、ミニチュアダックスフントの燦燦であった。

あの、すばしっこい、茶色いちょこまかした奴。

燦燦に煮え湯を飲まされたのは一度や二度ではなかった。あいつさえいなければ、前回の脱走は成功していたはずなのだ。

俺の十分の一もない体重のくせに、あいつは恐ろしく鼻が利く。しかも、魏に負けず劣らず執念深いというか、執拗《しつよう》というか、なんというか。

最初に現れた時は、取るに足らぬちっぽけなしゃかしゃか歩く奴、と侮ったが、あいつは俺の匂いを覚え、どこまでも追ってきた。

あいつが、今回も動き出している。今も俺を追っている。

そう厳厳の野性の勘が告げていた。

くそ。人間の狗《いぬ》め（←文字通りの意味である）。

厳厳は焦燥のあまり、徘徊《はいかい》しそうになったが、体力は温存せねば、と自分を抑えてその場に腰を下ろし、楽なポーズを取る。

これ以上、不必要に動き回るのはまずい。しかし、この先どれくらい掛かるのか。

故郷への長い道のりを思うと、一瞬気が遠くなり、気持ちが萎《な》えそうになった。

いかんいかん。何を今更弱気になっているんだ。ここまで来たんだ、もはや引き返せない。考えろ。考えるんだ。何か手はあるはずだ。

厳厳は自分を叱咤《しった》激励した。

そして、ふと、何気なく彫像に目をやった。

人間の形をした巨大な彫像。

会場の真ん中の壁に、幾つか並んでいる。

何かにもだえ苦しむ姿を表しているらしい。

あいつ——何やらコソコソと、この辺りで何か動かしていたな。

何かがピンと来た。

ゆっくりとその彫像に近付いてみる。

男は動転していたものの、作業はやり終えていったようだ。見た目はただの彫像である。

厳厳は彫像の周りを回って、男が扉を開けていた場所を探し出した。何か仕掛けがあると知っていたから見つけられたが、もし何も知らなかったらそんなところに扉があるとは気付かないだろう。しかも、彫刻の線に沿って、扉があることを実にうまい具合に隠してある。

爪を引っ掛けるのに苦労したが、なんとか扉を開けることに成功した。

中に棚板が幾つも渡してあり、そこに絵や工芸品のようなものが押し込んである。

ははん。泥棒か。

厳厳は、暗闇で頷いた。

この中に盗品を仕込んで、運び出そうという寸法だ。恐らく、あの男が元々この中に身を潜ませておいて、夜になったら出てきて中に盗品を入れるという計画だったのだ。うまいこと考えやがる。

そして、厳厳は自分が何にピンと来たのか、その意味を悟った。

巨大な彫像。

相当な幅がある。

中に厳厳が入れるほどの。

厳厳は快哉《かいさい》を叫んだ。

よし！　俺にはまだツキがある！

厳厳は早速作業に掛かった。

男が押し込んでいた絵や工芸品を取り出して、床に並べる。中を区切っていた棚板も全部外した。

厳厳はドキドキしながら自分の身体を彫像の中に押し込んだ。

やや窮屈であるのは否めないが、それでもすっぽりと身体が収まるではないか！

なんという僥倖《ぎょうこう》！　これなら、誰にも見咎《みとが》められずにここから出ることができる！

あまりの幸運に、厳厳は破顔一笑した。元々垂れ目のパンダであるが、一層目尻《めじり》が下がる。

いかんいかん、詰めが大事だ。

厳厳は気を引き締め、彫像の外に出た。

問題は、この中身だな。

床に並べた美術品を見る。

これをどこかに隠さなければ。

部屋を見回した厳厳は、自分が穴を開けて這《は》い出たあの「城」——横倒しになったままの、中央に厳厳の身体の形に穴が開いた発泡スチロールの「城」に目をやった。

うむ。あそこしかない。

厳厳は、美術品を運び、穴の中に押し込み始めた。

かさばる絵や工芸品を運ぶのに難儀したが、うまい具合に穴の中に全部を押し込むことに成功した。

ふう。これでよし。

厳厳は残したものがないか確認し、最後に棚板を押し込むと、横倒しになっていた「城」を元の形に起こした。

かすかに発泡スチロールの欠片《かけら》が宙を舞ったが、巨大な「城」が元の状態に設置された。

てっぺんは見えない。まさか、この中に大きな穴が開いていて、そこに美術品が押し込まれているとは誰も気付かないだろう。

厳厳は自分の仕事に満足し、もう一度「城」を一瞥してから、彫像のところに戻り、中に入った。

問題は、この扉がうまく閉まるか、だが。

厳厳は、扉の内側に小さな取っ手が付いているのに気付いた。

なるほど、俺の前に入っていた奴も、中に入るために必要だからな。

扉には小さな鍵も付いている。かんぬきを通す形のものだ。

よし。

厳厳は爪を引っ掛け、扉を閉めた。かんぬきも通すと、ようやく安堵《あんど》の溜息が漏れた。

同時にドッと疲労も押し寄せてくる。

と、足元に紙袋があって、そこからいい匂いがすることに気付いた。

開けてみると、食べ残しの粽《ちまき》が出てきた。

ここに入っていた男が置いていったに違いない。長時間ここにいるあいだ、空腹をしのいでいたのだろう。

厳厳にしてみればちっぽけな粽ではあったが、空腹を慰めるにはどんなものでもありがたかった。

ほとんど一呑みにすると、胃袋にもち米が落ちていく。

とりあえず、落ち着いた。ひとまず人間どもに見つかるおそれはなくなった。

そう思った瞬間、強烈な眠気が襲ってくる。

スリルとサスペンスの連続に、さすがの俺も疲労困憊《こんぱい》だぜ。

小さく笑うと、厳厳は、あっというまに眠りに落ちていった。

48

追っ手の視線を感じていたのは、市橋健児も同じであった。

渋滞の中、ジリジリしているあいだも、彼は怒り狂った高清潔の一対の目をずっと感じていたのである。

健児とその仲間は、ようやく青龍飯店の近くまで戻ってきたところだった。彼らの大型バイクでは、ぎっしり車の詰まった上海の道路から抜け出すのが難しかったのだ。

まったく。デリバリー時間も過ぎちまうし、なんて面倒臭い客だ。あちこち移動して、迷惑なことこの上ない。

健児は苛立《いらだ》ちを覚えたが、ここでイライラしたら負けだ、と自分をいさめた。

そして、小さく身震いした。

くそ。あいつが来る。高清潔が、俺をターゲットにして、きっと来る。

思えば、因縁の相手でもあった。

赴任してきた高を最初に一目見た時は、やたらと歯の白い、チャラチャラしたお飾り署長だと舐《な》めてかかっていたものだ。

ところが、実際アメリカ帰りでチャラチャラしたところはあったものの、上海の警察組織の空気が読めない奴らしく、警察官たちも署長の予想外の行動にパニックに陥っているらしかった。

しかも職務には極めて真面目ときている。

更に驚かされたのは、高の情報処理能力の高さであった。いつのまにか健児たちは目をつけられ、数々の交通違反を把握されていたのだ。

くそ。警察の狗め（↑これは比喩《ひゆ》的な意味である）。

こうしてみると、東山のじじいがいかにありがたい、温情に満ちた奴であったかが思い出される。

いかんいかん。こんなところで高清潔にパクられたら、東山のじじいにも申し訳がたたん。

健児はグッとハンドルを握り直した。

と、次の瞬間、激しい寒気を覚えた。

なんだ？

健児は反射的に周囲を見回していた。

いつもの喧噪。賑やかな上海繁華街の夜。

行き交う人々。

「どうかしましたか、ボス？」

健児の緊張に気付いたのか、隣にいる部下が声を掛ける。

「待て。まだホテルの敷地に入るな。あそこの路地でいったん待機だ」

「了解」

健児の指示は絶対だ。

スピードを緩め、ホテル全体が視界に収まるビルの谷間にバイクを寄せる。

健児はじっとホテルの周囲を窺った。

「高の奴が？」

部下が声を潜めて尋ねてきたので、健児は無言で頷いた。

いる。絶対に、近くに奴がいる。俺たちのことを張っている。

健児は長年千葉県警との攻防で培った勘で、そのことを嗅ぎ取っていた。

「たぶん、奴らが張ってる。もしかすると、近くに覆面パトカーもいるかもしれない」

えっ、と部下が周りを見た。

周囲にひっそりと停まっている車が何台かあって、そういう目で見るとどれも怪しく見えてくる。

「どうします、ボス？」

「とにかく、寿司《すし》の出前を済ませなきゃな」

健児はバイクを降り、ヘルメットを脱いだ。

「ボス、俺が行ってきましょうか」

部下が申し出るが、健児は小さく手を振った。

「俺が届けると決めたんだ。俺が行ってくる」

「でも、ボスは面が割れてるから」

「大丈夫。こんな時の手は考えてある」

健児は着ていたライダースジャケットを素早く脱いだ。

荷台を開けて、中から薄い布ケースに入れて畳んでおいた青いブレザーを取り出す。

ブレザーを着て、胸ポケットに入っていた黒縁の眼鏡を掛ける。

「おお、ボス、ボスに見えません」

部下が感嘆の声を上げた。

「じゃ、寿司を届けてくる。おまえら、見張りを頼むぜ」

健児は眼鏡の奥から、部下に目配せして、寿司のケースを手にホテルに向かって早足で歩き出した。

49

董衛員は、結局ホテルのかなり手前で車を降りた。

チップに釣られて発奮した運転手がかなり努力はしたものの、やはり渋滞はひどいままだったからだ。

まだホテルまで距離はあったが、彼の足取りは軽く、気分も高揚していた。

周囲の雑多な喧噪も、いつになく華やかに感じる。

今回はイレギュラー続きで勝手が違い、不安も覚えたが、ようやくツキが回ってきた。

衛員は、逸《はや》る気持ちを抑えて、するすると通行人のあいだを抜けてゆく。

通りの奥に、青龍飯店が見えてきた。

今宵《こよい》は、シックなライトアップも輝かしく、宝石のように見えた。

文字通り、これから「宝石」を手に入れに行くんだからな。

衛員は一人静かにほくそ笑んだ。

ホテルの正面玄関が視界に入ってくる。

と、その瞬間、ピン、と何かが彼の中に張られている警戒の糸に触れた。

うん？

衛員はピタリと足を止めた。

何気なく携帯電話を取り出し、道の端に寄る。もし傍で誰かが彼の行動を見ていたら、電話が掛かってきたから立ち止まったと思うだろう。

衛員は「もしもし」と電話を受けるふりをして、耳に携帯を当てながらじっと周囲を窺った。

何だ。何が引っかかった？

ざわざわと行き交う人々。

のろのろと進む車の列。遠く近くで鳴り響くクラクション。どこかでパトカーのサイレンらしき音もする。

念のため、そっと後方も確認した。

尾行はされていない。それは確かだ。

衛員は携帯を耳に当てたまま、周囲に神経を研ぎ澄ました。

彼の身体の中には、常に数種類の糸が張られている。太い糸、細い糸、更に繊細な糸など、何に反応するかはそれぞれ異なる。

身体に迫る物理的な殺気、他人の発する不穏な敵意、あるいはその場の空気に対する違和感。

今反応したのは、その三種類すべてが入り混じる、抑えた緊張感のようなものに対してだと思う。

意識を集中すること数分。

やがて、ホテルの車寄せを遠巻きにしている者たちがいることに気付いた。

あそこにもいる。こっちにも。三ヶ所だ。

衛員はじっと目を凝らした。

ひっそりと目立たないようにしているが、張り込みをしている者がいる場所は、そこだけ暗く沈んでいるように見える。そして、そこだけ何か不穏なエネルギーが溜まっているのが分かるのだ。

なるほど、何か捕り物があるらしい。ホテルに滞在している誰か。あるいは、ホテルにやってくる誰か。

俺と何か関係はあるか？

衛員は考えてみた。

いや、恐らく関係はないだろう。別件だ。しかし、何か騒ぎに巻き込まれてヤブヘビになるのは困る。警察に目撃され、記憶に残るのも困る。どうしたものか。さっさとホテルに入っていくべきか、それともしばらく待って捕り物が終わってから入るか？

衛員は電話を切るふりをして、画面を見下ろした。

今の電話の内容について考えているふり。

実際、画面に視線を落としたまま、めまぐるしく考え続けている。

行くか？　待つか？

50

「どのへんにいたんですか？」

「えーと、あのへんです、あの廊下」

「スタッフって、普段はどこにいるんだろ」

和美たち三人は、再び中華レストランの近くに戻ってきた。

優子が老人を助けたという広い廊下に来てみたが、むろん今はその形跡は全くなく、携帯電話で騒がしく喋《しゃべ》っている男がいるだけで、他に人影もない。

えり子は腕組みをした。

「フロントかコンシェルジュのところに行ったほうがいいかもしれませんね。コンシェルジュに話せば、スタッフに伝わるでしょうし」

「あーあ、もっと早く気が付けばよかったー」

優子は、頭をかきむしる。

「仕方ないわよ、確かによく似てるもんね、この袋」

和美は優子が手にしている印章の入った袋を見た。

サイズも、袋の柄もよく似ている。

「あたしが甘いものにがっついたせいです」

殊勝に反省する優子。珍しく、元気がない。

「大丈夫ですよ、きっと見つかります。同じフロアに支配人室とかありませんかねー。さすがにこの奥のほうは行ったことないなあ」

えり子が廊下の奥に目をやった。

「ほれ、元気出せ。あんたでなきゃそのスタッフの顔も、じいさんの顔も分からないんだから」

和美がポンと優子の肩を叩く。

「そうですよね、早く見つけなきゃ」

優子は自分を励ますように顔を上げ、大股《おおまた》で歩き出した。


王湯元は、ぷりぷりしたまま廊下を早足で歩いていた。

まったく、いったいなんて晩だ。いろんな奴が大挙して押し寄せてくる。

無意識のうちに胸に手をやっていた。

それもこれも、すべてはこれのせいだ。

ふと、冷たい石のような不安が胸のうちにぽとんと落ちる。

それほどヤバいものだということか。

王は、急に不安になって、胸のポケットに入れた印章を取り出してみた。

廊下の柔らかな照明に照らし出された印章は、いよいよ碧《あお》く美しい。

そういえば、まだ董衛員は着かないのだろうか？　さっきの電話では、そんなに時間は掛からないようだったのに。

見れば見るほど、魅入られる。

小さな印章なのに、掌《てのひら》から飛び出してくるかのように大きく見え、見ていると吸い込まれてしまいそうに感じるのだ。

しかし、それと同時に不安も募る。

果たして俺の判断は正しかったのだろうか？　当局に申し出ることなく、董衛員にこれを売るという考えは？

その瞬間、王は大きな岐路に立たされていることを自覚した。

店の跡継ぎ。娘の留学。グリーンカード。

さまざまな未来と過去が王の中で激しくせめぎあっている。

が、王はぎゅっと目をつむり、それらの雑念を振り払った。

いや、もう決めたのだ。董に話してしまったからには、もう後戻りはできない。

たとえ今から交渉を取り消したとしても、秘密裏にこれを彼に売ろうとしたことは取り消せない。董は、この事実をいつまでも忘れない。それがどんなことを意味するかが分からない王ではない。

オフィスに戻って董を待とう。

王は再び足を速め、廊下の角を曲がった。

それは、実に見事な、絵に描いたようなぶつかりっぷりであった。

ある程度歳のいった日本人であれば、七〇年代の少女漫画か、TVの学園ドラマ第一回の冒頭シーンのような、と表現するかもしれない。

なにしろ、どちらも気が急《せ》いていて、他のことに気を取られながら足を速めていたのである。

優子は後ろの二人と喋りながら。

王は衛員との約束に気を取られて。

出会いがしらの衝突。それは非常に危険である。車どうしなら重大事故。

人間どうしなら、相手によっては喧嘩《けんか》になったり、恋に落ちたりすることもある。

交差点では一時停止。人間どうしにも、それを適用すべきであろう。

しかし、この時、一時停止を警告する者はいなかった。人気《ひとけ》のないホテルの廊下で、よもや出会いがしらに誰かと衝突するとは、この場にいる誰もが考えていなかったのであった。


優子は頭に強い衝撃を感じ、一瞬目の前が真っ暗になった。

「ぎゃっ」

その瞬間、彼女が感じたのは「不覚」の二文字であった。

とっさに踏みとどまろうとしたが、衝撃は強く、床に放り出されることは確実だった。それで、受け身の体勢を取り、身体を丸めて床に転がった。

バン、と掌で床を叩くようにして、くるりと身体を起こした。

あ、ハンコ落とした。

掌で床を叩いた拍子に放り出してしまったのだ。

どこ？

ひと呼吸おいて、周囲を見回す。

あ、あった。

優子は目の前に転がっている、小さな袋を拾い上げた。

「優子、大丈夫？」

和美とえり子が慌てて駆け寄ってきた。

「はい、大丈夫です」

起き上がりつつも、急に頭がじんじんと熱くなってきた。

「ええと、その」

優子は頭を押さえつつ、顔を上げて前を見た。


王は顎《あご》に強い衝撃を感じ、一瞬目の前が真っ暗になった。

誰かの頭がぶつかったのは分かったが、互いに勢いがついていたので、息が止まるような痛みが顎で弾《はじ》けた。

その瞬間、彼の頭に浮かんだのは、また誰かが自分を襲おうと待ち受けていたのかという考えであった。

まずい、抵抗しなくては、と手が反射的に庖丁《ほうちょう》を探したため、ポロリと印章の入った袋を落としてしまった。

とっさに踏みとどまったが、やはり相当な勢いでぶつかったためか、結局はよろけて、床に手を突いてしまう。

「あいたた」

ひと呼吸おいて、痛みがやってきた。

顎がじんじんと熱く、骨までぎしぎしいっているような気がする。

印章は？

痛みに我を忘れていたが、ハッと気付いて周囲を見回す。

少し離れたところに、小さな袋が落ちていた。

まずいまずい。

慌てて拾い上げ、再び胸ポケットに収める。

そこでようやく、廊下の角で膝《ひざ》を突いている若い女性に目をやった。

「おお、お嬢さん、大丈夫ですか」

「すみません！」

王と優子は中国語と日本語で同時に叫び、互いに駆け寄った。

「ごめんなさい、気がつかなくて。痛かったでしょう、あたし、石頭だから」

「お怪我はありませんか？　申し訳ない」

二人は同時に喋り続けている。

「この方、青龍飯店のシェフですよ」

えり子が目を瞠《みは》ると、和美と優子は「えっ」と改めて王を見た。

確かに、雑誌で見たことのある顔だ。

二人は顔を見合わせ、目を輝かせて叫んだ。

「わあ、さっき食事しました。おいしかったです」

「たいへんおいしくいただきましたー」

ぶんぶんと握手をする二人。

「三人で、あなたのレストランで食事をしたところです。素晴らしい料理でした」と、えり子が通訳する。

王は目をぱちくりさせ、痛みも忘れて「それはどうも」と笑ってみせた。

会釈をして別れ、一人と三人は離れていく。

「あー、びっくりした」

「すごいタイミングだったね」

「痛かったでしょ、優子」

「いやー、きっと向こうのほうが痛かったと思います。悪いことしちゃったなー」

遠ざかる声を聞きながら、王も内心、胸を撫《な》でおろしていた。

驚いた。てっきり、また刺客かと思ったが、全然関係ない客でよかった。

やれやれ、菫に気を取られていたせいだ。落ち着かなくては。

歩き出してすぐにぶつかったことなど忘れた当の二人は、もちろん小さな印章の入った袋が廊下の角で交換されたことにも、全く気付いていなかった。

51

燦燦の粘りは、傍《はた》から見ていても驚異的だった。

通行人でごった返す町中で、実に執念深く、厳厳の匂いを捜し出していく。

訓練した犬の嗅覚《きゅうかく》は数年前のものでも嗅ぎ分けられるという話は聞いていたが、英徳は今更ながらにその潜在能力の高さに感心した。

上海動物公園の職員たちは辛抱強く燦燦の後についていった。

真剣な表情で犬の後を追う人々に奇異の目を向ける者もいるが、ほとんどの人たちは彼らのことなど気付かず、上海の夜を満喫している。

しかし、途中でいったん匂いが途切れたらしく、燦燦は交差点の手前でぐるぐると歩き回り、迷う素振りを見せた。

どうやら、ここから厳厳を乗せた車は加速し、郊外へと向かったらしい。

職員たちの焦りの色が濃くなる。

もはや、ここまでか。

英徳はギリッと奥歯を強く噛みしめた。

「パンダに逃げられた動物園」という不名誉な称号が、いよいよ現実のものになろうとしている。

くそっ。あんなでかい動物が、まさか逃げおおせるとは。なんたる不覚。なんたる無念。警戒していたのに、裏をかかれた。

そう天を仰いだ瞬間。

燦燦がピッ、と顔を上げた。心なしか、その目が「きらん」と光ったような気がした。

それまでの逡巡《しゅんじゅん》はどこへやら、勢いよく歩き始めた。

一心不乱に地面を嗅ぎながら、まっすぐに進んでゆく。

「おお」

思わず職員のあいだに安堵のどよめきが起きる。

燦燦は、迷うことなく道路を渡り、再び中心部のほうに向かう。

どういうことだ?

英徳は、燦燦の動きをじっと目で追った。

厳厳を乗せた車はいったん郊外に向かったのだ。

が、燦燦は確実にもう一度厳厳の匂いを嗅ぎつけている。要は、厳厳を乗せた車はまた都心に戻ってきたということなのか? いったいなんの車に乗ったんだ?

「頑張れ燦燦」

「燦燦万歳」

職員たちは祈るような声を上げ、燦燦にエールを送った。

「それにしても、先輩」

菜果が英徳を訝《いぶか》しげに振り向いた。

「本当に、こんな町中に厳厳がいるんでしょうか。あんなに目立つパンダが、誰にも見つからずにいるとはどうしても信じられません」

「うむ。俺もそう思う」

それは英徳も不安に感じていた。

もしかして、また厳厳に裏をかかれていたとしたら？　ひょっとして、自分の匂いを付けた何かを車に結びつけるとかして、我々を攪乱《かくらん》しようとしているのではないか？　あれだけ頭の回る奴だ。どんな小細工をしているか、分かったもんじゃない。

「だが、現に燦燦は奴の匂いを嗅ぎつけている。今は燦燦の鼻に頼るしかない」

菜果は小さく頷いた。

彼らの不安をよそに、燦燦は自信を持って進んでいるように見えた。

それにしても、もの凄い人だ。人口密度が高すぎる。これが動物園だったら、詰め込みすぎで虐待だぞ。

めったに都心にやってくることがないので、上海の中心部がこんなことになっているとは予想外だった。普段は動物ばかり見ているので、こんなに大勢の人間を見るのは久しぶりである。

燦燦はいよいよ賑やかな繁華街に入っていく。

飲食店の眩《まばゆ》いネオンに囲まれ、英徳たちの一団は完全に浮いていた。

しかし、燦燦は足を止めない。

華やかな服装の男女が行き交う繁華街を、英徳たちはおっかなびっくり進んでいった。

ますます不安が募る。

こんな繁華街にパンダが？　やはり騙《だま》されているのではないか？

英徳の頭の中がどす黒い疑念でいっぱいになった頃、燦燦がピタリと足を止め、「ワン！」と勝ち誇ったように声を上げた。

英徳たちは顔を上げ、燦燦の視線の先にある建物に目をやった。

温かなオレンジ色の照明に渋くライトアップされた建物。

夜空に聳《そび》える石造りのがっしりとしたホテル。

青龍飯店である。

英徳たちは顔を見合わせた。

「あそこですか？」

「あんな高級ホテルに？」

燦燦は目を輝かせ、もう一度吠えた。

「どうやら、そうらしい」

英徳はもう一度燦燦を見たが、燦燦は「早く行こうよ」とばかりに英徳の周りをぐるぐると歩き回る。

「いったい、あのホテルのどこに厳厳がいるっていうんだ？」

半信半疑で、誰もがホテルと燦燦を交互に見ている。

52

結局、董衛員は、王に電話を入れてから、なるべく帽子を目深にかぶり、正面玄関から入ることにした。

裏口から入れてもらうことも考えたが、そのほうがかえって後から防犯カメラの映像で特定されやすいだろう。

大勢のグループ客が入るタイミングを見計らい、そのグループの一員であるかのような顔をして、自分より背の高い男の後ろについていく。これなら、正面玄関の防犯カメラにもほとんど映るまい。

自分の隣に、やはりグループの後ろにつくようにして大きな包みを持ったブレザー姿の男がそっと並んだのに気付く。

黒縁の眼鏡を掛けた男の身体に、かすかに殺気が漂っているのを感じたような気がしたが、気のせいだろうと考え直した。

エレベーターの中にも防犯カメラがある。

衛員は、階段を選び、王に指定された彼のオフィスに向かうことにした。

と、大きな包みを持った男も衛員に続いて階段を上ってきたので「おや」と思う。

男は澄ました顔で、身軽に階段を駆け上ってゆき、たちまち衛員を追い抜いていった。

なんだか気になる男だ。

つかのまその後ろ姿を目で追っていたが、すぐに衛員はそのことを忘れ、王のオフィスのドアをノックした。

「はい、どうぞ」

中から声がする。

衛員は、自分が柄にもなく興奮していることに気付いた。

ようやく本物を拝めるのだ。間もなくあれが自分の手に入る。

そう思うと、この長い一日、朝からやきもきしていたことが報われる気がする。

シックな部屋の中に入ると、王が直立していた。

「董先生、ご無沙汰《ぶさた》しております。本日はご足労いただき、誠に感謝しております」

深々と頭を下げる。

貫禄《かんろく》がついたな、と衛員は彼を観察した。

全く隙が無く、思慮深そうだ。会うのはずいぶん久しぶりだが、面影は残っている。

「お父様はお元気で？」

「はい、恙無《つつがな》く。今は後進の指導に当たっています」

「立派になられましたね。メディアでも拝見していますよ。ご家族の皆さんも、さぞお喜びのことでしょう」

「董先生はちっとも変わりませんね。記憶の中の先生のままです」

そんなお世辞が言えるようになったんだから、やっぱり大人になったわけだ。

衛員はそんなことを思った。

「お茶を」

準備していたらしく、香り高いお茶が振舞われる。

さすが、いい茶葉を使っている。

衛員は、ゆっくりとその香りを吸い込んだ。

「積もるお話をしたいところなのですが、董先生、早速本題に入らせていただいてよろしいでしょうか」

王は小さく咳払《せきばら》いをした。

望むところだ。

「なんでも、私に預けたいものがあるとか?」

「ええ。ひょんなところから手に入ったものなのです。もう先生もお気付きでしょうが、これは正規のルートから入ったものではありません。恐らくは、隠れて持ち込まれたものではないかと」

王はかすかに緊張しているようだった。

無理もない。あれだけの逸品、王がそのことに気付かないはずはない。

と、王が顔をしかめた。

「つっ」と顎を押さえる。

「どうかしたのですか？」

「いえ、ちょっとさっきぶつかって打撲をしまして」

王は、顎を撫でた。

見ると、赤紫色に腫《は》れている。

「大丈夫ですか？　湿布でも？」

「大丈夫です」

そう頷きつつも、かなり痛そうだった。

「董先生であれば、いい値段で買ってくれる人を見つけてくださるのではないかと。率直に申し上げまして、できるだけ高く買っていただきたいのです」

王は正面から衛員を見た。

ふむ、さすが、肝が据わっている。この取引が公になったら大変なことになると分かっているのだ。

「私も王家の皆様とは、長くおつきあいさせていただいてきました」

衛員は静かに言った。

「おじいさまも、お父様も、よく存じ上げています。私を見込んで預けていただけるのであれば、悪いようにはしません。必ずやご希望に添えるようにいたします」

「かたじけない」

王はもう一度深々と頭を下げた。

「とにもかくにも、現物を見せていただかないことには」

衛員は、逸る気持ちを抑えながら、なるべく冷静に、さりげなく聞こえるように低い声を出した。

「はい、そうですね」

王は苦笑して、胸ポケットから小さな袋を取り出した。

「これです」

中から現れた緑色の印章。

「うん？」

恐らくは、王も衛員も、同時に違和感を覚えたに違いない。

王は、怪訝そうな表情になり、手の中の印章を見つめた。

「あれ？」

王の顔に、はっきりと驚愕が浮かんだ。

「違う。これじゃない」

「違うとは？」

やはり違和感を覚えつつ、衛員は聞き返した。

「これじゃないです。私が手に入れたのは」

「ちょっと拝見」

衛員は、王からその緑色の印章を受け取った。

ちょっと見にはよく出来ているが。

次の瞬間、彼は息が止まるかと思うほどに驚いた。

まじまじと、印面を見つめる。

全身から血の気が引いていくのを感じた。


これは、俺が準備した、「蝙蝠」の替え玉のひとつではないか。どうしてこれがここに？


「なぜだ？　これはどこで？　いつすりかわったんだ？」

王は頭を抱えている。

嘘だろう。

衛員は口に出さずに考えた。

「何が起きたんです？」

そう尋ねたが、二人とも互いの顔を呆然《ぼうぜん》と見つめるだけで、オフィスの中には、しばし気まずい沈黙が降りたのだった。

53

どうだ？　まいたか？

董衛春はまだ自信が持てなかった。

祖父の指示通り、露店の印章店に寄り、青龍飯店で毛沢山に接触し、更に街に出てぐるぐると歩き回った。そこまでは敵をまかずにひきつけておくという約束を守ってから今度は追っ手をまきに掛かったのだが、敵はなかなかしぶとい。相手はプロだし、いちばん不安だったのは、何人掛かりで尾《つ》けているのか分からなかったことだ。

二人までは分かったのだが、もしかすると他にもいて、チームで尾行されていたら見逃している可能性もある。

相手も彼がまこうとしていることには気付いていたはずだ。最初のうちは、すぐにまけると思っていたが、予想以上に執拗な尾行で、とうとう祖父に教えられた手を使うはめになった。

祖父の知り合いのレストランに入り、麺《めん》を食べ、トイレに行くふりをして裏口から抜け出たことが奏功したのだろう。衛春が消えたことに気付くまで、多少の時間が掛かったはずだ。

追っ手の気配が消えて、しばらく経つ。街角に立ち止まったり、何気なく携帯電話をチェックするふりをしたりして、辺りの様子を窺うが、やはり気配はない。

ようやく、ホッと安堵の溜息を漏らす。

やれやれ、ずいぶん時間を喰《く》ってしまった。

街は夕食を終えて二軒目に移ろうかという人たちでいっぱいである。

祖父は今頃どうしているだろう。祖父のことだ、衛春の知らないところで動き回っているに違いない。

衛春は、引き揚げることにした。

もう一度店に戻るべきか？

それについては祖父の指示はなかった。言われたことはやったので、このままアパートに帰ってもいいかもしれない。

ぶらぶらと歩き出す衛春。

しかし、何かが引っかかっていた。

消えた追っ手の気配。

そっと後ろを振り返る。

どこかの店に入って裏口から抜ける、というのはむしろ古典的な尾行の振り切り方である。プロの彼らが、そのことに気付かないものだろうか？

得体の知れない不安が込み上げる。

俺が奴らをまいたのではなく、奴らが自主的に引き揚げたのだとしたら。もう俺を追う必要がなくなり、他のところに向かったのだとしたら。

奇妙な胸騒ぎを感じた。

なぜか店に戻らなければならない、と直感したのである。

衛春は早足になった。

なんだろう、この胸騒ぎ。

祖父が言っていたことを思い出す。

直感は大事だ。長いこと緊張感を持って暮らしていれば、勘が働くようになる。勘が助けてくれる——

このことか？　この胸騒ぎは俺を助けてくれることになるのか？

ますます早足になり、しまいのほうはほとんど駆け足になって、衛春は息を切らして店に辿り着いた。

閉店の札が掛かったまま、店は暗く、特に変わった様子はない。

はあはあと肩で息をしながら、衛春は店の前に立った。

なんだ、気のせいか。

どっと全身に汗が噴き出してくる。

それでも、衛春はいったん店に入ってみることにした。異状のないことさえ確認したら、アパートに引き揚げよう。

鍵を開けて中に入り、店の明かりを点《つ》けた。

やはり何も変わりはない。出かけた時のままだ。

ひととおり店内を見て回り、異状がないことを確認した衛春は事務所に入り、冷蔵庫を開けてミネラルウォーターをひと口飲んだ。

と、間抜けな音を立てて来客を告げるベルがひときわ高く鳴ったので、ギョッとする。

こんな時間に誰が？

衛春はつかのま考えてから、そっと事務所を出た。

「はい？　どちらさまですか？」

ドアの向こうには、複数の屈強な男性が立っていた。

そして、衛春は、その中に見知った顔が交ざっているのを発見した。彼を尾行していた男の一人。

「香港警察です。ここを開けてください」

ガラスのドアの向こう側に身分証明書と、隣に何かの用紙も押し付けられる。

捜査令状。

衛春は、頭の中が真っ白になった。

54

ダリオは、所在なげに宙を漂っていた。

もうこの姿になってからどのくらい経つのだろう。

ダリオに時間の感覚があるのかどうかは不明であるが、すっかりこの姿に慣れてしまったらしいことは確かだった。

もはやこの世に未練はなく、苦痛もなく、懐かしい主人のもとに戻れないことは承知している。王の顔を見ても、何も感じなかった。ああ、ついに彼は千の風になりつつあるのだろうか。

しかし、彼は自分に何かまだやり残したことがあるような気がして、この場を去ることができなかった。うっすらとしたわだかまりであったが、まだここにいなければならない。何かが引っかかる。何かをしなければならない。そんな思念の残像だけが、彼をこの場にとどめていたのである。

そして、そんな彼を見上げる三人。

風水師と、若い女と、若い男。

「成仏して——ませんよね？」

小角正は、恐る恐るといった様子で二人の顔を見た。

「ようやく認めましたね。あるべき姿です。さぞかしご先祖もお喜びかと」

安倍久美子は満足げに頷いた。

「いやあ、なんだかなあ」

正は弱々しく笑った。

「もうあきらめたというか、疲れたというか、やけくそというか。でも見えるものは見えるんだから、しかたありません」

「めでたい」

蒼星と久美子は小さく拍手をした。

が、蒼星はダリオを見上げて首をかしげた。

「一応、彼を殺《あや》めた本人が謝罪したんだから、受け入れてくれてもよさそうなものだが」

「でも、あれは謝ってるって感じじゃなかったですよねえ」

「臨終の場で終わると思ったのに、アテが外れた」

「やっぱり謝り方が気に入らなかったんでしょうか」

蒼星と久美子はボソボソと囁き合った。

「あのう、後学のために聞いておきたいんですけど、いったいどういう状態になれば成仏したと見なすんでしょうか。そもそも成仏っていうのは仏教の用語だと思うんですが、お二人は神道と風水ですよねえ？」

正が遠慮がちに尋ねると、二人は揃って渋い表情になった。

「ううむ」

「痛いところを突きますね」

「あてはまる言葉がない」

「ですね」

「そもそも祖先や地霊を崇拝するところからスタートしたわけであって、動物霊については言及がない」

「元々は国家をお守りするために生まれたものですしね」

蒼星と久美子は牽制しあうようにチラチラと互いの顔を見る。

またしても、正は二人のあいだに青い火花が散ったのを見たような気がした。

「いえっ、その、そんなことはどうでもいいことですよねっ。霊感商法と呼ぶかマルチ商法と呼ぶか自己啓発セミナーと呼ぶかっていうような違いですね。うちは修験道だしっ。人それぞれってことで」

正は自分が図らずも両者の思想の定義的な問題に触れてしまったことに狼狽《ろうばい》し、あまり適切ではない喩《たと》えを述べた。

述べてから「しまった」と思ったが、二人がそれを気に留める様子がないことにホッとする。

「それにしても、あいつが腹の中に持ってるものは何なんだ。あれにこだわってるようだが」

「王料理長の態度も変でしたよね。ギョッとして真っ青になったかと思ったら怒り出して」

「何か思い当たることがあるようだ。しかし、我々にそれを教える気はなさそうだな」

「ご主人のほうにはもうあまり関心を示していませんよねえ。別にご主人に未練があるわけでもないみたいです」

「そういう意味では、成仏しつつあるのかもしれん」

久美子は相変わらず廊下で悲嘆話を続けているジョン・シルヴァーに目をやった。ティムがそちらに向かい、何やらがみがみ言っている。

その時、ダリオがぴゅっと天井にぶつかるのが見えた。

それまでのふわふわした動きとは異なり、直線的な動きである。

「あれ」

正は、ダリオの様子がおかしいことに気付いた。

なんだろう。天井のほうに向かって、何か反応している。しきりに上を見て、まるで頭上に何かいるとでもいうように。

二人もその様子に気付いた。

「なんだろう」

「天井を気にしてますね」

そう、ダリオはその時、ただならぬ気配に反応していた。

それまで大勢の人間たちと一緒に厨房までやってきたので、その騒ぎに紛れて気付かなかったが、頭上に、何やら凶暴かつ不吉なものの気配を感じるのだ。

ダリオは天井に何度もぶつかり、その気配がどこから来るものなのか感じようとしていた。自分と同じ、動物界に属する者の存在。

この気配、うっすらと覚えがある。さっきご主人たちと一緒に車に乗っていた時、頭上に感じた気配である。とてつもなく巨大なあの気配。あの気配が、また近くにある。そして、ダリオはそこに引き寄せられようとしている——なぜなのだろう。自分は、そこに行かなくてはならない。

ダリオはふらふらと廊下を移動し始めた。

何度も天井にぶつかり、霊とはいえ、壁抜けなどという器用なことはできないことに気付いたのだ。

廊下の天井に沿って、泳ぐように進んでいく。

「あ、動き出したぞ」

「どこに行くんでしょう」

「王料理長のところでしょうか」

ダリオの後を、三人がついていく。

ご主人と、ご主人をいじめる男と、ご主人をなだめすかす男の上を通り過ぎ、ご主人の悲嘆する背中をちらっと見下ろしたが、それでも気が急いて進まずにはいられない。

上へ。急がねば。

ああ、なんだろう、この気持ち。

ダリオは階段に向かい、何かに呼ばれるがごとく、上階を目指した。

「上に行くみたいですね」

正が指さした。

「どこを目指してるの?」

「分からん。だが、さっきよりも動きが速い。何か目的があるようだ。ともかくついていってみよう」

三人はするすると上に向かうダリオを追いかけた。

55

「どうもありがとう。あちこち引っ張り回して悪かったね。これ、取っといて」

小太りの白人男性がホッとした顔でかなり多めのチップを渡したのは、本気で悪いと思っているのみならず、届けに来た市橋健児が、たいへん静かではあったが、たいへんこわもてに見えたからなのだが、それは、あながち思い違いではあるまい。

「こちらこそ、申し訳ありません。予定の時間よりもたいへん遅くなりましたので、本来ならばこちらのペナルティなのですが」

「とんでもない」

健児が慇懃《いんぎん》に頭を下げると、男は青い顔で手を振った。


ようやく青龍飯店に入ることができた健児は、最初に指定された部屋を訪ねたが、呼び鈴を押しても反応がない。そこで、ドアの前で注文主のジョンに電話を掛けた。

すると、彼はホテルのレストラン・フロアの廊下にいるという。

「おお、よく来てくれた。今、部屋に戻るから」

泣きださんばかりの声で現れたのは、一目で号泣したあとと分かる赤い目をした男を引きずるようにしている小太りの白人男性と、その後ろに仁王立ちになった白人の大男の三人であった。

引きずられるようにして部屋に入ったこの男、これが部下が言ってた映画監督か。言われてみれば、どこかで見たことがあるような。

健児は記憶を探ったが、ともあれ五人前の寿司を渡して代金を貰うのが先だ。

「入って。そこに置いてよ」

小太りの男性は、自分より長身の男を抱えるようにしてソファに座らせた。

スイートルームらしき部屋は広く、リビングのような部屋のテーブルに寿司を置く。

しかし、なんだ、この部屋は？

健児は、失礼でない程度にぐるりと部屋を見回した。

たちこめる線香の匂い。

正面には写真と（人間ではないようだ）花が供えてあるし（菓子らしきものもだ）、ロウソクもたくさん並んでいる。ロウソクの芯《しん》が黒いところを見ると、少し前まではロウソクに火が点けてあったらしく、かすかに煙の匂いもする。

ホテルなのに、あんなにロウソクを点けて大丈夫なのだろうか。煙感知器が反応して、スプリンクラーが作動しても不思議ではない。

健児は思わず天井を見上げたが、感知器は見当たらなかった。

なんなんだろう、この連中は。アメリカ人らしいが、道教か何か、土着の宗教の信者なのだろうか？（←ここに蘆蒼星がいれば、彼の感想もまた変わっていたかもしれない）

健児はいささか気味が悪くなって、目の前の三人を見た。

どう見ても普通のアメリカ人なんだが。

「フィル、喜べ。あのエクソシストは、あのケダモノを調理した料理人の悪魔祓《ばら》いをして、ケダモノは無事昇天したぞ。だから、おまえは仕事に戻るんだ。そのほうが天国でケダモノも喜ぶってもんだろう」

大男がバンバンバンバンと凄い勢いで赤い目の男の肩を叩いた。

エクソシスト？

健児はもう一度ロウソクを見た。

なるほど、そっちのほうなのか、これは（↑もちろん、誤解である）。

「昇天――」

小太りの男性がハッとしたように顔を上げる。

「あの風水師はどこに？」

「さあ。仕事が終わったから引き揚げたんじゃないか？」

「それに、タダシとクミコは？」

「おかしいな。先に部屋に戻ってるかと思ったのに」

三人は思い出したように部屋中を見回した。

「――あのう、お話し中すみませんが、代金を頂戴できますでしょうか」

健児がドスの利いた声で言うと、小太りの男性が慌てて立ち上がり、冒頭の会話となったのである。

そして、代金と領収書を交換したその時。

健児のイヤホンに部下の低い声が飛び込んできた。

「ボス、すみません！　奴ら、俺たちが着いたのに気付きました。今、ボスを捜してそっちに向かってます！」

56

「——これはどういうことでしょう？」

董衛員は、努めて平静な声を出した。

向かいに座っている王も、最初の衝撃から覚めて、頭を上げると冷静な表情で考えこんでいる。

「これは、あなたが手に入れたというものとは異なりますよね？」

重ねて尋ねると、王はこっくりと頷いた。

「もちろんです。パッと見には同じように見えますが、これとは全く違う。あれは正真正銘の『玉』です。なにしろ、たとえようもない素晴らしい色をしていた」

王は赤紫色になった顎を撫でた。

「——どう考えても、さっきぶつかった時に、取り違えたとしか思えません」

「取り違えた？」

「廊下の角で、若い女性と出会いがしらにぶつかったんです。三人連れでした。思えば、彼女も床に何かを落として拾い上げていたのを視界の隅で見た」

王は記憶を探る目つきになった。

「若い女性？」

衛員は混乱した。

なぜ若い女が、これを持っていたのだ？　衛春に託して毛沢山に渡すよう指示したものを？

王は宙を見つめて、記憶を探り続けている。

「そういえば、彼女はうちの紙袋を持っていた——それも、うちのホテルの最上階のイベントでお土産用に用意していた紙袋です。あれは、今回のイベントのために作った紙袋だったので見間違いようがない」

王はじっと考えこみ、立ち上がると、自分のデスクのところに行った。

「思い当たることがある」

大きな引き出しを開け、小さな紙袋を取り出す。

「今回、うちで新作の菓子を作りました。スティックタイプの月餅《ユエビン》です。その試作品ということで、特別に布袋に入れて、イベントに来た客に配ったんです」

王は試作品を見せた。

衛員は一目で納得した。

細長い布の袋。

「なるほど、見た目がとてもよく似ている」

「ええ。彼女は、うちのイベントであれを受け取ったに違いない」

王は腕組みをしてもう一度顎を撫でた。

「しかしなんでまた、こんなものが入っていたんだろう？　あの『玉』とよく似ている印章が？」

衛員は必死に考えた。

ここで余計なことを言うわけにはいかない。この印章の出所が彼であるとは、決して。

「そのイベントというのは——」

「アートフェアです」

王は、些《いささ》か軽蔑《けいべつ》したような口調でそう言った。

「私たちにはおよそ理解できない、現代アートというやつですよ。でも、昨今はああいうのがよく売れるらしい。びっくりするような値段がつくらしくて、ホテル側も力を入れています。実際、今回もよく売れてるようですね」

「なるほど」

衛員は、ようやく話が見えてきたような気がした。

毛沢山が青龍飯店のアートフェアに来ると聞いていたので、衛春をやったのだ。そのイベントでこの菓子を配ったのなら、その若い女が奴と接触する機会があっても不思議ではない。

しかし、どういう女なのだ？

衛員は尋ねた。

「その女性をもう一度見たら、分かりますか？」

「ええ。うちのレストランで食事をしたところだと言ってたな」

衛員の脳裏に、コーヒーショップの若い女が浮かんだ。

まさか、そいつも香港警察の回し者では？

背筋がゾッとした。

「東洋人でしたか？　もしかして、香港人とか？」

王は首を振る。

「いや、『スミマセン』と言っていたから、あれは日本人ですね」

衛員は少しだけ安堵する。

「たいした荷物は持っていなかった。うちの宿泊客かもしれない」

王は弾かれたように立ち上がった。

「とにかく、私は彼女を捜してきます。先生はここでお待ちください」

「いや、私も行きますよ」

衛員も腰を浮かせた。

ここまで来て、「蝙蝠」を逃すわけにはいかない。

なにしろ、実は今回「客」たちに密かに根回しをして、入札が不成立になるように仕向けたのは衛員なのである。割安で「蝙蝠」を入手させると個別に話を持ちこんだのは、これまでの「ＧＫ」の信用があったがゆえにできる、最初で最後の大バクチなのだ。

「犬は困ります、犬は」

燦燦を連れて青龍飯店に乗り込もうとした上海動物公園の一行を、ドアマンが慌てて制止した。

「あそこにも犬がいるじゃないか」

英徳は、廊下で犬を抱いて歩く少女を指差した。

真っ白なポメラニアンが、燦燦に向かって「ぐるる」と唸《うな》り声を上げる。

燦燦も、それに気付いて低く唸った。

「ですから、ケージに入れてください」

ドアマンは少女のほうに目をやった。少女は、片手にピンク色の携帯用ケージを提げており、その視線に気付くと、隣にいた母親が慌てて犬をケージに入れた。

「この犬、介助犬でも盲導犬でもないですよね」

ドアマンは、ポメラニアンから興味を失い、しきりに辺りを嗅ぎ回っているミニチュアダックスフントを見下ろした。

「この犬は大事な捜査員だ。つまり、私の立派な介助犬だ」

ドアマンと英徳は睨みあう。

「第一、ケージなんかに入れたら自慢の鼻が使えないじゃないか」

「ダメなものはダメです。ケージに入れてください」

「こっちは一刻を争うんだ。このホテルに、我々の捜す重要人物（人じゃないけど）がいる疑いがあるんだ」

「重要人物？」

「国賓クラスだぞ」

と、燦燦が突然パッと駆け出した。

「おっと、手が滑った」

英徳はわざとらしくリードを手放す。

たちまち、燦燦はホテルの中に駆け込んでいった。

「わーっ、困ります」

「すまんな、なにしろ活発な犬でねえ。あの犬がいないと生きていけないんで、後を追うよ」

英徳たちは燦燦に続いてホテルの中に駆け込んだ。

「誰かーっ、犬が入り込んだぞっ」

ドアマンの叫びに、ホテルのスタッフが飛んでくる。

と、そこに別の集団が駆けてきた。

「え？」

ドアマンとスタッフは思わず立ち止まって、険悪な表情の男たちを見る。

なんだ、あれは？

とりわけ、先頭を走ってくる長身の男の形相は凄まじく、その白い歯がきらっと光るのが目に留まった。

言うまでもない、高清潔である。

「急げ。奴はもう中に入りこんでるぞっ」

「いつのまに」

「現行犯でつかまえろっ」

「寿司を注文したのは誰だ?」

「著名な映画監督らしい。店で確認した」

口々に叫びながら、男たちが駆け抜ける。

「困りますってば」

ドアマンとスタッフは声を揃え、力なく男たちの背中を見送った。

58

「毛沢山先生? ああ、あれからすぐお帰りになりましたよ」

マネージャーの返事に、「そっかー」と優子は肩を落とした。

彼は、毛沢山に絡んだ男を撃退した優子のことをよく覚えていたので、優子が誰を捜しているのかすぐに分かってくれた。

「先生は、よくこちらにはいらっしゃるんでしょうか？」

えり子が尋ねる。

「そうですねえ」

マネージャーは考え込んだ。

「今日はたまたまうちでイベントがあっていらしてましたが、そんなによくいらっしゃるわけではないと思います」

「そうですかー」

優子は更に肩を落とす。

「でも、明日もう一日イベントがありますから、明日もいらっしゃると思いますよ」

えり子が通訳すると、パッと優子の顔が輝いた。

「えっ、そうなんですか。何のイベントですか？」

「うちの最上階で開かれてるアートフェアです」

「アートフェア」

三人は顔を見合わせた。

「先生は、芸術家なんですか？」

優子が尋ねた。

「はい。大きな立体作品で有名です」

「へえー」

「今日も先生自らご自分の作品を搬入しにいらして」

マネージャーはそう言い添えた。

「それでは、もし先生とお話しする機会があったら、私に連絡していただくようお伝えくださいませんか。先生の落とし物を預かっていますと」

えり子は名刺を差し出した。

「承知しました」

マネージャーは頷いて自分の名刺と交換すると、その場を立ち去った。

「あれ、加藤さん、名前が漢字になってますね」

優子がえり子の名刺を覗き込んだ。

簡体字で「市橋恵利子」と書かれている。

「はい。こっちは平仮名がないんで、日本の名前で平仮名の人は全部漢字にするんですよね」

「なるほどー」

和美と優子は声を揃えて首肯する。

「そっかー、日本でも外国人が漢字をあてて名乗ったりするもんね」

「どうしてこの字をあてたんですか?」

「上海は商売の町なんで、なるべく儲《もう》かりそうな字にしたんです」

「納得」

「ところで、どうしましょう。やっぱりあのおじいちゃん、つかまりませんでしたね」

優子は溜息をついた。

「あたしが連絡先になってますから、そのハンコ、あたしが預かってましょう」

えり子が手を差し出す。

優子はつかのま考えていたが、首を振った。

「いいえ。とりあえず、上海にいるあいだはあたしが持ってます。もしかしたら、明日会えるかもしれないし。上海を出る時まで会えなかったら、その時は加藤さん、預かってもらえますか？」

「了解」

えり子は頷いた。

「あのおじいちゃん、アーティストだったんですね」

「かなり有名な人らしいですよ。名前を聞いたことがあります」

「そうだ。すみません、ちょっと、会場に行ってみていいですか」

優子が足を止めた。

「イベントの？」

二人が振り向くと、優子は頷いて腕時計を見た。

「はい。もしかすると、受付の人とか、片付けのスタッフとか、まだ誰かいるかもしれません。そうしたら、明日、あのおじいちゃんが来たら連絡してもらうよう頼んでおこうと思って」

「なるほど、ナイスアイデア」

「じゃ、行きましょう」

三人はエレベーターに向かった。

59

激しく呼び鈴が押され、せわしなくドアがノックされた。

目を血走らせた男たちが、ドアの前に固まっている。

「はーい」

ドアが開いた。

小太りの白人が、目の前の集団に目を丸くする。

「上海警察です」

先頭の高清潔がニッコリと営業スマイルを浮かべた。

キラリと光る白い歯が眩《まぶ》しかったのか、男は目をまたたかせた。

「ここに寿司のデリバリーが来たはずですが」

「あー、はいはい、さっき来ましたよ」

白人男は、部屋の中を振り向いた。

「ちょっとお邪魔します」

高はぐいっと部屋の中に入り込む。

「あっ」

見ると、大男と赤い目をした男が並んで寿司を食べている。

赤い目をした男は玉子焼き。

大男はマグロ。

それぞれ寿司をつまんで口に持っていこうとしているところだった。

「何か用か？」

大男が目をぎょろりとさせた。

「寿司を持ってきた男はどこへ？」

「とっくに帰ったぞ。なんだか急いでるみたいだった」

大男はぱくりとマグロを頰張る。

捜査員たちは、部屋の中の様子に戸惑った。

線香とロウソク。

「これは何を？」

高はぐるりと部屋を見回した。

「故人の霊を慰めています」

小太りの男が真面目な顔で言った。

「メモリアルデーでショージンリョーリにスシをデリバリーしました」

「ははあ」

そういうものなのか、とアメリカ生活の長い高は思った。

「その男はどのくらい前に帰りましたか？」

「どうだろう。十分くらい前かな」

「十分」

高は自分の高級腕時計に目をやった。

「くそ。まだそんなに遠くに行っていないはずだ。奴のバイクを捜せ。バイクと一緒に取り押さえるぞ」

「はっ」

「失礼しました」

高は再び白い歯を光らせると、慌しく出ていった。

バタン、と大きく音を立ててドアが閉まる。

顔を見合わせる小太りの男と大男。

「――トム・クルーズ並みにホワイトニングした歯に、三万ドルのロレックス。上海警察は景気がよさそうだな」

ティムがボソリと呟き、チラリと後ろを振り向いた。

「おい、もう出てきていいぞ」

「どうも」

ソファの後ろに隠れていた市橋健児がひょいと顔を覗かせた。

「ありがとうございます。助かりました」

深々と頭を下げる。

「いいってことよ。マッポと役人は大嫌いだ」

ティムは吐き捨てるように言うと、ホタテの握りに手を伸ばした。

「ところで、この寿司はうまいな。俺も、リスクが高く撮影の進まない映画なんかやめて、堅実なフード業界に転職するかな」

寿司を頬張り、ジロリと隣の男を睨む。

フィリップ・クレイヴンは肩をすくめる気力もないらしく、代わりにジョンが肩をすくめた。

「儲かってるか？」

ティムは、ソファの陰から出てきた健児を見上げる。

健児は首をかしげた。

「ぼちぼちです。初期投資が大きかったんで、まだ回収できてません。競合他社も多い。うちは味と品質に自信があるので、今のところまだ価格競争には巻き込まれてませんが」

「どの業界も大変だな」

ティムは健児の差し出した名刺に目をやった。

「何であのロレックス男に追われてる？」

「競争が激しく渋滞の多い上海で一時間以内に配達するには、配達車両のバージョンアップとスピードアップが必要でして」

ティムは小さく頷いた。

「なるほど。だが、どうする。あいつに改造車を押さえられたら逃げられないぞ」

「はい。だから、なんとかして俺のクルマのところまで辿り着かないと」

健児はじっと考え込んだ。

60

ホテルの中に勢い込んで駆け込んでいった燦燦だったが、英徳たちが追いかけていくと、なぜかまっすぐ廊下を走りぬけ、またしても外に出ていってしまった。

「あれれ？」

「なんで出ていくんだ？」

「ここにはいないのか？」

飼育員たちは息を切らしながら、燦燦に続いて外に出た。

夜の喧噪が身体を包む。四方八方からクラクションが聞こえてくる。

とっぷりと夜も更けてきた。

「どこに行った？」

「あ、あっちだ」

薄暗いホテルの裏庭に、地面を嗅ぎながら進んで行く燦燦が見える。

「くそ。見失いそうだ。リードを取らないと」

英徳が先頭に立って追いかけるが、燦燦の肢《あし》も機敏に動き続けている。

やがて、燦燦は業務用の搬入口のほうに回り込んでいった。

「ああ、なるほど」

英徳は小さく頷いた。

厳厳が乗れるとしたら、それなりの大きさの車だ。恐らくは、ワゴン車よりも大きくトラック以下。たぶん、業務用の車だったのだろう。その車で、ここまで運ばれたに違いない。

燦燦は辺りを凄い勢いで嗅ぎ回り、ひょいと石段の上に跳び上がり、開けっぱなしになっている通用口から再びホテルの中に入っていった。

「中に戻ったぞ」

英徳たちはひたすら、祈るような気持ちで燦燦の後を追うのみ。

「なんだ、この犬は」

「どこの犬だ?」

台車を押していたホテルの従業員が目を白黒させる中、燦燦は素早く広い通路を進み、業務用エレベーターの前で激しく吠えた。

かなりの大きさのエレベーターである。

「すみません、通ります」

飼育員たちも追いつき、燦燦を囲んだ。

英徳はようやくリードを拾い上げ、呼吸を整えた。

「どうやらこのエレベーターに乗ったらしいな」

エレベーターは一階で停止していた。英徳たちは中に乗り込む。

燦燦は床を嗅ぎ回り、唸り声を上げる。

目指す匂いを嗅ぎ当てたようで、英徳たちを見上げてワンワンと鋭く吠えた。

「この中にいたのは確かなようだが、何階で降りたんだろうな」

英徳たちは顔を見合わせ、階数表示を見た。

どこで降りたか見当もつかない。

一人が提案する。

「とにかく一番上まで行って、上から順番に見て回るというのは？　のぼっていくよりは効率的でしょう」

「よし」

英徳が最上階のボタンを押すと、一瞬ゴトリと鈍く揺れて、エレベーターが動き出した。

ごとんごとんという音がなんとなく不気味である。

誰もがジリジリと上がっていくエレベーターの階数表示を見つめている。

燦燦は、落ち着いた様子で扉の前にじっとしていた。

本当にいるのだろうか？

このホテルの中に、あの厳厳が？

誰もが半信半疑であるが、燦燦だけが確信を持っている様子である。

業務用のエレベーターは、まどろっこしいくらいに上昇するスピードが遅かった。

このホテルは、建物自体は古く、最近の高層ホテルとは異なり、十二階までしかない。

やがて、がっくんとエレベーターが揺れ、チーン、という間の抜けた音と共に最上階に到着し、ゆっくりと扉が開いた。

61

「いったいどこまで上って行くんだ」

小角正が、ふうふうと肩で息をしながら呟《つぶや》いた。

「客室じゃなさそうですね」

全く息切れしていない久美子が首をかしげる。

「主人のいる部屋に行く様子はないな」

やはり平気そうな蘆蒼星が階段の踊り場を見回した。

ダリオ（の霊）は、相変わらず三人の少し斜め上、天井近くをふわふわと漂いつつも上昇を続けていた。

頼りない動きではあるが、先ほどから一度も止まっていない。ただよっているのではなく、行き先は決まっているようだ。

「うーむ。奴の動きはさっぱり分からん」

蒼星が首を振った。

ずいぶん階段を上ってきたが、あと二階も上れば最上階になってしまう。

「お二人は——ずいぶんと健脚ですね」

正は立ち止まり、膝《ひざ》に手を当てて先を行く久美子と蒼星を恨めしそうに見上げた。

二人も立ち止まり、正を見下ろした。

「小角さん、まだお若いのに。修験者の末裔《まつえい》とは思えません」

「修行が足りんな」

二人が冷たい視線を送って寄こす。

「ですから、僕は修行してませんてば」

正は手を振って、よろよろと再び階段を上り始めた。

「じき、客室階も終わりです。ここから上にあるのは——ええと、宴会場とラウンジですが」

久美子はいつのまに手に入れたのか、ホテルのパンフレットとチラシを手にしていた。

「今日と明日はアートフェアをやっているようです」

「アートフェア？」

「現代美術の新作を売ってます」

「なんだってまたそんなところに。あいつは宴会場には行ってないはずだが。最期の場所はさっきの厨房《ちゅうぼう》とレストランだろ？」

ボソボソと囁《ささや》き合う声が聞こえてくるが、ダリオにも分からなかった。

自分がどこに向かっているのか。なぜこうも引き寄せられるのか。

ダリオは、ただひたすら衝動に突き動かされていた。

とにかく、上に何かがいる。引き寄せられるような、大きくて猛々《たけだけ》しい存在が。もうすぐだ。もうすぐ、そこに。

ひょろろろ～、という笛の音が階段に鳴り響いた。

「はい、もしもし」

久美子が電話に出た。

正は苦笑する。あれが久美子の携帯電話の着信音なのだ。

『陰陽師《おんみょうじ》』のテーマ。

久美子の淡々とした声が響く。

「え？　はい、今まだちょっと、ダリオだったものを追ってまして」

「いいえ、まだです。まだ成仏したとは言いがたいのではないかと」

「お寿司《すし》？　はあ、これを見届けてからいただきます」

「今、どこかって？　えーと、階段上ってまして、十階と十一階のあいだです。はい、では後ほど」

電話を切る。

「誰ですか？」

正が尋ねると、久美子は携帯電話をポケットにしまった。

「ジョンさんからでした。部屋に寿司が届いてるので、食べに戻ってくるようにとのことです」

「あ、お寿司、ようやく受け取れたのか。フィルはちゃんと食べたかな」

正はホッとすると同時に、自分も空腹であることに気付いた。

さっきから移動しっぱなしで何も食べていない。

「ええと、お二人もお腹空《す》いてませんか？　ちょっと戻って休憩するっていうことでどうでしょうか」

さりげなくそう声を掛けるが、二人は立ち止まる気配がない。

「見失うわけにはいきません」

くそ。俺は山伏じゃないって言ってるのに。

正は眩暈《めまい》を感じつつも、二人の後を追ってよろよろと階段を上り続けた。

62

レトロなデザインのエレベーターの中で、優子たちはえり子がロビーで見つけたチラシに見入っていた。

「宴会フロアって最上階？」

「チラシによるとそうですね」

「おっそいですねえ、このエレベーター」

優子はイライラした顔で階数表示を見上げた。

「古い建物だからじゃないですか」

「アンティークっぽいとも言えるけどね」

「誰かまだ残ってるといいですね」

ゴトゴトとやる気のない様子で上がっていくエレベーター。

途中、各駅停車で宿泊客が出入りするのでなかなか最上階に辿《たど》り着けない。

九階で客が降り、ようやくエレベーターの中は三人だけになった。

「これじゃあ、階段上ったほうが早かったかも、ですね」

優子が呟くと、和美がぶるんと大きく首を振った。

「あたしは遅くてもエレベーターのほうがいいな。あんたのトレーニングにつきあわされちゃかなわん」

「えー、会社でも総務が健康のために階段を使いましょうって言ってるじゃないですかー。あたし、いつも階段ですよー」

「なんで休暇中の上海のホテルで階段使わにゃならんのよ」

ごっとん。

一瞬、間を置くようにエレベーターが揺れ、チーン、と遅れてベルが鳴る。

「あー、やっと着いた」

ゆっくりと扉が開き、三人は外に歩み出た。

63

「董衛員はどこにいる？」

衛春は、頭の中が真っ白のままで、しばらく何を聞かれたのか分からなかった。

「ええと——祖父は——分かりません。あの、予定は聞いていません。昼間、別れたままなので」

しどろもどろに答えるのが精一杯である。

尾行されていることには気付いていたものの、そのことと、実際に捜査員を目の前にして、自分が今追及の対象になっているということとは全くの別物だった。

祖父と自分はどうなるのだろう？　香港警察と上海警察とは捜査上はどういう関係になっているのか？　香港警察に捜査権があるのか？　逮捕もできるのか？

頭の中ではぐるぐるといろいろな考えが浮かぶ。

さすがに、ここまでは祖父も予想していなかったのではないか。少なくとも、こうなった場合の指示はなかったし。

他の捜査員が、有無を言わせず奥の事務所に入っていった。

目配せをし、あちこち手際よく引っくり返し始める。

衛春はゾッとした。

動きに全く無駄がない。彼らはまるで、どこに何があるかを把握しているようだった。うちにかつて足跡を残していったのは、こいつらだったに違いない。

今は特にヤバいものはない。

衛春はざっと頭の中で考えた。

盗品はここには置いていない。そもそも、うちは「在庫」を持たない店なのだ。

強いていえば「蝙蝠」の替え玉くらいだが、それも皆俺があちこちで配ってきてしまったので、今はもうない。

が、衛春がそっと印章の入っていたキャビネットに目をやると、彼の視線の先を注視していた男がすぐさまキャビネットに手を掛けた。

衛春は慌てた。

なんという初歩的なミス。何か突発的なことが起きると大事なものを入れているところに目をやってしまうという人間の性《さが》は、さんざん目にしてきたはずだし、祖父にも気をつけろと言われていたのに。

思わず内心舌打ちしたが、仕方がない。もっとも、大したものはないから、調べられても影響はないだろう。

印鑑を入れている金属のケースが開けられ、中の印章がひとつひとつ取り出されていく。

丁寧に確認しているところを見ると、間違いない。彼らは「蝙蝠」を捜しているのだ。

早口で電話を掛けている捜査員の話を盗み聞きする。

どうやら、彼を尾行していた捜査員が、衛春が寄った露店も同時に検挙したらしい。

「ない？　確かか？　分かった」

と言葉少なに頷《うなず》いたところをみると、そちらの露店でも商品を徹底的に引っくり返したということなのだろう。

どうする。

衛春は少し気持ちが落ち着いてきて、やっとこれからどうするか考える余裕が出てきた。

考えろ。祖父ならどうする？

64

ホテルの地下一階。

出入りの少なくなった廊下で、ホテルの制服を着た男が二人、大きな台車に手を掛けて業務用エレベーターが到着するのをやや緊張した面持ちで待っていた。

若いほうの、きょろきょろと辺りを見回す目付きが怪しい。

しかし、もう辺りに人気《ひとけ》はなく、たまに通り過ぎる者もホテルの制服を着た二人を気に留める様子はなかった。

「おい、あまりきょろきょろするな」

歳嵩《としかさ》のほうがエレベーターを見上げたまま、低い声で叱責《しっせき》する。

「すみません。急に呼び出されたもんで」

「やることが一日早まっただけだ。普通にしてろ」

二人でエレベーターの階数表示を見上げる。

本当は、明日、アートフェアが終わってから運び出す予定だったのだが、仕込みをした仲間から「会場がヤバそうなので、早く運び出したほうがいい」という連絡を貰《もら》ったのである。

何がヤバいんだ？

そう何度も聞いたのだが、言葉を濁して決して言わなかったのが気にかかる。

それはさておき、億単位の価値のある美術品をごっそり収めた彫刻だ。早いところ回収したほうがいいのは確かである。前倒しになったせいで予定が狂ったが、上の言うことは絶対である。

毛沢山の彫刻そのものは、まだ売れていないらしい。借金の返済のためにかなりの値段をつけているから、いかにヤツが人気作家で購買層が広がっているとはいえ、そうそう右から左へはけるものではなかろう。

毛の彫刻のひとつに細工をしてあるのは、もちろん毛も承知している。そもそも、奴の協力がなければあの細工はできなかっただろう。あれが何に使われるか気が付かないほど馬鹿ではあるまい。これで奴も共犯だから、あいつの口から漏れる心配はない。

このアートフェアでは、売れた作品はそれぞれの画商が管理しているから、あの彫刻が「売れた」ということであれば、なくなっていても不審に思う者はいないはずだ。いずれ気付くかもしれないが、しばらくのあいだは大丈夫だろう。

やけにのろいエレベーターだな。

歳嵩のほうは、苛立《いらだ》ちを抑えながら心の中で毒づいた。

チーン、と間抜けな音を立ててエレベーターが到着し、ゆっくりと扉が開く。

「行くぞ」

台車を運び入れ、「閉」のボタンを押す。

再びゆっくりと扉が閉まり、エレベーターが動き始めた。

65

厳厳は夢を見ていた。

青い空、白い雲。深山幽谷の、懐かしい風景。

どこまでも峻険《しゅんけん》な山が続いている。

おお、ついに俺は、夢にまで見た故郷に帰ってきたのだ。都会の隅の狭い檻《おり》の中で、見世物となっていた屈辱的な生活から解放され、自由な放浪生活に戻ってきた。

故郷の空気は変わらず、草の香りもかぐわしい。

見覚えのあるけものみち。同胞の匂いがする。

こちらの斜面を登れば、うちの一族の縄張りだ。ものごころついた時からアウトローの放浪者だった俺だが、郷里の縄張りはさすがに懐かしい。

誰かまだ残っているだろうか。知っている顔が見られるだろうか。

巌巌は、高揚しつつも、足早に斜面を登った。

おや、どこからか音がする。

誰かが集まっているような音だ。声、だろうか。めったに集団行動をとることのない同胞が集まっているなんて珍しい。

巌巌はふと不安を感じた。

なんだろう。俺の中で小さく警報が鳴っている。油断するな、何かおかしいと俺の本能が言っている。

巌巌は足取りを緩め、身体をかがめて斜面の藪《やぶ》の中をゆっくりと進んでいった。

やがて、煙の臭いに気がついた。

山火事か？　にしては、様子がおかしい。

ゆっくり進んでいくと、斜面にぽっかりと開けた場所の気配がある。

どうやら、煙はそこから漂ってくるようだ。

誰かいる。

巌巌は木々のあいだから、その開けた空間に目を凝らした。

焚《た》き火だ。

人間どもが焚き火を囲んでいる。

見ると、巨大な鍋《なべ》が焚き火の上に吊《つ》るしてあるではないか。

中で何かがぐつぐつと煮えている。なんだあれは。

こちらに背を向けている男が、鍋の中を菜箸《さいばし》でつついている。

何かをつついて、すくいあげるのが見えた。

厳厳はギョッとした。

熊の掌《てのひら》。あれは、煮込んだ熊の掌ではないか！

慄然《りつぜん》とする厳厳。

奴らが熊を食べるということは知っていたが、俺とは違う種類の熊だったはず。

だが、どう見てもあれは、俺と同じパンダの掌だ。他のものも煮えているのが見えるが、それも見間違えようのない、白と黒のツートンカラーではないか。いったい誰がやられたのだ？

じわじわと恐怖が背中を這《は》い上る。

すると、鍋をつついていた男がくるりと振り向いた。

厳厳は、今度こそ腰を抜かしそうに驚いた。

なんと、あれは魏ではないか！

こいつから逃げてきたはずなのに。こんなところまで追いかけてきたのか！　いったいどうやってこの場所を突き止めたんだ。先回りされた？

隠れていたはずなのに、魏はすぐさま厳厳が森の中に隠れていることを見破った。

ヤバい。

ニタリと口が裂けそうな笑みを浮かべる。

逃げなければ。

森の中で踵《きびす》を返した瞬間である。

「厳厳、待っていたぞ。逃がさん。よくも何度も脱走して、俺の面目を潰《つぶ》してくれたな。今日こそはおまえをパンダ鍋にしてくれよう」

後ろから声が掛かり、何かが迫ってくる気配を感じた——


ハッとして目を覚ました厳厳は、自分が暗くて狭いところに押し込められているのに気付いた。

いかん、つかまったのか？

一瞬、混乱したが、自ら巨大な彫刻の中に潜り込んだことを思い出した。

そうだった、そうだった。パニクるところだったぜ。

厳厳は、彫刻の中でもぞもぞと動いて座り直した。

くそ、あちこちが痛い。こんなヘンな形のところで居眠りしちまったからだ。

が、次の瞬間、ピタリと動きを止めていた。

誰かが近くに来た。

彼の本能がそう告げている。恐らくは、そのせいで目覚めたのだ。

厳厳は息を潜めて、じっと耳を澄ました。

話し声が近付いてきた。

人間の声。それも、若い女のようだ。複数いる。

「やっぱり、もう片付けも終わってますね」

「そうかあ。残念。せっかくここまで来たのに」

「あれ、鍵《かぎ》が開いてる」

ドアの開く音がした。

「不用心ですねえ」

「あら、真っ暗だ」

「ついでに覗《のぞ》いてみよう。電気のスイッチどこかしら」

「入口の近くにあるんじゃないでしょうか」

「あ、これだこれだ」

パッと明かりが点《つ》いて、彫刻のかすかな隙間から光が射し込んだ。

厳厳は反射的に身体を縮めた。むろん、外から見えるはずもないのだが、さっき見た夢のせいか神経質になってしまう。

ボソボソという話し声。

「うわー、なんか絵がいっぱい」

「大きな絵ばっかだなあ」

「さすがに『徹夫の部屋』の絵とは違いますね」

「そうかなあ。あたしには似たりよったりに見えるけど」

「この彫刻、怖いですねー」

「なんとなく、作風に見覚えが」

「あ、たぶんこの彫刻があの毛沢山先生の作品だと思いますよ。思ってた感じと違いますねえ」

「ふうん。毛先生ってこういう作品作るんだ。思ってた感じと違いますねえ」

「どういうのを想像してたのよ」

「もうちょっと枯れた感じというか、渋いのをイメージしてたんですけど、意外にパワフルです
ねえ。本人とは感じ違いました」

なんなんだ、こいつらは。早くいなくなってくれ。

突然、コンコン、と目の前の部分を叩《たた》かれたのでギョッとする。

「あらこれ、中は空洞だ」

「そうなんですか？」

「うん。そうだよね、でないと重いもんねー。材料費も掛かるし」

「じゃあ、明日また来てみましょう。引き揚げませんか」

「そうだね」

「なんだか眠くなってきちゃいました」

足音と声がゆっくり遠ざかっていく。

よし。さっさと行け。厳厳は彫刻の中で頷いた。

「あれ」

足を止める気配。

「誰か来ましたよ」

なんだと？

厳厳は息を止め、生来の垂れ目を吊り上げた。

66

最初に王は先ほど女とぶつかった場所に向かった。

もしかしたら、向こうも間違いに気付いて戻ってきているかもしれないと思ったからだ。

衛員は目立たぬよう影のように、王の後についていった。周囲への目配りも欠かさない。どこで誰が見ているか分かったものではない。

「ここでぶつかったんですが」

王は廊下の角で床を見回した。

むろん、何も落ちてはいないが、ここで取り違えたことは確かだ。

王は廊下の奥に目をやった。

彼女たちは向こうへ向かっていた。レストランのほうへ。

レストランに向かう。

店じまいをしているレストランの受付の女に、若い日本人女性三人組を見なかったか、と尋ねる。

すると、記憶にあったようで「ああ、あの」と頷く。

「あの凄《すご》い強い子ですよね」

「凄い強い子？」

王はあっけに取られて繰り返した。

「はい。毛沢山先生が、階段のところでチンピラに絡まれてたんですけど、そこを通りかかったあの子が助けてくれたんです。見た目は小柄なのに、凄く腕っぷしが強くて」

「毛沢山？」

今度は衛員が反応する。

「はい。マネージャーが感心して、お礼にうちの新製品の月餅《ユエビン》あげてましたよ」

なるほど、と衛員は思った。

その女は毛沢山と接触していたのか。ならば、そこで奴が持っていた印章と入れ替わったわけだ。これで筋が通った。

「うちの宿泊客か？」

「そのようです。食事代を部屋付けにできるか聞かれましたから」

「何号室かは分かるか？」

「いいえ、三人で話し合ってましたが、結局食事代はここで精算していったので」

「そうか」

「あ、そういえば、その子たち、少し前に、マネージャーと話してましたよ。誰かを捜してるみたいで」

「マネージャーと？」

「はい。ついさっき。そのあと、どこかに行っちゃいましたけど」

「マネージャーはどこだ？」

「まだフロアにいますよ」

受付の女は、レストランの奥に目をやった。

王と衛員はためらわずにレストランの奥に進んでいく。

マネージャーは脚立に乗ったスタッフと一緒に、空調の吹き出し口を見上げているところだった。

「どうした？」

王が尋ねると、驚いたように振り向いた。

「異音がすると客から言われたんで見てるんです。どうだ？」

「うーん。分かりませんねえ。特におかしな音はしないんですが」

「ところで、毛沢山先生を助けた若い日本人の女性がさっきここに来たという話を聞いたんだが」

「ああ、あの凄く強い子ですね」

マネージャーが頷いた。

どれだけ強いんだ、と衛員は独りごちた。

いったい何者なのか。どこかの組織の人間か？　まさか日本のヤクザか？

「毛沢山先生を捜していたようなんですが、先生はもう帰られたと話したら納得したようでした」

やっぱり。

衛員は内心首肯していた。きっと、取り違えに気付いたのだろう。

「そのあと、どこに行った？」

「さあ。エレベーターホールのほうに行ったみたいです。明日のアートフェアにいらっしゃるかどうかは分からないと答えましたが、毛沢山先生を見かけたら連絡するよう伝えてほしいとこれをくれました」

マネージャーは上着の内ポケットに入れていた名刺入れを取り出した。

王と衛員はマネージャーが差し出した名刺を覗き込む。

市橋恵利子

「ふむ」

王は名刺の中の名前と携帯電話の番号を頭に刻み込んだ。彼の記憶力ならば、電話番号のひとつくらい朝飯前である。

「電話するのか？」

衛員が尋ねると、王は考え込む表情になった。

「いや、ちょっと待ってください。エレベーターホールに行ったと言いましたね。毛沢山先生を捜していて、あきらめて客室に帰ったのか、それとも」

「それとも？」

王は上を見上げる。

「アートフェア会場に行ってみたとか」

67

さて。

もはや夜更けの青龍飯店である。

その最上階の、店じまいをしたアートフェア会場に、なんの因果か、こんな時間にこんなところで、この日初めて多くの人々（プラス二匹――いや、三匹か）が出くわすことになったのであった。

田上優子が「誰か来ましたよ」と言ったのは確かに正しかったのだ。が、それが、かくもバラエティに富んだ顔ぶれになるとは誰一人として予想できなかったであろう。

北条和美、田上優子、市橋えり子、そして先に到着していた厳厳が、彫刻越しに遭遇していた
その時。

まずやってきたのは、浮遊するダリオを先頭に（むろん、優子たちには見えないが）、蘆蒼星、安倍久美子、小角正の三名である。

日本人女性三人組は、突如現れた蒼星のコスチュームとメイクにぎょっとした。そういえば、さっきホテルの廊下ですれちがったような気もする。そして、その顔になぜか懐かしい、不思議と心惹《ひ》かれるものを感じたのは、彼の顔がほぼ左右対称であるからであって――という説明は割愛する。

やはり、安倍久美子の顔を見たことがあるような気もしたが（それは、数年前の東京駅でだったのだが）、恐らく気のせいだろう。

しかし、蒼星たちは、ひたすら浮遊するダリオに気を取られていたので、ずっと宙の一点を見上げており、それもまた日本人三人組を不審がらせたのであった。

ダリオはと言えば、厳厳の潜む彫刻に近寄り、その上をくるくる回っていた。

「なんだろう?」

「なんでしょうね?」

「この彫刻に何かあるのかな?」

三人は口々に言って、煩悶《はんもん》する巨人の彩色された彫刻を見上げた。

「あの、これがどうかしましたか?」

えり子が三人に中国語で尋ねた。

「いえ、我々にもよく分からないんです」

正がネイティヴではない中国語で答えると、和美が「ひょっとして、日本人ですか？」と日本語で尋ねる。

「あ、僕とそちらの女性はそうです。皆さんも？」

正は目をぱちくりさせた。

「はい。この彫刻を造った人に用があったんですが、もう帰られたらしくて」

「へえ、そうなんですか。すごい彫刻ですねえ。でっかいなあ」

正は、彫刻をこんこんと拳《こぶし》で叩いた。

「あ、中は空洞なんだ」

「みたいですね」

彫刻の中では、厳厳がまたしても反射的に身体を縮めていた。

くそ。人間が増えた。

努力して息を潜め、気配を消そうと試みる。

気にかかるのは、上のほうでチラチラしている何者かの存在だ。何かヘンなものが上のほうにいる。こいつは誰だ。なぜ俺の周りをうろちょろする？

厳厳は見えないダリオを睨《にら》みつけた。

宙を漂うダリオは、厳厳の視線を感じたのか、びくっと身体を震わせ、ぐるぐると彫刻の周りを回った。

「あ、何か反応してますね」

「やっぱりこの彫刻が目的なのか？　なぜなんだ？」

久美子と蒼星が首をひねる。

「中に何か入ってるんでしょうか？」

久美子の声に、厳厳はぎょっとした。

まさか、開けてみようなんて思わないだろうな。

思わず背筋が寒くなる。

いや、大丈夫だ。内側から鍵が掛けてあるし、外からちょっと見ただけではここに扉があるとは気付かないはずだ。大丈夫だ。

必死にそう自分に言い聞かせる。

心頭滅却！　俺はここにはいない！

と、ガラガラという音がして、またしても誰かが入ってきた。

みんなが一斉に音のほうを見る。

と、台車を押してやってきた二人の男も、会場に人がいるのを見てぎょっとしたように足を止めた。制服からして、ホテルの従業員らしい。

「あ、あの、皆様はなぜここに？」

片方の男がおずおずと尋ねる。

「毛沢山先生に用があったんです」

えり子が答えると、男たちはぴくっと身体を震わせた。が、すぐに笑顔を取り戻し、「なんでまた毛沢山先生を？　先生はもうお帰りになりましたよ」と答える。

えり子は短く通訳した。

「やっぱりね」

優子たちは顔を見合わせた。

「明日はいらっしゃるんでしょうか」

「さあ、分かりませんねえ。私たちは、その作品がもう売れたので、今夜中に運び出すように言われてるだけなんで」

「あら、これ、売れたんですか」

「よかったですね」

「はい。すみません、ちょっと失礼しますよ」

二人は皆を掻《か》き分けるようにして彫刻のほうに近寄ってきた。

じっと彫刻を見上げている蒼星たちを、訝《いぶか》しげに振り返る。

「あの、あなたたちは何を？」

「いや、我々にも分からんのだ。ダリオについてきただけなんでね」

「ダリオ？　どの人ですか？」

「あそこにいる」

蒼星の視線の先を見るが、皆、更に訝しげな顔になるだけである。

と、その時、えり子の携帯電話の着信音が鳴った。曲は、クイーンの「地獄へ道づれ」である。

「もしもし」

とっさに日本語で出たが、すぐに中国語に切り替える。

「ああ、王料理長ですか。先ほどはどうも。え？　はい、彼女なら一緒にいますよ。今、ホテルの最上階ですが——はい、アートフェア会場です。はい、おりますので、お待ちしています」

電話を切って、優子を振り返る。

「さっきぶつかった王料理長が、あんたに用があるって。今ここに来るから待っててて下さいって」

「あたしに？　どうしてだろ」

優子は首をかしげた。

「ひょっとして、あんたの石頭で負傷して、治療代を要求するのかもよ」

和美が半分冗談、半分本気で言った。

「えーっ。どうしよう」

優子はかなり本気で答える。

「王料理長がここに？」

蒼星が久美子たちと顔を見合わせる。

「何しに来るんだ？」

蒼星がえり子に尋ねる。

「いえ、それは聞いてませんが」

首を振るえり子たちの脇では、ホテルの従業員姿の二人が彫刻を台車に載せようと奮闘していた。

「くそ、重たいな。なかなか動かない」

「気をつけろ」

厳厳は、彫刻の中で気が気でなかった。

男二人はこの彫刻をここから運び出そうとしているらしい。

美術品がここに詰め込まれていたのだから、早晩そうなることは予想していたが、こんなに早いとは。

ある意味、ここから離れられるのだから歓迎すべきことであったが、彫刻を傾けようとしているらしく、あちこちがぎしぎし鳴って、中に自分がいることがバレるのではないかと焦っていたのだ。

「サイズは聞いていたが、こうもあちこち出っ張ってるとは」

「横にするしかないな」

男たちはいったん離れて彫刻を見上げた。

「よし、ゆっくり倒そう」

「お手伝いしましょうか」

見かねたのか、正が申し出る。

「いや、大丈夫です。ゆっくり押すから、そっちから支えろ」

彫刻が慎重に傾けられ始めた。
みんながその様子を見守っている。
中では、厳厳が息を殺して身体の傾きに耐えていた。
そろそろと傾いていく彫刻。
心頭滅却。
改めて心の中で唱える厳厳。
そこに、突然、キャンキャンという激しい犬の鳴き声が飛び込んできた。
「えっ」
みんなが同時に声のほうに目をやる。
厳厳は、目を見開いた。
あの声は。
彼の心の中では、その瞬間、怒りと絶望とが激しく交錯した。

間違えようがない。宿敵、燦燦の声だ。ということはつまり、奴と一緒に――

そう、そこに飛び込んできたのは、ミニチュアダックスフントの燦燦と、そのリードを握る魏たち上海動物公園の面々だったのである。

68

燦燦がいよいよ勢いを増してホテルの大きな部屋に駆け込んでいった時、英徳はその場所がどういうところで、中がどうなっているのか全く予測していなかった。

とにかく厳厳の居場所を突き止め、連れ戻さなければ。

彼の頭はそれだけで占められていたので、絶対的な信頼を置いている燦燦についていくのみ。

だが、辿り着いたのはあまりにも思いがけない場所だった。

燦燦、そして英徳が飛び込んだ瞬間、部屋の中にいた人々が、一斉にこちらを振り返る。

そのさまざまな表情。

ん？　なんだ、ここは？

最初に目に飛び込んできたのは、強烈な色彩である。

壁を埋める巨大な絵。

どうやら、美術展のようなことをやっているらしい。

そして、何やら巨大な彫刻を運び出そうとしている男が二人。

それを見守る若い女三人。

それとは別に、若い女がもう一人と若い男が一人、そして謎の扮装《ふんそう》をした目つきの鋭い男が一人。

みんながこちらを見ている。

驚愕《きょうがく》、好奇心、狼狽《ろうばい》。

それぞれの表情は異なっていた。

あまりに意表を突かれたので、英徳はその場で棒立ちになった。同時に、ほんの一瞬、手から力が抜け、リードを離してしまったのである。

それまで英徳を引っ張りつつもどかしげに全力疾走していた燦燦は、解放されてこれ幸いとばかりに、パッと跳び上がった。

燦燦が跳び上がったのは、今まさに台車の上に横たえられようとしている彫刻に向かってであった。

彫刻に手を掛けている男二人の顔が青ざめ、大きく目が見開かれる。

日頃動物と接しているせいか、英徳の動体視力も高清潔並みに優れていたが、その彼には、この瞬間は後から正確に思い出せるほど、はっきりと、しかもスローモーションに見えた。

あっ、と叫ぶ自分の声が聞こえ、宙に跳び上がる燦燦、目を見開く男二人、それを見つめる周りの人々の動きがゆっくりと引き延ばされて見えたのである。

そして英徳は、自分の背後で鋭い叫び声が上がるのを聞いた。

「おい、おまえら、何をしている！」

燦燦が跳び上がる瞬間を目撃したのは、上海動物公園の面々の後ろからやってきた王と衛員も同様であった。

王は愕然とした。

アートフェア会場に、なぜか人だかりがある。

もう会場は閉められたはずだが、扉が開いていて、中の明かりが点いているではないか。

そのことを問い質《ただ》す暇もなく、王と衛員は会場に集まった人々と、今の状況に目を奪われていた。

二人もまた、英徳たちと同じく棒立ちになってしまっていた。

まず目に入ったのは、王たちが捜していた女性三人組である。

ああ、よかった、やはりここにいた、これで印章が取り戻せる、という安堵《あんど》が王と衛員の最初の感想であった。

次に、さっき王を引っかけようとした（と王は思い込んでいた）奇妙な恰好《かっこう》の風水師を先頭とする男女三人組。

なぜこんなところにいる？　しかも、なぜまだここにいる？　また何か仕掛けようとしているのか？　という猜疑《さいぎ》心を抱いた。

そして、巨大な彫刻を台車の上に横倒しにしようとしている男二人。

なぜ会場に明かりが点いているのか、王はその疑問に答えを見つけた気がした。

男二人は、ホテルの従業員を装い、彫刻を運び出そうとしているが、王の目は、その表情と佇《たたず》まいから、偽従業員であることを瞬時に見破っていた。

王はほとんどの従業員の顔と経歴を記憶していたし、そのどこかやさぐれた顔つきから、さっき階段で王に襲いかかってきた輩《やから》と同類であると看破したのである。

こいつらは盗っ人《と》だ、と王は断定していた。

最も分からないのは、王の前にいる作業服の面々だ。しかも、先頭の男は犬を連れており、その犬はものすごい勢いで吠《ほ》えている。

犬？　なぜここに？

これだけはさっぱり分からなかった。

ホテルではペットはケージに入れるのが規則ではなかったか？　だが、あの犬はペットではない。どう見ても作業犬というか、警察犬みたいだが。しかし、犬を連れている奴らは警察官ではない。

いったい何が起きている？

そして、王は、つかつかと会場に入ると、彫刻を手にした男たちに叫んだ。

「おい、おまえら、何をしている！」

70

この時、唯一おぼろげに全体の状況を把握していたのは、彫刻の上をふわふわと漂っていたダリオだけだったかもしれない。

ダリオは、自分が心惹かれ、引き寄せられていったものがそこにいることを直感していた。

正確に言えば、眼下に横たえられようとしている彫刻の中に。

そのことに気付いているのはダリオだけではなかった。今まさに、外から飛び込んできた茶色いミニチュアダックスフントが、やはりその彫刻に跳びかからんとしていた。

そこに、聞き覚えのある男の声。

ご主人を悲嘆に暮れさせる原因を作ったあの男。


「おい、おまえら、何をしている！」


ダリオは反射的にびくんとして、天井まで飛び上がってしまった。やはりどこかでトラウマになっていたのだろうか。

こつんと天井にぶつかったダリオは、その鋭い声が次の瞬間に引き起こしたことを、改めて「神の視点」（にしてはちょっと低すぎるかもしれないが）から目撃することになったのであった。

天井にぶつかるダリオを、口を「あ」の形にして見上げる三人の男女の顔。

そのうちの若い男は、さっきまでずっとダリオを見ようとしなかったのに、今はこちらを指差して、明らかに視界に捉《とら》えている。

なんだ、やっぱり見えてるんじゃないか。

ダリオはずっと彼を見ていた男女に代わってそう呟いた。

そして、彫刻を運び出そうとしていた男二人の表情が、王の声を聞いたとたんに、凶悪なものに変わるのを見た。

それまで押し隠していたものが剝《む》き出しになったようで、かくも人間とは暴力的なものを内包しているのかと、ご主人の映画を見慣れていたダリオですら、心が寒くなるような光景であった。

「野郎」

二人は反射的に彫刻から手を離し、ズボンのポケットから素早くナイフを取り出した。

その反応は、明らかに場慣れしており、王を階段で襲ったチンピラとは一線を画していた。

非常に日常的に使い慣れているらしく、たちまちよく手入れされた刃が照明を反射し、鈍い光を放つ。

そのナイフを見て、動揺の声が上がる。

が、それにも動じず、ミニチュアダックスフントだけが、二人には目もくれず、一目散に彫刻に跳びかかっていた。

ところで、ナイフを振りかざす二人は、その直前まで何をしていただろうか？

そうなのである、彼らは、台車の上に毛沢山の彫刻を載せて運び出そうとしていたのである。石膏《せっこう》で出来た、巨大な人物像。借金に苦悩する毛沢山（を象《かたど》っているのかは定かではないが）が、身をよじらせたでこぼこの彫刻を、慎重に横たえようとしていたのである。

が、二人が同時に手を離したことで、彫刻は文字通り宙に浮いた。

ただでさえ斜めの不安定な状態にあった彫刻は、台車の上には落ちず、台車の角にぶつかるようにして、ゆっくりと床に向かって倒れていった。

もちろん、中にいる厳厳も一緒である。

ダリオもさすがにそこまでは見えなかったが、彫刻の中の厳厳はパニックに陥っていた。

倒れる。

これって、倒れてるよな？

俺も一緒に倒れている。

厳厳はもはや衝撃に耐える準備をするしかなかった。彫刻の中に閉じ込められているので、彼自身にはどうすることもできない。ならば、うまく受け身を取るしかない。

だが、問題は、その衝撃に、この彫刻が耐えられるかだ。

うまく転がってくれればいいが、ひょっとすると——

えてしてこういう時は、悪い予感のほうが当たる。

ごつっ、という鈍い衝撃があり、彫刻が台車の角にぶつかってバウンドしてから、半回転するようにいったん持ち上がり、次の瞬間、かなりの急角度で床に叩き付けられた。


ぱきん。


その瞬間、ものすごく澄んだ、高らかな音が部屋全体に響き渡ったのである。

みんなが一瞬目をつむり、顔を逸《そ》らしたが、それでも何か白いものが爆発したのを誰もが目撃した。

ダリオはその瞬間を、天井から見下ろしていた。

石膏の大小の欠片《かけら》が宙に舞い散り、白い煙のようなものを発して、バラバラと飛び散っていくのを。

彫刻が倒れかかったほうには、若い女の三人組がいた。

直接激突することはなかったが、彫刻を避《よ》けようとした女がいちばん小柄な女にぶつかり、女はとっさに床に倒れて受け身をとった。床を叩く「バン」という音が響き渡ったが、その瞬間、彼女の手から離れたものがあった。

刺繍《ししゅう》のある小さな袋。

その小さな袋は宙に舞い上がり、くるくると回った。

石膏の欠片がもろにぶつかったのは、その時まさに彫刻に跳びかかっていた茶色い犬のほうであった。

大きな欠片をまともに受け、「キャン」という悲鳴を上げて、小さなミニチュアダックスフントが宙を舞う。

その犬を受け止めようと、作業服の男が目を見開き、両手を広げて前のめりになった。

みんなが壊れた彫刻から目を逸らしたものの、次の瞬間には、怪訝《けげん》そうな顔、驚愕した顔で再び彫刻に目をやった。

彫刻の中に彫刻？

石膏の欠片の白い煙が上がる中に、何かがいたからである。

何か白っぽいもの。

何か大きいもの。

何か獰猛《どうもう》な、危ない感じのもの。

そいつは白煙の中にうずくまっていたものの、すぐに素早く立ち上がり、咆哮《ほうこう》した。

今度こそ、みんなが悲鳴を上げて後ずさる。

いったい何が現れたのか？

まるでＳＦホラー映画の未知なる怪獣との遭遇シーンのようである。

ダリオは「惜しい」と思った。

ここにご主人がいれば、必ずやこのシーンを次の映画に取り入れたであろうに。


「厳厳！」


もちろん、真っ先にその正体を見破ったのは英徳であった。

自分の目が信じられなかった。まさか、こんなところに、本当に厳厳がいようとは。

真っ白になった燦燦が、鼻面をぶつけて「キャンキャン」と鳴きながらぐるぐると英徳の足元を回っている。

その時、王は、別のものを目に捉えていた。

さっきぶつかった若い女が倒れた時に、手から離れた刺繍のある布袋。

王は思わずそちらに駆け寄り、その布袋をキャッチしようと試みたが、いささか距離があり、袋は宙高く舞い上がっていた。


あれがそうだ。

王は布袋の行方をひたと追い続けた。

彼の目にも、スローモーションのように宙を舞う布袋が見えていた。

そして、その布袋は白煙の中に向かって飛んでいった。

もっと正確に言えば、彫刻の中から跳び出した怪獣——もとい、石膏の欠片でツートンカラーのはずが白一色となった厳厳——のほうに、すなわち、宙に向かって猛々しく咆哮するパンダの口の中に、一直線に飛び込んでいったのであった。

「やめろっ」

王の口から上がった悲鳴に、パンダは一瞬ぎくっとした表情になり、反射的に口を閉じた。

次の瞬間、ごくんと布袋を飲みこんだ音は、たぶん衛員にも聞こえたはずである。

そして、徐々に白煙が収まっていくのとともに、奇妙かつ不穏な沈黙が、辺りを覆ったのであった。

71

ところで。

時刻を少しばかり遡《さかのぼ》る。

もうお忘れかもしれないし、当事者である英徳ですら忘れていた（というか、それどころではなかった）のだから仕方がないが、上海動物公園では、動物園の職員とＷＷＦ（世界自然保護基金）職員との白熱した議論が続いていた。

ＷＷＦの主要な活動のひとつが、野生動物の保護である。野生動物の保護、イコール、その生息域である自然を保護し、維持していくことでもある。その目的は、近年、世界的傾向として種の遺伝子を保存し、繁殖に力を入れている動物園とも一致している。

議論の的となっていたのは、ＷＷＦのロゴマークであり、中国を代表する野生動物でもあるパンダについてであった（上海動物公園のパンダ係が総出で不在であることに疑問を持たなかったのだろうか？　不思議である）。

パンダを取り巻く状況はどうなっているのか。

パンダを殖やしていくにはどうすればよいのか。

パンダの生息域を守るには何が必要なのか。

活発な議論とともに、幾つかの提案が為《な》されていたのであり、実現に向けてじわじわとコンセンサスが得られつつあった。

それが自分たちに深く関わってくることになろうとは、英徳も厳厳も、今はまだ知らない。

72

「おまえら、奴らに見つかってないだろうな？」

健児はそっとホテルの廊下を覗き込みながら、部下に無線で小声で話しかけた。

廊下は静かで誰もいない。

もう高たちは外に出ていったらしい。

「はい、大丈夫です。でも、連中が、さっき凄い勢いで駆け出して散っていくのを見ました。辺りを捜してます。ここにも来るかも」

相手も小声で答える。

「よし、おまえらは、バラバラに遠回りして帰れ。そっと、な」

健児はもう一度部屋の中に戻った。

「ボスはどうするんです？」

「時間をずらして出る」

「ボスのクルマはどうします？」

「カバーあるか？」

「あります。ボスにいつも持ってろって言われてますからね」

なにしろ彼らのクルマは目立つので、しばしばカムフラージュの必要があるのだ。そのため、カバーは常に携行するよう徹底させている。

「よし。それ、掛けといてくれ」

「了解です」

「じゃ、また後で連絡する」

「気をつけて」

無線を切ると、部屋の中の大男とぽっちゃり男が揃ってこちらを見た。どうやら耳を澄ましていたものらしい。

「大丈夫か？」

大男が尋ねる。

「はい、なんとか。匿《かくま》っていただき、どうもありがとうございました」

健児はぺこりと頭を下げる。

「アメリカ西海岸に進出する時は俺に連絡をくれ。いいか、必ずだぞ」

大男が真顔で言うと、ぽっちゃり男が苦笑した。

「その折にはぜひ」

健児はそう答えて、静かに部屋を出た。

73

マギー・リー・ロバートソンは、全身から血の気が引いていくのを感じた。

「——どういうこと？」

「董衛員がずらかった」

「なんですって」

マギーは冷や汗が浮かぶのを感じた。

入札も終わらないうちに？

「事務所の金庫はもぬけの殻、書類の類《たぐい》もなくなっている。ずいぶん前から準備してたようだ」

イヤホンの向こうの声も、カサカサしていてマギーと同じく血の気が引いていることは間違いない。

後ろのほうで複数の捜査員の歩き回る気配がある。

「つまり、今回の入札は」

「たぶん、最初から不成立を狙っていたのではないかと。奴は『蝙蝠』を持って姿を消すつもりじゃないか」

マギーは呆然《ぼうぜん》とする。

周りの喧噪《けんそう》が遠ざかり、一瞬、無音になったような錯覚をおぼえた。

あのぬるい値付け。

これまでとは桁違《けたちが》いの逸品なのに。なにしろ、「玉《ぎょく》」なのだ。

最初からおかしいと思っていた。身代金も桁違いになるだろうと思っていたのに、どうにも動きが鈍いし、客たちが及び腰に思えた。

しかし、これが時間稼ぎだとしたら。返すつもりなどなく、一応入札のポーズを取っているだけだとしたら。

「孫をあちこちに行かせてたのは、目眩《めくら》ましだ。『蝙蝠』に似た印章を思わせぶりに幾つもばらまいて、目眩ましにしてたんだろう。全く、さんざっぱら俺たちを引き回しやがって」

忌々しげな声にハッとする。

そうだ、孫がいた。

「孫は？　孫はそこにいるんでしょ？」

マギーは勢いこんで尋ねる。

「ああ」

渋い声が聞こえる。

「でも、見たところ、ただの使いっぱしりだな。何も重要なことは知らされていない。恐らく、祖父が一人でずらかるつもりでいたことも知らない」

「捜して」

マギーは呟いた。

「は？」

無線の向こうが聞き返す。

「衛員を捜すのよ」

マギーは直感していた。

さっき、あの子供を使ってマギーを見張っていたのは衛員だ。つい先ほどまで、衛員はあの店の二階にいた。

「まだそんなに遠くには行ってないはず。彼は『蝙蝠』を持ってる。絶対、身に着けてるはずだわ。逃がすわけにはいかない。みんなで捜すのよ！」

マギーの目がギラリと光る。

74

かように主要人物の半分以上が一堂に会したこの現場において、まずは宙を漂っていたダリオに起きた出来事を記しておかねばなるまい。

厳厳の出現を「惜しい」と感じたダリオは、次の瞬間、ぐいっと何かに引き寄せられるのを感じた。

実はこの時、石膏が破壊され、砕け散った大きな破片がダリオと同じく宙を舞っていたミニチュアダックスフントの鼻面を直撃した時、その衝撃で、燦燦は、ほんの一瞬気絶したのである。

そこに、ごくごく短い時間ではあるが、ぽっかりと空白が出来た。

意識のない、燦燦という犬の身体の容《い》れ物の中に。

ダリオは、その空白に向かって吸い寄せられたのだ。

それは、偶然なのか自然の摂理なのか、はたまたダリオが意識下で密《ひそ》かに望んでいて見逃さなかったためなのかは定かではない。

しかし、それは起きた——次の瞬間、ダリオの意識は、燦燦の中にするりと入り込み、ぴたりと収まったのだ。

それよりもほんの少し遅れて、燦燦の意識も戻ったのであるが、その意識はダリオのものに押されて隅っこにむぎゅ、と縮むことになった。

床に転がり、キャンキャンと吠え回っていた燦燦の悲鳴は、痛みを訴えると同時に、一つの身体に二つの意識が詰め込まれたことによる動転と混乱も兼ねたものだったのだ。

ダリオはダリオで、いきなり視点が床近くに戻り（それはずいぶんと懐かしい感覚であった）、面喰《めんく》らってはいたものの、自分に起きた出来事をなんとなく把握していた。

自分が入り込んだ犬が驚いてやたらと吠えているのも聞こえていたけれど、この機会にやらなければならないことがあることも自覚していたのである。

ダリオは、自分が目の前に立っている白い怪物に引き寄せられてきたのは、この瞬間を求めていたからだと気がついた。

実体を手に入れた今、彼は早速その僥倖《ぎょうこう》を最大限に駆使すべく、燦燦の抵抗をものともせず、この部屋から一目散に駆け出していったのであった。

75

誰もが動けずに、三すくみどころか全すくみ状態になっていたその部屋を真っ先に飛び出したのはダリオ（＝燦燦）であったが、それが合図であるかのように、続けざまにいろいろなことが起きた。

ナイフを構えたチンピラ二人は、自分たちの後ろに何やら白いバケモノが立っていることに度肝を抜かれ、慌てて跳びのいたものの、片方が跳びのいたところには優子が受け身を取って床に手を突いていた。

チンピラがこの時反射的に選んだのは、優子の背後にしゃがみこみ、その身体を抱えるようにして、彼女の首根っこにバタフライ・ナイフを突きつけることであった。

和美とえり子が息を呑《の》み、王と衛員が「あっ」と声を上げる。

さすがの優子も不意を突かれ、相手の奥襟をつかむ暇もなく、ぽかんとした顔になる。

これって何？　誘拐？　拉致《らち》？　あ、ひょっとして人質？　あたし、今、人生、初人質になってるの？

魏は、作業服のポケットから麻酔銃を取り出したものの、目の前で若い女の子にナイフが突きつけられたことに動揺し、しかもまだ石膏の粉塵《ふんじん》が収まらず、厳厳の姿を捉えるのが遅れた。

しかし、厳厳のほうでは、宿敵の魏が目前に迫っていることに気付き、麻酔銃を目にした。

あれで撃たれたらおしめぇだ。

危機感を覚えた瞬間、魏の視線が逸れて麻酔銃を構えるのが遅れたことも見抜く。

そして、厳厳もまた、反射的に次の行動に出た。

優子を抱えてその首にナイフを突きつけた男がすぐ目の前にいる。

厳厳はその後ろに回り込むと、男の襟にがぶりと噛《か》み付き、ぐうっと引き上げたのである。

「えっ」

優子同様、今度はその男が不意を突かれてぽかんとした顔になった。

つまり、正面から見ると、いちばん手前に座り込んでいる優子、その後ろに中腰になっているチンピラ男、そのまた後ろに厳厳の白い巨体、という構図になったのであった。

その時、なぜか小角正の頭には「ブレーメンの音楽隊」という言葉が浮かんだ。

もっとも、確かあの話に出てくる動物たちは組み体操のように積み重なっていたはずだが、なんとなく連想してしまったのである。

正はチラリと隣の薑蒼星と安倍久美子に目をやり、その様子にギョッとした。

二人ともこの上なく衝撃を受けた表情。

それこそ凍りついたかのように動かず、顔は青ざめ（蒼星は元々ドーランを塗られていたのでよく分からなかったが）、目が大きく見開かれている。

何を見てるんだ？

正は二人の視線の先に目をやり、ハッとした。


あ、あれはいったい。

「厳厳っ。離せっ」

英徳は真っ青になって手を振った。

むろん、厳厳は離すはずもなく、「グルル」と不穏な唸《うな》り声を上げ、右の前肢《まえあし》を男の頭の脇でぶんぶんと振ってみせる。

明らかに威嚇行為だ。

あの肢で男の横っ面をはたいたりすれば、男が抱える女の子もろともぶっ飛んでしまう。しかも、その際、男の手元が狂ってナイフが女の子の首に食い込みでもしたら。

英徳は息が止まりそうになった。

「優子っ」

和美が叫んだ。

「警備員を呼べ」

「いや、警察を」

動物公園のスタッフが、口々に叫び、外に駆け出していく。

警察を、の声に董衛員がぴくりと反応するのに王は気付いていた。もっとも、警察を呼ばれて困るのは王も同じである。

それにしても面倒なことになった。

二人は密かに顔を見合わせた。

あの猛獣の身体の中に、印章があるのだ。

76

実は、優子及びチンピラ男が二重人質状態となった衝撃的な事件発生のこの現場で、最も衝撃を受け、動揺していたのは、蒼星と久美子、そして少し遅れて合流した小角正であったかもしれない。

今の彼らを正面から見たら、ほとんどムンクの「叫び」を三人で再現しているように見えたであろう。

この三人は、それぞれがそれなりの先祖の霊に守られていた。長く続く家系、そこそこ名のある家系の末裔として、それなりの自負と自覚を持っていた。やや正の目覚めは遅かったとしても、この半日で覚醒《かくせい》したと言っていいだろう。

だがしかし、その三人が束になっても敵《かな》わないようなものが、今目の前にいたのであった。

正しくは、真っ白い粉塵の中の、白いパンダの向こう側に。

「あれって」

「あれはいったい」

「なんだ?」

三人は同時に呟き、かすかに顔を見合わせた。文字通り、金縛りに遭ったようで、ほとんど顔が動かせなかったのである。

　同じく、三人の背後でも祖先の霊がそびえたち、動揺し、ちっちゃな雷鳴やら雷雲やらがゴゴと蠢《うごめ》き、共鳴し合うのを感じていた。

　白いパンダの後ろの巨大な影。

　それはあまりにも大きく、どのような姿なのかも把握しきれなかった。黒みがかった紫と黄色の影が、うごうごとうねるように揺れ、渦を巻くようにぐるぐると回り、何やらまがまがしいようでもあり、高貴なようでもあり、凄《すさ》まじい妖気《ようき》と存在感を放っている。

「龍《りゅう》――？」

「天帝？」

「ウルトラQ？」

　三人はのろのろと呟いた。むろん、最後の呟きは小角正のものである。

「何かは分からんが」

　蒼星は冷や汗が背中を伝うのを感じた。こんな恐ろしい心地になるのは生まれて初めてだった。

「あんなものを連れてる奴を、上海に置いておくわけにはいかん。どこかうんと遠くにやらなくては」

「鬱屈《うっくつ》と怨恨《えんこん》の臭いがぷんぷんしますね。それが積もりに積もって、あのようなものを呼び寄せたのかと」

「逃げましょうよ、どう見たって、ホラ貝吹いた程度じゃ退散してくれそうにありませんし」

そう言いつつも、三人は誰もがその場を動けず、その巨大な影から目を離せもしなかったのである。

77

フィリップ・クレイヴンは、ようやく自分が空腹であったことに気付き、夢中になって寿司を頬張っていた。

お茶を飲んで一息つき、やっと目が覚めたような心地になる。

ここ数日間の出来事は、まるでサイレントのモノクロフィルムを見ているようだった。

どこか離れたところでカタカタとフィルムが回っていて、自分とは関係ない世界のように感じられたのが、空腹が解消されるに従い、徐々に世界に色彩が戻ってくる。

「フィル、大丈夫？」

「少しは現世に戻ってきたようだな」

ジョンとティムの声も、はっきりと聞こえる。

「ああ、そうみたいだ」

久しぶりに、自分の声で話しているという実感が湧いた。

と、キャンキャンキャンキャンキャン、という犬の鳴き声が聞こえた。

三人でドアのほうに目をやる。

「犬？」

「そうみたいだな」

「小型犬っぽい」

「廊下にいる？」

三人は耳を澄ました。

犬の鳴き声は続いていて、ドアにガリガリと爪を立てるような音もする。

「なんだってまた、ホテルに犬が」

ジョンが立ち上がり、部屋の入口に向かうとドアをそっと開けた。

と、茶色い影がサッと飛び込んできて、一直線にフィリップ・クレイヴンのもとに駆けてきた。

「わっ」

ミニチュアダックスフントが彼の足に跳びつき、まとわりつく。

「どこの犬だ、これ」

「首輪してる」

「飼い主とはぐれたのかな？」

「だけど、なんだってわざわざこの部屋に？」

フィリップ・クレイヴンはハッとしたように犬を見つめ、大きく目を見開いた。

この動き。ゆっくりと左右の頬を交互に何度もすりつけ、靴に手を掛け、一休みするさま。

それから、一瞥《いちべつ》するようにフィリップの顔を見上げ、尻尾《しっぽ》を巻きつけようとするさまは――

「ダリオ！」

「え？」

ジョンとティムが同時に声を上げた。

「ダリオだ！　この子はダリオだ！」

泣き出さんばかりに犬を抱き上げ、頬ずりするフィリップ。

「フィル、何を言う」

「ちっ、せっかく現世に戻ってきたと思ったのに、また別方向のどこかに行っちまったのか」

二人は慌てた様子でフィリップに駆け寄る。

フィリップは激しく左右に首を振る。

「いや、この子はダリオだ。僕には分かる。ダリオはこの犬の姿を借りて、僕のところに戻ってきてくれたんだ。でなきゃ、この部屋が分かるはずはない。第一、見ろよ、僕は動物の毛はダメなのに、ちっともアレルギーが出ないじゃないか！　ごめんよ、ダリオ。あんなひどい目に遭わせて」

また泣き出しそうになったフィリップの顔をひょいと犬は見上げ、身体を引くようにした。ハッとしたフィリップが手を離すと、犬はひょこひょことフィリップが愛用しているハンディカメラのほうに駆け寄り、ぐるぐると回る。

「どうしたんだ、ダリオ」

フィリップはカメラの前にしゃがんだ。しばらく手にせず、すっかり置きっぱなしにしていたカメラである。

犬がカメラに尻尾を巻きつけるようにするのを見て、フィリップはまたしても目を見開き、しげしげと犬を見た。

ああ、この動き。僕がスランプに陥っていたり、カメラに触れる気がせずに行き詰まったりしている時にダリオがする動きだ。思えば、いつもダリオを撮影先に連れていったのは、彼がいつもインスピレーションを与えてくれたし、カメラを手にするきっかけを作ってくれたからではなかったか。

「分かったよ、ダリオ」

フィリップはそっとカメラを取り上げた。

犬はカメラを持ち上げたフィリップをしばし見上げていたが、やがてまたパッとドアに向かって駆け出した。

「おい、どこに行くんだ、ダリオ」

フィリップは慌てて犬を追う。

ドアを開けろというように、爪を立てる犬。

フィリップは不思議そうに犬を見下ろしたが、犬はキラキラした目でこちらを見上げるだけだ。

「行きたいところがあるんだね」

あきらめてドアを開けると、またしてもパッと犬は駆け出していく。

「ダリオ！」

「フィル！」

フィリップは背中にジョンの声を聞きながら、犬を追って広い廊下に飛び出した。

78

「青龍飯店より入電」

「最上階宴会場で爆発のような音がしたと」

「青龍飯店より入電」

「ホテル内に上海動物公園から脱走した猛獣が侵入した模様」

「猛獣？　なんだってまたホテルなんかに」

「青龍飯店より入電」

「ホテル宴会場にて暴漢がナイフを持って暴れているようです」

「暴漢は二人」

「人質を取って立てこもったと」

「青龍飯店より入電」

「美術品多数盗難、とのこと。器物損壊もあり」

「青龍飯店より入電」

「猛獣が人質を取ったと――え？」

「おい、人質を取ったのは暴漢なんじゃないのか？」

「いや、でもそれとは別件で猛獣が人質を取っていると」

「なんだそりゃ」

「青龍飯店より入電」

「今度はなんだ」

「作業犬がいなくなったそうです。失踪したと」

「――いったい何がどうなってるんだ、青龍飯店は」

79

上海警察が多数の通報で混乱しているあいだにも、事態は少しずつ動きつつあった。

またしても、三すくみならぬ全すくみ状態に陥っていた宴会場の一同であるが、今回、この場で次の動きを見せたのは厳厳であった。

厳厳がとっさに男の襟に嚙み付いたのは、単に魏の麻酔銃から逃れるため、男を盾にしようとしてだったのだが、それが図らずもすべての人間たちを制御していることに気が付いた。

誰も、厳厳に近寄ってこない。

宴会場の入口には、警備員やスタッフが集まってこの状況を覗き込んでいた。

なるほど、俺が銜《くわ》えている男とこの男が抱えている娘、それぞれに危害が加えられたら困るし、それぞれが危害を加えられる可能性があると人間どもは見ているわけだ。それがこの均衡状態を生み出したのだ。

ならば、この状態を維持できれば、俺の目的も達成できるかもしれない。それには、まずこの場所から脱出しなければならない。

落ち着いてきた厳厳は、ようやく周囲の人間どもの表情を観察する余裕が出てきた。

と、何やら念を送ってくる三人の男女が目に留まった。

なんなんだ、こいつらは。

厳厳は三人を注視する。

真ん中に立つ、奇妙な扮装をした男。

顔には面妖なメイク。なんだろう、この男の顔に感じる奇妙な胸騒ぎは（それは――以下説明略）。

隣の髪の長い女。青ざめており、掌を合わせ、こちらをひたと見据えている。

反対側の若い男。こちらも手を合わせているが、女とは異なり、人差し指のみ立てて合わせており、何事かブツブツと呟いている。

その三人からは異様な気が漂ってきて、なんとなく、何かを厳厳に伝えようとしているのだという気がした。

と、真ん中の男がぱっと手を振り、宴会場の入口のほうを指差した。その充血した目が、こちらを見て、何度も頷いている。

なんだ、あのサインは？

すると、隣の女もやはり頷きつつ、男と同じ方向を指差すではないか。

「やはり、方角としてはあちらですね」

「うむ。初めて意見が一致したな」

「鬼門ってやつですか」

三人がボソボソと呟いている言葉は聞き取れなかったが、厳厳は彼らの言いたいことを理解した。あの方角へ行け、ということか。

人間どもの言うことであるが、厳厳は本能的にその方角が正しいことを悟った。

なるほど、こいつらが味方かどうかはまだ不明であるが、どういうわけか厳厳をここから逃がしたいと思っているらしい。

厳厳は、さっきからへっぴり腰で、もはやただナイフを握っているだけのもう一人のチンピラに目をやった。

ぐるる、と唸ると男が縮みあがるのが分かる。

そいつと目を合わせたまま、厳厳はそろりと動き出した。襟を銜えられたチンピラがぎくっとした顔になるが、厳厳が引っ張るので一緒に動かざるを得ない。つまり、チンピラに抱えられた優子も更に少し遅れて動き出した。

厳厳は、チンピラどもが持ち込んだ台車の上に乗った。引っ張られている男と優子もそれに倣う。

二人と一匹が乗った台車はぎしっ、と軋《きし》んだ。

厳厳は、へっぴり腰のチンピラから、台車のハンドルに目をやる。

チンピラは「?」という顔をしたが、サインを送ってきた三人の男女もチンピラに目をやり、ハンドルを指差す。

チンピラはようやく意味を悟ったようで、慌ててナイフをしまうと、台車のハンドルを握り、しずしずと台車を押して宴会場から外へと進んでいった。

周りの空気が動いたのが分かる。

声にならぬどよめきが上がり、入口に集まっている人々が少し広がって、台車が通り抜けられるよう、スペースを空けた。

台車の上には、凶暴な目付きのパンダが座り、前肢を男の肩に掛けている。その男の前には、首にナイフを当てられたままの目をまん丸にした若い女。

なぜか、その台車を三方から囲むようにして、見方によっては守るかのように三人の男女が付き従っていく。

「なんなんだ、あいつらは。やっぱり一味だったのか」

王が低い声でひとりごちた。

「知り合いなのか?」

衛員が聞きとがめる。

「さっき、私におかしなことを言ってきた連中です。玉のことを知ってるみたいでした」

「何？」

衛員は厳しい表情になった。

あれは組織の者でも、官憲でもない。その他にも横取りしようとしている奴らがいるのか？

「このまま見逃すわけにはいかない」

「もちろんです」

二人は小さく頷き、台車を目で追いながら、じりじりと動き出した。

廊下はしんと静まりかえり、ぎしぎしと鈍い音を立てて台車が進んでゆく。

皆が五メートルほど離れたところから、台車の上の二人と一匹を見ていると、台車は業務用エレベーターのところまで進んだ。

台車を押していた男がエレベーターのボタンを押すと、この階で止まったままだったのか、すぐにドアが開いた。

中に乗り込む台車。一緒に乗り込む謎の扮装の男と男女。

ドアがゆっくりと閉まった。

と、一斉に皆がワッと口を開き、エレベーターに駆け寄った。

「下りていく」

「地下か」

「車に乗るつもりだ」

「警備員、下に回れ」

バラバラと駆け出す人々。辺りは大騒ぎになり、皆が動き出した。

「どうしよう」

和美とえり子は顔を見合わせた。

さっきまで楽しく中華料理を食べていたのに、まさかこんなところで、こんなことになろうとは。

「すみません、あたしがついていながら」

えり子が頭を下げたので、和美が首を振る。

「何言うのよ、あんたのせいじゃないでしょ。それにしても、優子が誰かを拉致するならともかく、まさか拉致される側になるなんて」

「追いかけます」

「もちろん」

二人は他の人々同様、階段を駆け下り始めた。

80

「どうだ、いたか」

「ダメだ、そっちは」

「くそ。見失ったか」

行き交う無線。

高清潔は、焦りの色を隠しきれなかった。

今日こそ現行犯で「寿司喰寧」の連中を取り押さえ、見せしめにしてくれようと決心していたのに。

バイクも見つからないし、連中は蜘蛛《くも》の子を散らすように逃げてしまったと見える。全く、逃げ足の速い奴らだ。

遠くから響いてくる、耳慣れたサイレンの音。

「うん？」

高が何か異状を感じ取ったのは、そのサイレンの音が、どんどん増えてきたからである。

「なんだ？」

「やけに多いな」

捜査員の皆が立ち止まり、顔を見合わせた。

一台や二台ではない。サイレンはあっちからもこっちからも、いろんな方向から聞こえてくる上に、どれもこちらに向かってやってくる。

と、見る間に回転灯の光が重なり合って集まってきた。

「おい、誰が呼んだんだ？」

「こっち来るぞ」

そんな会話も掻き消すほどに、大量のサイレンが付近のビル街にこだましている。

と、高の携帯電話が鳴った。

すぐに出る。

「俺だ。え？　ああ、今ちょうど青龍飯店の近くにいる。なんだ、この騒ぎは。上海市内のパトロール中のパトカーが全部集まってきたような音だぞ」

高は耳を押さえて声を張り上げた。

「何？」

しばらく説明を聞いていた高は、呆然とした顔になった。

「ホテルに猛獣が逃げ込んでチンピラが暴れて人質を取って美術品が盗まれてあちこち壊されて猛獣も人質を取って犬が行方不明？　ほんとにそれが全部、今青龍飯店で起こってるっていうのか？」

高は思わず、ネオンの光るホテルを見上げた。

81

エレベーターの扉がのろのろと開いた。

中から、乗り込んだ時と同じ状態で無言の六人プラス一匹が出てくる。

業務用エレベーターの速度はかなりゆっくりだったが、それでも上の階から駆け下りてくるスタッフは扉が開くところには間に合わなかった。

廊下は人気《ひとけ》がなく、静かだった。そこを異様な雰囲気の一行がしずしずと通っていくのは、実に奇妙な眺めである。

優子は未《いま》だに自分の置かれた状況がよく把握できなかったが、なんだかおそなえ餅《もち》にでもなったような気がした。喉元《のどもと》に突きつけられたナイフは感じていたし、後ろの男と更にはその後ろに控えるパンダの気配も感じていたけれど、少しずつ落ち着きを取り戻していた。

うーん。どうしよう、こいつ。関節ワザ掛けたいんだけど。

優子は手がうずうずするのを感じた。

いや、待て。不審な動きはすべきじゃない。この男はナイフを使い慣れているし、さっきも迷わずあたしに突きつけたところを見ると、いざとなったら躊躇《ちゅうちょ》なく切りつけてきそうだ。望みがあるとすれば、あたしが柔道の有段者だと知らないところだろうか。どこかで不意を突くことができれば。

優子はそっと目を動かして左右を歩く男女を見た。

この人たち、どういうつもりなんだろう？　この男たちの仲間なんだろうか？

廊下はまっすぐで、曲がり角もなく、不意を突けそうな場所は見当たらない。

更にやや こしいのは、この男の後ろにあの凶暴そうなパンダがいることだ。あのパンダ――なんだか見覚えがあるような気がするんだけど。気のせいかしらん。まあ、パンダの見た目はどれも似てるからそう思うだけかもしれないけど──むしろあっちのほうが危険だ。あのパンダが男に危害を加えて、男の手が滑ってグサリ、となったらどうする？

思わず背筋が寒くなり、優子は冷や汗を感じた。

ああ、ストレッチしたい。動けないのってつらい。あちこち身体が強張《こわば》ってきている。北条さんと加藤さんはどうしてるんだろう。せっかくのリフレッシュ休暇が大変なことになってしまった。

優子はハッとした。思わず自分の手に目をやる。

そういえば、さっきあたしが持ってたハンコはどこに行ったんだろ？　まずい、肝心のハンコのことを忘れてた。だけど、この状況じゃハンコどころじゃないし。

台車はスムーズに車寄せに着いた。床を高くして、そのまま車内に搬入できるようになっている。そこには既に大きな灰色のワゴン車が停まっていた。

台車を押していた男が、素早くその車の運転席に入り、戻ってきて後ろを開けた。

優子たちは台車ごと乗せられ、左右に日本人の男女がついた。あの顔を真ん中から塗り分けた男は助手席に座る。

「ど、どこへ？」

運転席に座った男は、ちらっと後ろに目をやる。

「あっち」

三人の男女が同時に同じ方向を指差した。

ぐるる、という唸《うな》り声がしたのは、パンダが同意したものらしい。

「あっちって」

運転席の男は困惑した声を出す。

助手席の謎の男が「とにかく出せ。上海郊外を目指すんだ。おいおい指示する」

いったい何がどうなってるの？　あたしたち、どこに連れていかれるの？

さすがの優子も不安が募る。

こんな狭い車の中では、暴れたら大変なことになりそうだ。

どうしよう。どうすればいいの？

キャンキャンキャンキャン、と犬の鳴き声がした。パンダがびくっとするのが分かる。犬が嫌いらしい。

「いたぞ、あそこだ！」

「もう車に乗ってる！」

後ろのほうから大勢の人が駆けてくる足音を聞きながら、車が静かに動き出した。

82

えり子の携帯電話が鳴り、彼女は画面に目をやる。

健児からだ。

「どうしたの?」

「今、どこにいます?」

声を潜めている。何かあったのだろうか。

健児は暴走族時代の長年の習慣のせいか、電話で話す時は今でもえり子に敬語を使う。

「まだ青龍飯店。ちょっと取り込み中でね」

「実は俺も青龍飯店で」

「あら、そうなの? 配達?」

「ええ。マッポが周りにいるんで、ちょっと出られないんです」

なるほど。えり子はすぐに事情を察した。やたらと歯が白く暑苦しい高清潔の話は聞いている。

と、いうことは。

「じゃあ、あんたのクルマはこの近くにあるってこと?」

「はい。スペアキー、持ってますよね?」

「もちろん。いつも持ってる」

「俺の代わりに乗って帰ってくれませんか? カバー掛けて、近くに置いてあるんで」

健児は置き場所を説明した。

「そいつは好都合だ。ついでにちょっとばかし走らせてもらうよ」

「今から? どこを?」

「ちと、野暮用でね。今夜中には戻れると思うけど」

「ええ？」

健児は混乱した声を出したが、えり子は電話を切った。

前を行く和美に向かって声を掛ける。

「北条さん。あたし、バイク取ってきます」

「バイク？　どこにあるの？」

「近くです」

えり子は階段を駆け下りた。

83

ダリオ（＝燦燦）とフィリップ・クレイヴンたちのほうが、他のスタッフよりも下に着くのがひと足早かった。

「な、なんだ、あれは」

彼らはワゴン車に入っていく台車を目撃し、思わず立ち止まってしまった。

ティムがしきりに目をこする。

「俺の見間違いか？　俺には本物のパンダに見えたんだが」

「僕もです」

ジョンも絶句している。

くるのを感じた。

「すごいビジュアルだ」

フィリップ・クレイヴンがカメラを片手に目を輝かせる。実に久しぶりに、創作意欲が湧いてくるのを感じた。

パンダと風水師。このツーショット、これは映画向きではないか？

「あいつら、どこに行くんだ？　ナイフを突きつけてたぞ」

「これ、ＴＶドラマか何かの撮影ですかね？」

後ろからバタバタと多くの人間が走ってくる。

ダリオ（＝燦燦）は、どちらの意識なのか、何かの衝動に駆られたらしくキャンキャンキャンキャンと吠《ほ》えながら飛び出していった。

「いたぞ、あそこだ！」

「もう車に乗ってる！」

バタン、と車のドアの閉まる音がした。

大きな灰色のワゴン車目掛けて激しく吠えているダリオ（＝燦燦）を目にして、フィリップ・クレイヴンが叫ぶ。

「うちの車を出してくれ！　あの車を追うんだ！」

84

マギー・リー・ロバートソンは走っていた。

なんだか今日はやたらとあちこち走らされる日だ。だが、今日が勝負。ここで倒れるわけにはいかない。董衛員をつかまえられるのならば、心臓が破れようが何しようが走ってやる。

ほんの少し前、支援班のスタッフが、董衛員が青龍飯店に入っていくところが映っている映像を見つけたのだ。本人はホテルに入る時にさりげなく顔を隠していたが、昨今の顔認証ソフトの精度は凄《すさ》まじい（上海の繁華街の防犯カメラの数も凄まじいが）。どうやらホテル周辺の街路に備え付けられたカメラには気付かなかったらしい。もう一時間以上前のことになるが、まだホテルにいるだろうか。少なくとも、彼がホテルから出てきたところの映像はまだないようだ。

マギーはもどかしげに、駐車場に停めてあった通勤用のバイクに飛び乗った。こんな渋滞している上海市内では車を使う気などしない。これで青龍飯店まで飛ばして、他の仲間と合流だ。が、しかし、ホテルが近付いてくるにつれて、いよいよ渋滞がハンパなくなった。

何やら騒いでいて、あちこちに人垣ができている。

うん？　なにあのパトカー。

まるでホテルを囲むようにして沢山のパトカーが停まっている様子である。

事故？

マギーはバイクを停め、伸び上がるようにして青龍飯店のほうを窺《うかが》った。

85

さて、日付変わって深夜一時半を回ったところである。

とっぷり夜も更けまくっているというのに、上海郊外の幹線道路は、異様なほどの明るさだった。それは、ほとんどが無数のパトカーのランプの放つ光によるものである。

異様なのは明るさだけではない。

巨大な幹線道路は、片側四車線ががらんとしていた。反対側が深夜でもそれなりに混み合っているのとは対照的である。

そこをぽつんと走るのは、大きめの灰色のワゴン車のみ。

そのワゴン車の五十メートルほど後方には、三十台はいようかという、大量のパトカー。サイレンは鳴らしていない。これだけのパトカーが全部サイレンを鳴らしたら、まず何も聞こえないだろう。むろん、パトカーの最前列には高清潔の乗った車も含まれている。

高清潔は、市橋健児を現行犯逮捕できなくて悔しがっていたが、すぐに優先順位をこの凶悪事件に変更した。何より、上海市民の安全が最優先である。

上空ではバラバラとヘリコプターが旋回する音が響く。

そう、目敏《めざと》いマスコミが、人質を取って逃げた凶悪犯と猛獣の乗ったワゴン車の動きを、逐一生中継で映し出しているのである。深夜にもかかわらず、多くの視聴者がいるのは明らかで、SNSや動画サイトにコメントが殺到している。

この調子なら、俺の顔も映るかもしれない。高はさりげなく鏡を出して歯をチェックした。うむ、まだ輝きは失われていない。

それに気付いた下っぱの面々は、やはりレフ板は用意しておくべきだろうか、と悩んでいた。

パトカーの後ろにも、多くの車が走っている。少しだけパトカーと距離を置いているが、どの車に乗っている顔も真剣そのもの。

まずは、カメラを構え、膝《ひざ》にダリオ（＝燦燦）を抱えたフィリップ・クレイヴンの一行。ジョンが運転し、後ろには仁王のごとくティムが座っている。振付師とアクション監督も乗っているのは、たまたま車に乗り込んだ時、二人が車内でこれまでに撮った場面をモニターでチェックしていたからであり、いきなり乗り込んできた三人と一匹がすぐに車を出したので、二人ともなぜ夜中にこんなところを走っているのか今いち把握できていないようであった。

隣の車線を走っているのは、英徳をはじめとする上海動物公園のスタッフである。彼らは燦燦（＝ダリオ）が隣を走るバスの中にいるとは知る由もない。行方不明の燦燦も気になるが、今は厳厳をつかまえなければならないのだ。もはや全国区で厳厳の逃亡がバレてしまったわけであるが、英徳はそのことについて深く考えないようにしていた。

バレたものは仕方がない。ひょっとして、WWFの連中もこのLIVE映像を観ているだろうか。

英徳が、今何よりも恐れているのは、厳厳が人間に危害を加えることであった。あの前肢《まえあし》で張り倒されたら、大の男でもただでは済むまい。もしそんなことになったら、厳厳はどうなるのだろう。どこかの動物園で、自撮りのためだか〇〇〇〇映えのためだかに写真を撮ろうと檻《おり》の中に入りこんだお客を虎が殺してしまったことがあった。確か、あの虎は射殺されたのではなかったか？

英徳は身震いした。厳厳は確かに素行のよいパンダではないが、だからといって殺してもいいというわけではない。因縁の相手であり、長いつきあいでもあり、英徳にとっては戦友のような存在である。射殺だけはなんとかして避けたい。ああ、さっき麻酔銃が撃てていたら。あそこで厳厳をつかまえていたら。

英徳は人知れず歯を食いしばった。

その隣を走る小さなワゴン車は、王と衛員の乗る車である。レストランで使っている食材運搬用のワゴンに乗り込んで、目立たぬようについていく。

二人は無言であった。

よもやこんなに大ごとになってしまうとは。TV中継され、こんな衆人環視の中、どうやってあのパンダの胃袋に収まっている「蝙蝠」を取り戻せばよいのか？　全く、なんということだ！

「もしかすると」

ふと王が呟《つぶや》いた。

「あのパンダ、射殺されるかもしれませんね」

衛員はチラリと王に目をやった。

「そうなることを祈るべきかどうか実に悩ましいところだ」

これらの車の後方、少し離れてついてくる黒い影。

よく見ると、それがかなり大きな――いや、相当に大きなオートバイだと気付くだろう。しかも、そのオートバイに乗っているのは、あまりアウトドア向きとはいえない恰好《かっこう》の女性二人である。

むろん、ハンドルを握るのは市橋えり子で、後ろに乗るのは北条和美である。二人ともしっかりヘルメットをかぶっている。和美がかぶっているのは健児のヘルメットで、えり子がかぶっているのは――まあ、聞かぬが花というものだ。

「なんだか、いつかもこんなことがあったわねえ」

和美がえり子の耳元で叫ぶ。

「はい。懐かしい感じがします」

ふと、えり子は別のオートバイのエンジン音が斜め後方から聞こえてくることに気付いた。

さりげなくミラーを見ると、細いオートバイが後ろからついてくる。ヘルメットの下に見える長い黒髪。細身の身体。どう見ても若い女性だ。

どことなく、その身体の線に見覚えがあるような気がしたが、どこで見たのかは思い出せなかった。

86

「あのー、いったいどこに向かってるんですか?」

優子が、ついに我慢しきれなくなって尋ねた。

「あっちです」

「あっちだ」

「あっちのほう」

またしても同時に三人が指を差して叫び、後ろで「ぐるる」と同意したらしきパンダの唸り声。

さっきからずっと「あっち」としか言ってないんだけどなあ。

優子は溜息《ためいき》をついた。チンピラも、完全に主導権をこの三人と一匹に握られており、言われるがままに走り続けている。

ちらっとルームミラーを見上げると、はるか後方に見たこともないような数のパトカーが並んでいるのが見えた。

すごい。人生でこんなに沢山のパトカーを見るのはきっと最初で最後に違いない。おじいちゃんにも見せたかった。って、違うか。

辺りは真っ暗で、道路の左右には空間が広がっていることしか分からない。この先、どこに辿《たど》り着くんだろう。これからどうなるんだろう。

疲労を通り越して、眠たくなってきた。後ろのチンピラもそうだろう。優子の首に突きつけられたナイフが、少しずつ下がってきたような気がする。

おっ、これはチャンスか？

そう思った瞬間、突然、三人とパンダがぴくっとするのが分かり、残りもつられてハッとした。

「あそこだ」

「あそこだわ」

「あそこですね」

「ぐるるっ」

思わず顔を上げ、三人の視線の先を見る。なぜか、彼らの視線の先にある場所は、かすかに明るかった。照明？　いや、それらしきものは見当たらないのだが。

「あの中に車を入れろ」

顔を中央で塗り分けた男が確信に満ちた声で指示する。言われるままに、車は幹線道路を下りて、どこかの敷地に入っていく。

巨大な門柱に「電影」の字を見たような気がするが、一瞬だったのでよく分からなかった。

87

「あれ？」

真っ先に気付いたのはジョンだった。

「あそこってうちの撮影現場じゃないですか？」

「どう見てもそうだな」

「パトカーどもも入ってくぞ」

「なんだってまた」

フィリップ・クレイヴンは不意に青ざめ、わなわなと震えだした。

「お墓」

ボソリと呟く。

「ここにはダリオのお墓があるじゃないか」

88

そこはまさしく、フィリップ・クレイヴンの現在進行形の監督作品、絶賛撮影中断中の『霊幻城の死闘』の巨大な撮影セットが広がるスペースであった。

非常灯しか点《つ》いていないのに、辺りはうっすらと明るかった。

えんえんと広がる城壁に囲まれた城の中央には階段状に広場が連なり、セットとは思えぬ雄大かつ荘厳な眺めである。

最上段の広場にはどっしりした中国風の門がそびえ、その前には四角い池がある。どうやら中央には噴水があって、その噴水から流れ出た水が左右の水路を下へ下へと流れ落ちるようになっているらしい。

噴水の底と水路は翡翠《ひすい》に似たエメラルドグリーンの四角いガラスが敷き詰められていて、水が流れたらさぞかしキラキラと美しく輝くに違いない。

「ははー」

蘆蒼星は、セットを見上げて大きく頷《うなず》いた。

「これか。あんたらの言っていた映画セットとやらは」

「はい。まさかここに戻ってくるなんて」

小角正があぜんとした顔で呟いた。

「こうしてみると、風水的には興味深い土地ですね」

安倍久美子が頷く。

「病人が多いとか言ってたな。無理もない。やはりこのセットの向きが致命的に悪い。龍脈《りゅうみゃく》を完全に遮っている。特にあの門の位置がまずい。あの扉はこちら側に開くようになっているが、その都度悪い気を呼び込むばかりだ。いっそ扉を取ってしまえ。あるいは引き戸にするか――いや、でも、あれを利用できないか」

うーむ、と蘆蒼星が唸る。

と、階段の下から凄まじい唸り声がした。

車を降りたパンダは、相当にイライラしているようであった。

襟を銜《くわ》えた男を落ち着きなく振り回し、野太い呪詛《じゅそ》のごとき唸り声を上げる。

銜えられた男は真っ青になって、悲鳴を上げた。男に抱えられた娘も強くナイフを押しつけられて悲鳴を上げる。

「危ない、よせ、おまえの望みをかなえてやるから」

蒼星は慌ててパンダに向かって手を振った。

「無理もない、おまえにはとんでもないモノが憑《つ》いている。あの門のところに行け。楽にしてやる」

パンダとチンピラ、そして娘ががっくりと頷いた。

89

次々にパトカーが入ってきて、ぐるりと扇状に並んだ。それらのヘッドライトに煌々《こうこう》と照らされ、巨大なセットが昼間のように明るく浮かび上がる。

バタンバタンと車のドアが開く音が鳴り響き、次々と拳銃《けんじゅう》を構えた警官たちが降りてくる。

そして、高清潔が拡声器を持って出てきた。

キイン、というノイズに続いて、夜中とは思えぬ爽《さわ》やかな声が響き渡る。

「無駄な抵抗はやめて、武器を捨てなさい！」

高の足元で、「レフ板いらなくね？」と下っぱが呟く。

「うん。ここでレフ板使うと、下から顔が照らされて怖い気が」

「ていうか、誰に向かって言ってるんだろ、これ」

高も、ふと同じ疑問を抱いたようだ。

拡声器を下げ、まじまじと上の広場を見上げる。

「いったい何をやってるんだ、あいつらは」

90

「あのー、これって効果あるんですかねー」

正が不安そうに呟くと、「しっ。それぞれの方法で祈るのみです」と久美子が鋭く言う。

蒼星は蒼星で何事か口の中で唱えつつ、ゆらゆらと身体を揺らしている。

「僕ら、術式も方向性も違うと思うんですが」

「国が違えど祈る心は同じ。祈れば真心は通じます」

「そういうもんですかねー」

しかし、何かが起きていることは確かだった。

パンダは白眼を剝《む》いて、いよいよ落ち着きなく唸り声を上げて襟を銜えた男を右に左に激しく揺さぶっている。男の前の娘もしかり。二人とも恐怖と緊張のあまり、目は落ち窪《くぼ》み顔はすっかり土気色になっていた。

「あの女の子、限界です」

「チンピラのほうもね。急いで」

91

「うわ、優子、危ない。あんなにげっそりしちゃって。見てらんない」

和美が低く叫んだ。

「しっ。北条さん、降りてください。後はあたしが一人で行きます」

「一人で行きますって、あんた」

えり子は小さく手を振り、一人でそっとパトカーから遠ざかるようにオートバイを押して横に回っていく。よくあんな重量級のバイクを押せるな、と和美は感心した。

と、するりとやはり遠回りに歩いていく影があった。

小柄な老人。暗い色のコートを着て、音もなく歩いていく。

誰だろ、あのおじいさん。あれ、さっき、ホテルの上にいなかったっけ？　確かレストランの料理長と一緒にいたような。

英徳もまた、麻酔銃を構えて警官たちの群れの脇にそろそろとしゃがみこんでいた。

今度こそ。今度こそ、失敗するわけにはいかない。

拳銃を構えた警官たちを見ていると、生きた心地がしなかった。それらが今にも火を噴き、厳厳の身体に穴が空くのではないかと思うと縮みあがりそうになる。

落ち着け。落ち着け。ここにいる連中の中で、厳厳のことをいちばん知っているのは俺だ。俺以外に厳厳を救うことはできない。俺がやるしかないんだ。

彼の少し後ろに、バイクを置き、ヘルメットを脱いできたマギー・リー・ロバートソンの姿もあった。

彼女もまた、腰を低くかがめ、用心深く回り込んでくる。

遠いところで、似たような恰好で身体をかがめている男が目に入る。

思わず身が硬くなった。

董衛員。やっと追いついた。何をしているのだろう？　あんな鋭い必死な目で。彼が「蝙蝠」を持っているのではなかったのか？　こんな夜中にこんなところまであんな必死な顔でやってきているということは――

マギーは正面に目をやった。

あの中の誰かが「蝙蝠」を持っている？

93

「ねえ、ちょっと、この照明、なんだかよくない？」

「うむ。フットライトだけでもこんなに明るく荘厳になるんだな」

「いいわいいわ、この照明であの広場で踊らせましょ」

「芸術抜きでな」

「んまっ、相変わらず憎たらしいわねっ」

振付師とアクション監督が囁《ささや》き合うのを聞きながら、フィリップ・クレイヴンも魅入られたように目の前の光景を見つめ、映画の一場面を思い浮かべていた。

祈禱《きとう》する風水師たち――踊り狂うパンダ――それを取り囲むキョンシーとゾンビ。なんというクライマックス。

足元でダリオ（＝燦燦）が、左右の頰をすりつけるのが分かった。

そうだよ、ダリオ。

いつでも君がインスピレーションの源だった。いつもいつもそばにいて、励ましてくれた。君がいないと不安でたまらなかった。

だけど、もう君はいないんだね。いないのに、あまりに僕が不甲斐《ふがい》ないから、こんなふうにしてちょっとだけ戻ってきてくれたんだよね。

足元を見下ろすと、そこでダリオが彼を見上げていた。在りし日のダリオ、あの愛らしいイグアナのダリオが。

ありがとう、ダリオ。済まなかった、ダリオ。

涙でダリオの顔が見えなくなった。

94

そのあとのことは、ほんの数十秒で起きた。

突然、ドカン、という雷鳴のような凄まじい音がして、その場の全員が度肝を抜かれた。実際、稲光のようなものを見たという者もいた。

紫と黄色の渦巻きみたいなものが、パンダから飛び出してひゅうんと門のあいだを抜けていった、という人もいた。

それが門のあいだを抜けていった瞬間、顔を半々に塗り分けた男が間髪を容《い》れず門の扉を凄《すご》い勢いで閉めた、とも。

それよりも、更に度肝を抜かれたのは、その渦が抜けた瞬間に、パンダが仁王立ちになって上げた、凄まじい咆哮《ほうこう》のほうであった。

それまでさんざん襟を銜えられて振り回されていたチンピラはほとんど気絶しかかっていたが、

いきなり襟を離されて、がくんと首がしなり、慌てて全身のバランスを取ろうとしたので、ナイフを持った手を振り上げた。

同じくらい朦朧《もうろう》として気絶しかかっていた優子であったが、そこは勝負師、男の手がほんの少し離れたのを見逃すことはなかった。

すかさず腕の急所を突き、悲鳴が上がる前にナイフを叩《たた》き落とし、更にナイフを蹴《け》り上げて前方に飛ばした。

次の瞬間、一目散にまっすぐ走ってきたダリオ（＝燦燦）が厳厳に跳びかかった。いや、この時既にダリオの意識は燦燦から抜け出し、ひと足早く門を抜けた天帝（？）の霊を追っていったので、純粋に燦燦が厳厳に向かっていったということかもしれない。

厳厳はふと我に返り、宿敵燦燦が跳びかかってくるのに気付いた。

もう少しで故郷に帰れたかもしれなかったのに、こいつが邪魔をしやがって、という峻烈《しゅんれつ》な怒りを覚えた厳厳は、前肢で強烈な払いを入れようと身構える。

それを見てとった優子、反射的に身体を沈めて厳厳の脇に入る。

（いや、ちょっと、こんなのどこつかめばいいか分かんないし、パンダって骨格どうなってるんだっけ、重心どのへんだっけ、こんな重量級の相手にワザ掛けられるかしらん？）

そんな危惧《きぐ》が瞬時に頭をかすめたものの、長年の経験と勘からパンダが前肢を払う勢いを利用し、そのまま大きく弧を描くようにして見事背負い投げをくらわしたのであった。

燦燦は投げられた厳厳にぶつかり、これまたむなしく地面へと落ちてゆく。

背中から落ちた厳厳、「こやつ、できる」と思い、受け身をとるもかなりの衝撃。

ウグッと息を吐き出した瞬間、胃袋から逆流してきた硬くて細長いものが入った布袋が口から高く飛び出す。

しかし、厳厳は立ち直りが早く、再び臨戦体勢になり、優子に対して前肢を使おうと構えるも、そこに英徳が飛び出し、素早く厳厳の腹に麻酔銃を撃ち込む。

撃ち込むなりとっさに身体を引いた英徳は、落ちた地面でキャンキャン鳴いている燦燦を抱きかかえる。

麻酔はすぐに効くわけではない。厳厳がびゅんと振り下ろした前肢の描くカーブの先には優子の頭がある。

ぶつかる！　と誰もが思った瞬間、優子の頭は——いや、優子の全身が宙に浮き、厳厳の前肢は優子の顔から数センチのところをむなしくはたく。

それというのも、いつのまにやってきたのか、いつダッシュしたのか、巨大なオートバイに乗った若い女が階段のへりを上がってきて、宙に浮いたかと思いきや、優子の腕を引っ張って引き上げたからである。

「おおっ」という歓声と拍手が上がり、見事えり子は優子を抱えて着地、そのまま走り去る。

「うちのスタントに欲しいわー」と声が上がる。

「うちの白バイに欲しい」と警官からも声が上がったとか上がらなかったとか。

チンピラにはひと呼吸遅れて警官が殺到、すぐに取り押さえられた。

そして、厳厳もついに麻酔が効き始め、バッタリと床に崩れ落ちる。

警官たちが拳銃を構え、ワッと厳厳に詰め寄ったその時である。

95

チクショウ。俺もここでおしまいか。ついに故郷の風の匂いを嗅《か》ぐこともなく、ここで朽ちるのか。

厳厳は無念な気持ちでそう考えた。

人の帰るのは雁《がん》の後《のち》に落ち
思いの発するは花の前《さき》に在り――

と、凄い勢いで駆け寄ってきて厳厳の前に立ち塞《ふさ》がる影がある。

「やめろ、撃つな、撃たないでくれ、もうすぐ麻酔が効く、もう危険はない。頼む、撃たないでくれっ」

それは魏英徳であった。

「こいつは悪くない、悪いのは俺だ、こいつに逃げる隙を作った俺のせいだ、パンダ舎の責任者の俺のせいだっ」

その声は必死だった。

「元々こいつは、野生のパンダだったんだ。無理矢理捕獲して、連れてきた。他のパンダみたいに、生まれた時から人に育てられたわけじゃない。俺たちが狭い動物園に入れたんだ。逃げたくなるのも当然だ。こいつは悪くない。悪いのは俺たちだ」

魏。まさか、魏がこんなことを言うとは。こいつが俺をかばうなんて。

複雑な気分の厳厳の耳に、どこか間延びした声が飛び込んできた。


「あのー、ちょっといいですかー」


毒気を抜かれる声に、警官も含め皆が振り向いた。脇のほうからゾロゾロと六人ばかり、男女が歩いてきた。欧米人も交ざっている。

「WWFです。その件で、ちょっとお話が」

「えっ」

英徳も厳厳も顔を上げた。

「実は、今年度よりパンダの野生化プロジェクトを始めることになりまして」

「野生化プロジェクト」

「はい。おっしゃるように、今のパンダはほとんどが人工飼育です。自立して生きていくことは難しい。しかし、このままではあまりにも不自然な生活です。どうにか少しずつでも生息域に戻して、自然に暮らせるようにしたい。そのためには、ある程度の数を自然界に放つことが必要です。ぜひ、その第一号に、自活能力の高い厳厳を推薦したいと思いまして」

「厳厳を」

「いかがでしょう。彼を郷里に戻してやっては」

英徳と厳厳はつかのま見つめあった。

互いの目の中に、大いに賛成したいという気持ちと、一抹の淋《さび》しさを見て取ったのは、気のせいだろうか。

96

結局、皆が完全に引き揚げる頃には夜が明け始めていた。

うっすらとした薄明の中、ぞろぞろと上海市内に引き揚げる人々。

もっとも、えり子と和美は改造バイクを見咎《みとが》められぬよう、優子を助けたあとでさっさと逃げ出していたのだが。

優子は一応パトカーで病院に連れていかれて診察を受けたが、パトカーの中でぐっすり眠り込んでしまい、病院でも爆睡したそうだ。

起きてから事情聴取を受けたが、「子供の頃からの夢だった熊さんとの相撲がとれて嬉《うれ》しかったです」というコメントが、冗談なのか本気なのか警察内でも話題になったそうである。

ゆうべはあれだけ大騒ぎだったのに、パンダもチンピラも無事つかまったら、あっという間に世間はゆうべの事件を忘れてしまった。

優子は翌日も青龍飯店のアートフェアに行き、毛沢山をつかまえた。

間違えたハンコを紛失したことを謝ると、あんな二束三文のハンコ、気にすることはない、それより昨日は助けてくれてありがとう、とご機嫌だった。なんでも、盗まれたと思っていた美術品はなぜか奥の彫刻の中に押し込まれていて無事だったのと、毛の彫刻は粉々になってしまったのだが、高額の保険を掛けていたので、かなりの借金が返せたらしいという噂である。

この日もおいしい中華をさんざん食べ、優子と和美の短いリフレッシュ休暇は終わった。

97

フィリップ・クレイヴンの映画は無事撮影が再開されて、ティムとジョンをホッとさせた。

以前よりもパワーアップしたと評判で、中でもミュージカルシーンはその斬新《ざんしん》さで話題になっている。

何よりも、顔を半々に塗り分けた風水師の踊りから目が離せない、なぜか気になっていつまでも記憶に残ると噂になっている（その理由がなぜかというと——任せる）。

そう、結局、蒼星は映画に出演させられることとなったのである。

厳厳の件では、誘拐に協力したとして蒼星も久美子も正も厳重に注意された。逮捕されてもおかしくなかったが、逆に彼らのおかげで誰も怪我せずに事が収まったという意見もあり、うやむやになった、というのが正しいところである。

蒼星の風水師としての能力が評判になっており、ギャラもうなぎのぼり、映画に出たせいもあって、依頼が殺到している。それこそ、香港の弟が羨《うらや》むほどの「セレブ」の仲間入りである。もっとも、本人はあまり「セレブ」は好きではないし、皆が映画のメイクをしてくれというのに閉口しているらしい。

98

パンダ野生化プロジェクト第一号として、厳厳は華々しく故郷に帰還することとなった。

ＷＷＦと上海動物公園のパンダ舎スタッフ一同が、山の中へ帰っていく厳厳を涙ながらに見送った写真は、全国紙の一面を飾った。

厳厳のほうも、なんのかんの言っても名残惜しそうに何度も彼らを振り返っていたそうである。

99

が、半年もしないうちに、英徳は涙ながらに厳厳を見送った山に怒り心頭で戻ってくる羽目になった。

厳厳は現地の野生パンダを組織し、計画的に人間の集落に入って食料を強奪しているのだという。自分たちの生息域には立ち入りが厳しく制限されているのをいいことに、ごっそり食料を持ち出してはすぐに自分たちのエリアに戻ってしまう。

あまりにも悪賢い、鶏をねこそぎやられた、うちなんか納屋の鍵《かぎ》を破られた、電気も盗んでるみたいです、と村人たちは口々に訴える。

やはり俺は甘かったのだ、あいつはやはり俺の宿敵だ、と英徳は厳厳の再捕獲を固く誓っているという。

100

さて。

もはや、厳厳たちの事件など、上海の人々や日本に帰った優子たちの記憶にはろくに残っていないだろう。日々新しい事件が起きるし、新しもの好きの上海でも東京でも、常に「現在」しか存在しない。

だがしかし、あの時厳厳の胃袋から飛び出した「玉《ぎょく》」は——あの「蝙蝠」はいったいどうなったのか説明しよう。

えり子は、あの時、バイクで優子を助けようと宙を跳んだ時、その目で厳厳から飛び出した「蝙蝠」をしっかり捉《とら》えていた。実は彼女は、青龍飯店の最上階で、あのハンコが厳厳の口に飛び込んだことにも気付いていたし、それを見て王や衛員が狼狽《ろうばい》していることにも気付いていた。

恐らくは、あのハンコが相当な稀少品《きしょう》であり、高価なものであるというのにも薄々感づいていたのである。

そして、それがあのコーヒーショップの女性——まず間違いなくマッポである彼女にも関係しているということも。

幹線道路を走っている時は、まだえり子は気付いていなかった。後ろから来る細いバイクの女が誰なのか。

しかし、あの撮影セットのところで、ヘルメットを脱いで近付いてくる彼女を見て、モビーディック・コーヒーのマギーだと気がつく。そして、彼女が見ているのは、王と一緒にいた老人だった。

つまり、二人は同じものを追いかけている。老人が見ているのは、階段上の五人と一匹。ならば、二人の目的は明白。

えり子は厳厳の胃袋から飛び出した布袋を、弾《はじ》き飛ばした。

近くに忍び寄っていたマギー目掛けて。

「蝙蝠」は一目散に飛んでいき、マギーは見事キャッチした。

それからえり子は優子をつかまえたのである。

視界の隅には、マギーの驚きと歓喜の顔があった。

恐らくは、マギーは衛員を逮捕したかったのだろう。しかし、証拠がない。けれど、衛員を逮捕できなくても「あれ」が手に入れれば、とりあえず彼女の面子《メンツ》は立つのではないか。

そんなことを考えたのである。

驚きと歓喜のあとで、マギーは不思議議そうにえり子を見た。なぜこんなことをしてくれるのか？　そんな目でえり子を見ていた。

えり子はヘルメットをかぶったまま、減速してマギーのそばに行き、通り過ぎざま、彼女に囁いた。


素敵なピアスね、マギー。


マギーはハッとしたように顔を上げ、目を見開いてえり子を見たが、もはやえり子は通り過ぎた後だった——

とまあ、こういうわけだったのである。

彼女がその後香港に凱旋《がいせん》したかどうかは分からない。

なぜなら、えり子がマギーに「蝙蝠」を弾いたのは王も衛員も見ていたし、「蝙蝠」を狙う者は大勢いるに違いないからだ。

マギーは無事か？　マギーは「蝙蝠」を無事持ち主に返せたのか？

頑張れ、マギー。

衛員は怖いし執念深いぞ。王だって娘の留学費用をそうそうあきらめはしないだろう。「GK」

だって、いつまた復活するか分からない。

「蝙蝠」は誰の手に渡るのか？

それはまた別のドミノの話であり、これから倒されるかもしれない別の一片のピースに過ぎない。

初出

「小説 野性時代」の下記の号に「ドミノⅡ」のタイトルで掲載されたものです。

2008年11月号	2011年12月号	2012年3月号	2012年5月号
2012年8月号	2012年9月号	2012年11月号	2013年1月号
2013年2月号	2013年4月号	2013年6月号	2013年7月号
2013年8月号	2013年10月号	2013年11月号	2013年12月号
2014年1月号	2014年2月号	2014年10月号	

2015年2月号　～2015年8月号の隔月
2015年12月号　2016年2月号
2016年6月号　～2018年12月号の隔月
2019年2月号　～2019年8月号　2019年10月号

単行本化にあたり、加筆・修正しました。

恩田　陸（おんだ　りく）
1964年、宮城県出身。91年、第3回日本ファンタジーノベル大賞の最終候補作となり、『六番目の小夜子』でデビュー。2005年、『夜のピクニック』で第26回吉川英治文学新人賞、第2回本屋大賞受賞。06年、『ユージニア』で第59回日本推理作家協会賞長編及び連作短編集部門賞受賞。07年、『中庭の出来事』で第20回山本周五郎賞受賞。17年、『蜜蜂と遠雷』で第156回直木三十五賞、第14回本屋大賞受賞。主な著作に『ネバーランド』『黒と茶の幻想』『上と外』『ドミノ』『チョコレートコスモス』『私の家では何も起こらない』『夢違』『雪月花黙示録』『失われた地図』など。

ドミノ in 上海《シヤンハイ》

2020年2月4日　初版発行

著者／恩田《おんだ》 陸《りく》

発行者／郡司 聡

発行／株式会社KADOKAWA
〒102-8177　東京都千代田区富士見 2-13-3
電話 0570-002-301（ナビダイヤル）

印刷所／大日本印刷株式会社

製本所／本間製本株式会社

●お問い合わせ
https://www.kadokawa.co.jp/（「お問い合わせ」へお進みください）
※内容によっては、お答えできない場合があります。
※サポートは日本国内のみとさせていただきます。
※ Japanese text only

定価はカバーに表示してあります。

ISBN 978-4-04-108908-8　C0093
JASRAC 出 1914305-901